María de Montiel

Mercedes Rosas de Rivera (Museo Histórico Saavedra)

MERCEDES ROSAS DE RIVERA
(M. SASOR)

María de Montiel

Novela contemporánea (1861)

Tomo 2

Edición crítica, edición facsimilar, estudio y notas de

Beatriz Curia
Directora
(CONICET, UBA, USAL)

Hebe Beatriz Molina (Conicet, UNcu)
Mayra Bottaro (U. de Berkeley)
Cynthia Dackow (USAL)
Nuria Gómez Belart (USAL)

Buenos Aires
República Argentina
2010

Rosas de Rivera, Mercedes
    María de Montiel : novela contemporánea 1861 / Mercedes Rosas de Rivera;
editado por Beatriz Curia ; comentado por Beatriz Curia. - 1a ed. - Buenos
Aires: Teseo, 2010.
    v. 2, 224 p. ; 229x152 cm.

    ISBN 978-987-1354-55-9

    1. Narrativa Argentina. I. Curia, Beatriz, edit. II. Curia, Beatriz, coment. III.
Título
    CDD A863

© Editorial Teseo, 2010
Buenos Aires, Argentina

ISBN 978-987-1354-55-9
Editorial Teseo

Hecho el depósito que previene la ley 11.723

Para sugerencias o comentarios acerca del contenido de esta obra, escríbanos a:
info@editorialteseo.com

www.editorialteseo.com

Esta investigación se ha efectuado en el Instituto de Literatura Argentina "Ricardo
Rojas", Facultad de Filosofía y Letras, Universidad de Buenos Aires (UBA), y en el Instituto de Investigaciones Lingüísticas y Literarias (IDILL), Escuela de Letras, Facultad
de Filosofía y Letras, Universidad del Salvador (USAL).

La edición ha sido posible a través de un subsidio (Proyecto PIP Nº 11220080100006)
otorgado por el Consejo Nacional de Investigaciones Científicas y Técnicas de la República Argentina (Conicet).

MARIA DE MONTIEL,

NOVELA CONTEMPORANEA

ESCRITA

POR

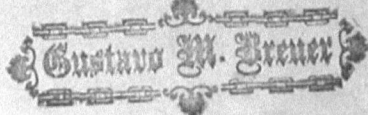

Al tenr
Don Marcos Sastre como una
muestra de la estimacion del

BUENOS AIRES,

Autor

Imprenta de "La Revista."

1861.

SR. DR. D. LUIS JOSE DE LA PEÑA.

Mi querido y respetable amigo:

Deseando corresponder de algun modo la bondadosa y sincera amistad que V. me profesa, me permito dedicarle la novela que publico: es mi primer ensayo; su mérito es muy poco; confieso que no está exenta de faltas, pero no temo que sea V. un juez severo, y confío que al aceptar mi humilde trabajo, acepte V. tambien la buena voluntad de su S. A. Y. S.

M. SASOR.

PROLOGO.

Escribo esta novela, para reunir en ella algunos recuerdos que me son gratos. No creo que he hecho una obra notable; para tener esta pretension sería preciso poseer conocimientos que me faltan. El poco interés que presenta mi novela es la orijinalidad, que muchos de los personajes que figuran, han existido en Buenos Aires.

M. SASOR.

MARIA DE MONTIEL.

CAPITULO 1.º

María de Montiel, nació en Buenos Aires.—Su padre fué un hombre distinguido—era uno de aquellos patriotas que en el año 10 inmortalizó su nombre; año memorable para todo el que tenga un corazon verdaderamente Americano.

Mas adelante haremos conocimiento con este veterano que tanta gloria alcanzó el año de 1807, en la heróica defensa que hizo Buenos Aires, cuando la reconquista de lo que tenemos recuerdos gloriosos en las viejas banderas que adornan el templo de Santo Domingo. La madre de María de Montiel era hija del caballero español D. Nuno Perez. Son pues los padres de esta D. Miguel Montiel y D.ª M.ª Teresa Perez. El capitan D. Miguel Montiel frecuentaba la casa de D. Nuno Perez, pretendia la mano de la Sta. Perez, las cosas estaban tan adelantadas que el capitan pidió la mano de M.ª Teresa. D. Nuno se la negó con obstinacion y ni las súplicas de su hija ni los ruegos de su esposa pudieron vencer aquella obstinacion tan infundada; María Teresa esperó dos años para ver si sus penas tocaban el corazon de un padre; en vano la pobre jóven marchitó su belleza, empezó á sentir su salud alterada, nada consiguió. Un dia resolvió hablar á su padre con toda la energía de que un corazon amante es capaz, le pidió una conferencia y poniéndose de rodillas le dijo: padre mio "vengo por última vez á pedir á V. me conceda su licencia para desposarme con el capitan D. Miguel Montiel, si V. me la niega yo moriré de pesar. Hija mia, contestó aquel padre cruel, jamás un americano se unirá á mi sangre, tu te has de casar con un español, ya sabes que te tengo destinada á D. German Vera. Entonces María se puso de pié, con la mayor energía, pero sin faltar á su padre al respecto que toda hija sumisa debe tener, le dijo: padre mio yo tambien declaro á V. que no seré jamás esposa de otro hombre que de aquel que mi corazon á elejido. Yo aborrezco á D. German Vera, ¡qué ventura puedo esperar de unir á mi destino á un hombre que no puedo amar! todo lo que depende del hombre ó de la mujer puede consagrarse al cumplimiento de sus deberes, pero el corazon no puede mandarse, y el mio ama con pasion á un hombre bueno, valiente, leal y generoro, V. comprende, padre mio, que me refiero al capitan D. Miguel Montiel. Por otra parte, el Sr. D. German Vera no puede querer que yo me sacrifique tan vilmente; todo hombre que se casa con una mujer que ama á otro es un miserable; cuando se unen sin amor es malo; pero todavía hay la esperanza de hacerse amar, pero á sabiendas llevar hasta el altar á una jóven á que jure ante Dios y los hombres amar á quien aborrece. Le preguntará el sacerdote recibís á este caballero por vuestro esposo; ¿cómo ha de decir, que sí lo recibe, por fuerza? la obediencia á un padre que la sacrifica pronunciará el sí, como lo hicieron otras pobres víctimas; ¿pero será lejitima esta union?...... Ah! padre mio, si las leyes que dan á los padres tan grandes derechos sobre sus hijos los precisasen á padecer las consecuencias de ellas, no habria uno que no las renunciara. Padre mio, reflexionad por Dios las razones que os espongo y si no bastan ellas á convenceros......... yo declaro que estoy resuelta á casarme con D. Miguel, sin vuestro consentimiento! diciendo estas últimas palabras M.ª Teresa, se retiró y fué á bañar con un torrente de lágrimas el seno de su buena madre No es posible quitar la rabia de Nuno Perez, al ver que su hija sacude el yugo de fierro y que la pobre esclava rompe la cadena. María que ha llegado á persuadirse que su padre no la dejará jamás casarse con el hombre que ama, desesperada se determina á escribir á su amante.

El alma aflijida busca el consuelo en la comunicacion, con el objeto amado: María dirije á Montiel entonces el billete siguiente:

"Mi amado Miguel: ayer quise tocar por última vez el corazon de mi padre; ni mis lágrimas ni mis ruegos han podido alcanzar su consentimiento: me ha declarado que jamás su hija se uniria á un americano, y quiere además obligarme á que me case con D. German Vera; aquel español rico y muy amigo suyo de quien te he hablado ya. Figurate mi pesar, en fin vencida mi timidez por la desesperacion, pero con todo el respeto del cariño filial, he dicho á mi padre, que me uniré contigo, aunque él se oponga y que no tendré jamás otro esposo, que aquel que tanto amo.

"Mi resolucion está tomada: puedes practicar las diligencias necesarias para sacarme depositada á casa de mi tia D.ª Juana Rosales. Ya tienes ahora mi determinacion; á tí te toca arreglar lo restante.

"Adios mi amado Miguel, este paso te muestra que tu María todo te lo sacrifica, y por la inmensidad del sacrificio podrás juzgar una vez mas si será tuya siempre,

"MARÍA."

Una vez concluida esta carta, trató la jóven de hacerla llegar á manos de su amante; (la esquela llegó á su poder al través de dificultades sin cuento.)

Al siguiente dia el capitan, contestó á María con la esquela siguiente:

"Amada mia: hoy mismo quedarán practicadas todas las diligencias necesarias. A las tres de la tarde una órden del Sr. Obispo te hará salir depositada á casa de tu señora tia. Tu padre no tiene otra falta que enrostrarme, que ser americano: por consiguiente la autoridad toma á su cargo que nuestro casamiento se haga sin su consentimiento. Dentro de ocho dias seré tu esposo y toda mi vida te pertenecerá tu amante: siendo tu esposo sabrá recompensarte el sacrificio que le has hecho.

"Adios ángel mio, ten valor y no desmayes en el momento precioso. Tuyo,

"MIGUEL."

Cuando María concluyó de leer este billete, fué á echarse en los brazos de su buena madre: esta siempre bondadosa, la besó mil veces y le echó su bendicion diciéndole: yo te perdono y pido á Dios nuestro padre comun, que seas feliz. La madre de María le regaló algunas alhajas en memoria de su afecto y una miniatura que contenia su retrato, y despues de hacerse muchas caricias se separaron. María pasó á esperar en su cuarto la venida del notario con la órden del provisor, para sacarla depositada. Son las tres, y el menor ruido hace temblar á nuestra jóven; en fin un carruage para á la puerta, y el notario pide hablar con D. Nuno; este una vez impuesto de la resolucion de su hija, tiene que conformarse con ella, pero al despedirse le dijo: yo te maldigo, y tan pronto como me sea posible dejaré este pais, y regresaré á España. Quiero olvidar que tuve una hija, y juro no volver á pensar que ella existe. Y diciendo estas palabras saludó al notario y se retiró. La pobre María Teresa, estaba trémula y mas muerta que viva subió al carruaje que la condujo á la casa donde debia ser depositada.

Ocho dias despues, se unió para siempre al hombre que amaba; pero su felicidad no era completa, pues María Teresa amaba mucho á su madre, que era la misma bondad. Por un papelito que María Teresa recibió, supo que su familia salia dentro de tres dias para España, y la aflijida madre le pedia á su amada hija, fuese á las cinco de la tarde á la iglesia de San Juan, para despedirse. María Teresa contestó que no faltaría, y á las cinco esperaba temblando á la mas indulgente de las madres Difícil es pintar lo que aquellas dos pobres mugeres, sufrieron al darse el último Adios, un Adios que sería por una *eternidad.*

En fin se separaron, y María Teresa reuniose á su esposo que la esperaba ansioso, pero ni todo el amor de que era rodeada, ni las caricias apasionadas de su marido, pudieron hacer mitigar su dolor; pero como era un ángel de bondad, no quiso mortificar á D. Miguel con una afliccion que nada podia remediar y trató de disimularla. Pobre María, cuantas veces decía: amo y soy amada, pero esto no es bastante. Yo no puedo olvidar las lágrimas de mi madre, y su separacion.

La familia de D. Nuno Perez, se embarcó para España, y este hombre rencoroso tuvo palabra: pues prohibió á su mujer toda correspondencia con María. Asi es que tanto la madre como la hija sufrieron de un modo terrible. Ya hemos dicho que en los dos años de sufrimientos María Teresa ha alterado su salud. Esta era una jóven muy débil, habia padecido del pecho y nada tiene de estraño que siga siempre mal.

El capitan hacía cuanto podia, para hacer feliz á su amada compañera; pero cuando María estaba mas contenta daba un suspiro y decia: ¡pobre madre! Han pasado ya quince meses que María se desposó y muy pronto tendrá el placer de ser madre. D. Miguel está muy contento pues piensa que este placer tan deseado para toda mujer, la distraerá de su tristeza habitual.

En fin, la jóven esposa dió á luz una preciosa niña que fué bautizada con el nombre de María Teresa, pues la madre de María se llamaba D.ª Teresa. Los nuevos deberes de madre y de nodriza tenian á la jóven muy contenta, y su tristeza desapareció.

El capitan está lleno de gozo al contemplar á la madre y la hija. Pero como la felicidad y la desgracia son compañeras, nunca andan lejos una de otra. No podia durar mucho tiempo aquella dicha tan sentida que esperimentaban los dos esposos; María empezó á tener tos, dolor al pecho y pulmones, estaba muy delgada. El médico aconsejó que despechara la niña, pero ella insistió en la crianza y cuando quiso tomar el consejo era ya

tarde: María tenia fiebre: en sus mejillas, se veian siempre unas
chapitas encarnadas que mas la embellecian, pero que tambien la
acercaban cada dia un paso mas hacia la eternidad. Los médicos le aconsejaron que saliese al campo, pasó ocho meses en
una estancia pero nada adelantó: fué preciso traerla á la ciudad
á pasar el invierno: la tos era cada vez mas fuerte, el vómito
de sangre no se hizo esperar, los médicos declararon al aflijido
esposo, que la enferma no podia salvar-e, pues á mas de su enfermedad física, tenia su moral tan enfermo que era causa de la
total postracion en que se encontraba.

María Teresa empezó á conocer su estado y lo disimulaba
por no aflijir á su marido, pero Dios habia señalado ya su hora
postrera, y María murió dejando su hija de un año, y á su esposo
en la mas completa desesperacion.

Pobre capitan! dificil es pintar su afliccion: mil veces decia,
solo por mi hija soporto el peso de la vida. D. Miguel vivia con
una hermana soltera, muy estimable señora, llamada Marcela.
Esta tomó á su cargo el cuidado de la pequeña María, y podemos decir que el capitan la atendia como podia hacerlo la misma madre. El solo consuelo que este pobre padre tenia, era de
hablar de su hija y de su difunta esposa; cuantas veces le decia
á su amigo el capitan Leoncio de C....:estoy tan desesperado que
apesar de mi pierna inválida quisiera salir con los gefes y oficiales
que marchan á la santa cruzada. Mi deseo es que una bala me
libre de esta miserable vida en que ya no puede haber para mí
sino dolor.

Leoncio consolaba á su amigo diciéndole: Vd. tiene que cui-
dar de ese ángel, vivo retrato de la mujer amada que ha perdido.

María se iba criando muy sanita, y cada dia mostraba nuevas gracias, su padre empezó á encontrar en ella alguna distraccion; y el tiempo que todo lo puede, gastó algo aquel dolor
profundo.

El capitan empezó á comprender que su hija podia endulzar
su triste vida.

D. Miguel Montiel, capitan y el de igual grado D. Leoncio
de C.... eran muy amigos; apesar de ser D. Miguel veinte
años mayor. Todos los dias estaban juntos los dos amigos, y se
ocupan de la marcha del Coronel San Martin, y su bizarra ofi-
cialidad.

Estamos en el *año de* 1812—el cortijo militar parte á dar
existencia á tres repúblicas: el capitan Leoncio de C.... es uno
de los que componen la comitiva. Es la víspera de la partida y
Leoncio ha venido á despedirse de sus amigos; cuanto siento le
dijo D. Miguel, que mi pierna me impida ser uno de los de la
cruzada; Vds. ganarán gloria que yo les envidio. Leoncio con-

testó á su amigo: camarada Vd. se adelantó á nosotros en la jornada, que dió una severa leccion al Gobierno Inglés el *año de 1807*. Creo amigo, prosiguió Leoncio, que cada vez que Vd. vea la fractura de su pierna, la recordará con orgullo; Vd. tiene ya un hecho *heróico* y nosotros estamos aun por conquistarlo.

Vaya amigo, consuélese Vd. y piense que no puede moverse de Buenos Aires, por que tiene sagrados deberes que llenar; ¿qué sería de María sin los cuidados que su padre le prodiga diariamente? dice Vd. bien, amigo, yo no puedo separarme de mi hija. Marchen Vds. y muestren al mundo que los hombres libres y de valor todo pueden conseguirlo con su patriotismo.

Adios mi amigo, dijo Leoncio. Le recomiendo á Vd. mi sobrina Luisa y á la buena Juana, y Vd. despidame de su señora hermana y bese á María en mi nombre. Esta fué la despedida de los dos amigos.

Leoncio, como hemos dicho, iba á tomar parte del valiente ejército que tantas glorias han conseguido, los beneméritos patriotas; San Martin, Belgrano, Alvear, Necochea, Quintana, Laseras, Soler, Dorrego, Diaz-Velez, Arenales, Mansilla, Guido, Suares, Lavalle, Olavarríe, Vega, Quesada y tantos otros hombres célebres que hacen nombradía en nuestras glorias Argentinas.

Esta cruzada dió por resultado que él Arbol de la Libertad, crezca frondoso en nuestro suelo con el riego de la *Democracia*.

Dejemos pues á nuestros valientes cubrirse de gloria y no adelantemos los sucesos.

Volvamos á D. Miguel Montiel, que se ocupa con el mayor interés de la educacion de su hija, que está cercada de maestros y en pension en el mejor colegio.

María era tan inteligente como bella, en poco tiempo hizo tan grandes adelantos, que sus maestros estaban sorprendidos.

Esta niña iba creciendo y cada dia mostraba mas capacidad, los maestros estaban encantados y le hacian elegios al capitan, de la facilidad con que aprendia.

El pobre padre empezaba á consolarse, pero sin olvidar á la esposa que habia perdido. El capitan podia haberse vuelto á casar, pues es jóven todavía y hombre de mérito, pero él habia jurado que su María Teresa no tendria rival, y despues de la muerte de esta, no trató de agradar á ninguna muger; el cariño de su hija era bastante á ocupar su corazon.

D. Miguel adoraba á María y esta le correspondia á su cariño, pues amaba á su padre con toda su alma; la familia del capitan vivia muy retirada; puede decirse que cuando la niña salia á vacaciones no frecuentaba otra casa que la de D.ª Luisa Belmore, sobrina del capitan Leoncio de C.... y la de D. Jorge Harris amigo y vecino de D. Miguel, y cuyas hijas estaban en el mismo colegio con María, pero que siendo estas de mas edad, ya hacia unos meses que habian dejado la pension.

El capitan deseaba mucho sacar á su hija del colegio, pues que esta iba dejando de ser una niña, muy pronto cumplia quince años, por otra parte su educacion estaba concluida.

Pocas jóvenes pueden reunir las calidades físicas y morales que nuestra María: poseia, pues á mas de tener una belleza sorprendente, tenía la bondad de un ángel.

Daremos una idea ligera de María Teresa de Montiel, á los quince años.

Estatura regular, mas bien alta, blanca como la nieve, cabellos rubios y crespos, ojos azules, largas pestañas que le daban mas interés á su dulce y suave mirada, boca bonita, labios como corales, dientes como perlas, talle esbelto y flexible, gracia y elegancia seductora, lindísima mano, pié muy pequeño: toda la persona de esta encantadora criatura, tenía algo de simpático, que enamoraba á la primera mirada, y arrancaba una esclamacion de aplausos; ¿si los estraños tenian esa admiracion por la jóven, que sería su buen padre? D. Miguel pasaba ratos enteros contemplando aquella angelical belleza, y al recordar la semejanza que había entre la niña y su difunta madre esclamaba ¡Dios quiera que sea mas feliz que lo fué aquella santa que está en el cielo! llegó pues el momento en que María salió del colegio y fué á vivir en casa de su padre en la calle de San Juan.

El capitan sin ser rico vivia muy cómodamente; tenía una casa muy bonita, que se componía de un lindo salon y una antesala, seguia un gabinete de trabajo donde María encontró un hermoso piano y lo que puede necesitarse para dibujar. Una pequeña biblioteca de libros escojidos, un batidor para bordar y algunos otros objetos de los que puede precisar una señorita: seguía el cuarto de María que estaba elegantemente puesto, pues su padre quiso encargarse él mismo de su adorno. El papel era celeste con flores blancas, la camita de bronce, tenía cortinado blanco recojido con cordones celestes, un ropero de espejo, un lavatorio de mármol, una mesita de noche, y otra mesa con libros completaban el adorno del cuarto: algunas sillas y un confidente hacían hacer que nada faltase en el gabinete de dormir de aquella inocente niña.

María tenía siempre á la cabecera de su cama un cuadro de la Vírgen de Mercedes, que era de su finada madre y que encontró en su casa desde que abrió los ojos. Jamás se recojia sin rezar delante de la Santísima Vírgen, una ferviente oracion: rogaba por su padre á quien tanto amaba y para que Dios nuestro señor le concediese larga vida.

La juventud acaricia pocas veces ideas perturbadoras, asi

es que nunca pensaba en la orfandad en que podia quedar si su
padre llegara á faltarle. No le sucedió lo mismo á D. Miguel que
cada vez que le daba á su hija á la hora de recogerse el beso de
despedida, se le presentaba la idea de otra mas larga y mas eterna.
Muchas veces esclamaba, ¡pobre María! Que sería de ella si yo le
faltara! estas tristes ideas lo desvelaban muchas veces, pero al
dia siguiente todo se le olvidaba cuando su hija le pedia la bendicion y lo acariciaba.

Seguiremos detallando la pequeña casa, de la calle de San
Juan.

El cuarto del capitan seguia del de su hija, despues el de la
señora Marcela, y en el frente de la casa estaba una linda sala
de comer y el escritorio de D. Miguel; María tenía un pequeño
jardin, y en aquella casa nada faltaba y todo era de una elegancia notable.

En aquella casa, María iba á ser el ángel que la embelle-
ciera, y no hay duda que todo iba á cambiar con la aparicion
de la jóven, pues que una niña de quince años es el mas bello
adorno de una casa. ¡Oh juventud hechicera! tú eres las delicias de los mozos y del género humano, no hay uno solo que
no incline la rodilla ante tí.

El capitan está radiante de felicidad. María estaba en su
casa al dia siguiente.

D. Miguel era muy afecto á la música, y desde el principio
de la educacion de su hija, le hizo estudiar este ramo tan necesario para que una señorita pueda pasar so a ratos muy entretenidos.
María era muy aficionada á la música; tocaba el piano con gusto y
maestria, cantaba con suma melodía, y aunque no tenia una gran
voz, los acentos de sus notas llegaban al corazon; había tenido muy buen maestro, y cantaba con el mejor método; pocas
jóvenes podian presentar mas completa educacion al salir del
colegio.

Hemos dicho que D. Miguel se había preparado para recibir á su hija querida, que una vez instalada en su casa, María
pasara las noches de invierno de un modo agradable. Fué convenido con Luisa, que vendrian todas las noches con su buena
Juana y su futuro esposo, el Dr. Eduardo Mendez El Sr D.
Jorge Harris, vecino y amigo del capitan, traería tambien á sus
niñas y amigas y compañeras de colégio de María. Sería tambien de la tertulia, el hijo de D. Jorge, jóven, buen mozo y
lleno de buenas calidades; algunos amigos del capitan, forma-
rían tambien parte de ella.

Estamos en el més de mayo, tiempo en que las noches empiezan á ser largas, pero que con un buen fuego y un poco de
música y algunos juegos de sociedad, como el dominó ó la lote-

ría, puede pasar una familia horas muy entretenidas hasta las doce.

Es la noche en que debe dar principio á la pequeña tertulia de María. Son las ocho de la noche y llega la primera, Luisa, su buena Juana y el doctor Mendez. Sigue despues D. Jorge con sus dos niñas y su hijo, todos saludan amistosamente, felicitan á María por verla ya fuera del colegio y convertida en señorita: se canta, se baila, se juega, todos están muy contentos. El té se toma á las once, y antes de las doce todos se despiden, diciéndose, hasta mañana. La modesta tertulia sigue muy animada, las niñas de D. Jorge, Enriqueta y Tani, contestaban muy bien, y algunas veces tocaban á cuatro manos con María. La intimidad empieza á formarse en aquella familia, se ensayan arias, duos y tercetos que las tres jovenes cantan admirablemente. María como mas inteligente en la música, era la que acompañaba siempre que se cantaba. Cada noche se formaban entre los amigos, proyectos de paseo, ó de algo agradable: la mas perfecta intimidad reinaba en la casa de D. Miguel, y todos los que la frecuentaban, se trataban con el mayor cariño, y á juzgar por la alegría que reinaba en ella, era de pensar que todas aquellas personas simpatizaban de un modo completo. Jorge el hijo del Sr. Harris, era el único jóven que visitaba la casa, y el Dr. Mendez: así esque, eran tratados con la confianza de hermanos. María gustaba mucho de jugar al Ajedrez, y muchas noches hacía su partida con Jorge, pero el resto de la sociedad, pedia siempre el juego de la lotería y casi todas las noches se jugaba, pues como todos, hasta los señores formales tomaban parte, era muy entretenido. Lo que hay de cierto es, que D. Miguel tenía que despedir las visitas á las doce, por que poco á poco han alargado la hora, prueba que estaban contentos.

No es posible pintar el placer de D. Miguel, al contemplar á su hija: cuando algunas veces María se sentaba al piano y cantaba con aquella voz tan suave y sonora, se sentía enternecido: cuantas veces con su vecino D. Joge, decian; somos unos padres dichosos y nuestros hijos harán nuestra felicidad. El jóven Jorge tenía por María una amistad y cariño grandísimo. Muchas veces se quedaba estasiado mirando aquel rostro angelical, y despues de contemplarla largo rato le decía: María, que bella eres, y que feliz debe ser el hombre que pueda conseguir que tú lo ames. María al oir estas palabras de su amigo le decía: es muy temprano Jorge para pensar en amores; mira que alegremente paso mi vida; sabe Dios si yo amara, si no me sucediera como á Luisa, que todo la agita: si el doctor se tarda, se pone destemplada: si por casualidad no ha podido cumplir con algún deseo de ella, hay riña: en fin amigo, yo soy muy jóven y no pienso en otra cosa que en mi padre y en divertirme. Estas sabias reflexiones las hacía

María muy juiciosamente: ¿si Jorge habría tocado su corazon? no lo creo, pero no adelantemos los juicios y pasemos á traer á la memoria del lector, aquel capitan Leoncio de C.... tan amigo de D. Miguel que marchó con el general San Martin al ejército, hace diez años. Pues bien este caballero es hoy coronel, y uno de los mas valientes y distinguidos del ejército libertador y cuando lo volvamos á ver lo encontraremos condecorado con las medallas que ganaron los vencedores en Tucuman el veinticuatro de Setiembre de 1812, en Salta en 1813, en Chacabuco en 1817, pues que el coronel Leoncio de C ... contaba con su hoja de servicio estas memorables jornadas en que nuestro ejército, tanto se cubrió de gloria.

El capitan ha recibido una carta del coronel Leoncio, donde le dice que ha conseguido licencia del General Bolivar, por tres meses; el ejército estará durante este tiempo en cuarteles de invierno y el coronel puede sin faltar á la delicadeza de un militar que está en campaña, pedir esta corta licencia, para arreglar asuntos de familia, pues su sobrina debe casarse muy pronto: Leoncio es el tutor de ella y debe darle cuenta de su fortuna: la madre de Luisa y el coronel eran hermanos y por muerte de esta, Leoncio quedó de albacea y tutor: el padre de Luisa habia muerto cinco años antes que su esposa, asi es que esta jóven quedó huérfana y sin mas amparo que su tio, que fué para ella, mas que tio, un padre cariñoso. Ya hemos visto como el coronel al salir de Buenos Aires, recomendó su sobrina á D. Miguel, y como este cumplió el encargo con el mayor placer.

Cuando tuvo carta el capitan de Leoncio, anunciándole su venida, la tuvo tambien su sobrina, así es que lo esperan de un momento á otro. Luisa y el capitan, no hablan sino de Leoncio, tanto que María les decia muchas veces, Vds. me hacen amar tambien á ese hombre tan querido de Vds.: á lo que Luisa y D. Miguel contestaban, amadlo María, pues es un noble corazon.

La llegada del coronel se aproximaba á juzgar por la fecha de la carta en que anunciaba su salida. Todas las noches al despedirse Luisa de D. Miguel le decía: tal vez mañana lo abrazaremos. A lo que el capitan contestaba, Dios lo quiera. Es la víspera de de la fiesta de Luisa, y al despedirse esta de María le dice: qué dia tan feliz sería para mí mañana si llegara mi buen tio;! María le contestó, yo creo, y no sé porque, me parece que el coronel te dará los dias. Si tal sucede amiga, contestó Luisa, mi felicidad sería completa. Al concluir estas palabras, se separaron las dos amigas.

Estamos á 15 de Mayo de 1824. El capitan está en su escritorio cuando llega un criado de casa de Luisa á avisar que el coronel acaba llegar y que le ruega al señor capitan, le haga el favor de pasar á su casa, pues ansia por abrazar á tan querido amigo.

D. Miguel fuera de sí de contento, pasa al cuarto de su hija y le dice, que sale para ver á su amigo, y la felicita por haber sido ella la que anunciase su llegada la noche anterior.

Papá, abrace Vd. á mi querida Luisa en mi nombre, y al señor. Leoncio dígale que deseo conocerle. Adios, hija mia; diciendo esto el capitan salió que volaba para ver á su antiguo amigo: la amistad fiel es un tesoro y solo pueden juzgarla aquellos que la han sentido verdaderamente.

El coronel C... tenía una hermosa casa, herencia de sus padres, en el barrio de S. Miguel, en ella vivía Luisa, pues la fortuna del coronel estaba unida á la de su sobrina. A la vuelta del coronel, Luisa y la buena Juana se disputaban á cual de las dos servia y cuidaba mejor al recien venido. Como hemos visto, Leoncio ansiaba por ver á su amigo, y cuando el criado lo anunció, salió corriendo á recibirlo. Difícil es pintar la alegría de estos dos valientes al volverse á ver; cuantas preguntas se hacian á un tiempo, resultando de esto que ninguno de los dos se cansaba de hablar. María fué uno de los puntos mas notables de esta íntima conversacion, y mas de una vez las lágrimas corrian por las mejillas del capitan. ¡Ah! le decia, este padre feliz al coronel C......, todo dolor tiene su premio, y el Señor compensa mis penas dándome esta hija que es la criatura mas angelical del mundo: ella es mi dicha y el alma de mi felicidad, siendo debido á ella el encanto que disfruto en la vida, que me ha hecho dejar de aborrecer, sí, Leoncio, por que con la pérdida de Maria Teresa, he maldecido la vida mil veces, y solo por esta criatura no me tiré un tiro, lo confieso —Felicito á V. mi amado amigo con toda mi alma por tener una hija que tanta dicha le proporciona; deseo conocerla, la dejé tan jóven, pero recuerdo que era un ángel de belleza: espero, mi querido Miguel que esta noche seré presentado á su encantadora niña, pues tanto lo que me dice Vd. como lo que me ha dicho Luisa, me tiene encantado: á mas, es ella que ha adivinado que yo llegaria hoy, y esto me hace tener cierto agradecimiento, quiero conocerla y ponerme á sus piés. —Bien, Leoncio, á las ocho te espero; es la hora de reunion como te lo ha dicho Luisa, pero son las cuatro y es la hora en que Maria me espera á comer: venga otro abrazo, y hasta luego.—Ruego á Vd. me ponga á los piés de la señora Marcela y de la linda María.—Lo haré con gusto. Diciendo esto el capitan, regresó á su casa, donde María lo esperaba con impaciencia. Luego que llegó D. Miguel, la jóven le hizo mil preguntas: parece que alguna simpatía hubiera entre Leoncio y María, pues que los dos ansiaban por conocerse.

3

D. Miguel habló largo con su hija del coronel, le ponderó su figura como muy bello hombre y enumeró todas las buenas calidades de su amigo. La imajinacion de María está exaltada y es de pensar que Leoncio le debe producir un efecto favorable, pues casi siempre juzgamos con pasion aquellas personas que son queridas de quien amamos, pero si conociesemos al bizarro coronel, veriamos como de por sí y sin ninguna prevencion, el solo puede hacerse amar; pero no aventuremos opinion y esperemos un poco á ver que efecto produce en María la primera entrevista con el coronel.

Antes de todo daremos una idea del nuevo personaje que entra en escena.

El coronel Leoncio de C... era un hombre muy interesante, y su figura muy militar, llamaba la atencion: podia decirse sin pasion que era un bello hombre. Alto, un poco moreno, cabello negro, ojos como azabache, y muy vivos, miradas de fuego, y muy penetrantes, patilla y vigote negro, nariz afilada, dientes lindisimos que mostraba solo cuando se reia, porque lo largo del vigote se los ocultaba. Vestía con elegancia y secillez, como todos los de la escuela de San Martin, casi siempre con levita de paño azul abotonada dejando ver solo el lustroso corbatin de *ule*, el resto de su toilet es el de un militar que viste de paisano El coronel Leoncio de C... tenía treinta y dos años, pertenecía á una familia distinguida y era dueño de una muy buena fortuna herencia de su madre: la clase tan avanzada ya en la carrera militar le prometía ser muy pronto general, puede decirse sin exageracion que la señorita mas cumplida y de mérito podía hacerse un honor de que el coronel la pretendiese. Vemos pues que no tendrá nada de estraño que Leoncio haga impresion en la tertulia donde quiere ser presentado y donde debe encontrarse con tres niñas preciosas y llenas de mérito.

Ya hemos visto que D. Miguel se despidió diciendo á su amigo que á las ocho le esperaba. Cuando las señoras supieron que el coronel tomaría el té con ellas, dispusieron las cosas de un modo digno para recibirlo, hubo aumento en el té, pues se agregó una rica torta, dulces, masitas, rico y añejo vino, en fin nada faltaba, y la buena voluntad mucho menos. Ya la sala esta iluminada, lindas y olorosas flores adornan los floreros de sobre las mesas, el piano espera abierto, pues María y sus dos amigas quieren ofrecer al coronel su rato de música. María está en su tocador; toda jóven se adorna con mas cuidado cuando recibe por primera vez una visita de una persona que no conoce, pues que es la primera impresion, lo que debe formarse favorablemente; esta inocente coquetería la tiene toda mujer ¿no es verdad queridas lectoras? Pues bien; son las siete de la noche, María concluye su toilet.

Está vestida con un sencillo trage de merino celeste claro, de dos polleras, al ruedo de cada una de ellas tiene una guarda de seda torcida un poco mas oscura que la seda del vestido. El cuerpo de la bata que era alta estaba adornada con solapas que salian desde el peto, las mangas formaban picos y dejaban ver el fondo de tafetan blanco, un cuello de encaje, mangas iguales, zarsillos, alfiler y brazaletes de camafeos completaban el resto de esta *toilet*.

María se peinaba con rizos, pues era la *moda* en aquel tiempo: dificil es pintar la belleza de aquella niña: su padre no pudo contener un movimiento de noble orgullo cuando Maria salió de su cuarto y le dió las buenas noches. El buen padre, dándole un cariñoso beso, le dijo: qué bella estás y que color tan simpático el que has elegido, pues el azul y el blanco es el pabellon que ha flameado hasta la cordillera de los Andes, Chile y Perú llevado hasta hallá por nuestros valientes: estoy cierto que Leoncio lo tomará por una galantería de tu parte. Sí papá, he creido como Vd., y á mas pienso presentarle un pequeño ramo con un lazo de cinta celeste y blanca. Bravo, María, te doy las gracias por tanta atencion. Todo lo que hagas por mi amigo yo te lo agradezco.

Son las ocho de la noche: María espera con su padre y su tia en el salon. Un criado anuncia al Sr. coronel C......y su familia. Entra querido Leoncio dijo D. Miguel. Una vez en el salon los recien llegados, tomó el capitan á su hija de la mano y la llevó á presentarla al coronel, y añadió: aquí tienes á mi María, te concedo que le dés un beso en la frente que será el primero que recibe de otro hombre que no sea su padre.

El coronel saludó con mucha galantería á la hija de su amigo y depositó el beso con que le brindara D. Miguel sobre la frente de alabastro de la bella jóven. No es posible pintar lo que el valiente Leoncio, sintió al poner sus labios sobre la frente de aquella celestial criatura, hasta la médula penetrara la impresion volcánica producida por aquella belleza sin igual: un momento despues trató el coronel de disimular lo que pasaba en su corazon y empezó á hacerle cumplimientos á D. Miguel por la hermosura de la niña, saludó tambien cortesmente á la señora Marcela y en un momento todos disfrutaban de una cordial franqueza. María y su tia hacian mil preguntas al coronel las que él contestaba imperfectamente pues estaba fuera de sí. Ese niño ciego que se llama amor se habia apoderado de su corazon, hay impresiones que deciden en un momento del destino del hombre y mas adelante veremos como en un segundo quedó vencido el noble guerrero con la angelical mirada de una niña de quince años. Estaba convenido que toda la tertulia debia reunirse como de costumbre, muy luego llegó el señor D. Jorge Harris con su hijo y señoritas. El capitan presentó á esta interesante familia al coronel y como hombre de cumplida educacion tuvo una palabra de elogio para cada uno de los presentados. Fani y Enriqueta, hicieron muy pronto amistad con Leoncio. Luisa y María no se reparan: en todo reina una perfecta alegría, solo Jorge está triste y algo que él no puede disimular pasa en su corazon. El coronel, pide á las señoritas un poco de música: María, rogó á sus amigas que tocasen á cuatro manos y despues ella misma tomó un cuaderno de música de Rossini, les pidió cantáran á duo y las acompañó, pues las señoritas no podian hacerlo. Enriqueta y Fani, tenian una gran voz y cantaron muy bien su precioso *duo*. Despues que las dos hermanas concluyeron y recibieron mil cumplimientos, el coronel le dió la mano á María, la condujo al piano, donde despues de hacer un armonioso preludio, cantó una preciosa romanza que su maestro de música compuso espresamente para ella. La voz de María, era dulce y sonora, cantaba con mucho sentimiento y sus suaves acentos llegaban hasta el corazon, á mas era muy música y tenia el mejor método. Leoncio estaba extasiado y cuando la jóven concluyó su canto divino fué cuando el coronel volvió en sí y dirigió sus cumplimientos á aquella sílfide que lo tenia magnetizado. Leoncio, espresó con gracia y sencillez la sorpresa que sentia pues que despues de ocho ó diez años de no tener mas emocion que la que ofrece la vida del soldado en campaña, hoy por primera vez recordaba las delicias que ofrece la vida social. Son las diez, hora de tomar el té, y la sociedad se dirije al comedor donde María hace los honores de dueña de casa con la mayor gracia y noble solicitud. Leoncio fué el objeto de todas las atenciones; despues de tomado el té, hubieron algunos brindis por el placer que cada uno sentia de estar con el valiente coronel; María tenia ya su ramo listo y presentándoselo á Leoncio le dijo: ¿me permitirá Vd. caballero que le presente á Vd. este ramo? El lazo que lo adorna simboliza los colores de la patria porque Vd. ha combatido, yo creo que el mayor cumplimiento que puedo hacer á Vd. es decirle, que espero, que la bandera azul y blanca no será vencida jamás y que ella flameará orgullosa en todas partes donde pise el ejército de la patria. Al oir el coronel aquellas palabras tan llenas de buen sentido no sabia como salir de su sorpresa, pues que era de sorprenderse ver la inteligencia de aquella criatura de quince años; pero recobrado de su sorpresa natural, ncontestó á la jóven con estas sentidas palabras. Bella María, espero que no puede dejar de ser cumplido su deseo. El Dios de la guerra será conmovido por ese melodioso acento y las armonias de su divina voz llegarán hasta él, y serán el íntérprete de los hijos de Marte que unirán su ruego para que nuestra *cruzada* termine dándonos todos los triunfos y todas las glorias que merecen nuestros nobles esfuerzos: una ó dos victorias mas y nuestra empresa será concluida como lo hemos soñado, entonces mostrarémos al mundo que hemos sabido conquistar la libertad y la independencia del continente *america-no.* Permítame Vd. divina María ofrecerle la primera condecoracion que gane en la primera *Batalla.*

La acepto con el mayor gusto.

Concluidas estas palabras se repartieron cartones de lotería y empezó el canto de las bolillas. Leoncio pidió á María que hiciera sociedad con el, á lo que D. Miguel les dijo que harian banca rota. Todo fué alegria y broma, solo uno está triste y no toma parte en los goces generales, este es Jorge que aunque sentado como siempre al lado de María no habla y está como si alguna cosa desagradable le pasará. Muy pronto segun los concurrentes dieron las doce, hora en que se retiraron diciendo, hasta mañana. Tanto D. Jorje como la familia del capitan están muy contentos pues han encontrado en el coronel un galan y cumplido caballero; solo Jorje se despidió descontento y no dijo como de costumbre hasta mañana. Qué turbaria su alegría? nada podemos decir, mas adelante veremos como la presencia del coronel lo aflije y molesta. Así son las cosas de este mundo, el hombre propone y Dios dispone.

María de Montiel tenia quince años, no habia frecuentado el gran mundo, su sociedad como hemos visto era de muy pocas personas. El corazon de esta jóven estaba con toda su pureza, todo lo mira al través de un velo color de *rosa* que le hacia presentar los objetos tan puros como el azul del cielo en el mas claro dia: nada ha empañado la pureza de su mirada ni de su pensamiento; su corazon no ha latido sino al recibir las caricias de su padre: puede tomarse á esta jóven por una vírgen de pureza, su alma está como la recibiera del criador y no se puede decir cuanto tiempo hubiera estado en este estado de inocencia sin la impresion que su alma recibiera en la primera mirada cambiada con el valiente coronel: casi siempre algo se atraviesa en la vida de una niña que la ajita, que la inquieta, y que le hace empezar á sentir una vaga inquietud que al principio no se le puede dar el nombre, pero que poco á poco se tiene que confesar como se llama.

Cuando una niña tiene 15 años es muy difícil que no encuentre un ser que simpatizando con ella le haga la revelacion que tiene un corazon y que con ese corazon se puede gozar y sentir: la mujer no olvida jamás al hombre que opera en ella, ese cambio social: al que le hace esa revelacion que le muestra que la niña toma el puesto de la señorita, que empieza á prepararse para ella una época de felicidad ó tal vez de pena, por que pocas veces puede amarse sin sentir contradiciones aunque no sean sino las que tan frecuentemente se sienten en la vida como la ausencia del objeto amado, los celos ó la indiferencia; tres cosas pueden hacer el tormento de un pobre corazon y mucho mas si este ama por la primera vez. El corazon de una jóven, á dicho un hombre *célebre*, es como una copa de alabastro trasparente que puede amando conservar toda su pureza, pues puede sentirse una gran pasion sin la pérdida de ese candor que tiene una jóven virtuosa y bien educada: dice ese mismo hombre, las pasiones no son malas, son un capital que nos legó el criador para que jirándolas bien consigamos la virtud, sometamos las pasiones á la razon y todo estará arreglado.

El amor nos viene de Dios, está probado; por consiguiente seria un crímen el *matarlo* y si la educacion exijiera este imposible, lo que daria por resultado seria una simulada ipocresía.

Queda pues probado que las pasiones no son malas siendo bien dirijidas: dejemos á María y á Leoncio que traten de agradarse y que si se aman disfruten del amor, que cada uno sepa inspirar al otro: que gozen de ese puro sentimiento que tanto engrandece al hombre y á la mujer y solo exijamos de ellos, que si llegan á ser esposos, comprendan bien los deberes que la relijion, el amor y la sociedad exijen de ellos.

María, despues que la sociedad se separó, dió á su padre el beso de costumbre y se retiró á su cuarto, pues deseaba estar sola. Ya hemos dicho que María oraba siempre antes de acostarse y si esta vez su oracion seria menos fervorosa, no podemos decirlo; pero lo que hay de cierto es que ella está inquieta, que su cabeza arde y que algo nuevo pasa en su corazon: la mirada fascinadora del distinguido guerrero la preocupa y no puede olvidarla, trata de dormir y no puede conciliar el sueño: un conjunto de ideas se apodera de su imajinacion, ella misma no comprende lo que pasa en su alma; al venir el dia el sueño la rinde y queda dormida.

Era la costumbre de la familia almorzar á las diez: María se levantaba siempre á las nueve, no esperaba nunca que la criada la despertara, pues tenia gusto en pasar ya vestida en traje de mañana á saludar á su padre antes que este fuese al comedor, pero como hemos dicho, Maria no puede conciliar el sueño en toda la noche y no es de estrañar no estuviese despierta á las nueve como de costumbre. La señora Marcela fué la primera á inquietarse viendo que María no se levantaba como siempre á las nueve, entró á su cuarto seguida de esa cariñosa solicitud que nos inspira siempre una persona querida; y por despacio que abrió la puerta, María despertó sobresaltada, ¿qué ocurre mi querida tia? Está por desgracia mi papá enfermo? No, hija mia, lejos de eso, él y yo estamos cuidadosos de ver que son las diez y tu no dejas la cama ¿estás enferma querida María? No mi buena tia: solo estoy fatigada, pues no he podido dormir en toda la noche. Y diciendo estas palabras saltó de la cama y poniéndose de prisa un baton se dirijió á saludar á su padre, al que besó y le hizo mil caricias que el anciano recibió como siempre con todo el afecto que profesaba á su hija. El capitan le hizo preguntas á las que María contestó con embarazo y cada vez que el nombre de Leoncio salia de los labios de D. Miguel, María se ponia como un carmir; hay ciertas señales inequívocas para conocer lo que pasa en el corazon de una jóven: el nombre del objeto que la preocupa, la embaraza, la turba, y por mucho que desee disimular hay algo que la traiciona y muestra á los ojos del observador que en aquella persona pasa algo que no es inocente, pues que se desea ocultar.

D. Miguel en la mesa del almuerzo, trajo al momento la conversacion sobre la visita que habian tenido la noche pasada, y como buen militar, dijo á María: ¿qué tal querida mia? ¿cómo has encontrado á mi amigo?

Al oir estas palabras que no tenian nada de estraño y que al contrario fueron dichas llenas de cinceridad, María se puso tan encendida que su padre no pudo dejar de notarlo y decirle ¿por qué te sonrojas mi amada María? que, no puede tu padre preguntarte como encuentras á su mejor amigo?

Querido papá, no sé si una jóven puede decir francamente lo que piensa respecto de un hombre que conoce por primera vez, pues que yo apenas conservaba del Sr. Leoncio un vago recuerdo.

Y por qué nó, querida hija mia? La verdad debe decirse siempre, y una jóven por recatada que sea, puede dar francamente su opinion cuando á podido juzgar por sí misma del mérito de un caballero. Habla; María, espero tu juicio sobre mi amigo.

María contestó poniéndose encarnada y dando á su voz, una pequeña alteracion que se muestra á pesar nuestro cuando narramos algo que nos preocupa. Seré franca, mi querido papá, diciendo á Vd. que todo me agrada en el Sr. Leoncio, y lo encuentro muy cumplido caballero, y conmigo como con todos los que estuvimos con él anoche, el coronel fué perfecto, pues á mas de ser un bello hombre, sus maneras y su educacion son tan distinguidas que se encuentra uno con él tan agradada como si lo hubiera tratado siempre: puedo decir sin exajerar, querido papá, que el tiempo corrió anoche con una rapidez que no puedo atribuir sino á la presencia de su amigo de Vd. Me parece que he dado mi parecer satisfaciendo su pregunta, mi amado papá.

Aquí estaba María, de la conversacion á que su padre dió lugar con sus preguntas, cuando se presentó Juan el criado del capitan diciendo, un sirviente de casa del señor coronel C....desea hablar al señor capitan. Que entre contestó D. Miguel. En el momento se presenta un antiguo criado del coronel. Buenos dias, señor; dijo saludando á D. Miguel. El señor coronel manda para Vd. esta carta y para la señorita estas flores. El capitan tomó la carta y pasó el ramo á su hija. La carta del coronel estaba escrita con estas cortas líneas. "Mi querido amigo: será pedir á Vd. demasiado, pero un camarada que falta despues de ocho años del seno de su familia tiene derecho á no ser desairado y á rogar á un antiguo amigo quiera tener la bondad de comer hoy con él y de interesarse con su buena hermana y linda hija para que sean tambien de la partida: he pedido al señor Harris, tenga la bondad de acompañarme y de traer con él á sus interesantes señoritas y á su estimable hijo. Es mi deseo, reunir en casa todas las personas que tuve el gusto de ver anoche en la tertulia que forma el círculo de mi amigo. Espero, mi querido Miguel, que Vd. y las señoras tendrán por mí esta deferencia; previniendo á Vd. que no admite escusa este su fiel y antiguo camarada que lo saluda y es siempre suyo.

"Leoncio de C ....

"P. D. Mis cumplimientos á las señoritas."

El capitan leyó en alta voz la carta del coronel y dijo: voy á contestar á Leoncio que, pasarémos el dia con él. ¿Qué te parece María? Papá, contestó la jóven, toda ruborizada: yo haré siempre lo que Vd quiera, y pienso que mi tia tambien desea no contrariar jamás lo que Vd. disponga. Pues bien, convenido: Juan, tráeme lo preciso para escribir, y diciendo esto se puso á contestar á su amigo que él y su familia no faltarian á su amable invitacion. El almuerzo que fué un momento interrumpido continuó, pero María estaba tan distraida que apenas daba atencion á lo que se hablaba; y para disimular, le dijo á D. Miguel estas palabras. ¿Qué le parece á Vd. papá este bello ramo? Jamás he visto flores mas lindas que las que hay en él y que raras son algunas de ellas. Ciertamente no podia darse cosa mas esplendida. Era la *magnolia* una de las que contribuian á la belleza del ramo, y fué de las flores la que mas llamó la atencion de María, por ser casi una novedad en aquella época. Despues de hablar, como era de esperarse, sobre la hora que debian salir á casa del coronel, cada uno se retiró del comedor, y María pasó á su cuarto con el ramo en la mano. Ya hemos visto, que de las flores que él contenia, fué la *magnolia* la que mas le agradó. ¿Seria esto una inspiracion? ¿Seria el corazon, que le advirtiera que aquella flor contenia algo? Nada podemos decir, sino que María, contempló con interés aquella *magnolia*, que tanto la preocupaba desde el primer momento y empezó á darla vuelta para sentir mejor su suave perfume. Pero, ¡cual seria su sorpresa, cuando notó que en el centro de ella, estaba puesto con habilidad un pequeño billete que ella abrió con mano trémula, y leyó estas pocas palabras:!

"María: si yo tuviera una *corona*, la ofrecería á la mas *bella;* mas por desgracia no tengo sino un corazon: Yo lo ofrezco."

Despues de concluida la lectura de este billete. María se sentó muy pensativa, pues no podia dejar de estarlo con la impresion que en su corazon habian hecho las palabras que Leoncio le dirijia. Tan distraida estaba, que habia olvidado que tenia que pensar en adornarse para salir á la comida á que estaba invitada. Toda mujer, se ocupa siempre del trage que debe llevar para ir á un baile ó al teatro ó á una comida y por consiguiente era natural que María pensase en el que debia llevar; pero no fué así, por que su preocupacion era tal, que la absorvía completamente: Tenia el billete en la mano, lo leyó varias veces y n. podía darse cuenta de lo que pasaba en su corazon. Está visto. María ama y es amada, no hay que dudarlo.. Ella misma tiene que hacerse esta confesion.

Han pasado las horas sin que las sienta, y sabe Dios si no hubiera llegado la precisa para salir, sin que pensara que tenía que ocuparse de su toilett.

Felizmente entran sus amigas Fani y Enriqueta para pedirle consejo sobre algo de su tocado; y estas cariñosas niñas la sacan de su distraccion, diciéndole: dime María, tu que tienes tan buen gusto, si esta cinta me sienta bien, dijo Fani, y al mismo tiempo Enriqueta le hace dos ó tres preguntas sobre algo de sus adornos: pero María apenas contesta y parece casi indiferente á todo lo qué no es el pensamiento que la ocupa esclusivamente. La primera que se apercibe de la distraccion de esta, es Fani, y le dice: ¿que tienes amiga? ¿estás indispuesta? Nó, contestó ruborizada, pienso que es ya tarde y nada he preparado de lo preciso para mi toilette. Al oir esto las dos amigas le dicen. Ya que nosotras estamos listas podemos ayudarte; pronto María, pues se hace tarde. Empieza por peinarte pues, nosotras te arreglaremos tus vestidos. Cuál prefieres?—Ni he pensado en lo que he de llevar: y diciendo esto, abrió el guarda-ropa y hechó una mirada sobre un lindo traje de muselina blanco, bordado, que estaba pendiente de una percha. Era aquel vestido un regalo de su padre y María aun no lo habia puesto. El vestido tenia dos polleras. La primera, era bordada hasta la rodilla con una rica guarda formando coronas. La segunda, tenia la misma guarda, pero acompañada de ramos sueltos que subian hasta la cintura. La bata era descotada con lazos color de rosa y cinturon igual. En el peinado puso solo una trenza de terciopelo negro y una rosa de la que el ramo ostentaba mas *hermosa*, el resto de su adorno consistia en una pequeña cruz de diamantes, pendiente al cuello de una cinta negra, sarcillos y alfiler de perlas, brazaletes iguales á los sarcillos y al prendedor: guantes de encaje negro y un chal de punto del mismo co-

4

lor, completaban aquel sencillo tocado. María, estaba tan linda que las dos amigas le hicieron repetidos elojios y parece que ella misma al echar una ojeada sobre su persona quedó bastante satisfecha, porque en su mirada apareció una animacion que la embellecia doblemente. Toda mujer desea siempre estar bella, cuando sale para una fiesta, pero este deseo es mayor, cuando se trata de aparecer con todos sus atractivos delante del hombre que ocupa su pensamiento: y es natural que María, al contemplar su belleza pensara en Leoncio, con quien iba á pasar todo el resto del dia y una gran parte de la noche. Cambiados los cumplimientos entre las amigas, las dos vecinas salieron para reunirse con su padre, pues eran las cinco menos cuarto y la invitacion era á las cinco. María, tambien pasó al cuarto de la señora Marcela, la que podemos decir habia empleado muy poco tiempo en su tocado, pues aunque no tenia tantos años, ella vestia siempre sencillamente y con la basquiña negra. Ya estoy pronta buena tia, dijo María; vamos á tomar á papá: y diciendo esto, pasaron al cuarto de D. Miguel que estaba ya esperando las señoras. Bajaron todos á tomar el coche que esperaba en la puerta, y en pocos minutos estuvieron en el barrio de San Miguel, en la casa del señor coronel Leoncio de C... Luisa y su tia esperaban ansiosos á las personas que debian favorecerlos en aquel dia, y cuando el coche del capitan Montiel paró á la puerta fué un verdadero placer para todos y mucho mas para Leoncio, que no pensaba sino en que iba á volver á ver á la niña angelical que con una mirada habia apoderádose de su corazon. El capitan bajó el primero, despues María, pero nada hay mas prodijioso que los efectos que produce una verdadera pasion.

La mano que Leoncio, presentó á María estaba trémula, ella no pudo dejar de notarlo, la de la jóven no estaba mas serena, pues sentia un temblor general de que ella misma no podia darse cuenta: pero la presencia de Luisa y de su novio de la buena Juana y demas personas que empezaron á entrar en el salon fué haciendo que María se tranquilizase y entrase poco á poco en su estado natural. Momentos despues de estar en la sala, dijo el coronel, dirijiéndose á María y á la señora Marcela. No sé como agradecer á ustedes esta deferencia y pueden creerme que es para mi un placer y un favor especial el que siento al ver en mi casa á mi querido Miguel, y á su interesante familia. El criado interrumpió estas palabras, diciendo: El señor Harris y sus señoritas.

Buenos dias caballero, dijo el coronel. Señoritas á los pies de Vds., y dirigiéndose á estas con amable galantería les dijo, como estaba complacido en poder reunir á su familia en íntima sociedad con la del capitan y su bella hija, añadió como sorprendido, pero me falta uno, ¿qué es de su jóven hijo? Está algo indispuesto: contestó el padre de Jorge. Espero que no será cosa mayor, añadió Leoncio y lo siento de veras, pues deseaba que no faltase ninguno de los que tan amistosamente nos reunimos anoche. Pienso que otro dia el jóven Harris me indemnizará esta pérdida. Las hermanas de Jorge, se apresuraron á dar las gracias, y la conversacion empezó á ser general.

El coronel presentó al Dr. Eduardo Mendez el que pronto sería su nuevo sobrino. Este jóven debía desposarse dentro de pocos dias con Luisa de Belmore sobrina del coronel. Se habló mucho sobre la felicidad de los casamientos de inclinacion y del porvenir feliz que esperaba á la amable pareja.

D. Miguel dijo: no sé como hay hombre y mujer que pueda casarse sin estar enamorado; ese matrimonio debe ser un infierno, y yo por mi parte declaro, que jamás consentiré que mi María se case sino con el hombre que ella ame verdaderamente.

El matrimonio es uno de los estados mas peligrosos de la vida: por que de la buena armonía y perfecta intelijencia nace su mayor encanto: pero para que dos personas puedan vivir contentas es preciso que sepan estimarse mútuamente. Si el matrimonio durase solo, lo que se llama la luna de miel, todo serian flores; pero despues de ese primer tiempo que pasa muy pronto, suele resultar que no sean flores sino *espinas* lo que se encuentra: así es, que mi opinion es, que debe casarse tanto el hombre como la mujer, muy enamorados para que esa gran pasion pueda hacer frente á todos los inconvenientes que tiene la intimidad de la vida doméstica: el que se casa amando no desama jamás, y aunque se entibie aparentemente el cariño, cada vez que un *recuerdo* remueve las cenizas, aparece el fuego mas *puro*: yo creo que cuando la mujer tiene talento y virtud no es dificil sujetar y dominar el corazon del hombre, el encanto de una dulce intimidad puede, no hay duda, dar goces capaces de sujetar al hombre mas dificil. El amor de la familia es grande, con nada puede compararse el placer que sienten dos recien casados cuando ven nacer y crecer el primer fruto de su cariño. Tanto la madre como el padre piensan que sueñan y que aquel placer es el mas grande que nos concedió el criador.

Yo no puedo perdonar á los celibatarios los buenos ratos de que se privan. Si siempre pudieramos vivir jóvenes, nada diria, pero la juventud pasa: la vejez viene y con ella las enfermedades y dolores; los desencantos y miserias y solo el amor de la familia endulza los ratos amargos de la vida, y el hombre que tiene que sufrir solo, es un ser muy desgraciado: que diferencia, un padre ó una madre que mira en sus hijos el consuelo de su ancianidad, que al contemplarlos recuerda los goces pasados de su vida, que al prodigarle sus caricias, recibe sus cuidados, y que en esa dulce intimidad hay un caudal de *compensaciones*. ¿Cuándo han

podido gozar los solterones uno solo de los goces puros y tranz
quilos que sienten los buenos casados? Cuando muestran á la fa
del cielo unos hijos que harian la felicidad de su vejez? ¡Ah! si
todos los hombres que tienen miedo de formar una familia unién-
dose á una mujer virtuosa, pudieran ver la felicidad que yo disfruto. Si por un momento conocieran los goces que mi hija me
concede, entonces conocerian que el matrimonio no solo es un
deber *social* sino una necesidad en la vida del hombre, tanto de
aquel que vive con cultura, como en el del habitante de la pampa: diciendo esta última palabra, el capitan tendió la mano al
caballero inglés D. Jorje Harris, y le dijo: veo correr las lágrimas
de Vd., querido vecino, y creo que he dado en el lugar mas sensible de su corazon. Vd. como yo, padre feliz, sabe comprender el
poder de mis palabras. Nosotros sabemos bien que manantial de
dicha hemos recibido de nuestros hijos: el Dios de bondad nos
concede la felicidad de que nuestros ojos sean cerrados por ellos:
y al decir esto, D. Miguel lloraba. María viendo que la sensibilidad empañaba los ojos de los dos ancianos, dijo: Coronel, venga
Vd. á poner fin á esta conservacion que empieza á hacer derramar
lágrimas: pues yo soy de la opinion del poeta español que dijo:
Las lágrimas aunque vertidas de gozo, del dolor son la espresion.
  Estoy de acuerdo con Vd., bella María, y para cambiar de
asunto le ruego quisiera Vd. pasar al piano y tener la bondad de
cantar aquel delicioso romance de anoche, y diendo esto presentó la
mano á María y la condujo al piano: una vez sentada en él nuestra jóven hizo un armonioso preludio y luego cantó con su suave
voz aquel trozo de música tan delicioso y que agradó tanto á
Leoncio. Cuando María concluyó, recibió tantos aplausos como
como la noche anterior. El Sr. Harris y D. Miguel propusieron
que las tres amigas cantasen el terceto de la *rosa* á lo que concedieron sin dificultad. María, sin levantarse del piano ejecutó
la parte de canto que le tocaba y el acompañamiento de un modo
admirable, contaba con mucha espresion y con el mayor método:
sus dos amigas Fani y Enriqueta, tenian mejor voz pero no tanta
espresion. A mas, María se acompañaba que es muy difícil. Era ya
de regla entre las tres amigas, que María tocaba siempre el acompañamiento, pues ni Enriqueta ni Fani sabian acompañarse. El
terceto fué cantado de un modo admirable, y nada mas difícil seria
que definir debidamente la belleza de aquellas niñas, pues las tres
eran unos ángeles. Recibieron mil aplausos y los dos padres estaban radiante de contento y sin poder olvidar D. Miguel la conversacion que acababa de tener, le dijo entusiasmado á D. Jorje:
qué le parece vecino, digo bien cuando hablo de los buenos ratos
que pierden los solterones? No hay, duda somos un par de padres
felices y lo que únicamente nos falta es que Dios nuestro señor

nos conceda buenos y honrados maridos para nuestras hijas, por
que es preciso confesar que una parte de la felicidad de la mujer
consiste en que la suerte la favorezca con un buen marido. Yo
que no tengo mas dicha que mi hija, cada dia recuerdo temblando estas palabras de la escritura que dicen: "dejarás a tu padre y
á tu madre y seguirás á tu marido." Considere Vd. mi amigo,
todo lo que una madre y un padre quieren á esos pedazos del
corazon que se llaman hijos. Cuantos cuidados, cuantos desvelos
cuesta la educacion de la hija á quien tenemos que entregar á un
hombre muchas veces estraño? ¡debe ser momento terrible aquel
en que un padre ó una madre tienen que desprenderse de una hija! se necesita toda esa abnegacion que presta el verdadero cariño
para no sucumbir al pesar que debe apoderarse del corazon de los
padres. Yo confieso, diré mas, declaro, que jamás mi María se
casará sino con un hombre que pueda responderme de su *felicidad*
porque creo que si el marido de mi hija la hiciera desgraciada era
capaz de matarlo.

D Jorje, que siempre que el capitan hablaba, escuchaba con
uu respeto religioso, dijo dirijiéndose á los concurrentes: no hay
duda, mi vecino habla como un *libro.* D. Miguel le contestó con
ese genio bromista que le era natural: mire amigo, hay libros que
son escritos por tontos y que no dicen sinó tonterías. Querido
vecino, yo digo que Vd. ha hablado como un libro escrito por
Chateaubrian ó Lamartine: vaya, eso está bueno, pues que autores como los que Vd. á nombrado, son mas que hombre, son
genios. Una comparacion que lisongea, siempre es grata, querido
amigo. Aquí estaba de la conversacion D Miguel y D. Jorge,
cuando el criado dirigiéndose á Leoncio, dijo estas palabras: el
señor coronel está servido. El dueño de la casa dijo á los concurrentes: sin ceremonías pasemos al comedor: y dirijiéndose á
sus dos jóvenes ayudantes que entran en este momento les dice:
amigos, despues los presentaré á estas señoritas: por ahora, cada
uno de Vds ofrezca su brazo y adelante. El coronel conducia á
María, D. Jorge á la señorita Marcela, D. Miguel á Da. Juana
que era la segunda madre de Luisa: Eduardo, como era natural,
conducia á su futura, y los dos jóvenes militares á las señoritas
Fani y Enriqueta: todas las parejas se colocaron por su turno: el
dueño de casa repartia con atencion y galantería, sus atenciones
á todas las personas que estaban en la mesa; pero no costaría
conocer quien era la que se llevaba todas las preferencias; el coronel no podia ocultar lo que pasaba en su alma: todavia no habia
podido cambiar una palabra con Maria, y tenia que conformarse
con este martirio, porque los deberes de dueño de casa le impo-
nian la obligacion de atender á sus huéspedes, á cada uno en particular. Durante la comida reinó la mas franca alegria. D. Miguel,

hombre de génio alegre y de mucha sociedad, foé uno de los que mas contribuyó á que todos estuviesen satisfechos. El coronel presentó á las damas sus dos jóvenes ayudantes, uno llamado, el Mayor Navarrete y otro el capitan Salazar: estos dos jóvenes eran muy valientes y de muy buena sociedad. Navarrete tenia ya dos condecoraciones, una ganada en Chacabuco y otra en Tucuman: este dia las lucía ú la botonadura de su casaca, pues los dos ayudantes estaban vestidos de nniforme. El primero que brindó, fué el dueño de casa, como era natural, y llenando la copa, dijo, dirigiéndose ásu amigo D. Miguel: tomemos, camarada, por la felicidad que hemos sentido al darnos el abrazo de hermanos y para que nuestra amistad se aumente si es posible haciendo una sola nuestra familia: mi gratitud para con V., mi querido Miguel, será eterna y jamás olvidaré lo que ha hecho con mi pobre Luisa en estos ocho años. Brindo á su salud y á la de su encantadora hija, y á la de todos estos amables amigos que honran mi mesa.

D. Miguel, muy conmovido, llenó su copa y contestó al coronel en estos términos: Bebamos, querido Leoncio, por el placer que nos causa tu feliz arribo á Buenos Aires, por las glorias que han alcanzado los valientes gefes, oficiales y soldados del ejército de la patria, y por que pronto se concluya la grande obra de nuestra independencia, y que ella les permita á nuestros valientes venir á descansar en el seno de su familia y de su patria y que el que esté soltero como Vds., caballeros, elija una virtuosa compañera que le haga la vida feliz.

Mucha broma y mucha alegria produjo este brindis y fué seguido de otros muchos; cada uno cambiaba una copa con su pareja; la alegria se hizo general, y muy psonto en todos los concurrentes reinaba una franca y cordial alegria.

Es de creer que el coronel y María, estarian tambien muy contentos al juzgar por la animacion de sus ojos. Las primeras palabras que la jóven cambió con Leoncio, fueron estas. Mucho he agradecido á Vd., coronel, las bellas flores que tuvo la bondad de enviarme, eran lindísimas, y como Vd. puede ver, he utilizado alguna, y la jóven mostró la *rosa* que adornaba sus cabellos. Me permite Vd. bella María una pregunta?—Porque nó?—Pues bien, deseo saber cual de las flores del ramo ha sido mas de su agrado. María se puso muy encendida al oir esta pregunta, pero venciendo su timidez natural, le dijo, todas eran bellas, pero la magnolia desde un principio llamó mi atencion y fué á la que dí la preferencia. Leoncio, enajenado y sin recordar que no estaban solos, le dijo estas apasionadas palabras: angelical María. ¿Me hace Vd. el hombre mas feliz del mundo? esa magnolia contenia mi *esperanza*, si Vd. no se hubiese apercibido de ella, me abria hecho el hombre mas desgraciado, pero esas palabras que Vd. acaba de de-

cirme, me prueban que hay en todas las cosas un fluido magnéti-
co que conduce nuestro pensamiento y lo sujeta en el objeto que
toca nuestro corazon. Cuando dos personas sienten los efectos de
un sentimiento verdadero y este los conduce al mismo tiempo hácia el mismo fin, no hay que equivocarse; la simpatia es perfecta y
las dos voluntades se han entendido y queden *ligadas*. María estaba turbada al oir estas sentidas palabras, eran las primeras que
escuchaba en este sentido, pues ya hemos visto que María ama
por la vez primera. Esta agradable conversacion fué interrumpida
por la voz de D. Miguel que dijo; señoras á la sala, ya llevamos
muchas horas de estar en el comedor y las señoras deben desear
descansar un rato. A la sala, repitieron todos, y cada caballero dió
el brazo á su compañera, el coronel condujo á Maria pero no la
soltó y siguió paseando con ella, y como todo enamorado insistió
en tomar otra vez la conversacion, pues que habia sido interrumpida y le dijo con alguna timidez. Querida María, ¿conservará
Vd. la magnolia de mi ramo? Sí, coronel: la conservaré siempre.
Y á las pocas letras que en ella iban podré esperar que Vd. me
conteste una palabra? con una sola me contento y me hará Vd.
el hombre mas feliz del mundo. Bien coronel, en su billete, yo
pondré esa palabra que Vd. me pide—¿y cuando? Cuando me sea
posible ver de nuevo su billete. Bien, dijo Leoncio; como he escrito varios y los he roto, por que ninguno me parecia digno de V.;
mas que todo, temia disgustarla, y al decidirme por enviarle esas
pocas líneas, quise dejar la copia para recordar despues si alguna
palabra podia haber ofendido su estremada delicadeza: y diciendo
esto, sacó de su cartera un papel que contenia, escrito con lápiz,
el billete que conocemos, que decia asi: Si yo tuviera una corona,
la ofreceria á la mas *bella*: mas, por desgracia no tengo sino un
corazon: yo lo ofrezco.—Maria le pidió el lápiz y puso en el mismo billete esta palabra: Yo lo acepto.

Difícil es, poder esplicar la felicidad de Leoncio: era en efecto,
una sola palabra la que puso María, pero aquella sola frase; en-
cerraba un mundo de *felicidad*. Vd. lo acepta querida María?
creo que mis ojos me engañan. Vd. acepta mi corazon? Si, contestó María: yo lo acepto por que creo que su corazon es noble,
bueno y generoso. Yo le juro á Vd. que sabré hacerme digno de
la felicidad que Vd. me ha concedido. Mi vida, mi fortuna y
cuanto poseo, lo pongo á sus pies, y si Vd. me concede su cariño
no habrá un hombre mas dichoso en el universo: á estas palabras
siguieron otras muchas llenas de amor y no puede decirse cuanto tiempo mas duraría este coloquio, si D. Miguel no hubiera
llamado á María que se presentó á su padre radiante de felicidad.
El capitan hizo presente que la hora era avanzada y le dijo al
coronel. Te dejo querido Leoncio: estas damas deben desear reti-

rarse á descansar, pues que el placer tambien fatiga. Gracias querido amigo por el dia feliz que tu amistad nos ha preparado, y diciendo esto tomó su sombrero y dándole un fuerte apreton de mano salió á tomar el coche con su hermana y su querida hija.

El coche se dirigió á la calle de San Juan á casa del capitan D. Miguel de Montiel.

CAPITULO 2.°

Nuestros lectores tal vez no recuerden que Jorge Haris fué el único que salió triste de la tertulia de María, la noche que por primera vez fué presentado en ella el coronel Leoncio de C... pero si reunimos algunos datos iremos encontrando que no hay cosa que no tenga causa y que el jóven sin duda tuvo motivo para disgustarse: pero cual podrá ser? No aventuremos juicio y analicemos los hechos; ¿podrá creerse que Jorge hubiera visitado á María sin sentir por ella amor? y si la belleza de la jóven se lo inspiró, porque este hombre buen mozo, y lleno de calidades no tuvo resolucion para decirle á María que la amaba? este es el secreto de Jorge, pero nos permitiremos creer que todo ha sido nacido de una *causa* y esta causa es, que hay hombres que son demasiado tímidos y la timidez es casi siempre causa de que fracasen los mejores negocios.

Dice un refran español, el temor es natural en el viviente, y saberlo vencer es de valiente. Luego el que no lo vence es *cobarde:* no hay duda, ¿pero puede el hombre comprar el valor? no! puede vencer el *miedo?* no, mil veces no; pues esto le pasó á Jorge Haris, que aunque jóven y buen mozo no pudo vencer el temor y la desconfianza que la indiferencia de María le habia inspirado.

Muy dificil es pensar que siendo Jorge el solo jóven que frecuentaba la casa del capitan hubiera permanecido concentrado en su reserva y sin decirle á María, que la amaba.

Pero es preciso oir á Jorge en la confidencia que este le hace á su hermana Fani, pocos dias despues del arribo del coronel Leoncio de C...Al dia siguiente al que tuvo lugar la comida en casa de Leoncio, Jorge fué atacado de una fiebre celebral que puso su vida en los humbrales de la muerte. Dificil es pintar la afliccion de aquella familia. El pobre padre, estaba en la mas completa desesperacion, y solo los cuidados del capitan y su señora hermana pudieron darle algun consuelo.

María estaba casi todo el dia en casa de sus amigas, y tomaba toda la parte que una alma sensible siente cuando mira sufrir á un amigo, pues que Jorge lo era de María.

El médico, declaró, por fin que empezaba á tener esperanza de salvar al enfermo. Por grados la fiebre fué cediendo y al octavo dia Jorge reconoció á su buen padre y á sus dos queridas hermanas. Todo el tiempo que le duró la fiebre á nuestro jóven, tuvo un fuerte delirio, en el que á cada momento pronunciaba el nombre de María y del coronel Leoncio: y tanto el padre del enfermo como las hermanas convinieron, que el corazon de este estaba mortalmente herido por una fuerte pasion, y que esa pasion era la que lo habia puesto en el peligro que aun se encontraba. Qué afliccion para aquella familia tan unida y que vivia con la de D. Miguel de Montiel en la mas perpétua intimidad! ¡Pobre hijo mio!; esclamaba el aflijido padre: su afecto demasiado ardiente se despierta de un modo terrible cuando ha conocido que tiene un rival. Esa fué su tristeza la primera noche que fué recibido el coronel en casa de D. Miguel: esa fué la causa de su indisposicion el dia de la comida: y por último, ese fué el resultado que produjo la fiebre que se apoderó de aquella sangre que el tormento de los celos habia volcanizado. ¡Pobre jóven! su timidez natural sin duda cerró sus labios. Temia declarar su amor á aquella niña tan bella y á quien debia amar con frenesí, á juzgar por los efectos que ha producido el desarrollo del amor del coronel y de María, pues que no podia dudarse que esta correspondia al afecto del señor Leoncio de C... En la confidencia que Jorge hizo á su hermana, le decia: Yo adoraba á María, como puede adorarse á Dios. Temia que ella no correspondiese á mi cariño, y este temor ataba mi lengua. Cuantas veces deseaba incarme á los piés de aquella divina niña y decirle María, yo te amo. Cuantas veces al contemplar aquella anjelical belleza, mi corazon palpitando me decia: deja tus temores y confiesa tu amor: pero me contenia esta desconfianza fatal. ¿Y si ella, rechaza mi amor? Si María no me ama, yo seré el hombre mas desgraciado del mundo.

El temor triunfaba de mis deseos y todo este manantial de amor inagotable, estaba concentrado en el fondo de mi corazon.

Pero esto podia yo sufrirlo mientras María no tenia preferencia, porque siempre la esperanza alentaba mi espíritu y decia: ¡Esperemos! Esperar es *vivir*, pero cual seria mi desesperacion, cuando el dia menos pensado se presenta entre nosotros un hombre, lleno de mérito, lleno de gloria; que acostumbrado á triunfar en los combates nada teme: porque para él la conquista de una mujer es lo mas fácil. Ese hombre apenas ha llegado se hace amar, en un segundo derriba mi felicidad, apoderándose de la mujer por quien yo suspiraba hacia dos años. Mi desgracia no podia ser mayor y tanto mas terrible que ella puede decirse era obra mia. Sin mis temores, sin mi falta de valor para declarar mi amor todo se habria salvado, quien me niega que María no hubiese tal vez correspondido á mi cariño? que tomen ejemplo de mi derrota, aquellos que son demasiados tímidos, que se persuadan que tan vituperable es, el demasiado orgullo como la demasiada modestia y que despues de leer estas palabras los que sean retenidos por pueriles temores, comprendan que en los negocios del corazon no puede haber término *medio* pues que es preciso conocer pronto el lugar que una mujer quiere y puede dar á nuestro afecto.

Pobre de mi! querida hermana: esclamaba Jorge al hacer su confidencia á Fani: estoy medio loco, no está mi espíritu para nada. ¡Oh, juventud incauta, con que faciiidad te dejas arrastrar de tus deseos, sin pensar en las funestas consecuencias que te preparas, cuando más te alagas y lisonjeas! Dígalo yo, que en la dulce calma de mis tempranos dias me dejé seducir del engañoso amor sujetando á su yugo mi pobre corazon y perdiendo la tranquilidad de mi alma para siempre. ¿Qué puedo hacer para tranquilizar mi espíritu? Fani querida: mi cabeza arde, mas que la lava ardiente que derrama el Vesuvio y no me queda ma alternativa que abandonar la casa paterna ó matar al hombre que en un momento me ha hecho el mas miserable: y ella, esa pura María con que prontitud ama á un hombre que apenas *conoce*! sus ojos están brillantes, su semblante radiante de alegria, en todo muestra la felicidad que la anima. Ah! hermana mia! yo hubiera dado por una mirada de María todo lo que encierra la esperanza y el porvenir de un hombre de 25 años: hubiera dado mi sangre gota á gota: hubiera dado mi vida, y cuanto ella hubiera querido pedirme por solo una mirada de amor de aquella divina muger. Dios mio! para que me has hecho entrever la felicidad? para que su pérdida me sea mas terrible? Oh! amor! cuantas penas nos cuestas, por un momento de felicidad! cuantos tormentos, cuantas ajitaciones! Tu eres unas veces la *dicha* y otras la desgracia de los que esperimentan los efectos de tu inmenso poder. Los celos, ó la indiferencia del objeto amado es el verdadero tormento de nuestra existencia y á veces ni la edad, ni la vejez nos pone al abrigó de tus flechas. Yo pasaba mi vida feliz, sugetaba mis deseos al placer de ver cada noche á María.

El trabajo diario era mi anhelo, pues que mi pensamiento era reunir algun capital para poder ofrecerle un dia mi corazon y la pequeña fortuna que hubiera reunido á fuerza de trabajo, pero todo ha desaparecido como un sueño. No mas dicha; no mas porvenir; no mas ilusiones. Es preciso olvidar hasta el nombre de la mujer que adoro; mas valiera, sí, mas valiera morir mil veces. ¿Qué es morir? La muerte es el descanso del hombre: la vida mas feliz, no ofrece otra cosa que desencantos, ilusiones *perdidas*, que afectos *burlados*, que *engaños*, *traiciones* y hasta *crímenes*. Sí, porque el crímen tienta al hombre desgraciado: el deseo de matar se apodera del que padece la desesperacion, y presenta despues el suicidio. Un poeta inglés dijo: *Morir es dormir*, tal vez soñar. Si en el sepulcro pudiera ver á María, que con su vestido blanco y su corona de azahares, me presentaba su divina mano y me decia el altar nos espera: Jorge soy tuya; seria mil veces mas feliz despues de muerto y bajo la influencia del sueño eterno, que lo habia sido en mi vida; pero no puedo hacerme esta ilusion. Yo soy, aunque hijo de inglés, católico y profeso la religion de mi madre, y ella supo hacerme conocer que hay un Dios de bondad que premia á los buenos y castiga á los malos. Que ese Dios, si yo disponia de mi vida por miserable que fuese, habia de pedirme cuenta de ella, porque solo él puede disponer de la vida del hombre; pero cuando se padece tanto como yo padezco, ¿qué debe hacerse? dijo tambien el mismo poeta inglés "Cuando la vida es odiosa y se sufre mas de lo que el hombre puede, no hay otro remedio que es poner el pecho de la airada fortuna á la saeta, y tomar armas contra un mar de azares y acabar de una vez......" Estas y otras ideas trastornaron el juicio del pobre Jorge y produjeron la fiebre de que salvó milagrosamente. Cuando el jóven fué recobrando su razon, no nombró una sola vez á María: parece que se habia impuesto no pronunciar el nombre de la mujer que amaba: Cuando empezó á estar convaleciente, le dijo un dia á su padre, con los ojos llenos de lágrimas. Querido padre, quiero pedirte un favor; pero es de tal naturaleza, que no me lo puedes negar, porque seria volver á poner mi vida en el peligro que ha estado ya, y del que he salvado gracias á la fina asistencia de mis queridas hermanas y tuya. Pero dime, hijo mio ¿á qué fin usas esas palabras que me llenan de temor y hasta me han helado la sangre? Quiero, padre mio, ser síncero con mi mejor amigo, con el autor de mis dias, con mi amado papá. Habla, hijo mio; todo lo que me pidas te lo concedo antes de saber lo que deseas y puedes estar seguro, que si me pides la vida te la daré con gusto. El pobre padre no sabia que hacer para contentar á Jorge, á quien amaba tiernamente: el jóven empezó de este modo la conferencia con el padre anciano que escuchaba temblando. Padre mio, no quiero ocultarte por mas tiempo el estado de mi corazon. Soy el hombre mas desgraciado......amo á María con un amor que me mata: con una de aquellas pasiones que solo suelen verse pintadas en el romance ó la novela: no me habia atrevido á declarar á esta niña el amor que su belleza me habia inspirado, pero como en casa del capitan no habia mas visitas de hombre que yo, no me empeñé mucho en hacer mi declaracion á María. Esta, por otra parte, era tan jóven, que me daba tiempo á los planes que mi pobre imaginacion acariciaba: pero en un momento todas mis esperanzas, todas mis ilusiones han desaparecido y solo dejan á mi pobre corazon el mas profundo dolor, el mas grande desconsuelo. No quiero papá aflijirte con el relato de mis infortunios, y en una palabra te diré todo el objeto de mi peticion. Yo como has comprendido, amo á María, con toda mi alma: no puedo ser frio espectador de las preferencias que ella tiene......diré mas, el amor que María siente por el coronel Leoncio de C...Necesito alejarme de ella, quiero poner entre los dos una inmensa distancia, tú tienes en Lóndres un hermano, nuestro buen tio D. Henrique Harris: esta es mi solicitud querido padre, que en el próximo paquete me permitas marchar y llevar lejos de Buenos Aires mi dolor, esperando del tiempo, que todo lo puede, algun alivio á tan profundo pesar. Siento y mucho, mi buen padre, dejarte solo en los negocios; pero no puedo, mi aflixion es mas fuerte que mi voluntad. Bien, hijo mio, no hablemos mas de eso. Partirás en el paquete, como lo deseas, y será dentro de ocho dias. Voy á ocuparme de todo lo que es necesario para tu viaje, y Dios permita que tu herida, cicatrice pronto y que tu noble corazon encuentre algo que compense tus sufrimientos. Diciendo esto D. Jorje, abrazó á su hijo y se separaron: el primer pensamiento del pobre anciano fué el de escribir á su hermano y algunos parientes que aun tenia en Lóndres. Henrique protejerá á su sobrino y puede que este viaje emprendido con tan tristes pensamientos sea para todos un bien, porque muchas veces la felicidad y la desgracia son hermanas y nunca andan lejos una de otra. Pobre Jorje, puede que Dios se apiade de tu dolor y lo mitigue: te deseo el olvido: que gran cosa es el poder olvidar. El pobre padre, pasó al cuarto de Fani y de Henriqueta, y les dijo lo que ocurria con su hermano: estas en el momento empezaron á ocuparse de los baules de Jorje, y en tres dias todo estaba listo. Jorje presentó á su padre el estado de sus negocios, y este le dijo que le propusiera á su tio seguir el negocio que ellos tenian en Buenos Aires, que era el de frutos del pais, pues D. Jorje tenia barraca. Por fin, llega el dia de la partida, de la que daremos cuenta en el capítulo siguiente. Mientras no llegó

el momento de la separacion, todos hacian fuerza por mostrar una
entereza que ninguno tenia. El pobre padre estaba traspasado, y
las pobres hermanitas no se encontraban en mejor situacion. El
que aparentaba mas serenidad era Jorje, porque aunque estaba sobremanera pálido y tenia los ojos undidos, su porte era el de un
hombre que se ha propuesto tener enerjia y no dejarse conmover
por lo que debe ocurrir en una despedida que siempre es triste, y
mucho mas si ella es hecha bajo tan tristes antecedentes.

Jorje, no pudo animarse á despedirse de María ni del capitan,
y se determinó á escribir á los dos. La carta de D. Miguel le costó poco: no fué lo mismo la de María, pues que le renovó todos sus
pesares y el objeto de su viaje. Ah! esclamaba el desgraciado jóven: Si María me hubiese amado, yo no tendria el dolor de separarme de mi anciano padre y de mis queridas hermanas ¿Qué será
de mi familia sin mí? Dios le conceda fuerzas á mi pobre viejo para soportar este pesar que es el primero que le doy. Jorje, amaba
á su padre con cariño profundo y ni aun siendo niño, le dió jamás
lugar á una reprencion. Esto prueba que nuestro jóven era un
ángel de bondad. Estando ya muy convencido con estas y otras
reflexiones, Jorje dijo. Voy á escribir y quiero serenarme. Empezaré por la carta del capitan.

Señor D. Miguel Montiel.

Mi amigo: está resuelto, mañana debo partir para Inglaterra;
no puedo resolverme á despedirme de Vd. y de su amable familia: las despedidas son siempre tristes y quiero evitar á Vds. ese
penoso momento. Quiera Vd. persuadirse que mi estimacion por
por todas las personas de su familia, será siempre la misma, por
distante que estemos y que jamas olvidaré la fina amistad que les
profeso. Espero que tendra Vd. la bondad de presentar mis mas
finos afectos á su Sra. hermana y á la señorita, su hija. Adios,
querido capitan. Visite Vd. algunas veces á mi querido padre, y
cuando le vea Vd. triste, hablele V. de su hijo: Adios.

"Siempre seré su muy amigo y servidor,.

JORJE HARRIS.

Jorje, leyó esta carta despues de escrita, y la cerró: llamó al criado y le dijo: "á el capitan D. Miguel de Montiel." Cuando quedó
solo esclamó: Dios mio! es preciso consumar la obra: el sacrificio
esta casi hecho, mañana parto y tal vez para siempre. Pobre padre mio! qué pesar tan grande siente: á pesar del esfuerzo que hace,
todo me revela su tristeza: es el primer disgusto que le dá este hijo que tanto lo quiere, pero nada puede oponerse al destino: el
hombre propone y Dios dispone. Yo debo escribir á María: será la
última muestra de debilidad que daré. Cumplido este penoso deber, yó trataré de ser hombre y nadie notara el pesar que mi co-

razon siente: y sentándose en el escritorio escribió la carta siguiente.

"De Jorje Harris, á María de Montiel. Mañana parto querida María: quiero poner entre los dos una inmensa distancia: al escribir á Vd. esta carta no le haré á Vd. ningun cargo, ningun reproche: Vd no estaba en el deber de adivinar que yo la amaba, que mi corazon contenia por Vd. un manantial de amor inagotable; yo sentia por Vd., divina mujer, una pasion inesplicable: era Vd. la primera que habia hecho latir mi corazon, y el temor que causa mi derrota, muestra cuanto he temido conocer si mi amor podia ser correspondido: pero no quiero tocar esa herida dolorosa, esa herida que no cicatrizara jamas. El mejor modo de mostrar el cariño es evitarle á la persona querida un momento de disgusto, y yo quiero mostrar á Vd. una vez mas, que solo soy el que me impongo todos los sufrimientos. Sea Vd. feliz, María, y no olvide que un hombre de veinticinco años todo se lo ha sacrificado, y que para él no hay ya porvenir, cuando ha comprendido que *amaba solo*. Adios, María, siempre conservaré por Vd. un afecto tan sincero y respetuoso, como Vd. los merece. Soy y seré siempre, su rendido y apasionado S. Q. B. S. P.

JORJE HARRIS.

Muchas veces leyó Jorje esta carta: pero haciendo un esfuerzo sobre sí mismo, dijo: Ya está hecho, tocó la campana y se la dió al criado, para que la entregara á la señorita María de Montiel. ¿No tiene respuesta?, dijo al sirviente que debia llevarla. María, leyó la carta de Jorje, con un verdadero pesar: Pobre amigo! dijo: siento mas de lo que él piensa sus penas, pero nada puedo hacer sino compadecerlo, ¿qué es la compasion? Es el sentimiento mas penoso y que mas humilla al que es el objeto de ella. Cual seria la rabia de Jorje si yo le dijese que lo compadezco! ¿qué debo hacer Dios mio? dejaré esta carta sin contestacion? ¿y qué podré decirle á un hombre tan desgraciado? soy yo la causa, aunque bien á mi pesar. Yo queria á Jorje, como hubiera querido á un hermano; conocia y estimaba su bondad: siempre creí, que el afecto que él sentia por mí, era muy diferente al mio, pues que toda mujer conoce muy antes de que se lo digan el sentimiento que inspira. Esa fué la razon porque siempre mostraba á Jorje una amistad fraternal. Temia que él me dijera, María yo te *amo* El por su parte era demasido tímido y no me dijo jamas una palabra que me forzase á revelarle que mi corazon, mi amor á otro, no sentia por él amor, sino fina amistad y grande estimacion, pero de repente todo cambia para él y para mí. Se presenta Leoncio, y siento en mí, una nueva vida, siento que tengo un corazon y que este corazon conoce que ama, y esta revelacion me encanta y me enajena y me hace la mujer mas feliz. Los años pasados sin amor,

son como los dias sin sol, como las noches sin sueños, como los casados sin hijos, son en fin dias que no alumbran y confieso que
mi existencia empieza desde el dia que he visto que Leoncio me
ama y que yo lo amo tanto como él me ama. Amor es todo; sin
amor no hay nada: hasta el indio salvaje que vive sin cultura y
policia ama. La naturaleza misma, ama; hasta los irracionales
tambien aman. Amor es el sentimiento que dá mas goce en la
vida. Es amor que todo lo nivela, que todo lo iguala; todo al imperio del amor se humilla. Tan cierto es, que el amor tiene mas
poder en la vida que el oro, que la grandeza, que los honores, y
que todas las pasiones que tientan el corazon del hombre?...Cuantos ejemplos tenemos que citar? ¿Si el amor no fuera un sentimiento esclusivo, mi buena madre se habria casado con mi padre teniendo que abandonar por él á su madre, á su padre y à toda su
familia? todo cuanto depende del hombre ó de la mujer puede sujetarse á cálculo; pero el corazon no depende sino de ese sentimiento que tiraniza y domina muchas veces á pesar nuestro. Es este
amor que se ha apoderado del pobre Jorje y que nos pone en el
conflicto que hoy nos aflije. ¿Pero qué puedo hacer Dios mio? sino le contesto á su carta me llamará mujer sin corazon ¿y si le
contesto qué puedo decirle? Mis palabras serán clasificadas de indiferentes, de frias—No encuentro que hacer. Confieso que padezco. ¡Pobre Jorje!

María, quedó un rato entregada á sus reflexiones y despues de
un momento, dijo: Sí, escribiré algunas líneas á mi pobre amigo.
Y diciendo esto se sentó en su escritorio y escribió el billete siguiente.

"De María á Jorje.

Querido hermano: no trepido Jorje, en darte este nombre
pues nuestra amistad fué siempre fraternal. Siento y al mismo
tiempo te agradezco que me evites el conflicto de tu despedida; esta carta te dirá *adios* por mí y te presentará todos mis mas finos
afectos. Nunca podré olvidar nuestra amistad de tantos años, y
mi hermano Jorje, siempre tendrá un lugar de preferencia en el
corazon de su hermana.

MARIA.

El corazon de la jóven quedó algo mas consolado despues de
haber cumplido con un deber sagrado, pues lo era para ella el que
acababa de cumplir y despues de cerrar y mandar su carta, se arrodilló delante de nuestra señora de Mercedes y le pidió en una
ferviente oracion que mitigase el dolor de Jorje, y le concediese
fuerza para despedirse de su anciano padre y de sus queridas hermanas.

Despues de haber hecho su piadosa oracion quedó algo mas
tranquila, y para desechar las tristes ideas que la agitaba, se pa

só al cuarto de su padre, al que encontró muy entretenido en
una partida de ajedrez. María era muy fuerte en este juego y empezó á mirar y á dar su opinion como lo hacen siempre los mi-
rones.

Dejaremos esta partida y pasaremos á casa de Jorje.

Llegó pues el momento de la triste despedida y tanto el padre
como el hijo estaban entregados al mas profundo desconsuelo: en
fin, Jorje dijo: es preciso que parta: padre mio, bendice á tu hijo y
acabemos.

Adios; adios, hijo mio; respondió el anciano, y Jorje se ar-
rancó, mas bien puede decirse de los brazos de sus hermanas. Subió al coche y fué á tomar el lanchon que debia conducirlo al paquete inglés. Dios le conceda un feliz viaje.

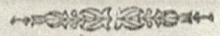

CAPITULO 3.°

—

Difícil es pintar la aflixion de la familia Harris, con la partida
de Jorje. El pobre anciano estaba inconsolable, y sin poderlo remediar tomó aprehencion á Leoncio, y manifestaba á pesar suyo una
grande frialdad por María.

Por otra parte, María, tambien se encontraba muy embarazosa
delante de la familia de Jorje, pues decia: Yo soy causa que todos estén tristes y nada pone mas frialdad entre los amigos que
cuando alguno desconfia de los demás. Como, he de pensar con
la marcha de Jorje; ni D. Jorje, ni las niñas iban á casa de
D. Miguel y la tertulia de María quedó reducida á muy pocas
personas; porque Luisa no iba ya por estar para casarse de un
momento á otro: resultando de esto, que María pasaba casi toda la
noche sola con Leoncio.

El padre de María, tenia su partida á los sientos con un
inválido amigo: capitan retirado, llamado D. Fermin Muñoz.
La señora Marcela, tejia, y María tocaba el piano unos ratos y
otros jugaba al ajedrez: pero si algun curioso hubiera estado
en observacion habria notado que las piezas, quedaban ratos enteros
sin ser tocadas, y que los dos amantes conversaban sin cansarse.
Hay épocas en la vida que son *esclusivas*; cuando dos personas

se aman verdaderamente no se cansan de estar juntos, no se sacian, y su felicidad siempre es la misma. Ya hemos visto como contestó María al primer billete de Leoncio de C...y como esta corresponde al amor del valiente guerrero. Todas las noches se vén María y Leoncio: y no disinmulan el afecto que cada uno profesa al otro. D. Miguel los mira complacidos y cree que es providencial este mútuo cariño. ¡Pobre hija mia! decia el buen anciano: parece que Dios le manda un amparo, un protector en el mejor amigo de su padre; porque no puedo dudarlo, Leoncio hará la felicidad de María. Estas reflexiones alhagaban las esperanzas del pobre anciano: pues empezaba á ver que sus temores sobre la orfandad de María, eran infundados en este momento. Sin embargo, como Leoncio no le decia una palabra sobre sus proyectos, D. Miguel le dijo una noche como en tono de chanza. Querido Leoncio: parece que los tres meses de licencia se cumplen muy pronto. ¿Qué tal te encuentras para regresar al ejército?

El coronel quedó un poco pensativo y fijando sus ojos en María, le lanzó una mirada de fuego que hizo bajar los ojos á la jóven. El capitan como para dar tiempo á la respuesta de su amigo, dijo: que vacío dejarás entre nosotros; era tan íntima nuestra vida: nos encontrábamos tan bien juntos. Sí, contestó Leoncio: dice Vd. bien: nos encontrábamos tan bien juntos que es una desgracia tener que separarnos; pero á fé mia, que sin esta fatal guerra no nos separariamos jamás; porque yo creo que el capitan D. Miguel de Montiel, no le negaria la mano de su hija al coronel Leoncio de C...su mejor amigo. María estaba con los ojos bajos y la cara encendida; y el corazon le latia tan fuertemente que parecia que se le salia del pecho. El coronel habia tomado á María de la mano, y los dos parados delante de D. Miguel, esperaban su sentencia. El capitan tambien se puso de pié y tomando la mano de María la puso en la del coronel C...y muy conmovido, le dijo estas palabras. Yo te la doy querido Leoncio: amala como yo amé á su madre, y Dios nuestro señor te conceda una felicidad que para mí, duró tan poco. María merece bien que la hagas dichosa y creo que Leoncio de C...hará la felicidad de mi amada hija. Diciendo estas palabras, el coronel y D. Miguel se abrazaron y lágrimas de emocion mojaron sus ojos. María, lloraba tambien, besó á su padre y lo tuvo aprisionado un buen rato entre sus brazos, y cuando se separaron D. Miguel le dijo á Leoncio. Abraza á tu futura esposa, y sacándole á María un anillo que esta tenia puesto en la mano izquierda, se le puso en el dedo y sacó tambien uno que el coronel llevaba siempre puesto y lo colocó en el dedo de María y le dijo estas palabras. María y Leoncio, quedan unidos para siempre desde este momento: yo los bendigo y estoy cierto que mi buena esposa los bendice tambien desde el cielo. Leoncio, desde

6

este instante, me respondes de la felicidad de María: jurame que jamás dejarás de amarla; jurame que si yo muero como es natural, tú tendrás todos los cuidados y cariños que su anciano padre le ha prodigado desde la infancia. Seguro de la felicidad de María, ya no temo la muerte.

Leoncio todo conmovido con las palabras del anciano le dijo tomándole la mano. Sí, padre mio, pues este será el nombre que ta daré estando unido á tu hija. Yo juro, por Dios y por mi espada, hacer la felicidad de la mas virtuosa y bella de las mugeres; y si falto á mi juramento, que Dios me castigue con las penas mas grandes, con las que merecen los desleales y los desagradecidos. Creo, añadió, que mi amigo no duda de que soy capaz de hacer la felicidad de su hija. Al decir estas palabras se presentó la señora Marcela y tomándola D. Miguel de la mano le dijo. Querida hermana, ya puedo morir en paz. María tiene un esposo un protector; el coronel Leoncio de C. ha pedido su mano, y yo se la he concedido con todo mi corazon. La buena señora Marcela que amaba con estremo á María, sintió un verdadero placer, y lo mostró bien en el cariñoso abrazo que le dió á esta, diciéndole. Dios te conceda toda la felicidad que yo te deseo; y pasando de María á su hermano lo abrazó tambien: despues dirijiéndose á Leoncio le dijo: Vd. será siempre, como lo ha sido hasta hoy, nuestro mejor amigo. Coronel, lo felicito con toda mi alma, y la eleccion de María, no puede ser mejor: está probado que Dios recompensa á los que tienen confianza en él, y que tanto en esta vida como en la otra se premia al bueno y se castiga al malo. Pero viendo la hora avanzada cada uno tuvo que pensar en retirarse, lo que Leoncio y María, hicieron de muy mala gana. El coronel, dió la mano al capitan y le dijo: hasta mañana padre mio, y besando á María en la frente, se despidió de ella, con toda la amable galantería que le era natural.

Leoncio salió de casa de María radiante de felicidad; todo le hacia esperar un porvenir feliz. Cuando llegó, encontró todavía á Luisa sentada en el comedor, al lado de la chimenea: el jóven Eduardo Mendez, acababa de salir. Buenas noches querida sobrina, dijo á Luisa, dándole un beso en la frente. Buenas noches mi querido tio contestó esta, abrazando á su tio. ¿Cómo van los preparativos de la boda? Hás fijado ya el dia? Sí. contestó Luisa poniéndose encendida. Si Vd. no tiene inconveniente se realizará mañana. No, hija mia; ninguno. Y tendré el mayor placer en servirte de padre. Pobre tu madre: ella te bendicirá desde el Cielo, y á mi tambien, pues me parece que he llenado debidamente el encargo que me dejó á su hora postrera: si algo ha faltado, habrá sido á mi pesar. No, mi querido tio, Vd. ha sido para mi un verdadero padre, y mi gratitud para con Vd. será eterna: estás contenta Luisa? Sí, mi querido tio, pues voy á unirme con el hombre que tanto amo. Mi felicidad despues de tanto tiempo deseada, será realizada. Mañana será el dia mas feliz de mi vida: me veré unida á mi amante querido, seré su *esposa*: llevaré su *nombre*: esto es, la verdadera dicha para mí. Apelo al juicio de toda muger que como yo, se halla casada enamorada. ¿Cón qué cosa podrá compararse este *placer*? Saber que todo lo bueno que haga, tengo á quien dedicarlo, porque mis acciones reflejarán sobre mi *esposo*. Yo no podré dejar de ser buena, porque tomaré por modelo á mi Eduardo. Vd. sabe querido tio, que es bueno, noble y generoso. Nuestro amor creció con nosotros, pues nos amamos desde la niñez; así pues creo que, nuestra felicidad será perfecta: Dios os bendiga hijos mios, contestó Leoncio: mañana á las nueve de la noche tus votos serán realizados.

Despues de dichas estas palabras, el coronel dijo á su sobrina. Querida Luisa, yo tambien soy feliz: y tengo el placer de participarte que esta noche he pedido la mano de la señorita María de Montiel, y que su padre me la ha concedido. Un abrazo querido tio, por la noticia, María es mi mejor amiga, y la miro como á una hermana. No puede Vd. imajinarse el gusto que me ha dado con esta sorpresa tan inesperada. Sospechaba que entre Vd. y mi amiga, habia algo; pero no pensé fuese ya un negocio tan adelantado. Que quieres hija mia? Nosotros los militares todo lo hacemos pronto; porque el tiempo nos falta, y mucho mas, si tenemos el enemigo al frente. Pues bien, mi tio: que mi casamiento se demore y si Vd. quiere lo haremos en un mismo dia. Gracias mi buena Luisa; con toda mi alma te agradezco tus buenos deseos: pero esas palabras que acabas de decirme me recuerdan mi posicion y mis deberes, como militar en servicio. En primer lugar, mi licencia, vence dentro de doce dias y es mi deber regresar al ejército; y no puede un militar casarse sin licencia: y si yo en este momento la solicitase, tocaria inconvenientes y retardos en todos los pasos que son consiguientes: así, pues, mi gozo será muy mezclado, pues que tendré que separarme del angel que adoro; de mi divina María. Estas razones te muestran, Luisa, que sin dejar de estimar la oferta de demorar tu matrimonio, no puedo aceptarla. Mañana hija mia, serás esposa de Eduardo, y diciendo estas palabras se despidieron y cada uno pasó á su habitacion: no es dificil adivinar en que puede pensar una niña la víspera de su casamiento: por lo tanto pedimos á nuestras lectores que se imajinen en lo que pensaria Luisa despues de hacer una ferviente oracion á la madre de *Dios*. No hay que hacerse mal juicio: pensaria en los nuevos deberes que el estado del matrimonio impone á la que deja de ser una señorita y toma el lugar de señora y dueña de casa: pensaria en la mision que una mujer casada tiene que llenar ante Dios, ante la sociedad,

y con ella misma, y mas que todo para con el hombre que la une
á su suerte. El matrimonio es uno de los estados mas sérios y
delicados. Esa sociedad que dura eternamente y que solo la muerte puede romper, es preciso estudiarla: saber llevar en ella con
paciencia y tino las contradiciones que á veces no faltan. Cuando
viene la intimidad y cada uno se muestra como es, y no bajo el
influjo de la pasion, que poniendo una venda en los ojos no deja
ver sino lo que nos alhaga y nos lisonjea. La mujer tiene que
reconocer siempre superioridad en su marido, y desgraciada de
aquella que por un momento quiere mostrarse ufana de dominar, el
de saber mas que el hombre á quien está unida: porque eso no
traerá sino disgustos que pueden alterar la paz interior del estado.
Es, pues de pensar que Luisa meditaba en todas estas circunstancias que constituye el matrimonio: así pues nada de estrañar es que
no pudiese conciliar el sueño. Pensaba tambien en su madre, y la
idea de todo lo que su buen tio hizo por ella, se le presentó tambien durante aquel insomio: al venir el dia, el sueño la venció y
quedó dormida hasta muy tarde que entró su nodriza Juana, y le
dijo: querida Luisa, el almuerzo espera ya: levantate hija mia.

Luisa saltó de la cama y muy de prisa vistió un baton y pasó
al comedor donde el coronel esperaba.

Buenos dias hija mia; (dijo el coronel besando en la frente á
su sobrina). Parece que hoy nos hemos dormido mas que lo de
costumbre. No, tio mio: he dormido poco; no me era posible conciliar el sueño. Mi cabeza ardia en esta noche pasada: recordaba
tantas cosas á la vez, he pensado tambien mucho en mi madre.
Y en Vd. querido tio, que tan bueno y tan perfecto ha sido para
conmigo: tambien he pensado tanto en Eduardo, en el tiempo que
ha corrido desde que me declaró su amor. En los goces que este
amor nos ha hecho sentir, no hay duda tio, la vida se convierte en
un edem cuando se encuentran dos seres que se aman mútuamente: el que no sabe amar es peor que un irracional, las sensaciones
mas delicadas vienen del amor, el dolor mismo es mas profundo y
mas sentido si tiene por oríjen una pasion y que él nazca de un
sentimiento amoroso: el amor es la pasion que dá mas goces al
corazon: él nos dá fé, y esperanza; es él que nos hace conocer la
magnificencia de *Dios* cuando lo adoramos, él es el que nos hace
buenos unos con otros, él es el que nos dá resignacion para sufrir,
valor para soportor los dolores, conmiseracion para con los desgraciados, es el sentimiento que mas embellece á la especie humana; es el espejo en que se miran *las almas sensibles* para medir sus
acciones: es amando que se aprende á juzgar á sus semejantes y
á ser magnánimo y generoso: todos los seres aman, y han amado
hasta las mujeres mas virtuosas, pues que ya hemos dicho que el
amor nos viene de Dios, y para amar tenemos el corazon: El sal-

vador, perdonó á la Magdalena, porque habia amado mucho, y hasta para él fué escusable el que pecó por haber amado. El amor mas delicado no se dice, se siente, se adivina: no habria palabras que pudiera esplicarlo; el amor fino y delicado se impregna en el alma como un suave perfume, que se siente, pero que no se puede ver: es grande, mudo, y silencioso: es como los mas lindos versos de Tasso, del Petrarca y del Dante, y de otros grandes hombres que en poesía divina, han cantado el poder del hijo de Venus. No hay arte que pueda rivalizar con este bello sentimiento: toca el corazon, y lo conmueven los sonidos de Verdi, de Bellini, de Donicetti, pero no hay nada que iguale con este sentimiento que no ha podido ser eterno, porque nos mataría.

El amor ardiente no puede durar siempre: no habria quien lo resistiese: por eso fué inventado el matrimonio: despues de algunos años de casados, esa laya de amordesaparece; pero queda en su lugar una fina amistad, una dulce intimidad que recompensa con usura, ese amor que se pierde. La felicidad de los casados que saben conservarla, es siempre la misma. Todo tiene en este mundo sus compensaciones. Vd. convendrá conmigo, mi querido tio, que si Dios manda hijos á los casados, es un goce muy grande y que debe compensar mucho la pérdida aparente del amor de que acabamos de hablar. Veo Luisa, que estás mas impuestadel estado conyugal que lo que yo creia. Qué quiere Vd. señor? hacen seis años que lo estudio; es la fecha que tengo de compromiso con Eduardo. Creo que ese estudio me dará ventaja para sacar de ellas la dicha y felicidad doméstica. Te confieso, sobrina, que me has encantado: te estaria oyendo hasta mañana; pero es preciso pensar en los arreglos de esta noche. Dime, Luisa, ¿qué personas piensas invitar para tu casamiento? Solo la familia de Eduardo, y á María, su tia y su padre. Pero, qué, nó pasas un recado á D. Jorge y mas señoritas? No habia pensado; pero voy á poner cuatro letras á Fani y Henriqueta. Ellas harán lo que gusten: desde la partida de Jorge, su padre está frio con nosotros y sin poderlo remediar: el pobre viejo mira tanto á María, como á Vd. con mucha frialdad. Lo siento, Luisa, pero ni María, ni yo, podemos remediar lo que ha sucedido: y diciendo esto, cada uno pasó á ocuparse de los negocios que tenia á su cargo. Luisa debia quedar viviendo en la casa del coronel, pues era la mitad de aquella propiedad de la madre de esta, y el coronel era tutor de su sobrina. Ya está listo el cuarto y el lecho *nupcial*. Todo es de una elegancia perfecta, pues Leoncio ha querido que su sobrina conozca cuanto es el afecto que él le profesa. El novio ha enviado ya las joyas y demás regalos que son de costumbre: el vestido de la novia espera ya en su cuarto de vestirse, y todo sonrie á la feliz pareja. Luisa escribe como hemos dicho, convidando á las amigas, y estas contestan que no faltarán, pero que vendrán con D. Miguel de Montiel, porque D. Jorge no está con gusto para salir de casa. Son las ocho de la noche y todos los convidados empiezan á llegar: el novio y su familia están ya en el salon. Llega María con su tia la señora Marcela, D. Miguel entra momentos despues con Fani y Henriqueta, están tambien los dos jóvenes ayudantes del coronel, el mayor Navarrete y el capitan Salazar. El ministro que debe realizar la ceremonia está tambien: nada falta sino la pareja que entrará de un momento á otro en el salon. Todos conversan alegremente: María y Leoncio no se separan y los jóvenes militares hacen la córte á las señoritas Fani y Henriqueta; pero el coronel desaparece un momento para conducir á Luisa al Altar. La novia vestida de blanco con su corona de azaares y su largo velo, estaba encantadora, pues Luisa era una belleza: tipo *italiano* con ojos y cabellos negros que hacian resaltar mas lo blanco del encaje que cubria su esplendida cabellera.

Un murmullo de aprovacion resonó por todas partes á la aparicion de la novia. Eduardo tambien estaba muy buen mozo, pues tenia una figura distinguida y llamaba mucho la atencion, sus lindos ojos azules y su rizada cabellera rubia. El coronel le servia de *padre* á su querida sobrina, y la madre de Eduardo era la madrina. Todos de pie: empieza la ceremonia. Ya sabemos que el matrimonio entre los católicos es una ceremonia que dura muy cortos momentos. Parece increible que una cosa tan séria y que dura toda la vida sea terminada tan de lijero, pues que quedan casados con solo estas pocas palabras. "Recibe Vd. por su esposo á el señor D. Eduardo Mendez? Sí, lo recibo. Recibe Vd. por su esposa á la señorita D.ª Luisa de Belmor? Sí, la recibo. Señores, sean Vds. testigos que este matrimonio queda coucluido; dénse Vds. las manos." El sacerdote les echa la bendicion y los esposos quedan unidos por toda su vida.

Luisa, concluida la ceremonia, abraza á su tio, despues á la madre de su esposo, sigue, besa, y estrecha en sus brazos á María, y le dice, amiga mia: tú tambien serás feliz y yo tendré el placer de llamarte *hermana.*

Siguen las lágrimas y los abrazos como es de costumbre, hasta que un poco mas tranquilos todos, se toca el piano, se canta, y se pasa al comedor donde espera un espléndido ambigú: todos comen con apetito, ménos los novios que no prueban bocado, pues que están llenos con su felicidad : despues del tiempo necesario de estar en la mesa, todos se retiran y cada concurrente presenta sus cumplimientos á los novios y se marchan.

Dejemos á Luisa y al Doctor gozar de la felicidad que tanto han deseado, y pasemos á ocuparnos del coronel, que se marchó á sus piezas, muy preocupado de sus propios negocios, pues no era para ménos el tener que arreglar su marcha dentro de ocho dias.

Tener que separarse de María, à quien tanto amaba, era muy fuerte, que su voluntad, pero nada podia cambiar su situacion: el ejército, dejaba en el entrante mes, los cuarteles de invierno, y la campaña se abria nuevamente: y para un hombre de honor, era mucho haber disfrutado tres meses de licencia. Ah! esclamaba el valiente guerrero: tener que dejar esta criatura angelical! y sabe Dios si la volveré à ver! La vida del militar es mas prestada que la de ningun otro hombre, y yo que no sé ocultar el pecho à las balas, yo que hasta hoy he jugado con mi vida, yo que me hacía un placer de esponerme por mi patria, casi empiezo à pensar que el amor me quiere hacer cobarde. Pero no, mil veces no. Yo he ofrecido à María, regalarle la primera condecoracion de honor que gane en el campo de batalla, y ó moriré ó he de cumplir lo que he ofrecido.—El amor dominaba el corazon de aquel hombre tan valiente: las acciones que ejecuta el cuerpo son impulsadas por el alma, y no pueden resistirse; si así no fuese, no sería amor: resistir al impulso de la naturaleza no es virtud, es un cálculo. Una persona que resiste á los mandatos del *alma*, calcula friamente lo que puede resultarle de seguir sus instintos. El que calcula, no *ama*; así es que aquel hombre que amaba con toda su *alma* no podia sujetarse á cálculos. En fin, despues de estos y otros pensamientos, Leoncio pasó á su dormitorio y se metió en cama. Es de pensar que no le sería fácil conciliar el sueño, y que pasó la noche sin dormir. Lo que hay de cierto es, que tanto el coronel como los novios se levantaron muy tarde, y no se puso el almuerzo hasta las doce: hora en que todos se reunieron en el *comedor*.

CAPITULO 4.°

Al dia siguiente, como es de costumbre, tuvo lugar en casa de los novios la comida de boda, donde asistieron solo la familia de Eduardo y de D. Miguel.

María se presentó vestida de negro, color que armonizaba con la tristeza que empezaba á apoderarse de su corazon. Ya no le quedaba duda que Leoncio se marchaba: éste tampoco ocultaba á su bella prometida la afliccion que reinaba en su alma. Cuando llegó la familia del capitan, Maria y Leoncio se retiraron en un confidente al lado de la chimenea: la jóven empieza de este modo la conversacion. Amigo mio: siempre marcha V. el dia treinta? Sí, bella María; mi licencia, como V. sabe, vence muy pronto, y tengo que estar en mi regimiento, en el ejército, el mismo dia que se cumpla. Jamas pensé que me sería tan terrible, tener que regresar al lado de mis compañeros, y donde el deber me llama: yo que fuí siempre el primero, que jamás me hice esperar; pero este amor que siento por V. ha cambiado todo mi ser: sí, Maria: esto no es un lijero capricho, es un sentimiento profundo que me embriaga y me conduce, como arrastrado por un torrente que me arrebata, que dispone de mi voluntad, y al que me es imposible resistir. ¿Quien es aquel que puede luchar con su propio deseo? El que puede triunfar de si mismo, no sabe amar. Nada resiste á ese poder que convierte al hombre en niño. Todo cede á él: hasta las bestias feroces: pues ellas tambien aman con el instinto que les concedió naturaleza. Las mismas plantas aman, cuya vejetacion parece imponerles goces: su cáliz se abre para recibir el néctar que le arroja su cónyuge, pues que ellas tambien lo tienen y se sienten en emanacion para reproducirse. Quisiera inventar palabras nuevas que nadie hubiese usado para que ellas llegaran hasta tu corazon y te mostrasen cuanto es el amor que te profeso. Si yo pudiera estar persuadido que tú tambien me amas como yo te amo, si tú sufrieras como yo, si esta separacion te hiciese como á mí, padecer, entónces confieso que sería ménos desgraciado y no sufriria como sufro. Oh, miseria humana! el hombre deja de serlo. *Le cœur, ces éternel enfan qui ne sait james ce q' il fait.* El corazon es un niño que no sabe jamás lo que hace. Maria está conmovida; pues amaba á Leoncio con toda su alma, y cuando éste estuvo algo mas tranquilo, le dijo: amigo mio; yo sufro tanto como V. sufre, y tal vez mas, porque V. me dice todo lo que siente, y su corazon queda libre de ese peso que agovia el mio: pero si para que V. sufra ménos es preciso que yo le confiese que su partida me hace morir, y que el dia que V. se marche seré muy desgraciada; porque cosa ninguna podrá consolarme. Se lo repito, no una sino mil veces: Leoncio, el verdadero amor es como Dios, que no se puede ver, sino con los ojos del corazon; pero que todo revela su existencia. Esas palabras me encantan, divina Maria, y las tendré siempre grabadas en el corazon: pero esta ausencia, esta separacion... si algun rival quisiera robarme tu amor... Si, á mas de estar separados me empieza á perseguir el temor, la desconfianza natural que todo *avaro* tiene, cuando ha encontrado un tesoro. Dios mio! una alma tenía para la *dicha*, concédeme otra para soportar la desgracia que me agovia. Bien hemos dicho ya:

que la felicidad y la desgracia son hermanas y que jamás andan léjos una de otra. Estas sentidas palabras fueron interrumpidas por la hora de comer. Pasarémos al comedor, donde encontrarémos á los novios que radiantes de felicidad hacen los honores á los convidados : todos están alegres ménos Leoncio y María, que apénas recuerdan que hay otro mundo que su amor. D. Miguel tambien participa de la tristeza de María, que no hace otra cosa que pensar como hacer soportar á su hija el duro golpe que la amenaza, porque lo es para una jóven que ama como María, y tiene que separarse del objeto querido por quien tiene que estar siempre en la mayor inquietud : pues el ejército entra muy luego en operaciones. No sé quien será mas desgraciado de los dos. Mas adelante podrán juzgar nuestros lectores con conocimiento de causa.

Concluida la comida se retiró á su casa el capitan y su hija, el coronel las acompañó. Luego que estuvo solo con D. Miguel, le dijo Leoncio: á éste, espero, amigo mio, que podré llevar el retrato de María, y que ella podrá recibir el mio.—No hay nada mas justo, querido amigo, desde que eres el prometido esposo de mi hija. María, pienso que se ha adelantado á tu deseo, pues tiene ya pronta una miniatura con que piensa sorprenderte. Pero, silencio que ella viene. D. Miguel, como hombre prudente, pasó á su escritorio y dejó solos á los dos amantes : entónces Leoncio tomando de la mano á María se la besó con pasion y le dijo : he pedido permiso á D. Miguel para llevar tu retrato y dejarte el mio : diciendo esto sacó una miniatura que tenia con un sencillo medallon de oro. De un lado estaba el retrato de Leoncio, vestido de *parada* y en su botonadura llevaba todas las medallas ganadas en los diez años de campaña ; del lado opuesto tenia con letras hechas del cabello de Leoncio, este sencillo letrero, escrito en *francés*

Gage d'amour
pur s'amour ó beteni.
"Prenda de amor
Por amor recibida."

María recibió el retrato de su amante con el mayor placer. Lo sacó de la caja y mirándolo enternecida le dijo á Leoncio. El dia que nos separemos, colgaré á mi cuello, esta querida imájen del único hombre que he amado y amaré siempre; la miraré como si fuese una santa reliquia, y no habrá momento alguno en que no esté dispuesta á contemplarla con placer. Las palabras que en él están escritas creo que las merezco, pues este retrato es ciertamente, prenda de amor, por amor concedida. Cuando María concluyó estas palabras, Leoncio le dijo: yo tambien espero recibir el de mi bella prometida, y para ello tengo ya la licencia de su padre:

7

Al oir estas palabras, se levantó María y sacando del bolsillo una llavecita habrió un precioso *necesario* de palo de rosa que contenia todo lo que puede precisar un hombre de buen tono, y levantando la tapa de una pequeña gabeta, saco un medallon poco mas ó menos del mismo porte de que Leoncio le dió, y enseñándolo á su amante le dijo: Aquí está mi retrato; he preferido el vestido celeste que llevaba la noche que tuve el placer de conocer á mi Leoncio: tambien llevo en la cabeza la *rosa* del ramo; espero que este recuerdo no dejará de hablar bien alto en el corazon de mi amigo. María, como hemos visto, estaba vestida como la primera vez que vió á Leoncio, del lado del reves tenía el retrato las letras del nombre de Leoncio y las de María entrelazadas con una *corona*. No habia ninguna palabra escrita, pero aquella *cifra* decia mucho y tal vez mas que todas las palabras que pudieran escribirse. No es posible pintar el placer de Leoncio al ver que su amada habia pensado en él de un modo tan fino y delicado, como lo muestra la preciosa cajita que debía ser compañera inseparable del viajero. Hay atenciones que por sí mismas son tan espresivas que revelan el corazon que sabe agradecer un conjunto de recuerdos preciosos que dán al que es objeto de ellas un mundo de felicidad. Leoncio, tomando la mano de María la besó diciéndole : eres, querida mia, un ángel que Dios ha enviado del Cielo en doble mision sobre la tierra. Tú haces la dicha del mejor de los padres, y en este momento la felicidad del mas rendido y mas amoroso de los amantes. La mujer es la mas grande y mas bella obra de la *creacion*. El grande artífice del mundo, consumó en ella la mas completa de las obras; es la mujer que todo lo embellece, que todo lo alegra, y que todo lo puede. Lo que no consigue una mujer, nadie puede conseguirlo; ni el *oro*, ni la intriga, ni el poder, tienen tanto valor como los lívidos ojos de aquella que dominando el corazon del hombre, lo lleva hasta hacer de él voluntariamente, su mas rendido esclavo. La mujer de corazon está destinada á grandes cosas: y mucho mas si es despejada é inteligente. Ella puede hacer mucho bien; puede ser, si es buena, ánjel de paz: y si es mala, el génio del mal. La mujer tiene siempre grande influjo sobre el hombre, y si este hombre es un rey, si este hombre es un juez, si este hombre puede disponer á su antojo del poder, una mujer puede conseguir con talento y habilidad, lo que no conseguiria jamás el mas entendido consejero. La mujer ha nacido para suavizar el carácter del hombre, y cuando este diga, castigo, ella debe de decir *perdon:* es tan grato perdonar ! Nunca se parece mas el hombre á la divinidad que cuando perdona. El salvador nos dió el ejemplo, pues perdonó á todos los que lo habian agraviado y hecho mal; y en todo tiempo. y en todas las épocas de *crísis* nunca se han parecido mas á Dios, las nobles matronas que cuando han pedido por el desgraciado. Buenos Aires, puede tener orgullo de poseer en su culta sociedad nobles mujeres que han tenido el coraje de salvar mas de un *desgraciado*. Si todas las señoras comprendiesen su mision sobre la tierra, no habria tantas que contribuyeran con sus consejos, á que el rencor sea imperecedero en el corazon de sus maridos ó de sus hermanos, ó de sus amantes. La mujer que comprende bien la relijion, trata de predicar el olvido de las injurias si las ha habido; el perdon de las faltas que tal vez fueron cometidas por equivocacion y no por el deseo de hacer mal. La caridad, esa preciosa virtud, debe siempre de ponerse en práctica para alcanzar el olvido. Es practicando la fusion que se unen los hombres y los pueblos: es preciso unirse con un lazo de tolerancia que vincula los hermanos unos con otros. Porque solo cobijados bajo la sombra de la union, puede ser feliz la gran familia argentina. Tú, María, la mas buena y mas virtuosa de las mujeres, debes mejor que otras conocer el porte de esta verdad. "La union hace la fuerza" y una familia desunida, escandaliza al vecindario. Un pueblo de hermanos que no tiene union, *escandaliza al mundo entero*. Todos debemos trabajar para vivir en union y con *fraternidad*. Uno de mis deseos porque se concluya la guerra es, porque á la sombra de la paz, todo florece; y ese don del cielo que se llama paz, que hace la felicidad tanto del pobre como del rico, pues que á todos alcanza. Tienes razon, Leoncio, contestó María; yo daría por ver concluida esta maldita guerra, diez años de mi vida, porque entonces gozaríamos dos cosas: el placer de estar juntos y la felicidad de vivir en paz. Te confieso que cuando pienso en tu partida, me siento morir, y mas bien quisiera no haberte conocido; pero será mejor que aprovechemos los momentos que nos quedan para hablar de nuestro amor y de nuestro porvenir. Aquí estaban los amantes, de esta conversacion, cuando el reloj dió las doce; hora en que era preciso separarse. Leoncio besó á María en la frente con el mayor cariño y le dijo: hasta mañana.

CAPITULO 5.°

Es la víspera de la partida de Leoncio, y éste debe venir á comer à casa de su futura y María está sobremanera aflijida: no le es posible disimular el estado de su corazon; espera con ansias al coronel, que dando las tres entra en el salon, en el que encuentra á su amada con los ojos encendidos y la fisonomia descompuesta. Todo muestra en ella el mas profundo pesar. Leoncio entra despacio, y María que tenia la mano puesta en la mejilla, en actitud de una persona que está entregada á sus propias reflexiones, no sintió la entrada de su amante. Este, al verla la saluda y goza de su sorpresa. Buenos dias, amada María, dijo Leoncio besándole la mano. Buenos dias, contestó María: sin poder decir una palabra mas. Sus ojos se llenaron de lágrimas. El coronel profundamente conmovido, la dijo: valor, amada mia. Entonces María, tomándole la mano se la llevó al corazon y le dijo. Para tenerlo, seria preciso que este pobre corazon ignorase que nos vamos á separar mañana por un tiempo indeterminado. Era preciso que él, no supiese que lo que mas ama, estará desde mañana lejos de él, y que muy pronto no habrá un dia, una hora, ni un momento, en que no tenga que temer por la vida del mas amado y mas querido de los hombres. Ah! Leoncio, qué terrible alternativa la mia! Tener que temer sin cesar, despertarse temblando, acostarse siempre inquieta, desear y temer la venida del correo, no animarse á tomar un diario, de temor de leer en él la muerte del objeto querido. Qué triste vida será la de esta pobre mujer, lejos del hombre que ama, y llena de inquietudes. Mi situacion no puede ser mas afligente. Confieso que me siento morir, amado Leoncio. Tranquilízate, amiga mia; si tú no te muestras mas resignada, perderé la poca entereza que me resta. Daria por no ver tu afliccion, cuanto puede alhagar mis ambiciones y mis esperanzas. María, María, ángel mio, niña idolatrada, yó te amo como no fué amada jamas ninguna mujer. Tuyo es mi amor, tuyo es mi corazon, tuyo es, hasta el aire que respiro: por tí daria, cuanto puede el hombre esperar de felicidad sobre la tierra, y daria mil veces la vida, por no ver correr una sola de tus lágrimas. Sí, alma mia, cada perla de las que vierten tus divinos ojos, caen sobre mi corazon y lo queman, y lo abrasan, y lo hacen padecer de un modo inesplicable. No puedo soportar tu afliccion, y caigo en una postracion que me avergüenza. Dime: María, si tu me amas, como yo te amo, dime, si este fuego que yo siento, lo sientes tú tambien? Dime, si podré esperar que á pesar de la ausencia, tu corazon séa siempre mio? Sí, amado Leoncio, te amaré como tú lo mereces. Duda primero *de la luz del sol en su mas claro dia, duda de tu propio corazon, duda de tu mismo amor, duda hasta de DIOS*, pero no de la constancia de María.

Las protestas de los dos amantes fueron repetidas mil veces: arreglaron el modo de escribirse, pues el correo del ejército venia con regularidad. Leoncio le decia á María, no dejes jamas de escribirme. La primera vez que no recibiera carta tuya creeria que estabas herido. Dios mio! cuanto tengo que sufrir. Es preciso saber lo que aflije la ausencia por sí solo, y cuanto mas no sufrirá la persona que tiene que temer por la vida del objeto amado. Tú eres mas feliz amigo mio, porque yo no corro ningun riesgo. María, contestó Leoncio. Quiero concluir de una vez, todo lo que tiene de penoso nuestros arreglos, para entregarme despues al placer de estar á tu lado y ver si puedo olvidar que mañana nos separamos. Quiero hablarte un momento de negocios. Ayer he dado á Luisa, todo lo que le corresponde de la herencia de su madre que yo he administrado, á mas le he regalado mi quinta de Flores: quedo pues en libertad de disponer de mi fortuna, y como yo te miro, amiga mia como mi esposa, he querido hacer mi testamento, dejándote toda mi fortuna si yo muero. Te ruego que me hagas el favor de guardar este pliego: si regreso seré tu esposo y juntos disfrutarémos de esos bienes: si muero, tú eres demasiado jóven para imponerte una eterna viudez; que ni la exijo, ni te la puedo aconsejar, pues si tal hiciese, sería un egoista. Al dejarte dueña de mi fortuna, solo te pido que si muero, no me olvides, y que alguna vez esparsas sobre mi tumba unas flores y derrames una lágrima: María, al oir estas palabras no le fué posible contener el llanto; y lágrimas de fuego inundaban sus ojos. Leoncio, Leoncio mio, esclamó la jóven con acento dolorido: esto es demasiado sufrir; el valor me abandona y padezco de un modo horrible. Siempre miré con sérios temores la permanencia de un militar en campaña; pero este pliego, estas disposiciones testamentarias, me redundan un peligro en que yo habia pensado, pero que á la verdad, no creia tan sério. Amada María, toda persona está espuesta á morir, de un momento á otro, y hay muchas que hacen sus disposiciones en sana salud, y es lo mejor. Creo, mi amada María, que no tienes motivo para tanta afliccion, porque yo haga las mias. Por otra parte, tengo mi génio protector que me ha salvado en tantas batallas: de todas las acciones en que he estado, no he recibido sino heridas leves, solo en Sipecipe y en el Cerro de Pasco, fué de algun valor la herida que recibí. Y levantándose el cabello, mostró en el lado derecho de la cabeza una cicatriz que el pelo le tapaba. Que de triunfos ganó el ejército ese dia, fué el 6 de diciembre del año 1820. El teniente coronel Santa Cruz, fué tomado prisionero: todavía me alegro lo que recuerdo esa linda jornada en la que el teniente coronel Lavalle, peleó como un héroe: hay hombres de valor en nuestro ejército. Podemos tener orgullo de decir, que hasta los negros de nuestras filas, pelean con honor y valentía: María, lo que somos los militares; el recuerdo de nuestras glorias ha mitigado mi afliccion. Te aseguro que esta guerra terminará muy pronto; el ejército del rey está destruido y desmoralizado: todo nos muestra que no durará seis meses mas la guerra. Ya ves, mi bella amiga, que muy pronto serémos felices. Pero quiero concluir nuestra conversacion que yo interrumpí para darte valor; diciéndote que no siempre se muere en la guerra. Te habia pedido y te lo ruego nuevamente que guardes todo lo que contiene esta cajita. En ella está mi testamento y una carta que solo debes leer si yo muero; á mas están todas las alhajas que poseo como herencia de familia. Siempre las destiné para la que fuese mi esposa. Prométeme, María, que siempre y en todo tiempo, y suceda lo que Dios quiera, esas alhajas serán mi regalo de BODA. Por Dios, Leoncio, no puedo mas y me siento tan afligida, que por mi amor te pido, dés esta conferencia por concluida: yo te juro hacer todo lo que deseas: si crees que es preciso jurarlo, te diré que por tu amor juro cumplir todos tus deseos; y tomando la cajita de las manos de Leoncio, las depositó en las de su padre que á la sazon entraba en el gabinete en que tenia lugar esta conferencia. Padre mio, esclamó María llorando: Leoncio me ha traido hasta su testamento: esto me hace temer que tal vez no lo volveré á ver mas: y diciendo estas palabras se abrazó de su padre derramando un diluvio de lágrimas. D. Miguel que estaba mas tranquilo, empezó á demostrarle, que ella se afligia mas de lo regular, porque en la guerra, como en todas las cosas, solo se corre el peligro que Dios quiere; y dándole otro jiro á la conversacion, trató de hacer con habilidad que aquella bella pareja, se entregase á ideas mas halagüeñas, y tomando á María de la mano, la llevó al piano diciéndole: despídete de Leoncio, cantándole algo de lo que á él mas le gusta. Leoncio le pidió la romanza que ella cantó la primera vez que se conocieron, y al concluir aquel retazo de música tan simpàtico, tanto Leoncio como María, tenian los ojos llenos de lágrimas. No hay duda, en los momentos penosos que nos amenaza la partida de una persona querida, todo nos sensibiliza y nos hace derramar lágrimas, cuando la sensibilidad està afectada, no puede uno mismo darse cuenta de la felicidad con que saltan las lágrimas. Son las cinco de la tarde, grita D. Miguel y la comida está servida. Leoncio, conduce á María: la comida es triste, y ninguno quiere recordar el asunto que los ocupa: pero cada uno lo tiene bien impreso. Concluida la comida, D. Miguel pasa á su escritorio con Leoncio, y le dice; creo amigo mio, que conviene engañar á María, diciéndole que mañana antes de marchar, vendrás á decirle adios, porque ella no está capaz de soportar una despedida. Amigo mio, esa misma idea tenia yo, y pensé que era mas prudente decirle adios en una carta. Bien: amigo, ya sabes que no debes de mostrar debilidad, luego cuando te despidas. Haré cuanto pueda para aparecer tranquilo. Ah! padre mio: no creí nunca que el amor que profeso á María, fuese tan grande, yo estoy loco: mi cabeza arde, mas que la lava ardiente que derrama el Ve-

subio, y no sé como soportar esta separacion.—Hijo mio, recuerda
tus deberes, y piensa que un coronel de caballería, que manda el
regimiento de húsares del Perú, no debe ni aun al separarse de su
amada dar muestras de *debilidades*, que bienen mal con el nombre
de Leon de las batallas, á Leoncio, sus compañeros le llamaban
por guapo con este nombre, con el que era conocido en el ejército
de gefes y soldados. Leoncio volvió al lado de María, mas tranquilo y resuelto á tener la enerjia necesaria para decir adios á su
amada.

El tiempo corria muy pronto, y á las doce de la noche, Leoncio se despidió de María y de su padre, diciéndoles, hasta mañana:
pero al decir adios, aquel hombre tan valiente perdió todo su valor, y salió de aquella casa, dejando á los pies de su amada su corazon, su alma, y hasta su *inteligencia*. María, aunque muy aflijida, conserva todavía la esperanza de verlo al dia siguiente. Está
triste, pero no tan aflijida; su padre que desea seguir el engaño, le
dice: buenas noches hija mia: trata de descansar para que mañana
puedas pasar todavía algunos momentos con tu Leoncio: prométeme ponerte pronto en cama. Bien papá, lo haré como Vd. me lo
pide, y besándole cariñosamente se despidió y se dirigió á su cuarto, donde horó un buen rato, y despues cumpliendo con lo ofrecido á su padre, se metió en cama.

El coronel Leoncio de C...salió de casa de su prometida, enteramente aflijido: aquel hombre amaba con toda su alma y acababa de hacer un esfuerzo terrible sobre sí mismo. Llegó á su casa como debe comprenderse con su cabeza ardiendo y el corazon
traspasado, pero sobreponiéndose á su propio dolor dijo: es preciso que escriba à María y lo haré para que mi carta le lleve mi
último pensamiento. Se sentó en el escritorio y escribió la carta
siguiente.

● Leoncio de C... à María de Montiel.

"Mi amada: mi querida, mi angelical María: no sé que nombre darte, que pueda mostrarte bastantemente mi cariño. Desearia inventar palabras nuevas para que ellas hicieran mas impresion
á tu corazon; para que ellas pudieran mostrarte que eres amada
como no lo fué jamás ninguna mujer: dentro de algunos minutos
parto, amada mia, pero te dejo mi alma toda entera. Anoche de
acuerdo con tu buen padre, resolvimos que no te diria adios, sino
por una carta: era preciso no esponer demasiado tu sensibilidad:
perdóname, amada de mi corazon, este *engaño*. Cuando recibas
esta carta, estaré ya algunas leguas de distancia. Me alejo, pero
mi pensamiento está contigo, y debes creer, amiga mia, que tu
imàjen querida no se separa un momento de mi pensamiento. Te
pido que todas las noches à las ocho pienses en mí: esa era la hora

en que nos reuniamos y deseo que si la distancia nos separa, un mismo pensamiento nos reuna. Escríbeme pronto María. El dia 12 sale el correo. Para mí será un gran consuelo al llegar al ejército encontrar alguna carta tuya. Sería lo único que podia mitigar mi dolor. Adios mujer idolatrada: cuenta siempre con este amor inacabable que siente por tí el mas amante de los hombres que es y será tuyo siempre.

Leoncio de C."

1.° de Mayo de 1824.

Cuando Leoncio concluyó esta carta la puso en su cartera para entregársela á D. Miguel que debia venir á acompañar al coronel hasta cierta distancia. Queria Leoncio despedirse de Luisa y su esposo, y al pasar á sus habitaciones, trató de serenarse. Querida Luisa (le dijo á su sobrina), la hora de marchar ha llegado, y al decirte adios, te recomiendo á María. Consuélala hija mia y háblale de mí. Hoy quiero que pases con mi amada amiga, todo el dia, pues así me lo ha pedido D. Miguel. Pobre María, me ama como yo la amo. Adios Eduardo, ama mucho á Luisa: yo te hago responsable de su felicidad, sabes fuí siempre para ella no *tio* sino padre. Adios buena nodriza Juana, pide á Dios porque me dejen en paz las balas, y porque pueda venir pronto á unirme con mi amada María y abrazarlas á todas juntas sobre mi corazon: y diciendo estas palabras, sus ojos se llenaron de lágrimas y salió de la habitacion por no mostrar su afliccion. El coche estaba en la puerta y D. Miguel esperaba dentro—*Vamos*, dijo Leoncio, y tomaron el camino de la posta, en donde esperaban los dos ayudantes y las ordenanzas con el equipaje. Al abrazarse Leoncio y D. Miguel, los dos estaban conmovidos, el coronel sacó la carta para María y le dijo; abrazala una y mil veces en mi nombre: dile padre mio, que la amo con toda mi alma y que si muero mi última palabra será pronunciar su *nombre* y diciendo esto se diéron un fuerte apreton de manos y se separaron. Leoncio, siguió camino con su comitiva, y D. Miguel tomó para su casa donde lo esperaba María en la mayor anciedad, pues ella empezaba á sospechar que Leoncio se habria marchado y que la salida de su padre en coche, no podia tener otro objeto que el de acompañar al coronel. Cuando el coche paró en la puerta, María bajó como fuera de sí la escalera y al ver á su padre, solo le dijo: ¿y Leoncio, donde está Leoncio, padre mio. D. Miguel, besándola cariñosamente le dijo: Leoncio no ha tenido valor para despedirse y te ha escrito esta carta, pidiéndome que yo mismo te la entregue, y asegurándote que te ama con todo el amor mas síncero y apasionado. María tomó la carta, y al verla, derramó un dilubio de lágrimas y corrió á encerrarse en su cuarto, para leerla sin ser interrumpida.

CAPITULO 6.°

María subió á su cuarto y no se animaba á leer la carta de Leoncio que aun conservaba cerrada: esa carta que contenia tantas palabras cariñosas, y el último adios. En fin, la abrió y leyó aquella misiva tan tierna y tan llena de protestas de amor. María con los ojos llenos de lágrimas esclamó: pobre Leoncio! dice bien, el me ama con toda su alma, pero yo tambien lo amo. Con una pasion pura, nueva y no gastada, pues es mi primer cariño, mi alma nó conocia mas afeccion que el de mi padre, á quien amo mucho, pero con otra laya de amor: empero se presentó Leoncio, y hace en mi un cambio tan completo de que yo misma no puedo darme cuenta. Mi corazon late sin cesar: una sola mirada de mi amante abraza mi sangre y trastorna hasta mi inteligencia ¡Dios mio! y es esto lo que se llama *amor?* Esta laya de sentimiento, sensacion *dulce, indefinible, deliciosa*, que puede hacer la *dicha*, la felicidad y tambien el tormento de nuestra existencia! Oh! *Eres la fuente* de todos los goces, ó *bien* el *abismo* de todos los males, ó eres el *manantial* de la suprema *felicidad*, ó nos precipita (hasta hacernos tan *miserables* y desgraciados que nos hagas maldecir de habernos dejado seducir por tus *alhagos*. Oh! *amor! amor*, de tu inmenso poder nadie se *escapa*, á unos dejas *heridos,* á otros los *matas.* Despues de hacer estas y otras reflexiones, María hizo con la carta de Leoncio, lo que hace toda mujer cuando recibe una carta que la allega, la coloca en el bolsillo de su vestido para leerla tantas veces como pueda, María tenia ya puesto el medallon que contiene el retrato de su amado. Difícil seria contar las veces que miró el retrato, y que leyó la carta. Estando todavía en su cuarto entra Luisa. Las dos amigas se abrazan, lloran, y se dicen á la vez palabras cariñosas. Pasada la primera impresion, María le dice á su amiga Luisa, dentro de cuatro dias sale el correo: Leoncio me pide no deje de escribirle: creo que tu tambien lo haras: con mucho gusto, contestó Luisa. Yo traeré á tu padre la carta y él las dirijirá á mi buen tio. Sabes María lo que mas nos ha pedido á Eduardo y á mí, tu pobre amigo? No Luisa, no lo sé, y si quieres decírmelo, te escucho: habla. Nos dijo hoy mismo antes de marchar: "Quiero que todas las noches, pases dos horas con María: que Eduardo haga la partida de D. Miguel, y tu bordes y pases tu rato con mi amada María, háblale mucho mucho de mí: pídele que no me olvide, y cada noche al despedirte de ella, abrazala y besala en mi nombre. Pobre Leoncio! esclamó

8

María, es el mas bueno de los hombres y puedo decirte francamente que lo amo tanto como él ama. Mira Luisa, me ocurre una
idea y es la de ocupar mi tiempo con utilidad durante la ausencia
de Leoncio. Hoy mismo empezaré á dibujar el bordado de mi
vestido y velo de novia: quiero hacer este trabajo de noche y la
hora en que estaba conmigo mi pobre amigo y cuando él venga le
daré una gran sorpresa. Voy á pedirte Luisa, me compres hoy mismo, una pieza de la muselina mas fina de la india, para empezar mañana la obra: es preciso ocupar el tiempo, pues el trabajo es lo único
que puede distraernos de un pensamiento penoso. Ah! Luisa: que
vacío deja en mi corazon tu buen tio. Levantarme sin esperanza,
acostarme del mismo modo: no tener otros goces que la inquietud
perpétua, en que está toda persona que teme por la vida del que
ama. Cada correo, cada boletin, del ejército lo esperaré con alegría y con temor: es preciso confesar que yo soy mil veces mas
desgraciada que Leoncio: él no tiene nada que temer por mí, y yo,
si á cada hora, á cada momento una idea terrible oscure mi frente y creo que á fuerza de pensar, puedo muy bien perder la razon.
Hay alternatibas terribles en la vida. Pasar tres meses de felicidad
y de un momento á otro vence el ser mas desgraciado. Pero tengo confianza en Dios y creo que no habré conocido á Leoncio para perderlo. ¡Dios de bondad! Dios de misericordia! atiende
mi ruego y conserva la vida del mas bueno y mas amante de los
hombres. Y al decir estas palabras, María empezó á llorar, Luisa
diciéndole palabras llenas de afecto, le pidió moderase su dolor, y
la precisó á que pasase al gabinete de trabajo para que diese principio al dibujo para el vestido y velo de su ajuar de boda. Luisa
que era una jóven muy discreta, conoció bien que era preciso distraer aquella alma *dolorida*, aquel dolor profundo que se habia
apoderado del corazon de su amiga. Ya están las dos amigas en
la empresa de hacer un lindo dibujo para el vestido. María bordaba admirablemente y no hay que dudar ella será una cosa espléndida. Entra D. Miguel con el marido de Luisa, el Dr. D.
Eduardo Mendez y empiezan á conversar de cosas indiferentes;
pero María está poseida de esa insistencia que tiene un enfermo
cuando cree que un remedio puede hacerle bien, y le dice á Luisa.
Te ruego amiga que salgas ahora mismo á traerme lo preciso para
mi obra. D. Miguel, admirado pregunta de qué se trata. Se trata
papá de bordar un vestido y un velo para mi desposorio y yo
quiero hacer ese trabajo de noche y en las horas en que tenia costumbre de recibir á Leoncio. Bien, muy bien: acertada idea.
Luisa le dice su marido, ¿y tú no te animas á bordar un vestido para un bautismo? Seria triste para tí estar de ociosa, mientras tu
amiga trabaja. Vamos querida. Yo te pide bordes un vestido,
con que deba bautizarse nuestro primer hijo; pues que, no hay

porque ponerse sonrosada, ya no es un secreto que te encuentras en situacion interesante. Luisa, para salir de apuro, contestó á su esposo, que tambien ella compensaria el trabajo indicado y diciendo esto salió á traer de casa de su modista lo que ambas amigas precisaban para su obra. Queda sola María con su padre y el Dr. Mendez y la primera palabra de la jóven es, decirle á su padre. Leoncio me pide le escriba el 12 por el correo, ¿escribirá Vd. tambien querido papá? Sí, hija mia, con el mayor gusto. Tu debes preparar tu carta el 11, pues toda la correspondencia se entrega la víspera. No dejaré de tener pronta la mia: y diciendo esto, María dejó á los dos amigos que hiciesen una partida de agedrez y se fué á su cuarto á escribir á su amado Leoncio.

Ha pasado poco mas de una hora, y Luisa ya está de regreso trayendo todo lo preciso para dar principio á la obra que debe servir de *lenitivo* á la tristeza de la pobre María.

Ya me tienes aquí querida, dijo Luisa, poniendo sobre la mesa un paquete que contenia los objetos necesarios: sabes María, que he tomado dos piezas de la mas rica muselina que hay en Buenos Aires. No hay duda: haremos una cosa digna del objeto á que están destinadas. Despues de comer sacarémos los dibujos, y como el bordado es blanco, poca diferiencia debe haber en el que emplees para el vestido y el velo. Debes preferir una guarda que forme coronas enlazadas con pensamientos y algunas otras alegorías. Bien Luisa, no le faltaràn á mi vestido ni á mi velo, corona ni pensamientos. La eleccion para el ajuar, no te dará trabajo, pues no necesitas de alegorías. La conversacion de las dos jóvenes fué interrumpida por un criado que anunció que la comida estaba en la mesa, y que el señor capitan esperaba en el comedor.

D. Miguel y el marido de Luisa, hicieron lo posible por distraer à las dos jóvenes que estaban bien tristes, pues que ya hemos dicho, que Leoncio era mas que tio, padre de su sobrina. María no habló si no muy pocas palabras, y siempre recordando á su amante. Concluida la comida, las dos amigas pasaron al gabinete de trabajo y muy pronto fué puesto en obra el dibujo que sabemos. Una vez mirado y correjido, fué puesto al bastidor para dar principio á la obra. Esta no pudo empezarse hasta despues de algunos dias, pues era muy dificil el trabajo que se proponian hacer. El de María debia mostrar su amor, como amante y prometida esposa. En el de Luisa, debia verse el cariño de la madre, dedicando toda su capacidad en el bordado del ajuar para su primer hijo. Las dos cosas son dignas de damas tan estimables como María y Luisa. Hemos dicho que debia tener lista María su carta para el dia once: ésta al despedirse de Luisa, le recomienda no olvide que ella tambien debe escribir á su tio y al retirarse cada una se dijo; hasta mañana. Despues que nuestra jóven entró en su cuarto, hace como siempre, una ferviente oracion: ruega á la madre de Dios por su amante, le pide lo libre del peligro y que á élla le dé conformidad para soportar el pesar que le agovia. Concluida esta oracion, saca la carta de despedida de Leoncio, y la vuelve á leer. Despues, mira y vesa el retrato, diciendo, pobre amigo. ¿Dónde estará en este momento? cuando recibiré otra carta que endulce esta terrible separacion. Hechas estas y otras reflexiones, colocó el retrato y la carta debajo de la almohada y trató de dormir, pero en vano. El sueño, huye cuando se sufre. Muy tarde consiguió dormir un rato, que algo reparó su abatimiento y al siguiente dia á las nueve estaba ya como de costumbre en el comedor al lado de su padre. Despues de almorzar María se encerró en su cuarto y se puso á escribir á Leoncio, la carta siguiente. Era la primera que María escribia, pues ya hemos visto que el coronel era su primer cariño: pero el afecto cuando es fino se esplica sin dificultad; y la pluma corre sin detenerse. Esto le pasó á la jóven una vez sentada en el escritorio.

Carta de María á Leoncio.

Buenos Aires, mayo 11 de 1824.

"Mi amado Leoncio:

Cómo podré esplicarte el profundo dolor que me ha causado tu partida? creía que estaba bastante preparada para sobrellevar el golpe que me amenazaba pero me habia engañado: toda mi fortaleza desapareció cuando llegó el momento fatal. Cuando mi buen padre me dijo; Leoncio ha marchado, pensé morirme de pesar. Sin tu carta de despedida no sé que habria sido de mi: élla me hizo derramar lágrimas que dieron algun desahogo á mí afligido corazon: esa carta que estará siempre en mi pecho es testigo que no hay hora ni momento en que no piense en tí, amigo querido. No sabia de cuanto amor era capaz el corazon de una muger, pero mi propia experiencia me muestra que ese amor da vida, que ese amor da existencia, y que cuando es verdadero es tan grande como el Universo. Sí, Leoncio mio: el amor que te profeso es como el Sol, que alumbra por una eternidad y jamás se consume. Creo que por mucho que tu me ames co será mas grande tu cariño, y que ninguno de los dos, podrá decir jamás yo soy el que mas he amado. Cumpliendo con tus deseos y los mios, aprovecho la salida del correo y espero con ansias recibir una tuya. Daría por tenerla ya, la mitad de mi vida. Te ruego amado mio, que no te espongas demasiado, recuerda que tu vida me pertenece: no quiero decirte que no llenes tus deberes. Me han dicho, que eres tan arrojado, que tu valor toca en temeridad: esto me mortifica doblemente, pero es preciso concluir esta carta y lo haré diciéndote que te amo con toda mi alma, que mi corazon y mi amor son tuyos: que mi cariño no habrá poder humano que lo altere."

Adios Leoncio.

Tuya

María.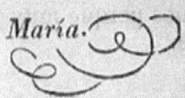

Pocos momentos despues de concluida la carta que María escribia á Leoncio, llegó la de Luisa que la embiabia á su amiga con algunas palabras muy cariñosas, pidiéndole le diera direccion. María pasó al escritorio de su padre y le dijo: querido papá aquí están las cartas para nuestro pobre ausente: y al decir estas palabras se le llenaron los ojos de lágrimas.

Cuando tendré el consuelo de recibir carta de Leoncio. Muy pronto hija mia, porque nuestro amigo á de escribir del camino, tan luego como tenga proporcion: tal vez no se pase el dia sin que téngamos una carta. Dios lo quiera, querido papá. María estaba profundamente afligida con la partida de su amante. En todas horas, á cada momento pensaba en el hombre que esclusivamente amaba, y todo su pensamiento estaba fijo en la posibilidad de recibir algunas líneas de su querido Leoncio. Una carta en la ausencia es el mejor lenitivo al dolor y solo los que han estado separados de una persona amada pueden juzgar esto. María, habia pasado á su gabinete para empezar su trabajo en la obra á que pensaba dedicar sus ratos con utilidad, cuando sintió que D. Miguel la llamaba de un modo notable. La jóven corrió á ver que deseaba su padre, y éste con semblante alegre le dijo. Albricias, María, una carta de Leoncio. María, sintió flojas sus piernas y un temblor se apoderó de su cuerpo: tuvo que sentarse, pues la emocion no le permitia estar de pié. La carta de Leoncio, contenia solo algunas líneas por la prisa con que fué escrita, pero que no por ser corta dejó de ser muy estimada y de hacerle mucho bien á la pobre jóven, pues que al leerla derramó lágrimas que desahogaron su corazon. La carta del coronel Leoncio de C...contenía estas pocas palabras.

"Mi amada María:

"En este momento que son las nueve de la noche, llego á la primera posta, arroyo de Padron, en la jurisdiccion de Santa Fé y apenas me permito escribirte estas líneas que tú las estimarás, no lo dudo por el deseo que tengo de darte noticias de que voy bien, y de que sepas que solo pienso en tí, y que ni uno solo de mis pensamiento deja de ser tuyo: no estrañes alma mia, que mientras esté en viaje te escriba solo cuatro letras, pues no hay tiempo para mas. Adios mi amada Maria, tú eres la estrella que me guia, cuyo brillo ilumina mi mente con las mas deliciosas ilusiones, no te digo adios porque muy pronto volverá á escribirte tu apasionado amante.

"Leoncio."

Muy difícil es pintar los estremos que María hizo con la carta de su amado.

No hay palabras con que espresar el placer que causa la carta de una amigo ausente. Ella es el desahogo del corazon, es la mensajera de los pensamientos, la memoria de lo *pasado*, las ilusiones del porvenir. Oh, escritura! tu eres una de las ciencias mas útiles, pues sois el alma del *comercio*, la llave de las artes y de las ciencias, pues que sin tí, no se podria obrar. Cualquiera que fuese el estado de la vida del hombre principalmente en los paises donde solo se susiste del *comercio*. Muchos son los bienes que produce la escritura, sin ella todo habria caido en el olvido, porque la memoria no seria bastante fiel para retener los sucesos ocurridos en épocas remotas. Nuestra jóven no se cansaba de leer la carta: á cada momento la sacaba del bolsillo y la miraba, la besaba y volvia á leerla. Es indudable el consuelo que el corazon siente cuando los ojos con avidez recorren las palabras escritas con amor y cariño que nos dedica la persona que amamos y que está á muchas leguas de distancia: por un momento se olvida el dolor y solo hay cabida para la felicidad. D. Miguel y Luisa, tambien tuvieron sus cuatro letras, y á la noche todas estaban alegres con las noticias del amigo ausente. María y Luisa empezaron sus trabajos y ya están las obras puestas en los batidores y los bordados empezados. Pronto podremos dar opinion del mérito de estas dos obras. La de María á juzgar por los dibujos es una cosa espléndida. El marido de Luisa, el Dr. Mendez, embroma mucho, tanto á María como á su esposa con el trabajo han emprendido y los pronóstica que no se han de concluir. En aquella reunion tan de familia, se conversa muy amistosamente, y cada uno de los que la componen tienen con María la condescendencia de no enrostrarle lo mucho que habla de Leoncio: se hace con ella lo que siempre sucede cuando se acompaña una dolorida que se le deja siempre hablar de la persona que ha perdido. El dolor se alivia á fuerza de gastar la misma parte dolorida. Ah! esclamó María. Si yó tuviera como escribirle á Leoncio? Pero el correo sale solo, dos veces al mes y eso es la muerte. ¿Cuándo cree Vd. papá que tendrémos otras cartas? Muy pronto hija mia, porque Leoncio sigue camino hasta Mendoza y no es difícil encontrar {mues-tras de postas que pagándolas, mande una carta con direccion al administrador de correos como viene esta. María quedó muy contenta con la esperanza de tener alguna otra carta de Leoncio, segun se lo anunciaba su padre. La noche se pasó mejor que niuguna de las anteriores, y siendo la hora avanzada, cada uno se retiró, María tambien se despide de su padre y se retiró à su cuarto.

No es difícil adivinar en que piensa la que está enamorada, cuando se retira á su cuarto y queda sola con sus pensamientos. Creo pues que por poco perspicaz que seamos conoceremos que María pensaba en su amante y en la posibilidad de recibir otra carta como se lo anunció su padre y el mismo Leoncio, pues que en la del 3, no le dice adios, sino *au revoi*. María estaba consolada esa noche y se durmió mas tranquila que otras veces. Al dia siguiente se levantó como de costumbre á las nueve. Las personas que son muy religiosas, tienen gran consuelo en la oracion. María, todas las noches antes de recojerse, y todas las mañanas al levantarse, oraba largo rato arrodillada delante de una imágen de Nuestra Señora de Mercedes, pedia con ferviente ruego á la Madre de Dios, librase á su amante de todos los riesgos á que iba á estar espuesto cuando llegára al ejército, pues el tiempo de operaciones se acercaba, y en el mes de setiembre el ejército dejaba sus cuarteles de invierno. El pensamiento de María, estaba fijo en el peligro que debe de correr un militar tan valiente como Leoncio y que tenia medallas y cicatrices ganadas en cada batalla. Es preciso estar siempre inquieta y no tener un momento de alegria, cuando se teme á cada momento por una persona querida. Todavía los temores de María no son tantos como lo serán cuando su amante se incorpore con el ejército, es para cuando llegue ese momento que nuestra jóven pide fortaleza á la Madre de todos, á la que no niega su amparo, á quien le pide con fé y con confianza en la bondad de Dios.

María encontró á D. Miguel con el padre de Jorge; era la primera vez que éste venia á casa del capitan, despues de la partida de su hijo D. Miguel, le agradeció mucho su visita y le preguntó noticias de Jorje. Son muy satisfactorias las que tengo. Mi pobre hijo hace fortuna. Henrique lo ha ligado á sus negocios y Jorje está en la India ó ganando mucho dinero: manda para sus hermanas una cantidad que debe servirle de dote cuando se casen y á mí me manda una gran ganancia del negocio que teníamos en compañía; en fin vecino, parece que Dios se ha compadecido de nosotros y mitigar el pesar con que nos ha mortificado. Lo felicito á Vd. amigo, con todo mi corazon. Si algun hombre merece ser feliz es su hijo y yo le quiero mucho. Gracias mi querido capitan, yo conozco sus bellos sentimientos y la fina amistad que Vd. nos ha dispensado siempre: cuando María entró al cuarto de su padre, se turbó á la vista del padre de Jorje, pero este la saludó muy cariñoso y la dijo, que Fani y Henriqueta le pedian permiso para pasar con ella la noche. María contestó con amable sonrisa, que tendria el mayor placer de tener en su compañía á sus dos queridas amigas, y con un acento en que se mostraba la pureza del afecto que sentia, dijo á D. Jorje. Querido vecino, yo no puedo ni podré olvidar jamás que me he criado con sus hijos de Vd. y para mi todos ellos son unos hermanos queridos, que jamás puede saber á cual de ellos quise mas. D. Jorje, besando á María la mano, le dijo muy conmovido, lo sé hija mia, y yo tambien te amo con el mas sincero cariño, luego, tambien seré de la partida y diciendo esto se despidió y dijo hasta luego.

María y su padre estaban conversando sobre el placer que sentian al ver mas contento al padre de Jorje, cuando un criado se presentó diciendo, esta carta del correo, para el Sr. capitan. María al oir estas palabras perdió el color, pues al momento comprendió que la carta era de Leoncio. El capitan rompió el sello y encontró tres, una para María, otra para él y otra para Luisa. Toma hija mia, le dijo á María, dándole la carta. La jóven la tomó y sin abrirla se entró en su cuarto: el placer la tenia como fuera de sí, al fin abrió y leyó la carta siguiente:

En las Achiras, jurisdiccion de Córdoba.

Mayo, 17 de 1824.

"Mi amada María: hoy hace ocho dias que estoy cada vez mas lejos de tí, y en el desierto que voy atravesando, no te apartas un momento de mi pensamiento. Te escribo en este momento de las Achiras en las puntas de la sierra de Córdoba. Voy con toda felicidad. En ocho dias, hemos andado docientas leguas con galera, y tanta jente es una marcha increible. Hay dias que hemos hecho treinta y cuatro leguas, esto es mucho atendiendo al tiempo que se pierde mientras la jente ensilla, cuando mudan caballos, y á los cortos de los dias es preciso tocar mil arbitrios para completar las jornadas que me propongo hacer, para valorar nuestras marchas es preciso saber el mal estado de las postas, pues en todas hay pocos y malos caballos: en fin, alma mia, yo con mi actividad quiero coonestar los tres meses de licencia que se me concedieron y mostrar á mis gefes, que soy hombre que no paso ni un dia mas de la licencia que se me dió. Espero, amada de mi alma, que la primera mia que recibas será de Mendoza. Ahora solo me resta pedirte que no estes triste, que te tranquilices, que te cuides y te ocupes de algo que pueda recordarme á tu pensamiento. Adios, ángel mio; abraza á tu buen padre como si yo fuera, y besa á Luisa en mi nombre. No me olvides, divina Maria, pues que yo no pienso sino es en tí: tú sabes que te amo mas que á todo lo que existe en el universo. Adios, otra vez, mitad de mi vida, sabes que es todo tuyo el corazon de tu

Leoncio."

María leyó muchas veces esta carta, pues, como hemos dicho la esperaba con ansia: temia que á su amado Leoncio, lo hubieran atacado los indios, pues en el desierto es muy frecuente los robos de los salvajes de la Pampa. Es preciso haber temido por la seguridad de una persona querida, para saber el placer que se tiene cuando se cree que el riesgo ha pasado. Solo Dios puede juzgar de las noches sin sueño y llenas de inquietud que pasaba nuestra pobre jóven; pero todo dolor tiene su recompensa y María en este momento está llena de contento. Luisa que entra en este instante le dice: amiga mia, te felicito y me felicito por las buenas noticias de nuestro querido ausente: este dia vengo á comer contigo, y charlarémos á nuestro gusto.—Gracias mi buena amiga, te agradezco este rasgo de amabilidad, digno de tí mi Luisa querida. Voy á leerte la carta de tu tio; mira, me dice que me ocupe de algo que lo recuerde á mi pensamiento, si él supiera el trabajo que hemos emprendido.—Debes decírselo y creo que al saberlo será muy complacido pues que la idea es muy oportuna.—Se lo escribiré, no lo dudes, mi buena amiga, pues mi deseo es que Leoncio, no dude de lo mucho que le quiero: él es mi primer cariño y será el último. ¿Sabes que me encantan las cartas de tu tio? A mas de ser tan estremoso me da razon hasta de las leguas que hacen cada dia: hay en su carta una palabra que me entristece y es cuando dice: hoy hacen ocho dias que estoy cada vez mas lejos de tí mi amada María. ¡Ah, Luisa mia! y esto no es nada, porque hasta Mendoza tendré con frecuencia noticias, pero una vez que lleguen á Chile, y se embarque para encontrar el ejército, se pasarán dias y meses para que una carta llegue hasta nosotras, pues que Leoncio, de Mendoza pasa á Chile, se embarca en Valparaiso, de allí sigue hasta el Perú, desembarcará en el puerto de Huacho, de donde pasa á incorporarse al ejército libertador y tomará su regimiento. Y sabe Dios si lo volveremos á ver.

Cuando pienso el peligro que corre este amigo querido siento como un vértigo, y todo el valor me abandona. Bueno, amiga mia: hoy es el dia de estar contenta, pues que todavía, está lejos el peligro y tienes una carta tan moderna. Vamos pues, á conversar con Eduardo y tu padre que desean tambien leer tu carta. Vamos, dijo María, y pasaron al salon donde estaban todos reunidos. Mucho celebraron la carta de Leoncio, y en ese dia el dolor estuvo mitigado en la casita de la calle de San Juan, pues todos estaban de buen temple con las buenas noticias. Pronto avisaron que la comida estaba servida. El rato de la mesa fué agradable y al café entró don Jorge con sus hijas. Este estaba tambien contento con las buenas noticias de su hijo, y aquella familia tan querida estaba con perfecta armonia, gracias á Dios y gozaban de ese rato tan grato que dá la amistad.

D. Miguel se empeñó en que las señoritas Harris, tocaran y cantaran, pero solo hicieron lo primero, porque Maria no quiso de ningun modo acompañarlas, pues se recordará que era ella la que lo hacia siempre, pues sus amigas no podian hacerlo. Despues de un rato de música, se jugó al ajedrez, y concluyó la noche poniéndose, Luisa y Maria al bastidor. Las dos amigas le preguntaron que era lo que bordaba, y ella contestó por no decir lo que era, que hacia un vestido y un velo, para nuestra señora de la Gloria. Nadie dudó de esta inocente mentira, y cada uno dió su parecer sobre el mérito y lo fino del trabajo. A las doce, despues de tomar el té, todos se retiraron contentos. Luisa y Maria se dijeron como siempre hasta mañana. D. Miguel se despidió de su hija y cada uno se encaminó á su cuarto, ya fuese para descansar, ya para entregarse á solas con sus pensamientos. Maria como de costumbre oró y concluida su oracion puso la carta y el retrato de su amado debajo de su almoada. y esa noche contra su costumbre se durmió profundamente.

Hemos visto como D. Jorge Harris ha vuelto á la intimidad de la familia del capitan esto no es estraño, y mientras que el pobre padre cree que Jorge no ama mas á Maria. Por otra parte la familia de D. Miguel no era culpable de que Jorge amase en secreto, pues ni ella ni ellos podian adivinar lo que pasaba en el fondo de su corazon. Con la llegada del paquete, recibe la familia Harris carta de Jorge, donde les dice que está en Inglaterra. Mas adelante podremos juzgar del contenido de ella; en este momento solo hablaremos de la felicidad que goza aquel respetable padre al saber que su hijo está de regreso. Solo un padre amoroso puede juzgar de esto, pues que el cariño que los padres tienen á los hijos no se puede comparar con nada, porque todo será pálido y mal espresado. Esta es la carta que escribe Jorge á su padre.

"Inglaterra, 5 de abril de 1824.

"Sr. D. Jorje Harris.

"Mi amado padre:

"Hacen 15 dias hoy que llegué á Inglaterra, mi viaje fué muy bueno, y mis negocios no pueden ser mejores.

Mi buen tio está muy contento conmigo y esto me hace feliz. Nada le digo á V. de regresar á Buenos Aires, porque deseo pasar algun tiempo en Francia, España y la Italia. Mi viage á la India fué espresamente comercial. Quiero pues dar un paseo que me sirva de distraccion, y de utilidad. Se habla tanto de las bellezas de Paris. Hay quien dice que no hay sino un Paris en el mundo, quiero tambien conocer la capital del mundo *cristiano*. Aquella ciudad que ha sido madre de tantos hombres célebres, que es cuna de las ciencias y de las artes y que contiene tantas bellezas y tantos monumentos. Visitaré con gusto una de las maravillas del mundo civilizado; la biblioteca del Vaticano, pues segun dicen, puede ser considerada como la mas completa y mas rica que existe. Ochocientos mil volúmenes impresos, y treinta mil manuscritos, son reunidos en sus hermosos armarios, colocados alrededor de la pared que está pintada al fresco de un modo admirable; hay bellisimas mesas de mosaico y de mármol que contienen tambien los manuscritos y otras curiosidades. Estos datos los tengo de un viajero que ha tentado mi curiosidad. Este mismo viajero me dice que hay en la Biblioteca del Vaticano una cosa que sorprende mas que todas las curiosidades que ella reune; es el bibliotecario mayor, verdadero diccionario universal y el mas completo que puede encontrarse al cardenal Merofantes treinta y ocho lenguas madres, les son tan familiares como la suya propia, añadiendo á este prodigio de saber el conocimiento de veinte y dos idiomas que habla correctamente. Veré pues todas esas maravillas, esos bellos templos como San Pedro, San Juan de Latran, Santa Maria de los Angeles, y otros de que tante me ha hablado mi compañero de viage; anadió en su referencia que la iglesia de San Luis es visitada por todos los franceses que llegan á Roma, es un santo deber que cada uno se impone pues que allí son depositados los franceses que llegan á Roma. Mi compañero me ha hablado como de una maravilla del Moises, de Miguel Angel que está sobre la tumba de Julio segundo en la iglesia de San Pedro: en fin padre mio, estoy entusiasmado por ver á Roma y sin embargo iré primero á España. Quiero conocer la patria de mi madre, esa España tan floreciente en otro tiempo y que tiene el orgullo de ser la patria de Cervantes, de Calderon, de Quevedo, de Iriarte, de Moratin, de la Rosa y de otros muchos españoles que hacen nombradia en la literatura española. Veré tambien esa Francia tan ponderada, que tiene y con razon vanidad de todas las grandezas que posee, que tiene orgullo de haber dado nacimiento á tantos hombres célebres como á Voltaire, Rouseau, Cornell, Chateaubriand, y La Martine. Los naturalistas prefieren entre esos genios á Bufon, los hombres de ciencia á Dolember, y yo prefiero á Leppé á todos los demas. No vaya V. á resentirse mi buen padre, porque en esta carta no le hable á V. de la Inglaterra, de ese pais el mas grande del mundo en mi opinion, donde hay una monarquía *constitucional* que me encanta y de que ya le he escrito á V. anteriormente, pues que no puedo ponderar bastantemente lo que vale esta tierra querida que dió nacimiento á mi muy amado padre. De la India V. tambien conoce ya mis opiniones que se reducen á creer que allí se puede hacer gran fortuna. Pero esta carta se hace larga y quiero recomendar á V. presente mis cariños á mis queridas hermanas; á Fani le escribiré de Paris y sucesivamente de España y de Italia, de todas partes ha de mostrarles su hermano que no las olvida. Mando para Enriqueta un cajoncito rotulado á su nombre y para Fani otro, deseo que los objetos que contienen sean de su gusto. V. tambien recibirá algo que le mando que creo ha de agradarle. Pido á V. el favor de presentarle á mi nombre al capitan Montiel el ajedrez que contiene el cajoncito que dice para mi amigo Don Miguel. Este pequeño recuerdo le probará que no olvido su pasion por este juego. Adios, mi amado padre, dentro de tres dias me embarco para Francia. Dirija V. sus cartas, como siempre, á Enrique Harris y Ca., Lóndres. Adios, mi buen padre, un abrazo muy fuerte á cada una de mis hermanitas y para V. todo el cariño que le profesa su hijo

Jorge."

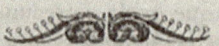

CAPITULO 7.°

Cada dia esperaba María con ancia, la carta que su amante le ofrece de Mendoza: el menor ruido la impresionaba: las cartas de Leoncio, eran lo único que consolaba á la pobre aflijida: en fin, llegó esta carta tan deseada que mitigó por un momento sus penas, pues que es ya que empieza la verdadera ausencia. Hasta hoy todas han sido flores, pues que el coronel podia escribir y dar noticias de su salud y de sus marchas; pero una vez puesto en camino para Chile no seria lo mismo, pero no adelantemos los sucesos pues que cada uno de ellos debe desarrollarse muy luego. Como siempre del correo trajeron las cartas, y el capitan hizo la reparticion como de costumbre. María se fué á su cuarto para leer sin ser interrumpida.

Carta de Leoncio á María.

Mendoza 24 de Mayo de 1824.

"María de mi alma:

Dos cartas te he escrito del camino para mostrarte que en todas circunstancias eres el caro objeto que inflama mi corazon y mis sentidos: míralas como un recuerdo *puro*, pero atolondrado con la ajitacion de un viaje tan violento y las dos escritas sobre las rodillas en la mayor incomodidad. Ellas tal vez no sean dignas de mi única amiga, de la divina prometida de mi alma, de la dueña de mi amor, de mi adorada María. Nuestra terrible separacion tenia aun trastornado todo mi ser; agregué á esto la lectura de tu billete de despedida, esa cartita encantadora encontrada entre el necesario de afeitarme, que no separo un momento de mi corazon: ella está regada con tus lágrimas y las mias, esta carta escrita con los mas puros afectos de tu corazon, con el entusiasmo del amor mas sincero, y la virtuosa franqueza de una alma pura y sin mancha.

"Sí, María, tu carta es uno de los trozos que he visto en mi vida mas bien escritos, ya con meditacion, ya de improviso: es mi orgullo porque es escrita por tí, y porque mi afecto te lo inspiró: tu no puedes figurarte el bien que me ha hecho y me hace; sí, amada María, ella aviva y calma mis penas, me abraza mas que un torrente de fuego del Vesubio, y me miro en ella y en sus afectos, como en un placer desconocido para mí: gracias por ella mi divina amiga: yo quisiera no hablarte de mis penas, pero no puedo, me habia propuesto no tocar lo que padezco con esta terrible separacion; pero tu amigo no puede sujetarse á cálculos cuando te escribe. Tú que debes formar conmigo un solo ser, una sola criatura; tú que eres mi vida, mis ilusiones, mi porvenir—cuídate para mí, cuídate para el mejor de los padres, y que el pesar no deje en tu divino rostro, las huellas del *dolor*.

"El 30 páso para Chile, de allí me embarcaré en Valparaiso; y te diré recien adios cuando me haga á la vela. Piensa en mí, dulce amiga, y ya que la distancia nos separa, que el pensamiento nos reuna. Habla mucho con Luisa, de tu pobre ausente, y creeme amiga mia que te amo como no amé jamas. Otra vez me despido de tí, y te manda en esta carta su alma toda entera

Leoncio."

No hay cosa que pueda dar idea del placer que sintió María con la ternura de esta carta, y sin poder ella misma darse cuenta

de lo que en su corazon pasaba, esclamó: Mi Leoncio, es el orgullo de mi vida: es el manantial inagotable de mi dicha, su amor
inflama mi corazon, y convierte mi sangre en un líquido que me
abraza, que me quema y no me permite ni aun pensar si soy la
muger mas feliz ó la mas desgraciada. Oh, poder del objeto amado, no hace media hora estaba triste, postrada y sin vigor físico
ni moral y unas líneas escritas sobre un pedazo de papel, han
cambiado como por encanto á esta pobre muger que no puede
comprender ella misma, la felicidad que en este momento esperi-
menta la influencia de una carta *se siente* pero no puede esplicarse: hay cosas que las espresa mal el que las dice, y que tal vez
no llega á comprenderlas el que las escucha. Siempre que he recibido una carta de una persona muy querida me ha producido
un temblor, una emocion parecida á las sensaciones producidas por
el dolor mismo: así es que no me causa estrañeza lo que María ha
sentido con la carta de su amigo ausente. Despues de leerla muchas veces, pasó á ver á su padre á quien le mostró la carta que
habia recibido, y le dijo: pobre Leoncio! Siempre bueno y cariñoso para conmigo. No puede V. figurarse, papá, el bien que me
han hecho las palabras que este papel contiene. Lea V. y verá
si puede amarse mas que lo que Leoncio me ama. Don Miguel
tomó la carta que María le presentó. En estos momentos entra
Luisa y se abraza con su amiga. Siempre, cuando recibian cartas,
habian lágrimas, muchas veces se derraman sin que ellas no sean
amargas, y así les sucedia á aquellas dos buenas amigas. D. Miguel pasó la carta á Luisa, y todos tres como de costumbre, cam-
biaban las cartas, pues que en ellas no habia secretos. Aquella
familia estaba enteramente ligada por el amor y la amistad.
Luisa ofreció comer con D. Miguel y su hija, y despues de sa-
carse su sombrero se sentó á trabajar en el bastidor que estaba
instalado en el gabinete de María, pues siempre trabajaban juntas.
Habria pasado como una hora cuando D. Jorge Harris, se presentó
de visita, llevando á D. Miguel un lindo ajedréz de la India,
que como hemos visto, Jorge mandaba al capitan. Muy sensible
fué D. Miguel á este recuerdo y le pidió á su amigo agradeciese
en su nombre á su jóven hijo, aquella muestra de amistad. Momentos despues, entró el marido de Luisa y se trató de estrenar el
ajedréz con una partida. El rato se pasó alegremente, y á las
cuatro el criado anunció que la comida estaba servida, y todos
pasaron al comedor. Despues del café, las señoras salieron con
intencion de dar gracias á Dios, por las buenas noticias, y se fueron á San Juan, donde con todo recojimiento, rezaron, pidiendo
cada una á la Divinidad lo que mas deseaban. Cuando regresaron
encontraron algunas visitas, y entre ellas, un capitan que regresaba al ejército y que iba á pedir sus órdenes á D. Miguel. María

preguntó á su padre si sería mas seguro escribir por el correo, y D. Miguel fué de opinion de duplicar las cartas, lo que fué aceptado por todos. María deseaba estar sola para escribir su carta, que debia ser larga, pues que tenia que contestar á tres que habia recibido, tan luego como se retiráran las visitas. Nuestra jóven empezó la carta siguiente—

De María á Leoncio.

Buenos Aires, Mayo 29 de 1824.

"Mi amado Leoncio.

Tres cartas he recibido tuyas: no sé cuál de las tres me ha sido mas agradable. Muy dificil me sería dar opinion sobre cual se lleva la preferencia, pues que cada una de ellas merece ser puesta en cuadro de *oro.* Dificil es poder pintarte los estremos que he hecho con ellas; las he leido mil veces, y despues de besarlas otras tantas, las he colocado sobre este corazon que tanto te ama. Sí, Leoncio amado: te amo con toda mi alma, con toda la fuerza de un amor nuevo, de un amor no *gastado.* ¿Tú has sido el primer hombre que me ha hecho conocer el *amor.* Tú eres el que me has revelado que tenia un corazon capaz de amar con una pasion digna de los dos: tu cariño es mi vida: tú ocupas todas mis horas, todos mis momentos: al levantarme, mi primer pensamiento es para tí; al acostarme, mi última palabra es un ruego por tí, á la madre de Dios; si durmiendo sueño es siempre contigo: puede decirse sin mentir que hoy me sucede á mí lo que le sucedia á aquella jóven del romance francés que tanto festejabas y que siempre me decias te cantára. Quiero copiarte aquel verso tan tu favorito, que dice así—

(1) Je pense á toi quan le soleill s'eleve,
j'y pense encore á l'e fen de sou cour,
dan le someil si quel que fois je reve
c'est le bonheur de te cherír toujour.

Sí, amado mio; en la dicha de ser tuya, en la felicidad de llevar un dia el nombre del mejor de los hombres: del noble guerrero que ha sacrificado por su patria, hasta el amor de la muger amada. Si supieras Leoncio, como yo te comprendo, primero te amo como se ama á Dios sobre todas las *cosas.* Te veo perfecto, bueno, grande, generoso, digno de hacer la dicha y hasta el orgullo de la muger que te ama: tu amor es para mi la *vida,* él me dá

---

(1)   Pienso en tí cuando el sol sale
      Pienso aun al fin de su carrera
      Y si durmiendo alguna vez yo sueño
      Es en la dicha de quererte siempre.

resignacion en tu ausencia, el me hace buena, leal y generosa; empiezo á creer que el reflejo de tus hazañas me engrandece: yo tengo vanidad de oir repetir el nombre del hombre que amo: creo que el me dá brillo, que desde que el me ama ya no soy una mujer oscura, porque la gloria de mi Leoncio, refleja sobre su amada. No se amigo mio, que pudiera decirte, que te mostrara bien este cariño que te profeso; busco palabras que nadie haya escrito y no las encuentro: todas me parecen friasflojas, y sin entusiasmo. Quisiera que ellas fueran nuevas como mi amor: yo te amo Leoncio, con un cariño que yo mismo no comprendo: jamás creí que el corazon pudiera contener este manantial inagotable de amor; pero una vez que no me cabe duda de que él puede existir te diré. Amémonos amigo mio: gocemos de este puro sentimiento que tanto engrandece á la especie humana y por ahora solo pensémos en que Dios en su bondad nos conceda unir nuestro destino por una eternidad; espero que nuestros votos serán cumplidos.

Adios amado de mi alma; adios otra vez, tuya siempre

Maria.

CAPITULO 8. °

Una vez concluida la carta, María se la llevó á su padre, el que como siempre las puso bajo su cubierta y las mandó al correo. Papá, le decia María á D. Miguel, ahora que no tendré carta de Leoncio hasta que llegue á Chile: cuantos temores siento: la cordillera pasada en un tiempo tan avanzado debe ser cosa muy peligrosa. Ah! papá, le juro á Vd. que el valor me falta: á veces siento haber conocido á Leoncio.—Tranquilízate, hija mia y no seas injeniosa en mortificarte; Leoncio, pasará la cordillera como la pasan los correos y como la pasan todos y nada le sucederá; él te pide que no te aflijas; y sabes que cumple bien su encargo. ¿Qué quiere Vd. no soy dueña de mi pensamiento y es por tranquilizarme que le hago á V. estas preguntas. Cree V. papá que esta maldita guerra, dure mucho?—Nó, hija mia: puedo casi asegurarte que el año no acabe sin que se concluya. Vaya María ten ánimo, que en todo este año, tus votos se han de realizar.—Dios lo quiera padre mio. María, ponte á tu trabajo para distraerte y muéstrame tu obra. Bien papá, pasemos al gabinete.

María descubrió un poco del bordado del velo, que fué lo primero que puso al bastidor. D. Miguel quedó sorprendido de la delicadeza del bordado y del mérito de aquella obra. Sabes, hija mia, que esto es una maravilla. Es preciso, padre mio, que el trabajo sea digno del objeto. Quiere V. creer que solo estoy distraida, cuando estoy con las manos en este bordado. Pobre Leoncio; me parece que al poner toda mi inteligencia para bordar mi velo y mi vestido de novia; hago algo que mi amante estime y que el tiempo corre para mí menos triste; pongo, á funcionar dos cosas á un mismo tiempo, mis manos y mi imagiuacion, porque al combinar una flor, no dejo de pensar en Leoncio. Aqui estaba María y su padre, cuando se presenta Fani Harris con su hermanita que venia á visitar á María: cada una de las jóvenes traia alguna chucheria de las que habian recibido: Enriqueta le presentó una preciosa tarjetera de marfil, trabajo de la India, muy delicado; Fani le ofreció tambien una preciosa caja de marfil, con todo lo que puede ser preciso para bordar. El regalo no puede ser mas oportuno dijo María, dando á sus amigas mil gracias. Las jóvenes empezaron á referir todos los objetos de gusto que Jorge les habia mandado, refiriendo tambien lo que habia ganado en la India, y el proyecto que habia formado de visitar la Francia, la Italia y la España.

Pobre Jorge, dijo Fani: todo su deseo es distraerse, pero no puede; hay algo en el fondo de su corazon que pone sobre sus ójos un velo negro y todo lo vé al travez de una nube. Hemos recibido carta de París; es muy interesante la que á mí me escribe. Quieres que te la lea, María?—Como gustes querida amiga? Fani sacó de su bolsillo una carta que leyó á su amiga.

De Paris.

"Mi amada hermana Fani.

Estoy en París: en esta grande capital de que tanto se me habia hablado; no hay duda, todo es en ella bello: un estrangero se encuentra estasiado y por muchos dias no puede salir de su sorpresa. Como mi deseo es distraerme de esta fatal herida que tiene mi corazon, no he descansado; todo lo veo, todo lo visito. He estado en los teatros, en los jardines, en los paseos: todo lo que merece ser contemplado llama mi átencion. Las iglesias son bellísimas. Es digna de la admiracion de los amigos del arte, nuestra señora de París: lo es tambien el Hotel de inválidos, el palacio de Lucemburgo, el palacio real, el Louvre, las Tuillerias, Santa Genoveva; ha llamado mi átencion tambien la estátua de

10

Luis XIV., la de Enrique IV. sobre el puente nuevo, la columna de la plaza de Vendome, la fuente de los Inocentes, el Hotel de Ville, el palacio de bellas artes, la escuela militar, y tantos otros monumentos dignos de ser mencionados. La grande ópera es tambien una cosa que encanta, pero la música me hace mal; cosa singular: no puedo oir una voz suave y sonora sin que recuerde el canto de María. Hay impresiones eternas, que ni el tiempo, ni diligencia alguna borrarlas pueden. María está siempre presente á mi imajinacion: aquellos ojos divinos tan azules como nuestro cielo de *Buenos Aires*; aquella mirada pura como la de una vírgen, aquella sonrisa que solo su divina boca puede tener, no puede ser olvidada. Ah! María, María: la muger mas amada, el lugar que tú has ocupado en mi corazon, no será reemplazado jamás. Qué son en comparacion tuya, esas bellezas frias de las damas inglesas? qué puede dejar en un corazon como el mio la coquetería refinada de las *lindas* francesas? creo que ni los ojos negros y picantes de las españolas, ni los tipos venecianos de las italianas, podrán tener la pretension de ocupar por un momento mi corazon y mis sentidos. Todos mis viajes, todas mis ganancias, nada me halagan, qué diferente sería si yo pudiera ofrecer mi fortuna á aquella divina muger que cautivó mi corazon y mi voluntad. María, María: yo te llamo, yo te busco, en todas partes quiero encontrar alguna muger que se te parezca; pero en vano. Tu rostro angelical no tiene igual. Soy un jóven convertido en *viejo;* sin esperanza, sin porvenir, sin ilusiones; solo Dios puede cambiar mi ser. Yo no puedo amar sino á María. Dios mio; y tendré que pasar toda mi vida mirando la sangrienta herida de mi corazon.? Ten piedad, señor, de un infeliz que padece tanto como yo padezco, ó concédeme el cariño del ángel que adoro, ó cura esta pasion que me hace el ser mas desgraciado. Fani amada, perdon por esta confidencia: que nada sepa de ella mi buen padre. Yo deseo que él crea que soy feliz; hubiera deseado que tú lo creyeses tambien, pero el corazon que no puede sujetarse á cálculos me ha traicionado y es á mi pesar que he tocado la parte mas delicada de mi corazon· ¡Maldito corazon! Todo lo que depende del hombre puede consagrarse al cumplimiento de sus deberes, pero el corazon, este terrible *niño,* no depende de nosotros sujetarlo á la razon, y cuanto mas se le quiere imponer, menos él quiere obedecer. En fin, mi hermana, despues de tanto tiempo, amo como el dia que salí de Buenos Aires. Esta carta empezó muy bien, me habia propuesto no tocar en ella nada que tuviese relacion con mis penas, pero me ha sido imposible. Perdon, querida Fani. Espero que la mas bondadosa de las hermanas, disimule el mal rato que te ha dado tu afecto hermano.

"Jorje."

Cuando Fani concluyó la lectura de la carta de su hermano, María tenia los ojos llenos de lágrimas y abrazando á su amiga le dijo.—Perdon! perdon! para aquella que á pesar suyo hace la desgracia del mas bueno y mejor de los amigos. Pobre Jorje. Dios sabe que soy inocente de todo lo que sufre mi hermano, mi amigo querido. Yo no podia ser adivina, Fani mia, y si Jorje es desgraciado á él solo se lo debe. Si él me hubiera declarado su pasion antes de que yo conociese á Leoncio, tal vez lo hubiera amado, En fin, buena amiga, no hablemos mas de esto, pues que aumenta mis propios pesares. Si, María, olvidemos lo que no tiene remedio. Yo pienso al contestar esa carta hacerme la desmentida de lo que ella contiene referente á este desgraciado amor. Si, María, hay heridas que aunque se consiga cerrarlas queda siempre la cicatriz, y de graciadamente Jorje no ha podido conseguir que la que tiene su corazon cicatrice. Pero quiero hablarte de tu trabajo que es una cosa espléndida: es un vestido de *reina*. Solo tus preciosas manos pueden hacer estas bellisimas flores. Tu novio quedará sorprendido cuando vea esta obra tan difícil como linda. Vaya, amiga mia, te hago mis cumplimientos. Tambien Luisa borda un ajuar para su hijo, es cosa muy preciosa y quiero mostrártela.

Y diciendo esto, descubrió el bastidor y le mostró el bordado. Sabes María, que solo una *madre* ó una *novia* pueden tener tanta paciencia. Eduardo ha querido que su esposa me haga compañía, utilizando tambien su tiempo y aquí nos tienes que estamos muy entretenidas. En fin, amiga, Dios nos conceda llenar nuestros deseos, porque una jóven que tiene su novio al frente del enemigo, no puede estar sino siempre llena de temores. Aquí estaban las dos amigas de su conversacion, cuando entra D. Miguel diciendo, cartas, María. Difícil es pintar lo que María sentia cada vez que una carta de Leoncio, venia á endulzar sus penas. Tomó la carta y corrió á su cuarto donde sentándose, tuvo que apretarse con las manos el corazon para que no se le saliese del pecho: tales eran los latidos que sentia. En fin, un poco mas recobrada la tranquilidad, pudo abrir la carta y leer, las palabras llenas de amor que contenia la carta siguiente.

De Chile.

"Mi amada María: ya he pasado la Cordillera: estoy bueno y libre de todo riesgo. El frio ha sido terrible para todos menos para mí, que tengo siempre mi corazon ardiendo. Te habia ofrecido escribirte siempre que me fuera posible y lo hago con el mayor gusto, para decirte lo mismo que tú sabes y que te he repetido tantas veces, que te amo cada dia mas, y que desearia encontrar un medio que pudiera coonestar el deber que me obliga á poner cada dia una distancia mas entre los dos, y el deseo de no separarme de la mujer que adoro. Cuando siento los latidos de mi corazon, cuando veo este torrente de amor que me abrasa, que incendia mi sangre, que trastorna mi razon, y que me tiene convertido en un niño, no puedo dejar de esclamar como el poeta porteño (1). Amor! amor! sublime sentimiento, sensacion dulce, indefinible y pura: oh eres la fuente donde está el contento, ó bien del hombre la mayor locura." El verdadero amor cambia todo el ser moral del hombre y lo que es mas que ni se ruboriza el que lo siente y hasta tiene orgullo en confesarlo. El amor es una enfermedad cuyo síntoma es muy conocido, pero que solo un remedio puede curarlo. ¿Y cuando ese remedio está á mas de quinientas leguas, que esperanza le queda al pobre que padece? Hay ciertos reptiles cuya mordedura es venenosa, y el que es mordido no sana, sino flotando la herida con la parte interior del mismo animal; resultando de esto que solo da la vida, el mismo que pudo dar la muerte. Una pasion como esta que yo siento, no puede curarla sino la misma que supo inspirarla. Yo daria diez años de mi vida por una hora sola de estar á tu lado. Maria, yo te veo, te siento, creo reconocerte en todas partes porque ocupado siempre de tí, mi imaginacion piensa que te reconoce hasta en el aire que respiro. Jamás pensé que un hombre amara tanto. Yo creo que no he querido verdaderamente en mi vida. Las primeras pasiones que siente el hombre nacen de la necesidad de amar que todos tenemos, son sensaciones de los sentidos; el corazon no entra por nada, pero estas emociones que siente el hombre *sazonado* son terribles: no es posible resistirlas: parece que ellas han sido criadas para mostrar que el hombre que mas ostenta su fuerza es el que mas pronto sucumbe. Yo soy un ejemplo: he pasado ocho ó diez años de mi vida entre los peligros que ofrece la vida del soldado; mi corazon no habia conocido estas sensaciones que hoy esperimento. Me reia de los que amaban, y para mi el amor no fué sino un pensamiento: pero sin duda el hijo de Venus quiere hoy vengarse y me tiene enteramente bajo su dominio. Te ví Maria, y en un momento perdi mi libertad, pero esa libertad la tengo empeñada con el mayor placer. Maria, he conseguido hacerte una carta que no tenga muchas lamentaciones como dice tu padre. Me ha escrito llamándome *geremias*, y como puedo escribir sin decirte Maria que siento por los dos esta terrible separacion? Como podré cerrar esta sin pedirte que me ames como yo te amo? que pienses en mí, que no me separes de tu pensamiento, pues que solo asi podrás corresponder á este inmenso cariño que te profesa tu amante

Leoncio."

(1) Palemon Huergo.

María al leer la carta de su amante, sintió un momento del olvido, porque el placer que causa la carta de un amigo ausente suspende hasta el pesar mismo: pobre Leoncio, todavía tendré una carta mas y despues todos serán riesgos para él y hasta el poderme escribir le será difícil: no puede esplicar lo que siento, esclamó María Todo mi ser está ocupado de una sola idea, de un solo pensamiento. Cuando una fuerte pasion se apodera del alma, todo es dominado por ella: es la verdadera tiranía la que nos impone ese niño travieso que se llama amor. ¿Pero quien es el que puede resistirse? De tu inmenso poder nadie se escapa: á unos dejas heridos, á otros los matas. Yo pasaba mi vida tranquila, mi felicidad era tan pura y tan clara como una copa de alabastro transparente: las pasiones solo las conocia de nombre y no me habian preocupado ni lijeramente; pero en un momento todo ha cambiado para mí; mi corazon arde, mi sangre está inflamada: no hay un solo momento que mi imajinacion esté tranquila, lo mismo que debia consolarme me aflije, siento una reunion de todo lo que puede hacer la felicidad ó la desgracia de una mujer. Amo y soy amada: primer motivo para ser dichosa. Mi amante está á mas de setecientas leguas de distancia y tendrá muy pronto su vida en peligro: segundo motivo para hacer la desgracia de una persona que ama con toda su alma, como yo amo á Leoncio. Ah! Dios mio! que vicisitudes se sienten en la vida: las mismas cosas que sirven para hacernos felices, nos hacen desgraciados. Está visto, no puede gozarse jamás sin mezcla de dolor; pero en el pesar que nace del amor hay algo de suave, de triste y simpático que no se parece á las otras contradicciones que se sufren. ¿Pero será que yo soy cobarde? Temo tanto que algo fúnebre y sangriento se ponga en medio de mí, apenas sentida la felicidad! esa felicidad que solo duró tres meses, y estos tres meses pasaron tan pronto como un relámpago. Dios mio! A qué me has hecho sentir con tanta vehemencia, estas pasiones que se esperimentan por primera vez. Son sentidas de un modo tan terrible! No hay duda, por muchos goces que sintamos, no hay casi compensacion con este eterno padecer. ¿Qué vá á ser de mí cuando Leoncio esté en el ejército? No quiero ni pensarlo: tal es la congoja, el vértigo que siento. Dios mio, dadme fuerzas para no sucumbir á tantas agitaciones. Aquí estaba María de estas tristes reflexiones cuando entró su padre y le dice: hija mia, escribe algunas líneas á Leoncio: un camarada regresa mañana al ejército, y es una buena oportunidad. Bien, papá, voy á tomar la pluma y muy pronto estará lista mi carta. María se puso á escribir la carta siguiente—

"Buenos Aires.

"Mi amado Leoncio: una carta tuya escrita en Chile, he re

cibido; gracias por ella y por el bien que me ha hecho. Lo único que mitiga este profundo pesar que tu ausencia me ha impuesto, es el leer tus cartas tan llenas de amor, tan finas y cariñosas. Cuando pienso lo pronto que pasaron aquellos dias en que estábamos juntos—Ay, Leoncio mio! ellos fueron tan dichosos como los que corren desgraciados: aquellos fueron tan alegres, como tristes y nublados los que paso lejos de tí, el mejor y mas cumplido de los amantes: no sé qué triste presentimiento se apodera de mí y me hace pensar que ellos no han de volver mas. Pero no quiero afligirte. Me he propuesto contener toda afliccion al escribirte y para mostrarte que soy razonable te diré que queriendo darte una prueba de mi afecto me he propuesto no hacer otra cosa en las horas que tenia costumbre de estar contigo, que ocuparme de tí. Estoy bordando mi velo y mi vestido de novia: este trabajo es de una paciencia estraordinaria y cuando lo veas, podrás juzgar todo el tiempo que he pensado en tí: al bordar cada flor he repetido tu nombre: al combinar cada ramo he recordado tu amor; resultando de esto que este trabajo dice y bien alto, como yo te quiero, pues que solo preocupada con un objeto tan querido, puede hacerse una obra que no hay duda será una muestra de paciencia, de combinacion y de fuerza de voluntad. Las personas que lo han visto, me hacen creer que es digno del destino á que está dedicado. Pero mi papá me pide la carta y tengo que decirte, adios, y lo hago diciéndote que eres mi vida, mi dicha y el alma de esta felicidad sentida de un modo tan esclusivo. Espero tu última carta como me lo ofreces. Escríbeme, Leoncio mio; al hacerte á la vela dame tu último adios y tu último suspiro. Tú sabes que es tuyo el amor de

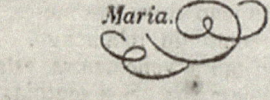

CAPITULO 9.°

Concluida su carta, Maria pasó al cuarto de su padre y entregósela, diciendo: aquí está ya la pobre mensajera de mis afectos y de mis penas. Que feliz es ella que llegará á donde está mi pobre amigo: y al decir esto el llanto la interrumpió; su padre la dejó desahogar su sentido dolor, y despues de un rato le dijo: Bien Maria, tranquilízate y no me aflijas: tu padre está ya viejo, y las emociones fuertes le hacen mal. Y besándola con el mayor cariño le pidió lo acompañase á casa de Luisa que estaba enferma y su marido inquieto mandó por D. Miguel y su hija. Maria no hizo otra cosa que ponerse un velo sobre la cara, tomar un chal y salir, todo lo hizo como una máquina, tal fué la turbacion que aquella pobre niña sentia. Cuando un pesar es profundo puede decirse que marchita el alma y el cuerpo, D. Miguel le dió el brazo y salieron como hemos dicho para casa de Leoncio, donde vivia su sobrina Luisa que era una muger llena de mérito, por su bondad, belleza y buenas calidades. Maria la queria como una hermana y entre las dos, todo era recíproco, y tan luego como la una necesitaba á la otra, ya se encontraban reunidas. La indisposicion de Luisa era lijera y no impidió á las dos amigas de conversar largo, haciendo en su comentario referencias agradables á los planes futuros de las dos. Maria no podia dejar de envidiar con esa envidia noble la felicidad de su amiga y al decir á esta que su union y su vida doméstica le recordaba la que tal vez ella disfrutaria cuando fuese esposa de Leoncio. Veo Luisa que Eduardo te ama como tu mereces y que tu luna de miel dura todavia. Tu has sido mas afortunada que yo, pues que no has tenido que separarte de tu amante y pasar por todas las penas que yo sufro.

Mira, María, contestó Luisa, no he dejado de sufrir tambien pues que Eduardo y yó, éramos muy jóvenes cuando nos comprometimos. Hemos pasado seis años esperando nuestra dicha, y ya sabes que nada es mas violento que esperar. ¿Tú eres tambien Luisa mia vehementes con tus afectos? Sí, amiga mia, yo siento con toda mi alma: no soy de esas personas que pueden amar con la cabeza. Sabes Luisa, que de tu correspondencia amorosa con Eduardo podia formarse un romance histórico que no dejaria de ser entretenido. Ciertamente, porque en esas cartas que conservo con orgullo hay afectos tan tiernos que tocarian el corazon de toda persona sensible. Mi Eduardo y yo nos veíamos todas las noches y lo que es mas, cada noche cambiábamos una carta; pero qué carta! no es mas puro el fuego del cielo como el que su lectura nos comunicaba. Nos sentiamos abrazar en un torrente de amor que inoculaba hasta la médula. Mi amor era mi orgullo, pues que mi amante me idolatraba. El amor mio y de Eduardo no era comun, era de esos que solo suelen verse pintados en el romance ó la novela. Llegué á tener que retirarme de la sociedad, porque para dos personas que se aman, nada es mas terrible que los bailes, las tertulias, los teatros y todas esas ceremonias de sociedad que son el suicidio de los enamorados y que los pone en la tortura. Que diferencia es cuando dos enamorados están solos; no se cansan, no se sacian, y su felicidad siempre es la misma. Eduardo, como sabes, seguia sus estudios y su tiempo estaba siempre repartido entre sus deberes y yo. En fin, se doctoró y siguió la práctica, hasta que abrió su estudio. Poco tiempo despues, mi buen tio, arregló todo para que se realizase nuestro matrimonio, en el que soy, á Dios gracias, la mujer mas feliz. El matrimonio es el colmo de la dicha cuando los esposos se aman verdaderamente, porque por mas que se diga que el amor se acaba, no lo creas María; pasa esa fuerza de pasion que embriaga los primeros tiempos, pero se forma otra clase de afeccion menos impetuosa pero mas fina, menos ardiente pero mas dulce, los buenos esposos son tiernos amigos, y cuando à dos personas los une una fina amistad, se hacen tan en estremo compañeros, que no puede el uno vivir sin el otro. Cuando Eduardo tiene que fundar en la cámara y viene mas tarde que lo de costumbre estoy inquieta; todo parece que me falta: salgo al balcon, vuelvo á entrar; pero cuando desde el principio de la cuadra veo que viene, el corazon me late, salto y lo espero en la escalera como si hubiera pasado mucho tiempo sin que lo vea y lo abrazo con toda mi alma: María, solo la inmoralidad puede poner en duda la felicidad de un buen casado.

El matrimonio dociliza el mal carácter, porque cuando se quiere bien, cada uno contiene su genio, y hasta las palabras fuertes se hacen desconocidas á fuerza de estar en desuso. Yo todo lo que deseo María, es, que esta maldita guerra se concluya y que una vez casada con mi buen tio, goces de la felicidad que yo disfruto. Al concluir estas palabras, entró el doctor Mendez, y dándole Luisa un cariñoso beso le dijo, no es cierto Eduardo, que somos muy dichosos? Dile á mi amiga si el matrimonio ha hecho que nos amemos menos y que sea menos amena nuestra vida. No, Luisa: mil veces no: yo te quiero mas ahora, porque serás muy en breve la madre de mis hijos y eso es una recomendacion mas para mí. Aquí estaban de esta conversacion. Cuando entró D. Miguel por María, la que algo mas tranquila, despidiéndose de su amiga y tomándose del brazo de su padre, regresó á su casa, donde tan luego como llegó se sentó al bastidor para seguir su trabajo que cada dia se va adelantando de un modo admirable: es no hay duda, una obra que puede llamarse maravillosa: tal es el trabajo y delicadeza con que está hecho. Es la sola distraccion que tiene la pobre María.

CAPITULO 10.

Jorje escribió diferentes cartas de París, y en la última anuncia que sale para España. Se ha ofrecido á su hermana Fani, escribir todo lo que merezca ser referido de lo que vea alli, y poco mas adelante veremos como cumple su oferta, pues escribe la carta siguiente que no carece de interés.

De Jorje á su hermana Fani.

De Madrid.

"Mi amada Fani:

Hace 15 dias que estoy en Madrid: con el mayor gusto he visto esta bella ciudad, que vió nacer á nuestra buena madre y me propongo referirte todo lo que ha llamado mi atencion. Empezaré por decirte que el clima de España, es el mejor de Europa, despues del de Italia, y aunque es un poco variable en algunos lugares, en lo general es seco y templado. En tiempo de los equinoccios, caen bastantes lluvias, pero en lo restante del año se disfruta de un cielo puro y brillante que cautiba la atencion de los estranjeros: á mí me recuerda el de Buenos Aires, nuestra patria querida: he creido ver algunas noches nuestras manchas del sud en el cielo que vió nacer á mi madre; todo me gusta en esta hermosa tierra, y para nosotros los que hemos nacido en paises llanos, la vista de las sierras es pintoresca y nos llama mucho la atencion, las montañas que forman picos dientes ó sinuosidades, son llamadas aqui con el nombre de sierras, y al pais comprendido entre las montañas se llama comunmente serranías. Las principales sierras, son las de Alcaráz, Almagrera, Avila, Cameras, Cazorias, Cuenca, Santander, Córdova y Sigüenza. La pequeña descripcion que te hago, prueba que España es sin duda la region mas montuosa de la Europa, exceptuando la Suiza. Las montañas y ramales de que te hablo, cruzan en diversos sentidos el territorio y hacen que hayan muchas corrientes de agua pero casi todas de poca consideracion. Apenas llegan á doscientas corrientes los surcos de agua que merecen el nombre de rios. Se consideran como rios principales. El Ebro, el Duero, el Tajo, el Guadalquivir, el Segura, el Júcar y el Miño. De estos rios, el Ebro, el Segura, el Guadalquivir, y el Júcar, vierten sus aguas en el Mediterráneo, los demas rios no merecen ser mencionados. Siete son los canales de navegacion que existen pero algunos de ellos no están concluidos, aunque no se deja de pensar en llevar á cabo tan importante obra.

Te daré de ellos una breve noticia, clasificándolos por órden numérico. El 1.° es el canal de Aragon, hecho la mayor parte en

11

tiempo de Cárlos III., en las aguas del Ebro: el 2.° el de Castilla dividido en los ramales del Norte y del Sud: 3.° el de Manzanares, empezado en 1770: 4.° el de Guadarrama, comenzado en 1787 en el estrecho de Gasco y seguido tres leguas hasta cerca de las Rosas: 5.° el de San Cárlos, abierto á fines del siglo pasado en las aguas del Ebro: el de Murcia empezado en el último tercio del siglo pasado con las aguas del Guardal: 7.° el llamado San Fernando, proyectado en el reinado anterior y que en el dia ofrece ya grandes ventajas, haciendo navegable el Guadalquivir hasta Sevilla. Seguiré hermana mia con las referencias ofrecidas. *Caminos*; este importante ramo, objeto preferente en todos los paises civilizados, ha estado descuidado en España: en el reinado de Fernando VI. fué cuando principió á trabajarse en las carreteras bajo la inspeccion del ministro conde de Florida Blanca. Las carreteras generales son nueve. Hay bellos monumentos, teatros y paseos, el museo fué una de las cosas que mas llamó mi atencion; no concluiré esta carta sin hacerte de él una pequeña descripcion. He visitado tambien la Biblioteca que es indudablemente una de la mas completa que he visto. Contiene Madrid infinidad de templos: no seria posible numerarlos; citaré solamente los que me han llamado mas la atencion, como Santa María, Santo Domingo el Real. San Pedro, San Sebastian, San Juan de Dios, la capilla del Príncipe Pio y otras muchas que adornan esta ciudad. Hay tambien infinidad de conventos, hospicios y hospitales.

El paseo mas concurrido y mas notable es el Prado: allí se reunen diariamente las personas de buen tono, es en este bellísimo paseo que se puede ver y conocer á todas las personas mas notables, pues es el *rendez vous*, la reunion de los elegantes de ambos sexos. Hay tambien una bonita plaza de toros, diversion muy agradable en este pais á todas las clases de la sociedad, pues que se encuentran reunidos en ella desde la persona mas elevada, hasta la mas pobre. Siempre está esta fiesta concurrida, y es notable ver en ella hasta las señoras mas distinguidas. Es el uso brindar á las personas mas notables con una banderilla que se le clava al toro adornada con cohetes, el que es saludado, tira al torero su bolsillo: hay tambien circo de gallos que es muy concurrido hasta por los nobles, puede asegurarte que nada falta al embellecimiento de esta hermosa ciudad. El museo de pinturas merece la estimacion de los amigos del *arte* y del *buen gusto*. Es digno de la patria de Cervantes, de Calderon, de Cien-fuegos, de Iriarte, de Moratin. Se encuentra en él, cerca de dos mil pinturas de tan sobresaliente mérito que tal vez no habrá en Europa ninguno que pueda compararsele. Hay tambien en el mismo museo una galería de escultura enriquecida con obras del mayor mérito antiguas y modernas. El museo de pinturas está abierto al público los domingos y la galería de escultura los lúnes. Yo la he visitado en dias que no son de entrada, pues me proporcionó una tarjeta, el director que jamás la niega á los estrangeros que la solicitan. Se encuentran en el museo de Madrid cuadros pintados por los mas grandes maestros de la escuela antigua y moderna: contiene las obras mas afamadas de Velazquez, de Rivera, de Valdez Leal, de Miguel Angel, de Rafael, de Murillo y otros hombres notables como Rubeno el Holandez que les donó 80 de sus mas famosos cuadros. Allí mismo se vende el catálogo para ilustrar al viajero; las horas enteras se pasan considerando la belleza y estraordinario mérito de aquellas obras, puedo asegurarte que he pasado momentos muy agradables al contemplar aquellos preciosos trabajos que muestran el poder del ingenio del hombre. He visitado diferentes bibliotecas: nada dejo de ver: esta especie de novedad que se apodera de mí cuando llego á una ciudad que no conozco me hace bien, pues que por un momento adormece mis penas. Estrañarás, hermana mia, que nada te diga del carácter de las mugeres de los diferentes paises que he visitado, pero sin mentir, puedo asegurarte que no las trato, el contacto con las mugeres me haria mal. ¿Qué podria decirle á la mas bella? Le diria que no tengo ilusiones, que no tengo porvenir, que mi corazon está ulcerado y que amo á una ingrata, que jamas supo comprender todo este torrente de amor que consume mi *ser*, que aniquila mi vida, que me mata y me hace el hombre mas desgraciado de todos los que han amado? Sabrás, Fani querida, que yo no quiero olvidar á María: no he tratado de agradar á ninguna muger, quiero conservar esta pasion siempre, siendo la *señora de mi alma.* Sabrás que he consultado tres adivinas de las que tienen mas nombre en Madrid, y que las tres me han pronosticado que María será mia. Voy á escribirte por número los pronósticos de las hadas ó jitanas. La primera, despues de muchas ceremonias, tomo mi mano y diciéndome varias palabras en lengua que no pudo entender me hizo varias preguntas, quemó una mecha de mis cabellos y los puso en un vaso con un licor rojo, este lo derramó sobre un bracero y sacando un papel lo puso al calor de las brazas: muy luego se mostró una escritura amarillenta, me hizo leerla, decia así: Tú eres desgraciado, amas y no eres correspondido, tratas de olvidar y no puedes: pasarás algun tiempo padeciendo mucho, pero despues habrá otro que será mas infeliz que tú, pues morirá siendo amado, la muger que tú amas, te amará entonces y será tu esposa. La segunda adivina, me hizo entrar en un cuarto que tenia los honores de una hermita: estaba enteramente oscuro: habia una especie de altar donde estaba un Cristo colocado en el medio. Estaban encendidas seis velas de cera verde que le daban al cuarto un aspecto siniestro; delante del crucifijo estaba un anteojo colocado en una especie de pedestal: la adivina, hizo tambien como la primera muchas preguntas y me dijo le permitiera cortar un poco mi barba, esta la hizo unir con una masa como la de pastilla, despues que estaba bien unida la dividió en bolitas y tomando un gran zahumador con forma de incensario que estaba lleno de fuego, quemó seis de aquellas bolitas que produjeron un olor fuerte como el de azufre: cuando estaba el cuarto oscuro de humo me hizo mirar por el telescopio que estaba encima del altar, y pude ver muy claro un *ejército* que representaba haber dado una *batalla*, pues habia cadáveres y heridos, esparcido todo lo que puede servir para hacer la guerra, como cañones, lanzas, sables y fusiles: todo esto pude ver muy claramente   En otra parte del cuadro se dejaba ver pero con mucha dificultad una especie de camilla donde descansaba un herido. Al lado tenia una espada teñida con sangre: nada pude entender de estas visiones, pero puedo asegurarte que aquella vista me hacia mal, y con muy mal modo le dije á la hada. Bruja del demonio qué tengo yo que ver con este ejército, con estos muertos y con estos heridos. Tienes mucho que ver con ellos, y con lo que ese cuadro representa: sin esa batalla no habria muertos y si no muriese en esa batalla un hombre, tú no podrias casarte con la muger que amas.   Este fué el segundo pronóstico que puedo asegurarte, me hizo mal, y que me preocupa noche y dia y para ver si podia desechar esa terrible pesadilla, resolví ver por última vez á otra adivina muy afamada por sus acertados pronósticos. Voy pues á decirte fielmente, el resultado de esta última consulta que estoy muy léjos de creer, pero que no sé qué fatal poder tiene sobre mí. Empiezo á pensar que me he vuelto vulgo, pues que sin poderme dar cuenta, estas tres mugeres han cambiado mi triste vida. Empiezo á mirar en lotananza una muy lejana esperanza: el desgraciado mira siempre visiones: no hay duda estoy loco. Cómo puedo yo esperar que María me ame? ni las batallas, ni los heridos, ni los muertos, podrán cambiar mi padecer. Esta hada maldita me asegura que el Emperador Napoleon la consultó y que todo le salió cuando y cómo ella se lo pronosticó. Le dijo el divorcio de Josefina, será tu pérdida; es esa muger que te dá suerte; una vez alejada de tu lecho, tus enemigos minarán tu trono que caerá por tierra: darás una *batalla* y la perderás: tus partidarios te sacrificarán, sufrirás traiciones, y tu inmenso poder se disipará como el humo. Estás destinado á morir á morir en una isla. El Emperador desterró á la hada, pasó algunos dias disgustado y despues no recordó esta profecía, sino cuando estaba en *Santa Elena*. No creas, hermana mia, que yo crea en estas ridículas farsas, pero te quiero contar todo: te lo he prometido y sigo mi narracion. La tercera adivina ó jitana era una muger como de cuarenta años, alta, delgada, ojos muy vivos, tez color de cobre, nariz aguileña, tenia algo de imponente aquella muger. Llegué á su casa, y como las otras me hizo muchas preguntas, tambien quiso saber mi edad: me pidió la cadena del reloj, la tuvo en la mano, despues se la pasó al cuello, como para ponerse en relacion conmigo, tocando algo que yo hubiera usado: me hizo tomar en un vaso de agua unas gotas de un licor verde: pasadas estas ceremonias sacó un naipe con figuras muy estrañas y poniéndolo por cuenta delante de mí, me dijo: tú estás enamorado de una muger que ama á otro; esa muger tiene que sufrir grandes penas, mas de cuanto tú has sufrido por ella: habrá un momento en que corte su hermosa cabellera rubia y se la ofrezca á una vírgen: esta operacion será ventajosa para tí, porque dará por resultado que la fuerza de pasion que tiene por otro se amortigüe, tú aprovecharás esta circunstancia para atacar nuevamente su corazon, la fuerza de tu amor la vencerá y esa muger será tu *esposa*. Cuanto dinero tenia se lo entregué y hasta mi reloj fascinado y sin poderme dar cuenta de lo que por mí pasaba. Ah, Dios mio! Si María pudiera amarme! Si aquella divina muger cambiára mi vida! si el insomnio de mis noches desapareciera! si yo pudiera oir de su divina boca, Jorge, soy tuya! Pero mi imajinacion acalorada me hace ver sueños y tal vez ilusiones. ¿Soñaré siempre un fujitivo placer sin alcanzarlo nunca? Correrá eternamente mi triste vida sin haber tenido un solo momento de felicidad? Dios mio! ten piedad de un hombre que te pide solo unas horas de dicha, y que despues entrega todo su ser á tu rigor. Ya sabes, querida Fani, todo lo que ha pasado por tu hermano desde que está en España: puedo asegurarte que desde que estoy aquí soy menos desgraciado. Mi buena madre tal vez ruega por mí desde el cielo: pero esta se hace larga y quiero no fastidiarte mas. Adios, hermana mia, tú sabes bien cómo te quiere tu hermano—

"Jorge."

Fani quedó completamente preocupada con la lectura de la carta de su hermano, y conoció hasta la evidencia que Jorje amaba á María con la misma pasion que el dia que salió de Buenos Aires. Pobre hermano, esclamó: nada puede para él la ausencia: ni los viajes para aquel corazon dolorido, no hay remedio. María fué su primer pasion y será la última: hay impresiones terribles en la vida: son como las heridas que si sanan quedan las cicatrices. Yo no debo mostrar á María esta carta, como hice con la que recibí de Francia. Esta carta de Jorje me preocupa. Esas hadas ó adivinas, tienen un modo de decir la buena ventura que parece que han hablado con el diablo. Jorje era digno de mejor suerte, pues es, el corazon mas bueno y noble del mundo. Nada diré á papá, pues el saber que su hijo es desgraciado lo haria sufrir mucho. La familia de Harris al visitar á María habló de la permanencia de Jorje en España: de las noticias tan detalladas que en su carta daba de Madrid, en fin todos fueron engañados, pues pensaron que los viajes y las novedades, habian imperado en el corazon del jóven y que ya no pensaba en María. D. Miguel le hizo muchas felicitaciones á su vecino, por la suerte de haber podido su hijo realizar en tan poco tiempo una fortuna que le podia proporcionar el dar la vuelta de Europa: pues segun parecia, Jorje, pasaria pronto á Italia.

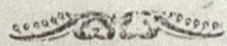

CAPITULO 11.

La familia Harris habia vuelto á tomar intimidad con la de D. Miguel, y se visitaban los mas de los dias. María continúa su trabajo: el velo estaba ya fuera del bastidor y era de un mérito sorprendente. Sus amigas la cumplimentaron y no se cansaban de admirar aquel trabajo, pero siendo hora de comer las dos familias se despidieron. María pasó un momento á su gabinete, cuando sintió sonar la campana del modo que la tiraba siempre el cartero. Con el corazon palpitante se asomó á la puerta, y ciertamente no se engañó: del correo mandaban una carta y era del coronel Leoncio de C... María tomó con mano trémula aquella carta que contenia toda su esperanza y tuvo que apoyarse cerca de la pared por no caer: tal fué el temblor que se apoderó de todo su cuerpo. D. Miguel entró en este momento y muy luego conoció que habia carta de Leoncio, pues que siempre que María las recibia sentia ese ataque de nervios. Tomóla despacio por el brazo y la llevó hasta un sofá donde la sentó y la hizo respirar unas sales que usaba siempre que se sentia mal. Algo mas restablecida de aquella fuerte emocion abrió la carta que es como sigue:

De Leoncio á María.

Santiago.

"Mi amada María.

Hoy saldré por la diligencia y despues de algunas horas de camino llegaré á Valparaiso donde me espera el buque que debe llevarme á las costas del Perú á reunirme con el ejército: es recien hoy, ángel mio, que te digo adios. Sí, hoy recien pesará mas la ausencia sobre nosotros, porque será muy difícil el recibir con frecuencia nuestras cartas; esas mudas pero elocuentes mensajeras de nuestros suspiros y de nuestros afectos. Me parece, amada Ma-

ría, que recien en este momento me separo de tí: hasta aquí siempre pensaba que podia escribirte y que una carta tuya podia al-
canzarme: pero no hay remedio: una vez llegado este fatal momento, quiero ser hombre y no mortificarte con el relato de la
aflicción que padezco. Ah! María! amarte tanto y no poder estar
juntos! oh! deber! que no pueda dejar de cumplir! oh! fuerza de
pasion que no puedo vencer! cual de vosotras es mas fuerte en este
corazon? tú no puedes calcular lo que padece este hombre que
solo tiene un pensamiento que desea triunfar de él pero que no
puede. Toda mi esperanza está, en que llegado al ejército, la vista
de mis compañeros y el peligro mismo, me hagan partir tu amor
con mis deberes. Por tí, María, he olvidado la gloria tan soñada.
Por tí se ha estinguido en mí esa ambicion tan natural en un hombre que tiene treinta y dos años y es ya coronel: en fin, mi amiga,
tú eres mi esperanza, mi porvenir, mi ambicion. mi gloria. Creo,
sin embargo, que una vez puesto á la cabeza de mis húsares, no
dejaré de ganar en la primera batalla algunos premios, que merezca ofrecerlos á la mas bella de las mugeres. Recuerdas, María,
que te ofrecí en un brindis, regalarte la primera condecoracion
que ganára? pues lo haré, amiga mia. Tu Leoncio, ó morirá lleno
de gloria, ó sabrá cumplir lo prometido. Antes de conocerte solo
pensaba en conquistar la libertad de mi patria; pero ahora mis
deseos están en lucha con mi amor. Pero no es al decirte adios
que debo perder los pocos momentos de que puedo disponer, ha-
ciéndome reflecciones inoportunas, te diré, María, que siento rom-
pérseme el corazon al poner el pié en el buque que debe condu-
cirme á las costas del Perú, y que solo Dios puede valorar el tamaño de mi sacrificio. Adios, María, voy á hacerme á la vela: voy
á marchar y todavia no puedo cerrar esta carta en que deposito
un ardiente beso, y todo el amor que abraza mi alma. Adios otra
vez, muger idolatrada, luz de mis ojos, mi único deseo y la esperanza de este hombre que te ama con toda su alma. Es preciso entregar esta carta y lo haré, mandándote en ella mi alma y corazon.

tuyo

"Leoncio."

María leyó la carta de su amante, con avidez, pero cada palabra era una flecha que penetraba su corazon. Ella comprendia
perfectamente el peligro que corria Leoncio, la situacion de aquella pobre jóven era terrible y solo Dios podia darle valor. Una vez
mas tranquila, pasó al cuarto de su padre, y mostrándole la carta,
le dijo. El pobre Leoncio me dice recien adios. Esa palabra tan
triste que encierra tal vez una eterna despedida. Papa, soy muy
desgraciada. Todo me aflije, hasta esta misma carta que podia
consolarme, aumenta mas mi afliccion. El dolor de María, era pro-

fundo y por primera vez en aquel dia no tuvo valor, ni para sentarse á su trabajo. Tenia los ojos encendidos, tal eran las lágrimas que habia derramado: se paseaba por su cuarto, unas veces miraba el retrato de su amante, otras leyendo su última carta me dictaba sobre el porvenir. Ah, Dios mio! esclamaba, si yo perdiera á Leoncio! si una bala, si una herida pusiese fin á su preciosa vida! Miraba esa obra principiada tan llenas de ilusiones! Ah! si será mi mortaja! si en lugar de ser mi vestido de boda, sirviese para adornar mi cadáver?......Dios mio! ten piedad de esta infeliz. Mi cabeza arde. Tengo el infierno en mi corazon: no puedo entregarme á ninguna ocupacion. Si este estado de ajitacion sigue algunas horas mas, yo perderé el juicio. La pobre María sufria, y esta vez la postracion era completa. Por unos momentos quedó recostada en el sofá, entró su padre y quedó sorprendido de la alteracion de su rostro. ¿Qué tienes? esclamó el anciano todo sobresaltado. Nada, papá, contestó la jóven haciendo un esfuerzo sobre sí misma. No hija mia, tus ojos están encendidos, tu semblante descompuesto; vaya será preciso que le imponga á Leoncio que no te escriba pues que sus cartas lejos de consolarte te aflijen. No señor, es esta la primera carta que me ha producido esta inquietud de que no puedo darme cuenta. Vd. convendrá que una vez puesto Leoncio en campaña está espuesto á todo momento. Pero, hija mia, una jóven religiosa como tú, debe tener confianza en Dios y creer que si antes tu amante ha salido salvo de tantos peligros hoy no será menos afortunado. Vamos María, es preciso ser razonable y tener confianza en el que todo lo puede, trata de serenarte tu espíritu y vamos á la iglesia á rezar una oracion por tu Leoncio, siempre se alcanza lo que se pide con fé; yo tambien rogaré á la madre de Dios porque te conceda fortaleza en estos momentos de conflictos: justo es sentir, pero no tocar en la desesperacion cuando no hay un tan apremiante motivo. Dios tambien suele castigar cuando no se encuentra resignacion cristiana en los que padecen y yo María, desconozco en tí aquella jóven tan religiosa que se sabia conformar siempre con la voluntad de Dios.

María fué muy sensible en este reproche de su padre, y le dijo. Estoy avergonzada papá de haberme mostrado tan poco conforme en esta ocasion, con las penas que Dios me envia, pero yo pediré de rodillas perdon á mi Dios y él se apiadará de mí y me concederá no solo el perdon de mi falta, si no la conformidad en los sinsabores de la vida. Voy á ponerme un velo para que me acompañe Vd. á la iglesia: alli oraré con mas recojimiento. Y diciendo esto, María y su padre salieron juntos. La oracion fortalece el espíritu, da siempre esperanza de alcanzar lo que se desea y casi siempre las personas religiosas despues de rezar con recojimiento se siente mas tranquila. Esto le pasó á María: su ruego fué ferviente: pidió al señor perdon de su falta de conformidad en los trabajos y le pidió tambien le diera fortaleza para soportar con cristiana resignacion todo lo que tenia que sufrir con la ausencia y peligro en que estaba su amante. En el bien estar que María sintió despues de orar, su padre no pudo menos de abrazarla diciéndole. Veo hija mia, que un rayo de gracia ha descendido sobre tu cabeza; tu frente está serena, tu mirada es suave y tranquila: bien te he dicho que siempre se alcanza lo que se pide con humildad y fervor: marchémonos, pues se hace tarde.

Diciendo esto, María se tomó del brazo de su padre y entró á su casa de un modo muy diferente del que habia salido. Pocos momentos despues de comer llegó Luisa y su esposo: esto contribuyó tambien á que el resto de la noche se pasase bien. Luisa empezaba á sentir las novedades naturales á su estado, ella acariciaba con gusto la idea de ser madre: á mas del bordado, María se ocupaba con el mayor esmero de todo lo que puede necesitar un recien nacido. Esa noche para distraer á María y complacerse ella misma. Luisa habia hablado de sus proyectos para en adelante. María, le dijo á su amiga, tu serás la madrina de mi hijo, y mi buen tio el padrino: si es varon le pondré *Leoncio*, si es mujer le llamaré *Leontina*. No quiero dejar de ponerle el nombre de mi segundo padre: ¿qué te parece María? Muy bien, amiga mia; las almas nobles no olvidan jamás los beneficios. Mira Luisa, si yo hubiera sido lejislador hubiera inventado penas muy fuertes para los desagradecidos: para mi es uno de los vicios menos escusables: es un defecto imperdonable. Me parece María, contestó Luisa, que no seremos nosotras jamás tachadas con esa falta. Asi lo espero, porque yo mas bien olvido una ofensa, pero jamás un beneficio. Aquí estaban las dos amigas, cuando entró Eduardo y empezó á darles bromas por la conversacion de que se ocupaban. Qué te parece María, dijo el marido de Luisa, mi mujer ni se digna consultarme el nombre que debe llevar nuestro primer hijo, como si no tuviese yo tanto derecho como ella: Perdon mi Eduardo, dijo Luisa besando á su marido, pero yo te conozco y se muy bien que tu alma noble no podrá desaprobar que yo muestre á mi buen tio mi gratitud poniéndole á mi primer niño ó niña su nombre querido y respetado por la pobre huerfana á quien desde su infancia sirvió de padre. Y diciendo esto Luisa se hechó á llorar. Eduardo todo conmovido abrazó á su esposa y le dijo, perdon amada mia, por una broma que tu no has sabido entender. ¿Cómo puedes pensar Luisa que yo no tenga el mayor placer en que nuestro primer hijo lleve el nombre del mejor de los hombres? Mis palabras á María, son una ligera broma y nada mas.

Despues de otras muchas palabras cariñosas que se dijeron quedó decidido qué María y el coronel serían los padrinos, y que

12

varon ó muger el niño llevaria el nombre del coronel Leoncio de
C...tio carnal de Luisa y su tutor. Pero siendo ya tarde las amigas se despidieron y los dos esposos se encaminaron á su casa calle de San Miguel. María quedó sola, pero su espíritu estaba tranquilo: su aflixion era menos penosa y en todo lo que pasaba en
ella reconocia la bondad de Dios. Pasó á decirle adios á su padre,
y al despedirse de él, le dijo. Querido papá, el padre de todos se
ha compadecido de esta tu hija y veo claramente el afecto que ha
producido en mí la oracion. Bien, hija mia, me alegro y te felicito.
Trata de recogerte, y que el sueño repare tus fuerzas. Asi lo haré,
papá: un beso y hasta mañana.

María llegó á su cuarto, y despues de rezar una corta oracion
se recojió. Un sueño tranquilo y dulce, reparó sus fuerzas y al
dia siguiente cuando se despertó, no pudo dejar de dar gracias á
Dios por el bien que le habia concedido. Al presentarse á la mesa
del almuerzo, su padre la felicitó y trató de conversar algo que
pudiese distraer aquella pobre enferma; porque ciertamente es una
verdadera enfermedad, una pasion como la que tenia la pobre María. Dejaremos á esta que disfrute de la aparente calma que siente, y recordemos que el coronel Leoncio de C... se embarcó en
Valparaiso, donde se dirijió á las costas del Perú y desembarcó en
el puerto de Huacho. Allí estaba un buque que debia salir al dia
siguiente para Buenos Aires Es de creer que nuestro enamorado
no dejaria de escribir á su amada María aunque fuesen solo cuatro
letras; así fué pues que aunque muy de ligero puso estas palabras
á la mujer amada de su corazon.

En las costas del Perú, puerto de Huacho. De Leoncio de
C...á su amada María.

"Mi preciosa María: aquí me tienes ya en las costas del Perú!
He desembarcado en el puerto de Huacho para pasar á incorpo-
rarme al ejército. Mi buena estrella quiere que encuentre un buque que en breves momentos se hace á la vela para Buenos Aires.
Tú comprendes María de mi alma, que no dejaré de ponerte algunas líneas que te muestren que en todas partes eres el caro objeto que ocupa mi pensamiento y que al escribirte nada nuevo pudo decirte porque es ya muy viejo para tí ángel mio, el saber
que te amo con idolatria. ¿Qué pudiera decirte? que mi amor
es tuyo y que no me olvides. Esto creo que te lo he repetido mil veces; ¿pero qué hacer, amiga mia? este amor es mi pasion, es mi pesadilla, es, si quieres, mi locura. Dios mio! una niña,
una mujer ha cambiado mi ser, y el Leon de las batallas como me
llaman mis compañeros está reducido á un ser sin valor moral.
Pero nó, María, una vez en mi puesto, yo recobraré mi nombre,
tu no podrias amar á un cobarde, el nombre de tu amante llegará

hasta tí, y al leer el primer boletin que dé cuenta de las operaciones del ejército busca el nombre de Leoncio y tu orgullo será satisfecho; yo te lo juro, mujer idolatrada. La gloria que reciba caerá
sobre mi amada, y los laureles que yo recoja serán puestos á tus
pies, mujer angelical; por quien daria mil veces mi vida. Yo te juro que en la primera accion haré algo digno de tí, y si tal no sucede, será que en el principio de la pelea alguna bala me inutilazará;
pero no temas, prometida mia, tu amante tiene un talisman que lo
salvará; las balas ni las lanzas, no podrán dejar de respetar un pecho donde está colocada una reliquia, donde está puesto el retrato
del ángel que adora, este tu apasionado amante.

Leoncio."

Concluida esta carta, Leoncio se la entregó al capitan del buque y le pidió encarecidamente se la entregase al doctor D. Eduardo Mendez en Buenos Aires, calle de San Juan. Leoncio, sus
ayudantes y demas que componian su comitiva se procuraron ca-
balgaduras y pasaron á reunirse con sus compañeros al ejército
libertador. Al llegar Leoncio al ejército, el primer camarada á
quien tuvo el gusto de abrazar fué al valiente comandante del primer escuadron de húsares del Perú, teniente coronel D. Isidoro
Suarez. Este despues de felicitarlo por su feliz arribo, le dijo, si
queria pasar á saludar al general Bolivar que estaba en su carpa
reunido con el general Necochea y otros gefes. Leoncio con el mayor gusto se dirigió á presentar sus respetos á su general: fué recibido por este de un modo muy afable y cariñoso y al darle un
fuerte apreton de mano le dijo. Ayer, se cumplió, coronel, la licencia que Vd. tiene, y la exactitud que Vd. muestra presentán-
dose hoy, lo recomienda una vez mas á mi estimacion: bien decia
yo hablando hoy con el general Necochea, que los valientes licen-
ciados no se hacen esperar, sabiendo que el ejército empieza sus
operaciones. Qué tal, coronel, ¿está Vd. bien dispuesto á una sa-
bleada? Como siempre, mi general: el dia que demos una carga,
mi lanza se hará sentir. ¿Como le ha ido á Vd. de paseo? ¿Cómo
deja Vd. su familia y sus amigos? Buenos, señor, quedan arreglados mis asuntos de familia. Mi sobrina realizó su casamiento, y
yo di cuenta á su esposo de la fortuna que como tutor de mi sobrina, estaba á mi cargo: sin este motivo, sabe migeneral que no habria pedido la licencia que se me concedió y que se me venció ayer:
Lo creo, coronel, pues siempre fué Vd. uno de los gefes mas estimables, tanto por su valor como por su conducta inreprochable:
Pero Vd. deseará descansar y dar un apreton de mano á sus camaradas. No quiero pues detener á Vd. mas. Hasta otro momento.

Diciendo estas palabras el general en gefe se despidió de Leoncio y éste siguió á tener el gusto de saludar y charlar con sus ami-

gos. Leoncio y el comandante Suarez eran intimos amigos, pasado el primer momento, despues de saludarse, le preguntó Suarez á Leoncio. ¿Qué tal, amigo? ¿qué noticias traes de Buenos Aires? te habrás divertido mucho: quiero que me cuentes todo: ya sabes que entre hermanos de armas como nosotros no hay secretos. Tienes razon Isidoro, somos muy amigos para que pueda tener reservas contigo, y te diré mas, nunca he tenido mas necesidad de tu amistad, porque vengo enfermo. ¿Qué te sientes malo? Si amigo, pero mi enfermedad está aquí: y Leoncio señaló al corazon. Vamos, al fin cayó el que tanto se ha burlado del amor y de los que se sometian á ese niño travieso?—Es cierto amigo, pero el rapaz se venga, porque me tiene loco. Estoy enamorado como un imbecil. Una niña de diez y seis años ha trastornado mi juicio, y tu pobre amigo es en este momento muy desgraciado. ¡Cómo! ¿amas, y no eres correspondido? No, muy al contrario: mi prometida me quiere tanto como yo la quiero, y al sentir ella tambien esta pasion que yo siento por ella ha incendiado mi sangre, ha trastornado mi ser, no dejándome facultad sino para pensar en ella, á cada hora, á cada momento. ¿Y cómo has podido enamorarte tan pronto, tú el hombre mas indiferente del mundo? Ah! mi querido amigo, los caractéres como el mio son los mas terribles cuando llegan á sentir una pasion verdara. La primera vez que vi á María, perdí mi corazon. Vamos Leoncio cuéntame tus amores, y empieza por decirme quien es tu enamorada. Recuerdas Isidoro, al capitan D. Miguel de Montiel que vivia cerca de San Juan, que tiene una pierna fracturada de la defensa que hizo peleando el año 7 con los ingleses? aquel patriota tan exaltado que fué siempre tan amigo mio, apesar de llevarme veinte años. Sí, me acuerdo, que era viudo de una española y que tenia una hijita que parecia un ángel? Pues bien, tu la has nombrado: ese ángel es mi María y quiero mostrarte su retrato para que puedas juzgar de su belleza, de esos ojos tan lindos como nuestro cielo, de esos rizos que parecen madejas de seda dorada, de esa tez tan blanca como el alabastro, en fin amigo mio, mira ese retrato y confiesa que es una criatura muy capaz de poner á tu pobre amigo en el estado de locura que me tiene esa niña divina. Suarez, miró el retrato de María con meditacion y despues de menear la cabeza, dijo á Leoncio. De verás, amigo mio, que tienes razon para estar enamorado de esta niña; pues á mas de tener un bello rostro sus ojos demuestran mucha inteligencia. Sí, amigo mio, tiene talento y bondad. María, es un ángel descendido del cielo. Pero tu me has ofrecido contarme tus amores.—No seré muy largo, porque mi pasion fué obra de un momento: ver á María, y sentir un cambio total en todo mi ser, ese cambio que opera solamente la verdadera pasion. Ella fué herida tambien del mismo modo: niña pura y virtuosa, que vivia lejos de la sociedad, que no sabia lo qué era amor, pues solo habia latido su corazon por el afecto puro y tranquilo que profesaba á su padre. La primera mirada cambiada entre nosotros decidió del destino de toda nuestra vida. Yo como buen militar quise saber pronto el lugar que mi cariño podia ocupar en el corazon de Maria, le escribi un billete que fué contestado como yo lo deseara, y desde ese momento ella y yo nos entregamos á las delicias que hace sentir una pasion correspondida. Muy luego dejó mi amor de ser un misterio, y el padre de mi amada me concedió su mano. El primero y segundo mes, pasaron tan pronto y tan felices que yo no creia que esa dicha sentida por mi, era de este mundo. Jamas habia sentido goces mas puros que los que aquella inocente niña me hacia esperimentar. Ella amaba por la vez primera, y todo lo que sentia era nuevo: mi orgullo y mi sensibilidad estaban satisfechos. Hubo momentos en que dudaba de la realidad. Mi vida era llena de ilusiones, todo el dia estaba cerca de la muger amada, aprovechaba con avidez todos mis momentos y puedo asegurarte que mi felicidad era perfecta. Pero los tres meses de licencia empiezan á gastarse y de repente se me muestra la ausencia con todo su horror, me es preciso empezar á preparar aquella pobre niña, á mirar nuestra separacion como una realidad. Cuanto he sufrido Isidoro desde ese momento, no tienes idea. De todas partes he escrito á Maria. Ella debe haber recibido muchas cartas mias, pero yo no he tenido todavía el consuelo de ver una letra de mi querida María. Pero pienso que el correo debe llegar mañana ó pasado, le respondió Suarez, y no dudo Leoncio, que tendrás el gusto de recibir carta: Yo me encargo del placer de presentártelas si me lo permites. Sí, mi buen amigo, confio en tu amable solicitud.

Los dos amigos conversaron; largo rato se ocuparon tambien del estado de la guerra y de lo posible que seria que muy luego tuviesen un encuentro los dos ejércitos. Leoncio era muy querido de sus compañeros, por su bravura y bellas calidades: asi fué que una vez que se supo su arribo al ejército todos los gefes y oficiales se presentaron á saludarle. Leoncio mandaba el regimiento de húsares de los Andes y una vez llegado al ejército se puso á la cabeza de él. Mas adelante veremos como los dos amigos, Suarez y Leoncio hicieron prodigios de valor en la memorable batalla de Junin que tuvo lugar el 6 de agosto de 1824. Pero no anticipemos los sucesos. Leoncio se separó de su amigo, pensando en la posibilidad de recibir una carta de María, que le diera algun consuelo, porque es, no hay duda, lo único que puede mitigar un poco el pesar de una triste separacion.

Suarez no se habia engañado, y el correo llegó al segundo dia de la llegada de Leoncio. Isidoro quiso hacerle á su amigo una agradable sorpresa: cuando supo la llegada del correo, sacó la correspondencia de Leoncio y se la llevó. Habia en ella, cartas de María, y nuestro pobre enamoardo tuvo el placer de leer todas las protestas que su amiga le hacía de amarlo sienpre y las referencias de todo lo que sufria con su ausencia. Las cartas de María eran llenas de amor y el mas vivo afecto se mostraba en ellas.

María, jóven pura y virtuosa pintaba en sus cartas todo el amor que sentia: su estilo era sencillo, ni arte ni coloridos ficticios habia en ellas: escribia con la pura franqueza de una alma buena que piensa siempre que no es mengua decir lo que el corazon siente. El pobre Leoncio tuvo un verdadero placer en recibir las cartas mencionadas. Recibió tambien algunas de su sobrina Luisa, y del capitan D. Miguel, en fin, aquel dia fué de fiesta para el pobre enamorado que convidó á comer á su carpa algunos de sus camaradas, donde pasaron el dia alegremente, haciendo brindis por el amor y por la patria. Al dia siguiente Leoncio se puso á contestar á María las cartas que recibió, y por su contestacion podrá juzgarse como amaba aquel hombre y del estado en que estaba su corazon.

"Carta de Leoncio á María.

Del Ejército.

Mi adorada María.

En fin, mi amada amiga, he recibido una carta tuya despues de tanto tiempo de desearla. Como podré esplicarte de un modo que puedas entenderme el bien que ella ha causado á mi pobre corazon, que empezaba á gastarse á fuerza de *sufrir?*

Esta carta divina, me ha consolado, me ha dado fé y esperanza; ella es un bálsamo para las heridas que en mi alma ha producido nuestra separacion. Esta carta celestial ha sido para mi lo que un *rayo de sol* en un *nublado dia*; ha tenido el poder de hacer desacer las *arrugas de mi frente*: las palabras tiernas y cariñosas que ella contiene traen á mi oido las armonías de tu divino amor que aunque *lejanas* son siempre gratas al *corazon* que conserva sus *recuerdos*, con la *esperanza* en que ha de volver la *realidad*; sí amiga mia; un dia llegará en que pueda mostrarte de cuanto amor es capaz este corazon que te pertenece sin reserva. Gracias, divina prometida de mi alma, por el trabajo que has querido tomarte bordando tu velo y tu vestido de boda. Quieres probarme cuanto has pensado en tu pobre amante. Este rasgo, María, es digno de tí. Solo una muger es capaz de tan lindo pensamiento. No puedes figurarte lo que me he complacido al pensar que á todas horas que yo vea el reloj puedo decir. "En este mo-

mento, María piensa en mí, pues al dibujar ó trabajar una flor de
un bordado, repite mi nombre y recuerda mi amor.

Dime, ángel mio, de quien has aprendido á amar con esa laya de amar, que haces que el hombre que tiene la dicha de ser el
objeto se enloquezca. María, mujer singular! no hay en todo el
mundo una que se te parezca. Para merecer tu amor, seria preciso servirte de rodillas, adivinar tus deseos y ser tu esclavo por
una eternidad. Cuando pienso en tí y en tu cariño, me digo: esta
felicidad no es de este mundo. ¡Quién soy yo simple mortal para
haberla merecido? esta idea supersticiosa se atraviesa por mi mente y me dice, desconfia Leoncio, tu no puedes gozar tanta ventura. El cielo, la tierra, el mundo entero serian envidiosos de tu dicha. ¿Pero habré tocado tan de veras la felicidad para que ella
desaparezca como un sueño? No, mil veces nó. Dios será bastante
bueno y me concederá llamar mia, enteramente mia, á la mujer
que adoro: María, tengo un amigo y compañero de armas, el comandante Suarez, que conoció á tu buen padre. Con él hablo de
tí, resultando de estas confidencias, que cuando estoy solo pienso
en tí, y cuando estoy con mi amigo hablo de tí, y que durmiendo
sueño contigo, al salir el sol pienso en que él te alumbra y lo envidio. Cuantas veces mirando la belleza que ofrece la salida de este astro divino; digo, tu alumbras por una eternidad y jamás te
consumes, de esa laya es el amor que yo te profeso, María: que no
se consumirá mientras respire, y creo que hasta en la tumba te he
de amar, mujer incomparable, á veces quisiera pedirte, niña celestial, que tuvieses el corazon de morir conmigo.

Vuelvo á repetirte, María, nuestro amor no es de este mundo, muramos, dulce amiga, muramos juntos la bien amada de
mi corazon, que nuestro amor muera como nació puro, intacto y
con todo su fuego. Pero que digo? perdon, María, ten lastima
de este insensato á quien la fuerza de su pasion hace delirar,
sí, deliro, por que mi cabeza arde, por que tengo en el corazon un volcan que me quema, que me incendia, y que me hace
unas veces el mortal mas feliz, y otras el mas desgraciado. Ah!
María! María! si yo pudiera verte, si me fuera posible pasar contigo una hora sola de aquellas que juntos pasabamos en aquel
celestial gabinete. Daría por estar contigo una sola hora todo mi
porvenir, todas mis ambiciones, toda la gloria tantas veces soñada: daría mi sangre gota á gota, en fin María, daría cuanto
puede un hombre poseer en esta vida. Pero á donde me lleva
este delirio y esta pasion? no lo sé, ni puedo saberlo: lo
único que hay de cierto es que te escribo y que al conversar
contigo, mi cariño no puede contenerse; en mis cartas no hay sino
amor, no hay cálculo; el que puede calcular no ama. Perdon mi
bella, mi encantadora amiga: no sé que nombre darte que pueda

mostrarte bastante mi pasion. Escríbeme largo, amiga mia, dime
hasta lo que piensas. Cuando me escribas cierra tu cuarto, que ni
el aire penetre, pues temo que él pueda llevarse alguno de tus suspiros: concedeme todos tus pensamientos: has que ellos caigan sobre tu carta, para que al leerla me cerque y me formen una aureo-
la de dicha, y me haga feliz, trayéndome una grata ilusion, un
simpático recuerdo. Adios, María: te escribo en medio del bullicio
de un campamento donde están reunidos miles de hombres: dudo
que entre tantos, haya uno solo que tenga la cabeza tan preocupada como yo la tengo. No es estraño, el deseo del combate se
apodera del soldado, cuando espera cubrirse de gloria y obtener el
triunfo. Sí, amiga mia: pronto irémos á la pelea y yo tendré el
placer de poner á los pies de la mas bella de las mujeres los laureles que recoja.

Abraza por mi á Luisa y tu buen padre, y tú, amada mia,
luz de mis ojos, cree siempre en que eres la señora del alma y de
la voluntad de este tu rendido y amoroso amante.

Leoncio."

Despues que Leoncio escribió la carta anterior, quedó mas
tranquilo, pues que el corazon se ensancha cuando cambiamos
nuestras ideas, ya sea con la persona amada, ya en el seno de un
amigo. Leoncio entregó á su amigo Suarez la carta para que fué-
se puesta en balija y le rogó viniese á comer con él. Despues de
una hora ostuvo de regreso Suarez, y al entrar en la carpa de
Leoncio le dijo. Amigo, hoy hay consejo: el general en gefe quiere reunir á los gefes del ejército para consultar sobre las operaciones que deben seguirse. Todo me hace creer que muy luego
sonará el cañon. Bien lo deseo mi querido Isidoro, esta guerra
dura ya demasiado y es preciso que una ó dos acciones, decidan
cuanto antes el triunfo de nuestro ejército. El consejo será esta
noche á las siete.

Al decir estas palabras se presentó el primer ayudante del
general Bolivar y citó para el consejo los dos amigos. Estos se
pusieron á comer para quedar espeditos á la hora indicada. A las
siete todos los jefes estaban ya en la tienda del general. La reunion dió por resultado que el ejército operase, y el resultado de
este consejo se dejó sentir muy luego en la memorable jornada del
seis de agosto de 1824. No es posible pintar el valor y patriotismo que reinaba en el ejército libertador: gefes, oficiales y soldados ansiaban por un encuentro. Casi siempre se realiza lo que se
desea, y las armas de la patria y las del rey de España volvieron á
medirse: tuvo lugar la accion de Junin, en que á porfia se cubrie-
ron de gloria, gefes, oficiales y soldados. El valiente y bizarro ge-

neral don Mariano Necochea, peleó como un héroe: no es posible es·
plicar la bravura de aquel hombre. Solo puede compararse con lo
que nos dicen de Ricardo corazon de leon, que por do quier que
pasaba llevaba el pánico, dando por resultado el mas completo
triunfo. Necochea, hijo predilecto de la patria inmortalizó su
nombre en la memorable accion de Junin, el 6 de agosto de 1824.
Recibió en ella siete heridas. Si por cada una de ellas que en la
lid recibiera se le hubiera concedido una medalla no habria tenido
el noble guerrero donde colocarlas.

El nombre del general Necochea resonaba por todas partes
en el ejército de la patria. Fué notable el valor que mostró en la
mi ma jornada el valiente teniente coronel don José de Olavarria:
peleó como un leon, cayendo prisionero en el ejército enemigo.
La batalla estuvo en peligro, hubo momentos en que parecia perdida, y lo habria sido á no llegar el refuerzo del escuadron de caballeria de húsares del Perú, mandado por el mil veces valiente
comandante D. Isidoro Suarez, que dió el triunfo y cooperó á que
se ganara la accion. Este gefe y Olavarria eran íntimos amigos, y
sabiendo que este último estaba prisionero, picó su caballo Suarez y sable en mano enderezó al ejército enemigo que huyó despavorido, vencido por la fuerza con que descargan sus golpes los
húsares del Perú con su bizarro gefe á la cabeza que les grita.
Viva la patria y á la carga muchachos Olavarria es rescatado, la
victoria es ganada y los principales gefes estan vivos aunque algunos de ellos heridos el triunfo no podia ser mas completo. Leoncio y Suares no se separan un momento y es en esa accion que
gana Leoncio el grado de general tal es la bravura y valentia con
que se ha portado. El general en gefe le puso al escuadron de
Suarez en memoria de aquella jornada el nombre de húsares de
Junin. Los principales gefes recibieron despues de la accion una
medalla de oro con estas palabras. "A los vencedores de Junin,"
los oficiales, sarjentos y soldados tambien tuvieron sus correspon-
dientes premios.

Pasado el peligro todo es alegria: al estruendo del cañon se
sucede las bandas de música por todas partes resuenan vivas y
aclamaciones por el triunfo: el pabellon azul y blanco se flamea
orgulloso á la puerta de la tienda del valiente general en gefe y
los gritos de viva la patria resuenan á cada momento. El entusiasmo que reinaba en el ejército era estraordinario. Pasados estos
primeros momentos de alegria, mandó el general en gefe saber
como se sentia el valiente general Necochea, despues de ser cura-
do por el cirujano mayor.

Los amigos íntimos de Necochea que estaban con él, con-
testaron, que las mas de las heridas eran en la cabeza y que estas
á pesar de haberle hecho perder mucha sangre no ofrecian peli-

13

gro, si el enfermo se tenia tranquilo y guardaba los consejos que el cirujano habia propuesto. Una de las heridas habia inutilizado completamente la mano izquierda del general. El ver un hombre con siete heridas, hacia comprender como este hombre habia peleado. El general Necochea será siempre benemérito de la patria en grado heróico y recibirá por siempre un bravo muy alto que le dedicarán todos sus compatriotas.

El comandante Suarez, sacó tambien dos heridas aunque leves. Este valiente gefe, es un hijo predilecto de la patria: á su heróico valor se debe la batalla de Junin, y no dejaremos de darle un elocuente viva á su bizarro arrojo, á la bravura con que entró en accion con sus valientes húsares decidió la batalla. El teniente coronel don José de Olavarria se cubrió de gloria en esa memorable jornada, sacando en recuerdo de ella tres heridas. Muchos fueron los gefes y oficiales que se distinguieron el 6 de agosto de 1824. El ejército de la patria se componia de hombres de la escuela de san Martin, de Belgrano, de Soler, de Alvear, de Balcarce y de tantos otros que ilustran con sus nombres nuestra historia. Felizmente ningun gefe notable se desgració, y la accion no ofrecia sino el triunfo, pues que habria sido una desgracia la pérdida de algunos de los valientes mas notables que sostuvieron en ese dia la *batalla*. Demos pues gracias á Dios por tan señalado beneficio.

Leoncio y Suarez, ocupados de comisiones importantes, no se vieron hasta las siete de la noche del dia 6. Las primeras palabras de Suarez fueron estas:—Leoncio, sale el correo llevando el boletin y la noticia de la ganada de la accion: pronto unas líneas para tu amada y que tu carta la libre de toda inquietud:—Gracias Isidoro, venga esa mano; eres un perfecto amigo, un noble corazon: voy pues de prisa á escribir á mi amada amiga: y diciendo esto sacó lo preciso para escribir y dirigir á María este corto billete.

Del ejército, 7 de agosto de 1824.

"María, la bien amada de mi corazon. El 6 de este ha tenido lugar un hecho de armas que forma nuestro orgullo, porque ha sido digno del ejército de la patria y de sus gefes. Como patriota me glorio de él, como argentino tengo vanidad de su resultado, pues que él mostrará al mundo, el porte de los hombres que como nosotros combatimos por la *libertad*. El ejército español nos era superior en fuerzas, á punto que un momento se creyó perdida la accion. Mi amigo y compañero de armas, el comandante Suarez, decidió del triunfo, pues llegó muy oportunamente con su escuadron de húsares del Perú. Sí, María: ese valiente y otros muchos han peleado lindamente. Se dice que debemos tener una medalla en premio de esta jornada: ya sabes que te ofrecí la primera que ganara y cumpliré mi palabra con el mayor placer: Creo, María, que la guerra concluirá muy pronto, y que no está lejos el dia en que envainando mi acero y libre ya del juramento que me ligaba con la patria pueda ir á cumplir el que hice á mi divina prometida, á esa criatura angelical, que á veces me hace creer que en su existencia está Dios *mismo* ¿Quién eres, dime, mujer incomparable para hacerte amar como yo te amo? tu posees el poder de fascinar el corazon de tu amante, á veces te presentas á mis ojos deslumbrándome como pudiera hacerlo el brillo del *astro luminoso* que Dios crió para dar vejetacion á la *naturaleza* ¿Hay en ti algo que no es natural? el poder que tu tienes sobre este hombre tiene algo de májico, á veces quisiera decirte que eres hechicera y que te has valido de algun *sortilegio* para encantarme. Pero, para que busco pretestos, cuando los hechos hablan, quien que vea tus divinos ojos, tu celestial sonrisa y todo ese conjunto con que te regaló el creador, no dirá que tienes de sobra para enloquecer y fascinar á cuantos mortales habitamos en este planeta? Sí, María, tu has nacido para ser reina y señora del mundo, pero á donde voy á dar? yo olvido que mi carta debia ser escrita en cinco minutos porque el correo debe ser despachado á toda prisa. Debo pues concluir esta felicitándote por los triunfos de la patria comun, y porque tu amante está libre de todo riesgo. Abraza por mi á tu buen padre, á mi amada Luisa y á Eduardo y á tu querida tia: y tu ángel mio cuenta siempre con el corazon de este tu amante en donde has dejado el mas profundo cariño y el efecto mas puro, como te lo ha jurado tantas veces este tu leal y apasionado

Leoncio de C..."

Una vez concluida la carta la entregó Leoncio á su amigo que á toda prisa fué y la puso en la balija. Suarez se sentia bastante indispuesto, tenia fiebre y creyó que debia hacerse visitar por el cirujano. Lo mandó llamar, y éste no se hizo esperar, pues estuvo en el momento en la tienda del enfermo, á quien riñó por no haberle hecho ir antes, pues que sus heridas aunque muy leves debian ser curadas.

El valiente contestó, que esos araños él los creia insignificantes; á lo que el cirujano dijo que por leve que fuese una herída producia fiebre. Despues de ordenar todo lo que era preciso, el doctor se retiró encargando mucha tranquilidad para el enfermo, y que él volveria dentro de tres horas. Leoncio estaba á la cabecera de su amigo y no dejaba de estar inquieto, pero esta inquietud desapareció cuando el enfermo despertó muy repuesto ya de aquella postracion, mas cansado por la fatiga de la jornada que por las heridas, pues que eran como él las llamó unos araños. La de mas consideracion fué un golpe recibido en el hombro izquierdo, por un bayonotazo, pues era esa contucion muy dolorosa. En fin, despues de muy pocos dias, el *vencedor de Junin*, estaba enteramente bueno y capaz de dar otra carga.

Dejemos á los valientes del ejército que descansen un poco y volvamos á Buenos Aires, donde está María en la mayor inquietud pues espera que de un momento á otro el ejército tenga un encuentro. La que ama teme siempre por la persona querida y mucho mas si esta está espuesta como lo estaba Leoncio.

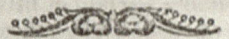

CAPITULO 12.

Estamos en el mes de setiembre del año de 1824.

María está sentada en su gabinete de trabajo delante de su bastidor, y hace mas de una hora que su mano puesta sobre el bordado está inmovil: su pensamiento la tiene absorta y mas bien pudiera tomarse por una estatua que por una criatura animada. Pensaba en Leoncio, temia que algun encuentro hubiese tenido lugar y que el ejército se hubiese batido. Pobre Leoncio, esclamó la jóven. ¿Qué será de tí en este momento? Aquí estaba de su mental pensamiento, cuando empieza á sentir repique general de campanas, cohetes en todas partes, música y gritos de viva la patria. D. Miguel que estaba fuera, entró loco de alegría gritando, María, noticias favorables del ejército: aquí traigo el boletin: Las armas de la patria han triunfado, se ha dado una accion, la hemos ganado.

La pobre María, nada veia, sino el temor de que su amante pudiera estar herído ó muerto, y sin poder decir una sola palabra, cayó desmayada y estuvo mas de una hora sin poder dar señales de vida. A pesar de los remedios que se les hicieron, el médico dijo que era un ataque de nervios, causado por un fuerte temor: y en efecto, María habia temido por Leoncio, de un modo terrible pues que siempre se piensa lo peor. Estando en este conflicto, entró Eduardo y Luisa que traian ya el boletin y las cartas de Leoncio, y Luisa tomando la cabeza de María, le dice: amiga querida, vuelve en tí, tu amante está bueno y se ha cubierto de gloria. Al oir aquella voz, la jóven vuelve en sí, y prorrumpe en llanto, diciendo ¿Qué es de mi Leoncio? Aquí tienes carta de él, dijo D. Miguel: tranquilízate y podrá leerla. Vamos, hija mia, dame un abrazo, y digamos, viva la patria. Vivan los vencedores de Junin. María, esclama al ver la carta de su amante: gracias, Dios mio! una alma tenia para la pena, y en este momento tengo otra para la *felicidad.* Lloraba de placer y nada hay que pueda esplicar la angelical mirada de María, sus ojos están radiantes de placer, abraza á Luisa á Eduardo y no sabe que es lo que por ella pasa: esa transicion del mas grande dolor al mas supremo placer, no lo puede esplicar sino el mismo que lo siente. Papá, dijo la jó-ven, necesito dinero, quiero ir mañana al hospital á dar limosna á los enfermos, quiero mandar decir misas, quiero hacer algo bueno en reconocimiento de que mi Leoncio está bueno, y en el triunfo que ha obtenido nuestros valientes.

Esa noche todo fué placer, el gobierno festejaba tambien de un modo digno tan espléndido triunfo. Buenos Aires, ostent ba en todas las ventanas y balcones la bandera de la patria, *aquella* que *triunfara* ya tantas *veces* y que parecia ser *invencible.* Las bandas de música se paseaban por toda la ciudad, visitando las casas de las familias de los vencedores de Junin. El entusiasmo no podia ser mayor: hombres, mujeres, viejos y niños salian ador-nadas sus cabezas con el gorro de la libertad, y llenos de entusias-mo gritaban; viva la Patria: vivan los vencedores de Junin. En esa *época* habia patriotismo, y les hombres todo lo sacrificaban por su patria. No hay palabras bastantes para ponderar los sa-crificios que cada patriota hace por dar independencia y libertad á las repúblicas americanas. La gloria corona sus heróicos e-fuer-zos y la batalla de Ayacucho que tuvo lugar el 9 de diciembre de 1824, decidió del todo nuestros triunfos. Pero no anticipemos las cosas. Ese hermoso episodio de nuestras glorias, será narrado, cuando le toque su momento preciso. Ahora dirémos algo, sobre la felicidad que María siente al ver que su Leoncio está bueno, y al leer mil veces aquella carta celestial que ha recibido y que la encanta. María era muy religiosa y su primer cuidado fué ir á dar gracias á Dios por la felicidad con que Leoncio salvara sin recibir un araño. Nuestra jóven ora largo tiempo con el mayor fervor y regresa á su casa muy contenta. Al siguiente dia salió muy tem-prano con su padre y se encaminó, primero al hospital de muje-res, despues al de hombres; allí repartió cuanto dinero llevaba, mandó tambien decir misas como lo ofreciera en su ardoroso en-tusiasmo.

La jornada del 6 de agosto de 1824, fué festejada por tres dias, con fuegos artificiales, músicas, bailes, teatros, danzas y de-mas regocijos. Buenos Aires, representaba un hermoso panora-ma; vestido de gala, por todas partes flameaba orgulloso el *pabe-llon argentino.* El azul y el blanco era el color á la moda, las da-mas se adornaban con cintas celestes y los hombres llevaban en sus sombreros la escarapela celeste y blanca Dias felices: dias que formarán siempre gratos recuerdos para los patriotas de cora-zon. Hemos dicho que María estaba muy contenta, con la carta

de su amado, y justo es que se le conteste, pues que está anuncia-
da la salida del correo para el ejército. Nuestra jóven está en su
gabinete, y contesta la carta de Leoncio con todo el entusiasmo
que es natural.

Buenos Aires, setiembre, 5 de 1824.

"Mi amado Leoncio:

Empezaré esta carta por hacerte mil felicitaciones por el hecho glorioso del 6 de agosto. Tu no puedes hacerte una idea de
lo feliz que fuí cuando leí tu carta. Cuando supe que habia habido una accion, no se lo que por mí pasó, no pensaba en el triunfo, solo se me puso una nube de sangre delante de los ojos y pensé que estabas herído ó muerto. Perdí el sentido y Dios sabe
cuanto tiempo pasara en este estado, si la voz suave de nuestra
buena Luisa no me hubiera sacado de aquella muerte aparente,
diciéndome. María, tu Leoncio está bueno y se ha cubierto de
gloria. Ah! Leoncio mio, es preciso saber el dolor tan agudo que
causa el temor de ver en un momento desaparecer la dicha tanto
tiempo soñada, la idea del peligro á que está espuesto un ser querido, es mil veces peor que morir. Yo estoy en tal estado que si
se habla del ejército ó de algo que tenga relacion con él, me entra un temblor tan fuerte que creo voy á morirme, sin poderme
yo misma darme cuenta de esta dolencia operada en mí, por la
fuerza del sistema nervioso, alterado por el constante temor que
siento desde que estás en el ejército. Daria diez años de mi vida,
porque esta maldita guerra hubiera concluido: te aseguro que mi
situacion es muy afligente: me despierto inquieta; el dia lo paso
temiendo siempre que alguna mala noticia llegue hasta mí, y al
recojerme, pido á Dios unas horas de descanso, pero en vano: el
sueño ha huido de mis ojos, y mis noches son pesadas en la mayor inquietud. Si esta vida dura seis meses mas, tu pobre María
quedará como una sensitiva que ha sido tocada por áspera mano.
Leoncio, Leoncio, yo te llamo, te busco en todas partes, creo verte,
pero en vano; la realidad te presenta luego á mas de 600 leguas de
distancia. Oh, destino funesto el que nos separa! amarte tanto y
no poder estar juntos! Soñar siempre la dicha y no poder alcan-
zarla ¡para que hemos conocido el placer! Yo hubiera deseado, no
haber gozado jamás. Saborear la felicidad y perderla, esta alternativa mata. Pero yo me habia propuesto no hablarte de mis penas, sino del placer que me causó tu carta, pero en vano, cuando
te escribo no puedo tener cálculo en lo que digo. Tu sabes, amigo mio, que el que calcula no ama.

Pero debo concluir esta carta y no dejaré de pedirte le presentes toda mi gratitud á tu valiente amigo el comandante Suarez.
Lo quiero sin conocerlo, tanto por sus bellas calidades, como por
ser tan perfecto amigo para contigo; dile Leoncio, que alguna vez

llegará que yo podré presentarle mi gratitud: que lo felicito por la jornada del 6 de agosto: que debe estar orgulloso de un hecho de armas que *inmortaliza* su nombre, y muestra al mundo que los hijos de la América del Sud son tan valientes como patriotas, 'y que la santa cruzada emprendida por ellos dará muy pronto el resultado tan deseado; yo creo que no me equivoco Leoncio, cuando tengo la esperanza que en dos ó tres meses mas nuestra independencia será enteramente realizada por los triunfos que nuestros valientes nos ofrecen. Vuelvo á repetirte que presentes mis cumplimientos y mis felicitaciones á tu valiente amigo el comandante D. Isidoro Suarez. Creo muy bien merecido el que su escuadron se llame, en memoria de la jornada del 6 de agosto de 1824. *Húsares de Junin.* Pero debo decirte adios, mi amado y muy querido Leoncio, tu sabes que te ama con toda su alma esta tu amiga, y que tuyos son hasta los pensamientos de tu

María.

Concluida esta carta, don Miguel pasó él mismo á llevarla al correo. María por unos dias quedó tranquila en cuanto puede estarlo una naturaleza tan impresionable.

CAPITULO 13.

Nos ocuparémos un poco del jóven Harris, á quien hemos dejado en España. Su familia recibió otra carta, donde Jorje se manifiesta mas contento, y les dice que ha encontrado en Madrid, muchos parientes de su difunta madre que se disputaban el placer de ofrecerle su amistad. Jorje estaba en la flor de la edad; tenia 27 años y una figura muy distinguida, la tristeza que estaba pintada en su semblante lo hacia mas interesante: tenia lindísimos ojos azules, y la languidez de su mirada era irresistible. Si María viese como está en este momento de buen mozo su desdeñado amante, tal vez sentiria no haberlo amado. Jorje habia perdido mucho de su timidez, los viajes y el trato con personas notables le habian dado un aire de elegancia y buen tono que encataba: á la primera mirada se reconocia en él un hombre, *come il enfant:* Una prima de Jorje, casada con el baron del Lago fué la que mas

atenciones hiciera al bello americano, que de buena ó mala voluntad, tuvo que ser presentado á la sociedad de la baronesa que era
de la mas escojida. Jorje, confió á su prima que viajaba por olvidar. Muy luego circuló que el americano era víctima de una pasion
desgraciada, lo que se comprendia á juzgar por el aire triste y distraido del jóven. En las noches de recibo que tenia la baronesa,
Jorje estaba siempre apartado de las señoras y solo se reunia con
los hombres. Muchas de las lindas madrileñas, le dirijian miradas tiernas, pero Jorje ó no las comprendia, ó lo que es lo mismo,
no queria comprenderlas. Muchos jóvenes, amigos de Jorje, le
reprochaban su indiferencia, pero él les decia que su corazon estaba enfermo y nada podia sacarlo de su tristeza habitual. Una
noche que se representaba una comedia nueva, Jorje fué á verla
con un pariente del baron del Lago llamado Rodrigo Perez de
Mendoza, jóven noble y muy distinguido por su buen porte. En-
traron juntos al teatro y muy luego tomaron el anteojo y empezaron á recorrer la concurrencia. Estaba en frente del palco de los
dos amigos, una bellísima mujer que tendría á lo mas, veinte y
tres años, una de aquellas madrileñas de ojos negros y vivos como
centellas: todos miraban aquella encantadora mujer, aquella sílfide era el objeto de todas las atenciones. Su palco estaba lleno de
adoradores de los que cada uno de ellos era su esclavo.

Rodrigo tomó el anteojo y le dijo á su amigo, mira aquella mujer que mas bien es un ángel por su belleza y seduccion.
No es posible verla sin sentir por ella amor. Jorje tomó el anteojo y miró á la jóven, y despues de un corto exámen, dijo.—No hay
duda, es muy bella; vamos, contestó Rodrigo; ni me preguntas quien
es, ni como se llama. Que indiferencia tienes hasta por lo mas lindo
que se te presenta. Jorje contestó como siempre. Ya sabes que tengo
el corazon enfermo. Pero Rodrigo insistió y le dijo. Aunque no me
pides noticias, quiero dártelas. Esa hermosa, es una viuda de veinte y tres años, tiene una inmensa fortuna, todos los que la visi-
tan pretenden su mano, pero ella no atiende á ninguno, pues parece quiere conservar su libertad. Esa bella jóven, fué casada con
el conde de la Estrella: anciano que murió hace cuatro años: de-
jándole su inmensa fortuna y un nombre ilustre. Fernanda, que
asi se llama, sintió á su esposo que mas fué un padre para ella;
despues de pasado su luto, vino á establecerse en Madrid, donde
hace las delicias de la córte. Tiene un hermoso palacio donde recibe con gracia y buen tono. El jueves da un baile donde no dudo
serás invitado á juzgar por el interes con que te mira hace un rato
la hermosa viuda. No embromes, amigo, dijo Jorje; ya sabes que
como hijo de inglés soy serio, y á veces tengo esplin. Concluido el
acto los dos jóvenes hicieron algunas visitas juntos: donde quiera
que entraban, el anteojo de la viudita sigue á Jorje á punto que

éste reparó en ello. Cuando la comedia concluyó fueron Jorje y Rodrigo á cenar á casa de la baronesa del Lago: allí hubo muchas bromas, y se pasó el rato agradablemente, y á las dos, cada uno se retiró mas ó menos preocupado de sus propios asuntos.

Jorje llegó y se metió en cama. Al siguiente dia el criado de confianza, Antonio, entró y presentó al señorito un billete perfumado, con una corona de conde en el sello de la carta.

El billete decia estas cortas palabras:

La condesa de la Estrella, suplica al caballero D. Jorje Harris, quiera tener la bondad de asistir, el jueves 5 á un baile que tendrá lugar en su palacio calle de Carretas, núm. 24 á las nueve de la noche. La que dirije á Vd. estas líneas, quedaria encantada de ser favorecida con su asistencia, pidiendo á Vd. el favor de devolver la tarjeta que incluyo en caso de no poder asistir.

Saluda á Vd. su atenta S. Q. B. S. M.

Jorje quedó muy contrariado con la lectura de este billete y dijo: No iré. Bonita figura haria yo en un baile, y sin reflexionar mas, tomó la pluma y contestó estas palabras.

Jorje Harris estima debidamente la atencion de la señora condesa de la Estrella, de invitarlo para el baile que debe tener lugar mañana en su palacio, pero estando indispuesto, siente no poder asistir y devuelve la tarjeta de invitacion. Saludando respetuosamente á la señora condesa, su muy atento S. Q. B. S. P.

Jorje que cerraba el billete y el jóven Rodrigo que entra. Vaya, billetitos tenemos, señor esplinado? Nó, amigo mio, devuelvo á la señora condesa de la Estrella, la tarjeta de invitacion que ha tenido la bondad de enviarme, para su baile. Y qué? ¿no piensas ir? Nó. Como no, estas loco? te convida sin conocerte y tu te haces de rogar? Cuantos te envidiarian ese billete. No seas tonto Jorje, la fortuna se te entra y tu le cierras las puertas? Sabes tu que Fernanda, condesa de la Estrella, es la mujer mas bella y mas á la moda de Madrid? Te felicito Jorje, por esta invitacion de letra de la condesa. Si se sabe esto en la alta sociedad, mañana estas á la moda, no lo dudes. Tu puedes pensar lo que quieras, pero no iré al baile, Rodrigo. La conversacion fué siempre sobre el mérito de la condesa y hubo referencias sobre los adoradores que ella tenia y que cada elegante de la córte, envidiarian esa invitacion que Jorje desdeñara. Despues de pasar juntos los amigos algunas horas se separaron dándose *rendez-vous* en casa de la baronesa del Lago. Una vez solo Jorje, empezó á hacer reflexiones y hablando consigo mismo se decia, soy un hombre de 27 años y nada alhaga mi deseo; esta fatal pasion ha marchitado mi vida y mas que jóven soy un viejo. Ah, María! María, la mujer mas ingrata y mas amada del mundo. No sé que idea pasa por mi mente. Dicen que los celos suelen hacer prodigios. Tal vez si María supiese que aquel

14

jóven modesto, cuyo amor desdeñó es hoy en la córte de Madrid un hombre á quien toda una condesa de la Estrella, dirije invitaciones escritas de su letra. Que pensamiento me viene. No iré al baile: pero si Fernanda tiene un capricho por mi se irritará mas, viendo que no ha podido satisfacerlo. Sí, resistamos. Una mujer que está acostumbrada á verse adivinar sus deseos, no hay duda que cuando menos se sentirá muy contrariada al recibir mi escusacion.

A la hora convenida, Jorje y Rodrigo, se encontraron en casa del baron del Lago, donde la baronesa, instruida de la carta que su pariente habia recibido, lo embromó mucho diciéndole, no hay duda ya estas á la moda, pues que todo el mundo habla de las miradas que Fernanda te dirigió en el teatro y la invitacion de hoy te lo muestra. Serás un loco si no asistes al baile. Pues no pienso ir, y soy hombre que una vez dicho que nó, no retrocedo. ¿Qué haria yo en el baile? Lo que haremos todos, contestó Rodrigo. Bailar, pasearse, jugar y tantas otras cosas. Yo conozco muy pocas personas y á mas, no tengo costumbre de ser galan con las damas, pues hace mucho tiempo no cultivo su sociedad. Un pobre misántropo, como Vds. me llaman no haria otra cosa que servir de farsa. Creo lo contrario Jorje, contestó la baronesa: tu figura sentimental y tus lindos ojos azules, harian mucha novedad en el baile. Tu sabes bien que eres un guapo chico, y bien te lo prueba que la coqueta Fernanda de la Estrella, entre las estrellas te escriba de su letra la invitacion para el baile, si esto es pasar inapercibido no se que decir. Vaya primo, no seas tan modesto. Será como tu lo dices prima mia, contestó Jorje, pero estoy resuelto á no ir al baile. Pero no creo que estes determinado á no cumplir como caballero, visitando á la Estrella, despues que pase el baile? Jamás podria faltar al deber que me impone la buena crianza; pienso visitar á la señora condesita uno ó dos dias despues del baile. La tertulia de la baronesa se ocupó mucho esa noche del baile que tenia lugar á la noche siguiente y cada uno de los concurrentes no podia esplicarse porque aquel jóven tan bello y en la flor de la edad no queria gozar de una diversion tan deseada de todos los que como Jorje podian mostrarse con tanta ventaja.

Pero nuestros lectores y lectoras saben bien que aquel corazon enfermo, nada podia distraerle. Despues de cenar, todo el mundo se retiró y Jorje ganó su cuarto. Algo estraño pasaba en él. Por primera vez despues de tanto tiempo habia en aquel jóven un pensamiento, que cambiara por algun tiempo su tristeza habitual. ¿Seria la vanidad defecto tan comun en los *hombres*? Puede ser muy bien, porque una distincion tan marcada de la mujer mas á la moda de Madrid, no podia dejar de lisonjear al que era el objeto. Nuestro jóven sin darle mucha importancia á esta preferencia, creyó que debia llevarla mas adelante, pues que si tenia un buen resultado, su vanidad quedaria satisfecha, y él tendria siempre la eleccion de admitir ó reusar los avances de la bella condesita. Por otra parte, Jorje tenia la facilidad de conservar en esta intriga toda la sangre fria de que disfrutaba, pues su pasion por María, lo hacia indiferente á la seduccion de todas las mujeres. Estamos en el dia del baile, todo Madrid estaba invitado: las señoras principales de la córte estan preparadas, y los mas elegantes caballeros formar n parte de aquella fiesta

A la una del dia, recibió la condesa, la escusacion de Jorje. Estaba esta con algunos amigos de confianza; entre ellos Rodrigo: Cuando leyó Fernanda la carta del americano, hizo un movimiento tan marcado de disgusto que fué observado por los que estaban presentes, pero disimulando un poco se dirigió á Rodrigo y le dijo. Podras decirme señor Mendoza, si la indisposicion del jóven Harris es de importancia? Creo que nó, bella condesa, pues lo dejo en este momento en casa de su prima la baronesa del Lago. Al oir estas palabras Fernanda, se puso pálida y un desagrado terrible se pintó en su semblante. Pero como mujer de mundo trató de disimular y dijo solo estas palabras. Me dicen que el Sr. Harris es un misántropo y sin duda pretesta una indisposicion por no querer interrumpir sus abitudes. ¿Conoce Vd. alguno de los secretos de la vida de este hombre? No señora solo sé que tiene una pasion que lo hace *desgraciado* y que viaja para olvidar. Solo tres veces he visto á ese jóven, dijo Fernanda: una en el paseo del Prado, otra en el teatro, y la últtima vez que lo encontré fué en el Museo. Parece que alguna pena secreta diera á sus ojos un brillo febril que los hace mas interesantes; hay algo en toda su persona que interesa, sobre todo, su mirada es terrible. Dios mio que ojos de chico! no son de este mundo. Me han dicho que tiene fortuna y no la estima, pues que no teniendo el deseo de divertirse no tiene ni el placer de gastarla. Parece que la madre de este jóven era española y que es por esto que él ha querido fijar su residencia en Madrid. Ayer hablando con uno de nuestros poetas que es amigo de él, me dijo que está encantado en Madrid, pero que no frecuenta mas casa que la de su prima la baronesa del Lago, y la de algunas parientas que ha encontrado de su finada madre.

Es cierto condesa y puedo asegurar que está Vd. muy bien informada. Pero Adela, baronesa del Lago no puede sacarlo de su *exentricidad?* Creo que nó, pues soy testigo las mas noches de los retos que sufre mi amigo......¿Es Vd. muy camarada con el Sr. Harris? Sí, señora condesa, tengo este honor. Pero si es Vd. su amigo traigalo al baile, yo se lo ruego. Está decidido á no asistir. Y por qué? La razon que nos dió anoche fué, que él no sabria que hacer en una fiesta, á lo que yo le contesté, "harias lo que hacemos todos: bailar, jugar, pascarse y demas cosas que pueden contribuir á pasar un rato agradable." Y me dijo, que él no tenia costumbre de frecuentar la sociedad y que haria un mal papel con las damas y muy particularmente con la bella dueña de casa que tan amable habia sido, pues sin ser una relacion de ella lo habia invitado. Sabe Vd. Rodrido, que ya es un punto de amor propio para mí, de que ese misántropo venga luego á mi fiesta.—Deme Vd. un consejo: Qué podré hacer, para que ese hombre esté esta noche en el baile. Escriba Vd. una cartita á la baronesa del Lago, y ella tal vez, venza la resistencia de su jóven primo. Dice Vd. bien: y diciendo esta última palabra, Fernanda pasó á su escritorio y escribió á la baronesa el siguiente billete.

A la Sra. baronesa del Lago:

"Mi querida amiga:

Sabiendo por nuestro amigo Mendoza, que el Sr. Harris no está indispuesto, sino con poca voluntad de asistir á mi fiesta, te pido le digas de mi parte, que yo puedo ofrecerle que sino gusta estar en el salon del baile, puede estar en mil otros parajes donde puede ver la fiesta sin ser visto. Que le mando nuevamente la tarjeta de entrada y que esto le mostrará que no quiero admitirle escusa. Cuento mucho con tu amistosa solicitud para decidir á nuestro misántropo á dar una muestra de deferencia á una dama que lo estima y desea hacer su amistad.

Adios Adela, creo tener el gusto de verte esta noche en compañía de tu pariente. Créeme, amiga, que te seré reconocida siempre, si por tu intermedio logro mi deseo. Mis cumplimientos al señor baron. Tuya siempre

Fernanda."

Una vez escrito el billete, Fernanda pasó al saloncito de confianza, donde dejó á sus amigos y dirigiéndose á Mendoza le dijo: podré esperar de la perfecta galantería del caballero Perez de Mendoza que sea el portador de este billete? Como nó, bella condesita: soy todo vuestro y puede Vd. contar que emplearé toda mi persuasion para decidir á Jorje á que asista esta noche al baile. Pues bien, Rodrigo, marche Vd. y traigame su respuesta, pues que la espero con impaciencia. Una vez partida ya la carta, Fernanda se sentó en el sillon muy preocupada. El primero que rompió el silencio que reinó por algunos momentos fué el conde de San Neron, á quien todos tenian por pretendiente de Fernanda y dirigiéndose á esta dijo: señora, creo que desciende Vd. de su su pedestal de condesa de la Estrella entre las estrellas, en rogar á un desconocido con tanta insistencia para que asista á una fiesta que todo hombre de clase se haria un honor en concurrir, y para lo que ha habido grandes empeños para conseguir invitacion. La condesa contestó con desden. ¿Qué quiere Vd. conde? yo soy mujer de caprichos, y por satisfacerlos soy capaz de hacer todo lo que esté en mi mano, y algo mas: Por otra parte, no teniendo ninguna persona que tenga *derecho* de medir mis acciones, obro á mi antojo y poco me importa una crítica que *desprecio*. El pobre conde se mordió los lábios y tuvo que callar pues no le quedaba otro remedio. En este momento el intendente vino á consultar á la condesa sobre alguna cosa referente al baile y ésta despidió á sus amigos diciéndoles, hasta luego.

Fernanda deseaba estar sola para recibir la respuesta de la baronesa del Lago, sea que Jorje aceptára, sea que se sostuviese en no querer asistir. No quiero decia entre sí, la hermosa viudita que estos hombres lean en mi semblante, la impresion de gozo ó de pesar que me causa la respuesta de mi amiga. Cosa rara es esto que por mi pasa. Desde el dia que por primera vez vi á Jorje en el paseo del Prado, la impresion que en mi causaron esos ojos azules como el cielo que cuando los baja muestra las mas lindas pestañas. Aquella languidez que no puede él evitar cuando mira, el aire de tristeza que se encuentra en aquel bello rostro, han cautivado mi corazon. Dios mio, amo á un hombre que no se ha dignado honrarme con una mirada, y que indudablemente ama á otra. La fortuna se venga hoy de mi: yo que me burlo del amor de todos los hombres, yo que he creido que mi libertad valia mas que todo. Ah! fortuna, fortuna! Vil coqueta! mas coqueta que todas las mujeres, hoy me vuelves la espalda y me pones á la merced de un misántropo que tal vez desprecia á esta mujer que hasta hoy fué la señora de todas las voluntades......pero son las tres y Rodrigo no viene. Dios mio que inquietud es esta que siento! No hay duda yo estoy loca, para darle tanta importancia á un capricho, pues que no puedo mirarlo como otra cosa. Las mujeres como yo que estan acostumbradas á que sus caprichos sean órdenes que las obedecen de rodillas sus adoradores, no pueden menos de irritarse cuando les sucede lo que hoy me pasa á mí:

CAPITULO 14.

Dejemos pues á la bella condesa recostada en un divan y pasemos á Rodrigo, que entró todo agitado á casa de su pariente el baron del Lago. La primera persona á quien encontró fué el baron. Buenos dias Luisa, dime, ¿podré ver á Adela? No se si está en casa: sigue y pregúntaselo á la doncella que allí viene. María está tu señora? No está la señora condesa, pero debe venir pronto, pues que la modista la espera en su gabinete. Pues bien, si llega antes que yo esté de vuelta, le darás este billete. Y diciendo esto pasó á casa de Jorje para traerlo, para que su prima lo conquistase, para que se decidiese á ir al baile. Llegó pues Mendoza á casa de su amigo y lo encontró mas preocupado que otras veces, tanto que no pudo dejar de decirle dime, Jorje que tienes? No lo sé, amigo mio: pero algo estraño *pasa* por mi. Salgamos pues, tal vez y el ejercicio me harán bien. Y diciendo esto, tomó su sombrero y salieren juntos. Una vez en la calle le dijo Rodrigo. Tengo encargo de Adela de decirte que en el momento te pases por allá, pues tiene un servicio que pedirte. No sabes que será? Nó, amigo nada mas me ha dicho. Rodrigo no quiso aventurar ninguna palabra y dijo para sí. Es mejor que la baronesa se lo diga. Las mujeres son siempre finas para hacer las cosas con buen suceso, y será mas acertado poner el asunto enteramente en manos de Adela. Llegaron pues al palacio del baron del Lago: Rodrigo se adelantó para decirle á la baronesa una palabra y despues de ponerse de acuerdo salió para recibir á Jorje. Buenos dias, querido, dijo la baronesa á su primo. Buenos dias, mi buena prima, contestó el jóven, la baronesa añadió. Mi buen amigo voy á pedirte un favor, pero te prevengo que es de tal naturaleza que sino me lo haces me darás un gran pesar. Dimelo luego, no Jorje, quiero que antes que te lo diga me des tu palabra de hacerlo. Te prevengo que no es asunto que tenga relacion con tu honor, que es casi una tontera, pero tontera que yo deseo y que tiene relacion con el baile de esta noche: habla, habla, prima mía, y cuentalo ya por conseguido, te doy mi palabra de honor: dijo Rodrigo *Parole d'honneur.* Tu eres testigo. Y yo tambien gritó el baron que ya estaba de acuerdo con su mujer para presentarse oportunamente.

Estaba tan lejos Jorje de pensar que pudiera tratarse de él para nada que tuviese referencia al baile que ni lo soñara lo que iba á suceder y el compromiso que tan seriamente acababa de tomar. Pues bien Adela, dime pronto tu pedido pues tardo en mostrarte que está ya concedido. Pues bien, Jorje, se trata del baile de esta noche. Ya me lo sospechaba yo. Cuando menos el señor marido rehusa alguna cosa bonita que tu deseas? habla, amiga, ya sabes que puedes disponer de tu primo. No Jorje, no es eso: es otra cosa mas seria y que tal vez tu me acuerdes con menos facilidad. Vuelvo á repetir á la mas bella de las primas que soy suyo y que disponga de mí á su antojo. Pues bien, Jorje, ten la

bondad de leer esta carta, pero te prevengo que antes de que tú
la leas, ya he mandado la contestacion aceptando en tu nombre.
Al leer la primera palabra comprendió Jorje en lo que habia,
pues que hasta ese momento ni lo sospechara, y dándose un golpe
en la frente dijo: Esto es pérfido: abusar de este modo del candor
de un pobre inocente......Pero Dios mio! Adela, si esto es imposible! Yo en el baile! Vaya Jorje, sé razonable, ya te dice la
condesa que estarás donde te parezca y que ella te ofrece no contrariar ni tus deseos ni tus abitudes. Bien está Adela. Tu has
aceptado en mi nombre y tu primo mas que le pese tiene que obedecer: iré. *Bonne gre, mal gré*; y diciendo esto pasó con el baron
á su escritorio. Adela escribió á Fernanda estas pocas palabras:
"Querida amiga:

En fin, á fuerza de intrigas, nuestro rebelde te será presentado esta noche por mí, pero me ha pedido quiera adelantar un poco la hora y pasarnos á tu casa mas temprano que lo que yo deseara. Tu invitacion es á las nueve, pues bien á las nueve y media estarémos contigo. Quiero evitar á mi primo el embarazo natural que siente un jóven que no frecuenta la sociedad, que es un
verdadero mi-ántropo. Desde este momento te pido, mi amiga, di-
simules el carácter triste y estraño del hombre por que tanto interés tomas: ten siempre presente Fernanda, que Jorje ha resistido
tu invitacion y que solo en fuerza de mis ruegos la aceptará. El
corazon de mi jóven pariente, está enfermo, viaja para sanar una
herida terrible que no puede curar, y esto debe ponerte ya en disposicion á escusar á Jorje. Tú acostumbrada á las galanterias y á
las flores, que te dicen cada dia tus adoradores, no podrás encon-
trarte bien con un misántropo como mi primo. Quedas pues, im-
puesta del carácter del hombre que te se presentará esta noche á
las nueve y media

Tu afecta amiga

Adela."

Rodrigo, llegó á las cinco á casa de la condesita de la Estrella. Cuando el criado lo anunció, lo hizo entrar Fernanda. El corazon de la linda condesa, latia de un modo terrible, pero en el
semblante de Rodrigo, conociera al momento que era portador de
buenas noticias. Y bien, dijo la viudita ¿Qué me dice Vd. Mendoza? Pido las albricias, condsita. *Concedidas.* Bien, bella Fernanda, no entregaré á Vd. esta carta si Vd. no me promete esta noche
el primer rigodon. Con el mayor gusto. Venga la carta, y mil
gracias á Vd. y á mi bella amiga, pues segun Vd., el negocio está
arreglado. Sí, condesita, arreglado; Fernanda queria quedar sola
para leer la carta. Rodrigo lo comprendió y besando respetuosamente la mano de la condesa, le dijo: *aurevoir.* Hasta luego.

No habia aun salido Mendoza del gabinete, cuando Fernanda leyó la carta de su amiga. Gracias, Dios mio, dijo, estoy contentísima. Confieso que no sé como hubiera disimulado esta noche mi mal humor si Jorje hubiera insistido en su negativa, pero parece que la fortuna me quiere volver su amistad. Esperemos, no precipitemos los resultados: segun Adela, Jorje está enamorado de otra y esto será en mi contra. Pero ya trataré de ganar su confianza, lo llevaré hasta una confidencia. Empezaré por hablarle de su pasion y de su bella enamorada. Bien está; esto le hará formar gusto de verme, despues vendrá la *costumbre*, esa *tirania* á quien es tan dificil resistir, y el tiempo y mi habilidad conseguirán el resto. Esperemos, como decia una mujer célebre. *Esperar es vivir.*

Estando en estas reflexiones, vino un criado y dijo, la señora condesa está servida. Fernanda pasó al comedor y puede asegurarse que apenas tomó un poco de sopa y una copa de Málaga. Sea que la agitacion de la funcion la preocupaba, sea que la idea de ver al americano no se separaba de su pensamiento. Lo que hay de cierto es que Fernanda quedó solo diez minutos en la mesa, de donde pasó á su gabinete y se recostó algunos minutos. Muy luego entró su doncella de confianza y empezó á ocuparse de los adornos que debian completar la *Toilette* de la bella condesa. Todo estaba ya listo, y el gabinete de Fernanda ofrecia, esa vista que presenta siempre el tocador de una dama elegante antes de un baile. En una parte se veia el rico *vestido*, en otra el lindo *tocado*, sobre el tocador los brillantes, coronas y brazaletes. Un suave y aromático perfume embalsamaba el aire en aquel santuario de la mas bella de las mujeres.

En fin llegó el momento solemne y el peluquero entra diciendo que espera las órdenes de la señora condesa. Fernanda vestida con un ligero peinador de muselina, se sienta delante de su tocador y ella misma indica al peluquero, como debe adornar su bella cabeza. El mas hermoso cabello negro se presta para idear un lindo peinado. El artista lo divide en partes iguales y despues de adornar la parte posterior con tres castañas adornadas con perlas, sigue á repartir en bandas el cabello de adelante, como Fernanda era muy blanca el cabello negro hacia resaltar mas su *belleza*. Una vez arreglada en dos trenzas el resto del cabello, fueron envueltas tambien con perlas que formaban relacion con las de las castañas del rodete. Concluida esta operacion colocó sobre su frente una espléndida diadema de brillantes, tomada con unas agujetas tambien de brillantes que repartidos en el rodete y bucles, parecian gotas de agua. No es posible formarse idea de la belleza de la condesa con aquel peinado que tanto la favorecia. Ella al dar una rápida mirada sobre su peinado quedó satisfecha, y poniendo media onza en las manos del peluquero, le dijo, gracias. Quedo muy contento—esta fué la despedida del artista que tomando sus utensilios fué á peinar una de las tantas que lo esperaban, pues el maestro Marcos era el mas afamado de los peluqueros de Madrid. El peinado es una de las cosas mas difícil para que una dama esté contenta: una vez que este esté concluido á su gusto ya queda satisfecha y tranquila y puede esperar con seguridad que el resto del *toilette* será concluido perfectamente, pues que un vestido está probado varias veces, y ya de antemano se sabe como está! pero el peinado no es lo mismo, porque algunas veces sale mal y esto pone disgustada y contraria, ¿no es verdad, querida *lectoras?* Pues bien, una vez peinada la condesa, calzó sin dificultad un pequeño y bien formado pié. Los zapatos de razo blanco bordados con perlas y piedras preciosas no podian dejar de dar mas mérito á aquella miniatura, pues que tal era el pié de la bella viudita. Despues puso el mas rico vestido de encaje blanco con dos volantes muy anchos, recojido al lado izquierdo con lazos color de rosa iguales al viso.

En la solapa de encaje que salia desde el peto tenia una cinta en forma de bucle que era adornada con una especie de fleros de brillantes, moda muy nueva en Madrid. Tres flores de diamantes tomaban las puntas de la solapa, de mayor á menor; un gran collar de perlas con brillantes completaban esta hermosa toilette y hacian parecer mas bien ángel que muger, á la Estrella de las estrellas á la interesante Fernanda. Ricos brazaletes, un lindísimo abanico en cuyo ancho padron podian apuntarse los rigodonos y valses ofrecidos, completaba enteramente el adorno de la dueña de casa que siendo ya las nueve se encaminaba al salon que claro como el dia esperaba ya la concurrencia que debia recibir. Darémos una rápida ojeada sobre los tres grandes salones donde se daba el baile. El de enmedio estaba tapizado de gro color de cielo y con tul de seda blanco en forma de buches recojidos á trechos con ramos de rosas blancas y celestes, los espejos y cuadros estaban adornados con coronas de flores artificiales. Los candelabros y arañas, tenian coronas y adornos muy bonitos: en grandes jarrones de porcelana de la China, lucian lindas y aromáticas flores; la iluminacion era tan clara y brillante que podia rivalizar con la luz del sol en su mas claro dia. Los salones laterales, estaban tapizados iguales de gro color de rosa y tul blanco plegado, figurando ondas, estas eran recojidas con coronas de hojas verdes matizadas de penachos y caireles de oro que daban un efecto portentoso. Espejos y lindas pinturas adornaban estos dos lindísimos salones habia un cuarto saloncito ó *eden*, pues no se le podia dar otro nombre: donde la condesa habia gastado una cantidad *fabulosa* para embellecerlo.

15

Las paredes pintadas al fresco con pinturas elegidas, ofrecian tambien cuadros al oleo trabajados por los mejores maestros. Todo lo que podia cautivar la atencion de los amigos del arte está reunido allí. Mesas preciosas de mosaico que contenian bellísimos jarrones de porcelanas del Japon que ofrecian lindísimas flores. Tres arañas de plata cincelada adornaban el cielo raso, que era de espejos formando medallones, rinconeras iguales que contenian magníficos candelabros. Todas estas luces eran reproducidas de un modo admirable y podia decirse que aquel saloncito estaba tan claro como el dia. El mas rico piano de Erand completaba el adorno de aquel hechicero salon llamado por la dueña de casa el saloncito de *predileccion*. No faltaba en él un hermoso ajedrez, pues Fernanda era fuerte y muy apasionada á este juego. Como cuando la condesa salió de su cuarto eran las nueve, se sentó al piano para engañar con algo la media hora que faltaba para que la baronesa del Lago llegara con Jorje. El relój dió la media y Fernanda cerró el piano, y sentándose en su sillon dijo. Esperemos. Ella conservaba la esperanza de pasar algun rato sola con Jorje, pues su invitacion era á las nueve y ya es sabido la mala costumbre que tienen las señoras de no ir á una funcion sino dos horas despues de la invitacion. Fernanda que daba vuelta en la mano su abanico de un modo distraida cuando la voz de anuncio resonó diciendo. La señora baronesa del Lago y el caballero Harris. Fernanda sintió una turbacion tan grande que no le permitia hacer sino muy imperfectamente los honores á los recién venidos, pero haciendo un esfuerzo caminó algunos pasos para recibir á la baronesa: la besó con cariño.

Adela presentó á Fernanda á su jóven pariente y la condesita al presentarle su linda mano le dijo. Estoy encantada caballero de ver á Vd. aquí, y no sé como dar las gracias á mi amiga que es la que me ha proporcionado el placer de hacer amistad con tan interesante y cumplido caballero.

Jorje contestó muy turbado, gracias señora condesa. Fernanda un poco mas repuesta de la primera emocion, dijo al jóven americano. Me anticipo á decir á Vd. caballero que si Vd. no gusta de las agitaciones del baile, aqui puede Vd. huir de ellas. Y levantindose, forzó un resorte: un bello cuadro que representaba el Moises de Rafael, cedió con facilidad, descubriendo una puerta que daba salida al jardin. Señora, contestó Jorje; esto es magnífico y doy a Vd. mil gracias por el favor que me dispensa. Yo soy un mozo viejo y por lo tanto todas mis abitudes son relativas. No he frecuentado la sociedad en mucho tiempo, y á mas de no gustar de ella tengo esa desconfianza natural que se tiene siempre en las cosas que no se sabe bien: no puedo dejar de confesar que yo haré siempre un papel poco ventajoso en un salon como

caballero galan y cortesano. Vd. se reirá si le digo que prefiero á
un vals un tranquilo y meditado juego de ajedrez. ¿Es Vd. aficio-
nado? Si señora, y es tambien el único juego que conozco, pues
que hasta en esto soy poco útil en sociedad, pues es la costumbre
que todos sepan juegos de cartas. Señor Harris, celebro mucho que
sea Vd. afecto al ajedrez, pues yo adoro este juego y desde ahora le ofrezco á Vd. buscarlo para que hágamos una partida. Los
deberes de dueña de casa me detendrán un poco en los salones,
pero yo ofrezco á Vd. darme un momento para llenar mi compromiso, y diciendo eso se dirigió á la baronesa y con amable solicitud le dijo, Adela cuanto te debo: gracias mi buena amiga, jamás
olvidaré todo lo que has hecho por complacer á tu amiga. Luego
hablarémos, pues necesito mucho de tus consejos. Diciendo estas
palabras viniéron á decir á la condesa que los salones empezaban
á llenarse ya de las personas invitadas. Esta tomando á la baronesa del brazo le dijo, tendrás á bien de ayudarme á hacer los
honores de la fiesta. Bien, Fernanda, con mucho gusto. En este
momento el baron del Lago, se presentó con Rodrigo y las señoras les dijeron, á Vds. les queda el encargo de entretener un rato
á Jorje: El baron dijo, yo acepto, pues que no gusto del baile.
Mendoza, llamando á Fernanda le dijo. Estaré aquí hasta que se
baile el primer rigodon, pues Vd. sabe que me lo tiene ofrecido.
Justo, dijo la condesa, y le mostró que estaba apuntado entre sus
muchos compromisos.

Bien, bien, Rodrigo: yo misma he de venir á buscar á Vd
cuando el bastonero dé la señal para el primer rigodon, y dando
otra vez vuelta le dijo. No olvide Vd. de poner al señor Jorje un
poco al corriente de las habitudes de esta casa, Vd. que es recibido en ella como un hermano. Gracias Estrella entre las *estrellas* ó
mas bien *planeta* que trastornas las cabezas de los pobres mortales que tienen el coraje de mirarte, pues quedan deslumbrados por
tu brillo. Vaya, chico, pocas chanzas y lo dicho dicho. Mendoza
volvió encantado á donde estaba Jorje y le dijo. Es celestial esta
mujer. No hay duda es un ángel de belleza y de bondad. Jorje
contestó. No hay duda que la señora condesa de la Estrella, es
una dama llena de mérito físico y moral. Yo amigo, estoy sobremanera reconocido, al modo atento y cariñoso con que me ha recibido la condesa, y confieso que en un momento me ha inspirado franqueza. Despues me ha concedido que disponga á mi antojo de mi tiempo. Tengo ya relacion con la entrada del jardin,
donde podré pasar todo el tiempo que guste, podré tambien ver
el baile por las ventanas que dan á las galerías del invernáculo.
Todo esto me ha mostrado la condesa en un momento. A mas,
ella me ha pedido una partida de ajedrez que jugaré con gusto.
Te felicito Jorje, por todo lo bueno que te sucede esta noche pero

me parece que suena la música y que lo que toca es rigodon. Sabras que estoy comprometido con la bella condesita, para el primero. Lo celebro Rodrigo, pero me parece que ella llega.

En efecto, Fernanda, bella como una Venus llegó, y con una gracia encantadora ofreció á Mendoza su mano diciéndole, caballero, cumplo lo ofrecido. No es posible pintar lo contento que estaba Rodrigo, de poder ofrecer á toda la reunion el que lo viesen bailando el primer baile con la dueña de la casa. San Neron, no habia podido conseguir sino el tercer vals. Todos los adoradores de la linda condesa suspiraban en torno suyo. Una lluvia de elojios caia sobre ella á cada momento. ¡Pobre Fernanda! No hay cosa mas modesta que ese tributo que tiene que pagar toda mujer linda que está en un baile y que no puede esquivar esa cantidad de cumplimientos hechos por todos los que la rodean. Ah! señor; hombres, cuantas impertinencias salen á veces de vuestros labios. Puede asegurarse que para juzgar bien de esto, es preciso ser mujer bonita. Dicen que las mujeres son coquetas. No hay tal cosa. Son los hombres que hacen aparecer á una mujer, siéndolo, porque no la dejan, no la sueltan, piden uno, dos, tres bailes á la vez: resulta de esto, que una persona comprometida se olvida muchas veces y de ahí resulta que los enojados gritan "qué coqueta." Pobres mujeres! hasta en medio de su gloria, son atacadas sin piedad. Esto le pasaba á nuestra Fernanda, que viuda, jóven y bella le decian coqueta, porque no teniendo amor por ninguno conservaba su indiferencia, porque siendo mujer de muy despejada inteligencia, conocia que los mas de sus adoradores la solicitaban por vanidad: por exitar la envidia de los demas, y por decir llenos de orgullo, yo soy el predilecto de la rica y bella condesa de la Estrella, pero no hay corazon que alguna vez no ame. Tal vez no está lejos el momento en que Fernanda tenga que confesar que su indiferencia empieza á ser alterada por otro sentimiento......pero no adelantemos los sucesos y sigamos á las bellezas que se divierten en el baile.

La mas completa orquesta, sigue siempre tocando rigodon, vals, polka, y demas bailes: las parejas no se cansan, todos siguen la agitacion del baile, todas las damas se divierten, unas con las conquistas que hacen, otras, con los celosos que hacen padecer. Fernanda está mas rodeada y llena de admiradores que nunca, y tambien mas desdeñosa; pues solo piensa en poder esquivarse para poder hacer su partida de ajedrez. En fin, finje un pretesto y pasa al saloncito donde está Jorje. Este le hace respetuosamente varias preguntas, á las que la bella condesita, contesta con mucha sonrisa. Y bien señora, le dijo Jorje. ¿Quiére Vd. que juguemos? con mucho gusto, y diciendo esto se sentó á la mesa donde estaba el damero. El partido duró mucho, pues que los dos eran muy

fuertes: ganó Jorje, pues este daba mas atencion al juego. Fernanda, con mucha gracia dijo; Vd. me ha muerto, caballero. Jorje
contestó que creyera que la señora condesa jugara distraida como
era natural, porque una dueña de casa tiene mucho en que pensar y de que ocuparse la noche de un baile, que él creia que estando mas tranquila, le podia ganar sin dificultad. Fué convenido en que Jorje daria muy luego desquite á la condesa. Muchos
de los adoradores de la condesita empezaban á mirar con sorpresa
al bello americano y desde un principio conocieron que Fernanda
sentia por él un sentimiento esclusivo. Los comentarios siguieron
y ya la pobre condesa es atacada sin compasion por sus mismos
relacionados. A las tres de la mañana fué servida una espléndida
cena. El baile fué completo, pues reinaba en toda la concurrencia una perfecta alegría, que no fué desmentida en toda la noche.
A los primeros albores del alba. Adela, baronesa del Lago, dijo
á su marido, ¿Luis, quiéres que nos retiremos? Con mucho gusto,
amiga mia. Pasemos á reunirnos con Jorje y á decirle adios á
Fernanda.

Cuando los dos esposos llegaron al saloncito donde estaba
Jorje, lo encontraron muy animado, hablando con la condesa sobre Buenos Aires, parece que esta con habilidad tocara á Jorje la
conversacion de su pais, cuerda *pulsada* siempre con buen resultado en el corazon de todo hombre: pues el recuerdo de la *patria*
es siempre grato, y mucho mas si se está á dos mil leguas de distancia. El baron del Lago, interpeló á Fernanda preguntándole
¿de que se trata? bella Estrella? Hablamos con el Sr. Jorje, de
Buenos Aires y de la belleza de aquel clima que el señor encuentra muy parecido al nuestro. No he estado nunca en América,
pero todos afirman que es un bello pais. Dichas estas y algunas
otras palabras, Adela dijo al oido de su amiga. Mañana hablaremos: vendré á tomar el té contigo. Con mucho gusto. Y bajando
mas la voz, añadió Fernanda. Trata de que él te acompañe. Dichas estas palabras que fueron solamente entendidas de las dos
damas se despidieron, pues era justo que la bella dueña de casa
descansara de las fatigas del baile. Rodrigo, el baron y Adela,
repitieron á la condesita sus felicitaciones, por lo espléndida de su
fiesta. Jorje, algo cortado pero que no por eso perdia del interés
que su porte ofrecia dijo á la linda viudita. Señora condesa, celebro mucho haber hecho conocimiento con una persona tan llena
de mérito como lo es la señora condesa de la Estrella; estoy mas
que todo muy agradecido de la bondad con que he sido tratado
por Vd. Nunca olvidaré las atenciones tan finas que me ha dispensado esta noche. Muy pronto tendré el placer de saludar á Vd.
anticipándome á pedirle hora en que la señora condesa cuente estar mas sola, pues mi genio y mis pesares me hacen ser un mi-

sántropo, como me llama mi bella prima. Adela, sabe bien que muchas veces estamos solas juntas á las siete de la noche, y en este momento nos dabamos *redez vous* para mañana. Espero Jorje que mañana serás mi caballero: contando con el permiso de Luis.—Estoy á tus órdenes.—Concedido mi querido pariente, y concluyan Vds. y marchemos, pues es tarde. Fernanda, con gracia añadió, siempre son los maridos los que piden retirarse de las fiestas. ¡Qué tiranos!. Señora condesa á los pies de Vd. y hasta mañana. Descanse Vd. y esté orgullosa pues su baile no puede haber estado mas hermoso.

Todo el mundo se retiró y Fernanda pasó á su tocador para que la doncella la despeinára y desvistiera, pues tambien deseaba meterse en cama, pues se sentia como era muy natural, bastante fatigada. Nuestra bella viudita no pudo dormir, ¿seria la ajitacion de la fiesta, ó seria que su corazon empezaba á sentir que amaba? Mas adelante podremos juzgar con conocimiento de hechos, pues el amor prodúce tales síntomas que nadie puede dudar de sus resultados. A las dos, dejó Fernanda el lecho para tomar un baño, que reparó compltamente las fatigas del baile. Hizo un muy lijero almuerzo, dió un rápida ojeada sobre los salones que la noche anterior recibieron á todo Madrid, ya el intendente y sus criados habian hecho desaparecer toda señal de las que ofrecen las casas al dia siguiente de una fiesta. La doncella de confianza de la condesa, tambien tenia ya en órden todo lo que corresponde al tocador. Como de costumbre, Mariana pasó á tomar órdenes de la condesa para preparar la *toilette* de esta, á lo que la bella condesita contestó. No salgo hoy de casa: llevaré un traje de terciopelo *cereza*, un cuello sencillo de encaje, mangos iguales, tocado de encaje blanco, sarcillos, alfileres y brazaletes de rubí. Momento despues, Fernanda estaba ya vestida y sobremanera bella, pues el traje de terciopelo *cereza* le sentaba perfectamente. La condesa, como hemos dicho antes, era sobremanera hermosa y tenia toda clase de seducciones, pues á mas de ser una dama de córte, tenia mucho talento y bastante instruccion. Al dar Fernanda una mirada á su tocador, recordó con placer que Adela y Jorje tomarian en esa noche el té con ella. Esto le hizo recordar los momentos que pasó con éste la noche anterior. Ah! esclamaba la picante madrileña, ¿será posible, Dios mio, que Jorje sea indiferente á mi cariño? Pero no precipitemos las cosas. En un momento no puede cambiarse, y si Jorje está verdaderamente triste y apasionado no es en una ni dos veces que puede esperarse obrar en el un cambio. Todo lo que es preciso, es, que yo me arme de paciencia y que trate de ganar la estimacion y la confianza de un hombre que debe haber padecido mucho para que su mirada sea tan triste, y que en toda su persona, se reconozcan las huellas del dolor.

CAPÍTULO 15.

Aquí estaba la jóven en sus reflexiones, cuando el criado aviso que la señora condesa estaba servida. Fernanda pasó al comedor y comió tan poco como el dia anterior. Es sabido que dos cosas se alteran al momento, cuando la imaginacion se ocupa: la primera es el apetito, la segunda el sueño. Nuestra bella condesita no sabia que hacer para acortar las horas que faltaban hasta el momento de recibir á su amiga y á Jorje. En fin, leyó, tocó el piano, y concluyó por sentarse al lado del fuego, con los ojos cerrados para hacer eso que todos conocemos que se llaman castillos en el aire. Aquí estaba nuestra bella cuando el criado anunció á la señora baronesa del Lago y el Sr. Harris, pero Adela ya estaba en el salon, pues se entraba siempre sin ceremonias. Buenas noches querida, dijeron á un tiempo las dos amigas dándose un beso. Buenas noches señora condesa, dijo Jorje, añadiendo, estoy á los pies de Vd.

Fernanda tendió al jóven su linda mano y lo invitó á tomar un sillon cerca del fuego. ¿Ha descansado Vd. señora condesa? Sí, caballero. Adela añadió, á juzgar por tu cara, no se podria creer que has pasado mala noche. Tu sabes amiga mia que estoy acostumbrada, pero no es lo mismo pasar una noche fuera de casa. Tu no cuentas que es mas la agitacion que tiene una dueña de casa, que tiene que hacer frente á los honores de la fiesta. Es cierto Adela, eso es un poco penoso, pero en todo hay sus compensaciones, yo estoy muy contenta de saber que mis amigos se han divertido, y que todos han salido satisfechos. Tiene Vd. razon, señora condesa, yo el primero. Y á fé que vino Vd. bien de mala gana. No pensé fuese Vd. tan bondadosa y que me dispensase mi humor triste y mi falta de sociedad. Yo nada he podido hacer por Vd. señor Jorje, pues que mi deber de dueña de casa me tenia en todas partes. Hizo Vd. demasiado que me dió derecho á estar á mi gusto. Asi es que anoche todo lo he andado, he hecho conocimiento con su lindo jardin, con sus arbustos, con su pajarera, despues he admirado sus bellísimas pinturas, y hasta le he ojeado libros de su biblioteca, teniendo siempre el cuidado de colocarlos otra vez como los encontré.

Veo señor Harris, que sin duda ha estudiado Vd. con los jesuitas. Si señora; fueron mis maestros y de ellos conservo algunas costumbres que creo muy convenientes. Y pudo Vd. señor Jorje ver algunas de las señoras del baile? Sí, á muchas; tomé como Vd. me lo indicara, por la galeria que cae al invernáculo y de allí pude ver muy bien toda la concurrencia que era selecta,

pues tanto en señoras, como en caballeros no podia mejorarse.
¡Qué de bellezas! Qué lindas toilettes! No hay duda señora condesa que debe estar Vd. muy satisfecha de su fiesta. Gracias caballero, es Vd. de una amabilidad que nada iguala. Señora, solo
hago justicia. La conversacion fué muy de confianza. Las damas
charlaron un rato del vestido de la marquesa tal, y del tocado de
la condesa cual, Jorje las escuchaba sin fastidiarse, tenia algo de
nuevo para él aquella franca conversacion. Le recordaba á sus
dos hermanitas á quienes habia oido hablar del mismo modo al
siguiente dia de un baile y sin poderlo remediar, dió un suspiro
que llamó la atencion de las dos amigas ¿Qué tienes Jorje? dijo
Adela, inquieta, estás malo? No, prima mia, pero seré franco, he
tenido en este momento un recuerdo de mi familia. Pensaba, en
que mas de una vez mis dos queridas hermanas, han hablado al
siguiente dia de un baile, como lo están haciendo Vds. ahora, y
esto me ha recordado el hogar doméstico.

Era tan suave la voz de Jorje, y tan triste su mirada al decir
estas palabras, que las dos señoras se dieron una mirada de inteligencia y dijeron. "Pobre," á lo que Jorje contestó. Y bien pobre,
pues estoy lejos de la casa paterna y de todos los que me aman.
Y bien, amigo mio, dijo Fernanda, con voz dulce y conmovida,
cuenteme Vd sus penas: en mí tendrá Vd. una hermana, yo se lo
ofrezco, y le tendió la mano. Jorje, con los ojos llenos de lágrimas, recibió la mano que le ofreciera la bella condesa y dijo,
gracias, señora. Es Vd. un noble corazon. Y recobrándose un
poco dijo á la baronesa. Bien te he dicho ya prima mia, que yo
seré siempre un muy triste huesped, que no haré sino poner de
mal humor á los que tengan la desgracia de recibirme. No lo
creas Jorje, yo estoy cierta de que Fernanda simpatiza con tus
desgracias y que desea ser tu amiga, no por satisfacer una vaga
curiosidad, sino por darte consuelos. Las penas confiadas á una
amiga, dan espansion al corazon. Sí, prima mia, es muy cierto lo
que dices, pero de veras que yo haria un muy ridículo papel, si
me pusiera á contar mis penas á la mujer mas hermosa y mas
pretendida de Madrid. Señor Jorje, sin aceptar el cumplimiento,
me permito decir á Vd. que el que algunos me crean á la moda y
no tan fea, no puedo impedirme de que yo tenga el gusto de ele-
jir mis amigos, y que si la casualidad quiere que el que elijo esté
triste, nada mas natural que yo trate de pedirle que me confie sus
penas y que me crea sincera y muy amiga suya, para tomar parte
en todo lo que lo aqueje. Señor Jorje, solo los tontos pueden
criticar aquello que no merece *crítica*.

No sé como agradecer á Vd. señora condesa tanta bondad y
desde hoy no le daré á Vd. otro nombre que el de mi buena amiga. Bien chico, dijo Adela, me gusta verte hacer justicia á la

bondad de Fernanda, ya te lo habia dicho antes, que ella es buena, leal y generosa. Creo que mas adelante me darás las gracias de que te haya proporcionado tan buena amiga. Solo temo, añadió Jorje, que mi modo triste y desigual, no ofenda algunas veces á tan preciosa amiga. Bueno, dijo la baronesa, al fin, deja mi primo por una vez la palabra ceremoniosa de señora condesa. Sì, querida Adela, la dijo porque tu amiga me colma de atenciones que yo se agradecer. Pues bien, dijo la condesa, desde hoy pido á Vd. el favor de llamarme cuando estemos solos solamente por mi nombre, y si Vd. me permite, yo haré lo mismo. Convenido, dijo Jorje. Dificil es pintar la felicidad que empezaba á sentir Fernanda. No era que ella contase ya con hacer olvidar sus penas al jóven americano, ni que propusiese tan pronto su conquista: despues de tratar á Jorje, conociera que no era cosa fácil, ni obra de un dia sanar la herida de aquel corazon enfermo, pues como la condesa era buena y tenia una alma noble y sensible, se sintió impresionada con las palabras del pobre misántropo, y se propuso ganar la amistad y confianza de aquel hombre tan interesante, que parecia ser tan desgraciado á juzgar por la tristeza que mostraba siempre. Las almas sensibles son capaces de grandes esfuerzos, y hay mujeres que han llevado sus sacrificios hasta el heroismo.

La historia relata rasgos espléndidos de las damas españolas y no hay que estrañar que Fernanda tomase á su cargo aquella alma tan fuertemente impresionada por la ingratitud de la que no habia sabido estimar tanto amor; lo que hay de real es, que Jorje se encuentra mejor, que su mirada es menos triste, y que han pasado ya cuatro horas y él está tan distraido que no se ha apercibido del tiempo que ha corrido. Aquí estabamos, cuando pasaron al comedor á tomar el té, donde encontrarémos al baron del Lago y Rodrigo Perez de Mendoza. El buen humor sigue, pues el baron es hombre jovial y siempre embroma á sus amigos. Empezó por Rodrigo y no se escapó ní su muger á quien le dijo, que la noche anterior habia hecho varias conquistas: añadiendo. ¡Pobres maridos! pobres maridos! Despues dejando á la baronesa, tomó á Fernanda, á quien embromó mucho sobre el mal humor que tenia en el baile, San Nerón. Otro pobre á quien tengo lástima, pues ama y no es correspondido. Jorge saltó al oir esta palabra como tocado por una chispa electrica, y dijo con un acento muy triste. Pobre San Neron, lo compadezco. El baron que conoció que habia herido en el lugar dolorido del pobre jóven, cambió de rumbo y tomó á su muger por objeto de sus chanzas y tambien á Rodrigo, á quien llenó de placer dándole bromas sobre la preferencia que le hiciera la condesa. bailando con él, el primer rigodon, y mas que todo viniendo ella misma á buscarlo. Aquí estaban de

16

estas bromas cuando entró el conde de San Nerón. Todo cambió
con la presencia de este, pues desapareció la franqueza que reinaba. Seguido del conde, entró el baron Alberto de Marmontel, el
célebre D. Gaspar de Larra, D. Juan Verá, D. Agustin Giles de
Zárate, el vizconde Alfonso de Molina, jóven elegante y rico, que
tambien pretendia la mano de la condesa; asistian tambien poetas
y periodistas, puede decirse que la casa de Fernanda era una de
las mas visitadas. Los hombres, sin ceremonias jugaban á las cartas, otros el chaquete, otros el dominó y muchos hacian la partida
de Ajedrez con la condesa, pues era mas aficionada á este juego
que al de cartas. Concluido el té, Jorge pidió permiso para retirarse dejando para la noche siguiente aplazado el partido de Ajedrez. Al despedirse le dijo á Fernanda: cuando pueda estar solo
con V., mi buena amiga, me verá V. contento. La vista de
personas que no conozco, me hace mal. Bien, Jorge, dijo con dulzura la condesa, ya sabeis que á las siete estoy sola y que mi tertulia empieza á las once. Pues bien, si no hay inconveniente, estaré aquí mañana á las siete. Buenas noches, mi estimada amiga,
buenas noches Jorge. La salida de Jorge por mucho rato quedó
inapercibida. El primero que llamó sobre ella la atencion fué el
conde de San Nerón, que dirijiéndose al vizconde de Molina, le
dijo, amigo Alfonso, qué te parece el sentimental americano? Me
parece que tiene mas aire de Dolorosa, que de hombre: dicen, añadió, que sufre de una pasion mal correspondida, y que viaja por
olvidarla. Me dicen que ha escojido la España, para curarla, y á
fé que hace bien, pues no faltan en Madrid, bellas damas que
puedan tomar á su cargo esta curacion, pues á mas de ser una
obra de *misericordia*, sería una grande satisfaccion el hacerlo olvidar. Pero segun dicen, el enfermo es tenaz, está triste y padece
de esplin. Y dirijiéndose á Fernanda le dijo. Bella condesita, ¿cómo está hoy su enfermo? No sé, vizconde, de qué enfermo me
habla V. Del simpático americano que acaba de salir. No sé que
esté malo y á mas yo no tengo ningunos conocimientos en medi-
cina. Pues todo Madrid dice que V. se ha propuesto sanar á ese
jóven misántropo, como le llaman. Sabe V. señor conde que yo
pensaba que el Sr. Harris era un hombre muy poco conocido en
Madrid. Sin duda que lo era hasta la noche del baile, contestó el
vizconde, pero las atenciones que V. le dispensó, han llamado la
atencion de los concurrentes. El conde de San Nerón añadió, y
ya todo Madrid sabe que ese desconocido fué rogado con una *ins-
tancia* muy grande para que aceptára nuevamente una tarjeta de
invitacion que habia devuelto. Los hombres debian ser siempre
desdeñosos para que los atendiesen las damas. Pero amigo, contestó con gracia el baron del Lago, V. olvida que para ser desde-
ñoso es preciso tener ese aire de tristeza que sienta tan bien al que

verdaderamente sufre. A mas ese jóven es de una belleza notable, sus ojos azules y sus largas pestañas tienen una atraccion que debe cautivar á toda mujer sensible. Por otra parte, el americano tiene una educacion y una inteligencia perfecta, es imposible tratarlo sin sentir por él una estimacion positiva y mas que todo, interesa ver á un hombre de veintisiete años, rico, buen mozo y lleno de cualidades, sin hacer caso de ellas, tal es la indiferencia que tiene por todo aquello á que otros dan mucha importancia. Yo quiero hacer justicia á la bella Estrella de las Estrellas, ella es íntima amiga de mi mujer, esta le ha contado como Jorge esperimentaba una pena que lo ha convertido en viejo. La perfecta sensibilidad de la condesa ha sido tocada, y al tratar á nuestro jóven primo no ha podido dejar de conocer que el que pueda conseguir la amistad de tan cumplido caballero, no puede dejar de ser compadecido, el corazon de la condesa, puede haber sido tocado, pues el lado sensible de nuestra amiga es tan conocido por todos los que tenemos la dicha de tratarla, y si bajo este aspecto se mira el que ella haya emprendido la curacion del jóven no tendria nada estraño y mucho ménos merece crítica ni sátira como lo quieren Vdes. hacer creer con sus palabras sarcásticas dirijidas al planeta mas bello del firmamento, á la hermosa condesa de la Estrella.

Bravo, señor baron; qué dirá de estos elojios, su cara mitad? Señor conde, eso no es cuenta de V. Mi esposa sabe que al hacer estos elojios de la señora condesa no hago sino hacerle justicia: concluiré esta conversacion añadiendo, que solo la envidia, ese mal defecto puede hacer farsa de un hombre que á nadie á ofrecido, por otra parte, prevendré á Vds. que sentiria mucho que mi primo supiese estas palabras tan lijeras que tanto el señor conde de San Neron como el señor vizconde de Molina han vertido respeto de él, pues creo y no me engaño, cuando pienso que sabria pedir á Vds. *cuenta de ellas.*

El baron dijo con tal fuerza estas palabras que tanto el conde como el vizconde tuvieron por conveniente hacer sus escusas, asegurando al señor baron era una broma y que al hacerla olvidaron que el jóven Harris era su pariente: Adela y su marido, creyeron oportuno aceptar las escusas, y al decirles á los señores aquellos que estaban satisfechos dieron las buenas noches y se despidieron. Fernanda salió con su amiga y se detuvo con ella largo rato. La pobre condesita no sabia como dar las gracias al baron, del porte que con ella habia tenido, sacándola tan airosa del conflicto en que la habian puesto las impertinentes bromas de los dos celosos pues que lo estaban los que habian atacado á la condesa tan *bruscamente.* Amiga mia, le decia Fernanda á su amiga. Dichosa tu Adela, que has encontrado un marido que te hace feliz; una mujer jóven, viuda y rica tiene mucho que sufrir. Cada impertinente se considera dueño de que le sacrifiquen lo que á él se le antoja. Yo ya me hubiera casado si hubiese encontrado un hombre que tuviese cualidades que lo hicieran digno de mi amor: pero casarse sin amar, unir su suerte á un aturdido que no es capaz ni de dirigir su reloj: Unir para toda la vida su suerte á un hombre por quien no se siente amor ni estimacion, es terrible amigos mios y si una viuda queda soltera mucho tiempo se le clasifica de coqueta. Hacen cuatro años que soy viuda y de todos los hombres que me han solicitado, no he podido encontrar sino locos como los que están alla dentro. Haces bien, Fernanda, una mujer no debe casarse sino con el hombre á quien ame verdaderamente, porque el matrimonio es para toda la vida, es negocio demasiado serio para formarlo, con solo decir mi esposo es jóven, es noble, es guapo. Adela, yo fuí casada de diez y seis años, con un anciano respetable á quien amé como á un padre, todavía respeto su memoria, ese hombre era la bondad misma y todavía siento su pérdida, tambien voy á decirte una cosa Adela, que no la has de creer, pues bien, sabrás que á la edad que tengo no conozco el amor. Yo no he amado todavía, y es por eso que temo mucho que cuando mi pobre corazon sea tocado lo sea muy seriamente. Ah! mi amiga! que de cosas tengo que decirte. Pero será preciso que estemos solas pues tengo vergüenza que tu marido se burle de mis confidencias.

Haces mal Fernanda, porque Luis te daria consejos y te haria conocer mejor que yo las cosas......Asi pues el dia que te dispongas á hablarme que sea delante de él. Convenido. Dichas estas palabras, Fernanda, recordó que hacia largo tiempo que sus visitas estaban solas, y despidiéndose de sus amigos se dirigió al salon donde estaban todos ocupados, ya con el juego, ya en disputas acaloradas de las que no faltan cuando hay reunion de hombres. La condesa se sentó en un sillon y no habló palabra, hasta que Rodrigo acercando el ajedrez la invitara para jugar una partida. Fernanda se puso á jugar tan distraida que no podia formar plan en el ataque que debia dar á su contrario. El juego duró mucho y al fin perdió como siempre. Mendoza pues, era menos fuerte. Como era ya tarde, la condesa hizo presente, que al siguiente dia de un baile se desea tomar mas temprano la cama y con mucha cortesia despidió á sus tertulianos. Mucho deseaba Fernanda estar sola para darse cuenta de lo que pasara en su corazon. Ella tiene que confesarse que ama, pues que todo lo que por si pasa, no puede ser sino el efecto de una pasion naciente pero que se desarrolla mas de prisa de lo que ella desearia, pues que es cosa muy triste para una mujer, tener que amar sola y á mas tener que hacer ella todos los avances, porque el hombre que se la ha inspirado está tan preocupado de otro objeto que ni se ha fijado que es amado con pasion.

Pero Fernanda está preparada. Sabe que Jorje ama á otra mujer y que si ella desea sacar algun resultado tiene que tener mucho tino y mas que todo mucha paciencia. Mas adelante veremos de todo lo que es capaz una mujer que ama verdaderamente; nada le arredra y su constancia es admirable. Fernanda, mujer de corazon, merecia ser feliz y encontrar un hombre que simpatizara con ella, pero en este mundo no suele ser completa la felicidad. ¿Quién diria que una mujer jóven, bella y sumamente rica no era feliz? Pero dejaremos por ahora reflexiones inoportunas y ya que dejamos á la condesa descansando en su lecho, sígamos á los que se dicen amigos de ella y muy particularmente aquellos dos que la pretenden como aspirantes á su mano. Difícil es pintar el despecho del conde de San Neron y del vizconde de Molina: estos dos hombres se han unido como por instinto, como que son tocados por la misma tendencia. La guerra de salon empieza y es una jóven bella y buena la que será el objeto de tantos odios, de tantas críticas. Hay hombres tan infames que desconocen hasta su propia dignidad cuando se trata de vengar una ofensa de vanidad, porque no es otra cosa la que estos dos hombres tienen: *Amor?* no son ellos capaces de sentirlo. El amor toca el corazon del hombre bueno y generoso, pero la *vanidad* y el *deseo* son lo único que se encuentra en el del cínico pisaverde que ama por *cálculo*. Decia bien Fernanda, casarse con uno de estos hombres habria sido un crímen. Despues que los tertulianos de la condesa se despidieron, San Neron convidó á cenar al vizconde, éste aceptó. Cuando estuvieron en la fonda de la Montera, la mas frecuentada en Madrid por todos los elegantes, nuestros dos desdeñados tomaron la conversacion sobre las preferencias que la condesa mostraba por el americano, y formaron una alianza para hacerle de acuerdo la guerra, ridiculizando su pasion y ridiculizando al que era el objeto.

Hay hombres llenos de corrupcion que son capaces por satisfacer una insignificante ofensa de vanidad de hacer mil bajezas. San Neron y Molina, no tenian ni talento ni corazon y así es que no es de estrañar que su vanidad como elegantes y buenos mozos estuviese herida. Al despedirse fué convenido que al hacer el elogio del baile de la condesa se conversaria de la pasion que ésta sentia por un desconocido y que el objeto era un sentimental que viajaba por olvidar una pasion mal correspondida: El ridículo es una arma de dos filos que hiere por los dos lados y mucho mas si el que la maneja es hábil. Muy pronto todo Madrid no se ocupa de otra cosa que de la pasion que la jóven y bella condesa de la Estrella siente por el americano. Cada uno pone una palabra picante, y hombres y mujeres atacan sin piedad á la mas bella criatura. No hay persona que tenga mas enemigos que una mujer bonita y mucho mas si es festejada como lo era Fernanda. Son sus enemigos todos los *hombres despreciados*, son sus enemigas todas las mujeres á quien ella á *eclipsado* en los *bailes*, en el *teatro* y tantos mas aplausos recibia, tantos mas sarcasmos y críticas alcanza de todos los que la han envidiado. Ah! envidia ¡*Envidia!* que mal defecto eres! cuantos males has causado á personas buenas y muy inocentes de ser ellas tu blanco: Los madrileños no podian conformarse con que un hombre que ni aun títulos tenia les fuese preferido y mas que todo que si Fernanda se casaba con él se les escapaba de las manos una inmensa fortuna que cada uno de ellos deseaba para sí, pero asi es el mundo; el hombre propone y *Dios dispone*.

CAPITULO 16.

Volvamos á Jorje, que sentado en su cuarto con la mano en la mejilla, hacia serias reflexiones sobre las distinciones que le prodigaba la condesa. Si yo pudiera amar otra mujer que no fuese María, trataria de corresponder á Fernanda; pero tengo propósito hecho de no tratar de agradar á ninguna mientras María esté soltera. Cuanta seria mi pena si como me lo han pronosticado las hechiceras ó adivinas. Leoncio muriera y María quedara libre de su compromiso. A los diez y seis años una pasion se cura con otra, y ahora yo no guardaria en el fondo de mi corazon este torrente de amor que consume mi ser. Si yo volviera á ver á María le pintaria mi pasion, le diria todo lo he despreciado por ti, hasta el amor de la mujer mas bella y mas rica de Madrid. Nada tendria de raro que el coronel Leoncio de C.....muriera en una accion como me lo hizo comprender la adivina; pero lejos de mi esta idea, porque solo un mal corazon puede desear ser feliz á costa de la desgracia de otro. Pero mi situacion empieza á ser un poco embarazosa, porque ya no puedo dudarlo. Fernanda me ama, todo me lo revela ella. Su mirada es de fuego: su mano cuando toca la mia tiembla: la mas lijera de mis palabras le pone el rostro encendido. Pobre condesa! tan bella y tan buena! Merecia un corazon sano, un corazon que le perteneciese todo *entero*. Yo no podria engañarla jamas, ni ella pcdria tampoco contentarse con un afecto que no le fuese esclusivo. Pero dejemos obrar el tiempo á este *terrible regulador de las cosas humanas.* Jorje, se metió en cama algo mas contento que de costumbre pues que por primera vez desde su salida de Buenos Aires, alguna cosa nueva cambiara su habitual tristeza. Al siguiente dia, cada uno de los personajes que figuran en este capítulo, se ocupan del mismo cbjeto, porque los mas de ellos están preocupados por las mismas tendencias. Fernanda se levantó mas temprano que lo de costumbre. Una terrible ajitacion la ponia como una persona que tiene fiebre. Se paseaba por el jardin; nada podia distraer aquella pobre imaginacion tan desasonada; hasta que dijo, iré á ver á Adela, pues no puedo estar una hora mas en el estado en que me encuentro.

Tiró la campana y apareció Mariana y dijo, con tono muy respetuoso. La señora condesa quiere sin duda cambiar de traje pues lleva todavía un lijero peinador. Bien Mariana, pronto la basquiña y la mantilla, despachame luego. Mariana, cambió á su señora en un segundo el peinador, y lo reemplazó con la basquiña de sarga de Málaga y mantilla igual. Fernanda hechó el velo á la cara y subiendo en su carruaje dijo al cochero. Al palacio del baron del Lago, calle de Alcalá número 3. En pocos minutos estuvo Fernanda con Adela. Amiga mia, dijo la última sacándose la mantilla crei morirme en casa, de fastidio y he venido á pedirte me des hospitalidad hasta las seis de la noche, mi casa tan grande á veces me da miedo. Sola, *siempre sola.* ¡Ah! querida Adela, que cosa tan triste es la *soledad*: no hay duda. Dos es TODO, pero uno es el fastidio, el mal estar, el aburrimiento. No tener con quien cambiar ni una palabra ni un pensamiento. Cuantas veces siento y hecho de menos la compañia de aquel respetable anciano que con su amena conversacion acortaba mis horas. No hay duda el matrimonio es un deber *social* y religioso. Compara el bullicio de tu casa con tus cinco querubines, que toman parte de tu tiempo y de tus cuidados y alegran tanto tu vida; á mas el afecto que Luis te profesa, la instruccion que su amable sociedad te proporciona. Ah! querida, como envidio tu felicidad. Debe ser un placer incomparable, el ser *madre*! Como se amarán esos pedazos del corazon que se llaman *hijos.* No hay duda, la mujer que no ha sido MADRE debe de estar privada de muy grandes goces. Tienes razon Fernanda: la maternidad es uno de los goces puros y tranquilos que nos concedió naturaleza. La mujer mas lijera deja de serlo, cuando recibe las inocentes caricias del fruto querido de sus entrañas y hasta los hombres dejan de ser *egoistas* y sienten con vehemencia el amor por sus hijos. Por otra parte, tanto el hombre como la mujer se ligan mas con la familia, pues que cada uno estima con amor y respeto al padre y á la madre de sus hijos. Yo hubiera sido muy desgraciada sino hubiera tenido hijos, pues lo hubiera mirado como un *castigo de Dios* que no habia merecido. Se dice que madama de Estael le preguntó al emperador Napoleon Bonaparte, cual era en su opinion la mujer mas *célebre* de la *Francia*, y el emperador le contestó muy serio y con mucho *aplomo*.

En mi opinion madama, la mujer mas célebre de la Francia es aquella que ha tenido mas hijos: todos saben que la literata no habia tenido ninguno. Esta contestacion hizo á madama de Estael enemiga implacable de Napoleon. ¡Oh vanidad maldita! ella es la que nos pierde siempre. Esa mujer célebre por su talento sabia que *valia* y no se contentaba con saberlo, queria que se lo repitiesen y que hasta el emperador se lo confesara *Bonne gré, mal gré*, de buena ó mala voluntad, pero aquel hombre tan grande tenia una muy bonita calidad. Jamas conoció la adulacion y si él hubiera dicho que la mujer mas célebre de la Francia era madama de Estael, habria pensado ofender la modestia de tan esclarecida dama.

Pero sin duda la noble condesa no comprendió la respuesta de Napoleon y se ofendió sin razon. Estando aqui de esta conversacion, se presentó el baron y saludando con cariño á Fernanda le dijo ¿de que se trata hermosas? Oh! de muchas cosas, pero lo que mas nos ocupa es, la felicidad que sienten los casados cuando se ven reproducidos en sus hijos que indudablemente harán la felicidad de su vejez. Deploramos aquellos á quienes Dios les ha privado de este placer, y en fin, Fernanda lamenta su soledad y aislamiento, que la hace estrañar la falta de su anciano esposo, porque aunque muchos años mayor que ella, la sabia agradar y que de su continuo trato sacó ventajas que confiesa, porque de la intimidad con hombres de *instruccion*, las mujeres que tienen alguna inteligencia la cultivan y adelantan, y sucede todo lo contrario cuando se trata con un hombre fribolo y ligero, que estrabian las ideas, porque todo lo que no esté con las suyas es añejo y merece crítica. Mis bellas amigas, discurren Vds. á las mil maravillas. Esta conversacion podia escribirse como un curso de sana moral. Baron, contestó Fernanda, lo que hay de cierto es, que la mujer es mas ó menos feliz, segun el marido que le toca. Porque la que en su esposo encuentra *un* buen amigo, un perfecto compañero que la guie y la conduzca en este mundo tan lleno de miserias, que la haga respetar, que le forme el corazon y que con sus consejos la encamine á llenar bien su santa mision de esposa y madre, esa es la que puede decirse feliz. El marido contribuye mucho para que la mujer sea buena y virtuosa, pocas veces pueden desviarse del buen camino cuando se tiene un buen modelo que imitar.

Tienes razon Fernanda, dijo la baronesa: yo por ejemplo que he aprendido de Luis á ser buena, equitable y generosa Cuando pienso que todo lo que hago será juzgado por él, tomo un cuidado especial á no dejar ni la idea posible de hacer algo que me sea desfavorable, y al pensar que todo lo bueno que yo pueda hacer mi Luis lo recoje y me lo paga con husura, no tengo un solo pensamiento que no esté de acuerdo con los sentimientos que él me ha sabido inspirar. El baron al oir hablar á su esposa, estaba conmovido y sin poder ser dueño de si mismo se levantó y abrazó á Adela con pasion, diciéndole. Sigue como hasta aquí siendo mi vida, mi orgullo, y el alma de mi felicidad, y asi tus hijos como yo te deberemos toda la dicha de que disfrutamos: Ah! dijo Fernanda, estoy encantada: daria toda mi fortuna por encontrar un hombre como tu Luis. Te felicito Adela, por la dicha que gozas en tu matrimonio. Y yo mi hermosa amiga no se lo que daria por que encontraras un hombre que te amase tanto como tu lo mereces. No eran concluidas estas palabras cuando una voz muy suabe dijo dando dos palmadas con las manos. ¿Qué, no hay jente en esta casa? Adela, Luis, ¿dónde estan Vds. metidos? Jorje es sino me engaño, dijo la baronesa, y gritó, entra chico.

Ni Fernanda ni el jóven pensaron encontrarse, asi fué que sintieron una gran sorpresa, sobre todo Fernanda; cambió de color y se puso pálida. Jorje dijo, buenos dias, primos mios: condesita á los pies de Vd. y le presentó con bastante galanteria la mano. Era tal la impresion que la vista de Jorje produjera en la bella viudita que su mano está temblando, tanto que Jorje tuvo que sacarla de aquella situacion preguntándole, como se sentia y que si habia ya descansado del todo despues de su fiesta. Sí, amigo mio, contestó con dulzura Fernanda, pero hoy me sentia triste y con un mal estar que me agobiaba. Hice poner el coche y me he venido á pedirle á mi amiga me deje gozar de su amena sociedad hasta las seis. Adela, señora condesa, dijo Jorje es la madre de todos. Esta casa es la que recibe siempre á todos los que tienen una pena que consolar, tanto Luis como mi linda prima son unos ángeles. Gracias chico, pero te pido que no nos sonrojes. Dices bien, amiga mia, hay *verdades* que no se pueden decir cara á cara, porque las esplica mal el que las dice de temor de sonrojar al que las recibe. Por Dios, Jorje te pido que calles. Quien te oyera hablar de ese modo creeria que Luis y yo habiamos hecho algo por ti, que mereciera la pena.

Sabes Fernanda todo lo que hay en plata para tanto elogio, que Luis y yo sabemos que nuestro primo está triste y lo consideramos, porque el verdadero cariño consiste en no contrariar jamas la persona que se estima. Esas tiranias de la sociedad, son inaguantables, y porque nosotros no las usamos es que Jorje nos

17

está reconocido. Adela, dijo Jorje, déjame hablar. Vaya habla lo que quieras, tú que siempre estás *callado*, justo es no interrumpir hoy tu locuosidad. Fernanda, amiga mia, dijo Jorje, si Vd. está triste venga á esta casa y saldrá consolada: aquí se conduele al que padece y no se le piden confidencias que lo mortifiquen, tanto el dueño de la casa como la dueña tienen siempre una tan perfecta bondad, que cautiva y hace que uno la recuerde siempre. Cuando yo llegué á Madrid, era un hombre intratable, Adela á fuerza de cariños y de contemplaciones me ha puesto un poco mas presentable, ella sabia porque yo se lo dije que sufria y habia esperimentado grandes penas, que ellas eran de tal naturaleza que me habian hecho alejarme del mejor de los padres y de dos hermanitas á quienes adoro; mi buena prima tuvo lastima de mi juventud y á fuerza de paciencia cautivó mi voluntad: hoy ella es mi mejor amiga y la quiero como si fuera mi hermana: entro en esta casa tres ó cuatro veces al dia, como, ceno en ella y hago todo lo que me da la gana, advirtiendo á Vd. que los dos niños Luisito y Cárlos son mis mejores compañeros y que no puedo dejar de buscarlos todos los dias para dar nuestros paseos juntos. Añada Vd. señor primo, dijo Adela, que de ese paseo regresan los señoritos llenos de juguetes, de dulces y de cuanto los chiquillos desean, pues el señor americano *rico* como lo son todos los de aquel pais, gasta plata sin mirar atras y me enseña mal mis criaturas. Veo, dijo Fernanda muy conmovida que tu primo es un noble corazon y que cada vez me alegro mas de haber hecho su conocimiento. Diga Vd. condesita su amistad, porque soy su amigo de Vd. de todo corazon, porque le reconozco á Vd. calidades que la colocan muy arriba en mi estimacion.

Fernanda le tendió la mano y le dijo. Gracias, amigo mio. Aqui estaba de esta conversacion, cuando el baron dijo á las señoras. ¡Quiéren Vds. que hagamos una calaberada! tomemos el coche de la condesa y el nuestro y que en uno lleve Mariana los niños y en el otro nos meteremos nosotros y nos vamos á sorprender á nuestro mayordomo á la hacienda, pasamos alli el dia y á la noche nos regresamos alegremente. Aprobado, dijo Fernanda. Adela dirigiéndose á Jorje dijo. Creo chico que serás de la partida. Sí, prima mia, con mucho gusto. Voy bolando por Luisito y Cárlos, pues que aun no han venido del colejio. Tome Vd. mi berlina señor Jorje y estará Vd. de regreso mas pronto. Que pongan el coche dijo el baron, y en el momento todo está arreglado. Fernanda deja su mantilla y la reemplaza por un elegante sombrero de paja de arroz, que le presentó Adela: Pocos momentos son necesario para que los niños estén prontos y las señoras tambien. Queda arreglado que las dos parejas suban al carruaje de la condesa y los niños en el del baron. Cárlos y Luisito gritan á Jorje,

y es tal el interes que muestran porque su tio se les reuna que éste
da un salto y en un segundo se reune á la comitiva infantil. Me
alegro dijo Adela, porque de este modo hablaremos Fernanda.
Una vez lista la comitiva los dos carruajes tomaron el trote para
la hacienda del baron que estaba situada á dos leguas de la ciudad
y que era una bellísima posecion, donde tenia el baron del Lago
una hermosa casa con todo lo que puede desearse, pues que era rico y le gustaba gastar para que disfrutase su familia y sus amigos, pues la reputacion del buen hospedaje que recibian los hues-
pedes en Bella Vista era muy conocido.

Muy poco tiempo tardó la comitiva para llegar, pues dos leguas de buen camino se andan pronto y mucho mas si se llevan
buenos caballos. Cuando estuvieron en la hacienda, los niños estaban locos de contento, pues desde el verano no salian á campo, y
las señoras tambien se mostraron muy satisfechas y no se cansaban de cumplimentar al baron por su feliz ocurrencia. Pasaron al
jardin, tomaron flores, todo lo anduvieron. Jorje daba el brazo á
la condesa, ésta estaba fuera de sí de contenta, pues habia obtenido tan casualmente lo que ni aun se habia propuesto conseguir
en mucho tiempo. Pero esto nos prueba que la casualidad es muchas veces cosa providencial que arregla por si sola, lo que las
convinaciones estudiosas no pueden conseguir. Jorje mismo está
contento: algo de animacion se encuentra en su mirada, y despues
de mucho tiempo es la primera vez que se encuentra con una dama del brazo, pues que para Jorje todas esas ceremonias de sociedad hace mucho tiempo que han desaparecido. Fernanda, como
mujer de talento, no quiere aventurar ni una palabra y toda su
conversacion se ha reducido á la belleza del campo y lo lindo de
él, á pesar que los árboles están sin hojas y que recien quiere la
naturaleza mostrar que empieza á tener vida, pues que uno que
otro árbol tiene flores.

Como hubiera andado á pié algunas cuadras el apetito empezó á sentirse, convinieron pasar al comedor donde nuestros
amigos encontraron ya preparado un espléndido *lunch* á lo que
todos hicieron honor con muy competente apetito. Pero siendo ya las cuatro de la tarde, las señoras dijeron que seria bueno
pensar en retirarse, lo que fué aprobado por los caballeros, que tomando cada uno de ellos el ramo de su compañera la subió al
coche. Esta vez, es el baron que tiene que sufrir la tirania de la
comitiva infantil. Jorje es el caballero de las señoras. Despues de
estar en la berlina, mas de una vez el pié de Jorje toca con el de
Fernanda, esto sucede siempre cuando se anda en coche, pero una
cosa tan insignificante conmovia toda la sangre de la bella condesa y aquel contacto le hacia un efecto nuevo, era algo que aquella divina mujer sentia por primera vez, no hay que estrañar esto,

pues que ya Fernanda ha confesado á la baronesa que ella no conocia el amor sino de nombre. Fernanda, como se ha dicho anteriormente se casó de diez y seis años con un anciano respetable
á quien amó como á un padre, pues que era este hombre la bondad misma. Despues de ser viuda ningun hombre ha tocado su corazon, asi es que todo lo que Jorje le inspira es nuevo para esta
mujer á quien el mundo engañoso no ha sabido comprender, pues
que tantas veces hemos oido decir que era una coqueta que se
burlaba de todos y que solo queria tener esclavos que tiraran su
carro. Pobre condesa! como tu hay muchas mujeres calumniadas,á
quienes la envidia ó mala voluntad juzgan á su antojo. Muy poront
segun los deseos de la linda viudita llegaron al palacio, calle de
Alcalá, donde se bajó la comitiva. Fernanda, despues de dar mil
gracias á su amiga le dijo que preferia ir á su casa por que la hora era avanzada y aun estaba sin vestirse. Nuestros lectores recordarán que Jorje ofreció visitar á la condesa antes de la hora en
que ella recibiera sus visitas, y que una partida de ajedres está
pendiente y que nada mas justo sino que nuestra bella condesita
quiera ponerse elegante para recibir al hombre por quien desea
hacerse amar. Una vez de regreso en su casa, vino la doncella de
confianza á tomar las órdenes de su señora; ésta indicó que llevaria esa noche un vestido de gró color pizarra con volantes de terciopelo negro á fuego, mangos y cuello de encaje de bruselas,
sarcillos y prendedor de esmeralda y un lijero tocado de encaje
negro. Cuando todo estuvo listo pasó la condesa á su tocador,
donde completó su toilette como está descrita. Fernanda estaba
encantadora, pues la felicidad de haber pasado todo el dia con Jorje se leia en la dulce y contenta mirada de la jóven viuda. Una
vez vestida, pasó al saloncito de confianza donde se sentó al piano.
Son las siete de la noche, el criado anuncia al Señor Don Jorje
Harris.

CAPITULO 17.

Son poco mas de las siete de la noche cuando el criado anunció al caballero Harris. Parece que éste conservó en la memoria
la cita que tenia con la bella condesita, sin embargo que durante
el tiempo que han estado juntos no se ha hecho referencia del tal
compromiso. ¿Será que nuestro misántropo empieza á tener gusto
en la intimidad de la condesa? Nada mas justo, y lo que es de

estrañar es, que Jorge se conserve todavía tan concentrado y que aun guarde tanto sus recuerdos. Fernanda cerró el piano cuando fué anunciado Jorge y cuando este entró aun estaba de pié. Buenas noches, mi buena amiga, dijo Jorge. Buenas noches, querido Jorge, dijo la condesa. Qué tal, cómo se siente V. despues del paseo? Bien, muy bien: estoy muy contenta y ha sido una idea admirable del baron, la ida á Bella Vista. ¿Y V., mi amigo, cómo se siente hoy? Menos mal condesa. Desde que tengo la suerte de que V. sea mi amiga, soy menos desgraciado y me parece que estoy menos solo en el mundo. Es tan lisonjero tener una amable y simpática amiga que tome parte en nuestras penas, y que si no puede aliviarlas nos consuele y nos atienda con amable solicitud. Ah, mi bella amiga! Yo que estaba acostumbrado á que mis hermanas me adoraban y que mi buen padre tenia puesto en mí casi todo su cariño, verme de pronto solo en el mundo no teniendo mas distraccion sino la novedad que nos presenta los primeros dias que hacemos conocimiento con el país que visitamos, donde solo la curiosidad se satisface pero que el corazon queda *vacio*. Hay situaciones muy tristes en la vida que acaban por hacer al hombre hasta cobarde, pues que se cansa de padecer. Pero amigo mio, dijo Fernanda, con un acento lleno de dulzura, todo dolor tiene fin y hasta la muerte de una persona querida se olvida. Es cierto Fernanda, pero lo que yo sufro es peor que la muerte. Porque V. dice muy bien, hasta la muerte se olvida; pero cuando el mal está en pié, cuando uno no puede perder del todo la esperanza, cuando al mismo tiempo se teme y se desea que los sucesos den un desenlace de aquello de que nos ocupamos noche y dia: en fin, mi amiga, cuando en una palabra, con un hecho consumado puedo yo ser el hombre mas desgraciado ó tal vez mas feliz. Ah! condesa, mis asuntos no puede Vd. entenderlos, son mas oscuros que un *oráculo*.

Se engaña V. Jorge, si piensa que yo no podria entender sus asuntos, porque no es muy dificil el adivinar que V. ama á una mujer y que está por una ó por otra causa separada de V. Creo, á juzgar por todo lo que en V. veo, que esa mujer tiene preferencia por otro, y que es por esto que V. viaja, y lo que causa su tristeza habitual. Ah! Fernanda, quién es V. para leer de este modo las penas que afligen mi corazon? Soy una buena amiga de V. que desea consolarlo, que quiere darle un consejo. *Olvide* V. Jorge: el olvido es una gran cosa. Ah! mi bella amiga, he ahí lo que yo no quiero ni puedo. V. no puede juzgar mi situacion, porque no la conoce. Confieme V. Jorje sus penas y podré tomar parte en ellas: no es esto una mera curiosidad, es el deseo de tomar parte en todo lo que lo aqueja. Desde el primer dia que he visto á V. me sentí tocada por algo que no puedo esplicar: siento

Jorge por V. la amistad mas pura. Sea V. mi hermano, tráteme como tal y tal vez encontrará V. que he sabido merecer este nombre. Condesa, esclamó Jorge, sois un noble corazon, y tomándole la mano se la besó, pero sobre la mano de Fernanda cayó una lágrima, que Jorge no habia podido contener. Perdon, dijo, mirando con dulzura á Fernanda, hoy no será, pero mañana sabreis todas mis penas. Mi historia no es larga, pero al referiros mis infortunios quiero probaros que tengo un corazon agradecido y como para desechar las penosas ideas que lo asaltáran dijo á Fernanda: será preciso que no quede hoy sin realizarse nuestro juego de ajedrez. Quereis mi buena amiga, que hagamos una partida? Con mucho gusto dijo la condesa y tocó la campana para que el criado pusiera el damero y la mesa. Fernanda para cambiar un poco la escena, dijo: sabe V. Jorge que su prima Adela es muy feliz, y que el baron es un hombre amabilísimo. Lo sé condesita, y mas de una vez, envidio á la tierna pareja esos goces puros y tranquilos que les veo disfrutar. Adela ama mucho á Luis, y ella es recompensada, es adorada por su marido. A mas, tienen unos hijitos tan lindos que aumenta mas su felicidad doméstica.

Qué felices son aquellos á quienes los une una dulce intimidad. Esa lalla de vida no puede cansar nunca, uno y otro con frecuencia conmovidos no se cansan, y su felicidad siempre es la misma. Pero empecemos; Fernanda, trate V. de desquitarse. ¿Quiere V. que interesemos el juego apostando algo? Con mucho gusto. Proponga V. Si yo gano V. queda comprometido á traerme un palco para la primera representacion de la comedia nueva que se ensaya. Bien, condesita, concedido. Y si V. pierde qué me dará V? Pídame lo que quiera, como yo lo he hecho. Sabe V. que será mejor, que V. me diese lo que guste, yo soy tan tímido que saldré perjudicado si pido algo, pues será muy poca cosa lo que me atreva á solicitar. Pues bien, Jorge, se contenta V. con que si me gana, yo le teja un bolsillo. Ah! Fernanda! eso es mas de lo que yo podia desear y con el mayor placer acepto. Pues bien, jugarémos tres juegos, el que gane dos se lleva la apuesta. Aquí estaban de estas bromas cuando entró Adela y el baron. Los dos esposos quedaron agradablemente sorprendidos cuando vieron á Jorge tan animado, pues en el semblante de éste se reconocia algo nuevo, pero que le era favorable y que lo embellecia. Pocos hombres podrian presentar una persona mas distinguida que Jorge y en esa noche repetimos, estaba como nunca. Que grata sorpresa, primo mio dijo Adela, dando un golpecito en el hombro de Jorge. Teniamos esta partida pendiente desde anoche y ahora tratamos de realizarla. La hemos interesado con algo. ¿Cómo? con qué? Con un palco para la comedia si yo gano, si él gana le

tejeré yo un bolsillo. Muy bien está señores, pero yo no estaré de
mirona de valde. Agreguen Vdes. á su apuesta que el que pierda
mande traer unas ricas cajas de dulce aconfitadas, que en la con-
fitería del Sol las hay muy esquisitas. Convenido mi buena prima. La partida empezó: el baron salió á dar una vuelta por el
club y Adela tomó un libro de poesias que encontró á la mano:
unos ratos leia y otros daba una ojeada al juego. Fué Fernanda
la que ganó el primero. Se colocaron nuevamente las piezas y el
segundo juego principió: duró largo rato pues los dos combatien-
tes eran fuertes. Jorge ganó el segundo. Vamos chico, dijo
Adela, trata de ganar el bolsillo y juega con atencion. La sala
empezó á llenarse de jente, entre ellos el conde de San Neron, el
marqués de Molina, Rodrigo de Mendoza, y otros de los muchos
tertulianos. Ya en un momento se supo que si la condesa perdia
regalaria á Jorge un bolsillo tejido por ella. Las señas de inteligencia de San Neron y de Molina, no pasaron inapercibidas de la
baronesa y tuvo lugar de sin ser vista observar las maquinaciones
de aquellos dos hombres que se llamaban amigos de la condesa.
Jorge ganó el segundo juego: falta el tercero. Fernanda está tan
distraida con las visitas que la observan que cree oportuno pedir á
Jorge que se deje para el dia siguiente el otro juego que debe decidir de quien será el vencedor. Jorge salió un momento y muy
luego volvió lleno de dulce, confites y demas golosinas que su
bella prima le pidiera. Al verlo Adela le dice, quieres ya darte
por vencido? No, prima mia, porque si gano te doy el barato del
bolsillo que tengo que recibir y si pierdo cumplo con lo prometido. San Neron dijo á Jorge, es V., caballero, muy feliz en tener
la esperanza de ganar una prenda hecha de manos de la bella
condesita.

Ciertamente, señor conde, que será para mí un grande honor
y un verdadero placer el tener el bolsillo ofrecido. Y dirijiéndose
á Fernanda le dijo. Señora condesa, mañana pondré mucha atencion al juego, pues ya acaricio la idea de poseer el bolsillo que V.
debe regalarme segun nuestro convenio. Fernanda, contestó con
amabilidad y gracia. Señor Harris, V. le dá mas importancia de
lo que debe tener mi humilde trabajo, pero desde ahora le aseguro que todo podrá faltarle al bolsillo que V. gane, menos la buena voluntad con que yo se lo he de presentar. Bravo, condesa,
esclamó con tono zumbon San Neron, ya esto se declara, el señor
Harris es el hijo mimado de la fortuna. Al oir estas palabras la
baronesa del Lago contestó, por Dios conde, no sea V. tan tirante
y reflexione que mi primo no se tiene por feliz y que si en este
momento la fortuna le sonrie un poquito, bien lo merece despues
de tantos malos tratamientos con que lo ha agoviado. San Neron
contestó siempre con aire sarcástico, bella baronesa, si su señor

primo no tuviera penas, no tendria tampoco ese aire sentimental
que tan interesante lo hace y por consiguiente no habria cautivado la estimacion de la señora condesa de la Estrella. Jorge que
habia estado, completamente callado hasta este momento, se puso
de pié y dirijiéndose al conde de San Neron le dijo con una voz
fuerte y llena de sentida dignidad. Señor conde, espero que será
la última vez que V. se permita á mi respecto, bromas de mal tono, pues mi paciencia empieza ya á cansarse de tolerar las impertinencias que mas de una vez se ha permitido V. é mi presencia,
y le prevengo que tomaré tambien como mias las que se permita
V. dirijir á la señora condesa. Los hombres como V., señor conde,
necesitan de una severa leccion, y yo estoy mas que dispuesto,
deseoso, de dársela: y sacando una tarjeta con el número y calle
de su alojamiento la puso en las manos del conde y se despidió.
Todos quedaron sobremanera sorprendidos del porte de Jorge, y
mas que todo, de ver en él una enerjía de que parecia incapaz
aquel carácter tan suave y tan triste. Fernanda estaba tan turbada y tan aflijida que no sabia lo que le pasaba y abrazándose de
su amiga le dijo: Adela un desafio, esto es terrible, y yo no podré consentirlo jamás. Rodrigo hágame V. el favor, pronto de ir
al club por el baron: y sentándose en un sillon se puso á llorar
amargamente. San Neron era flojo, y ya temia que el duelo se
realizára, por consiguiente dijo, entre sí. Mejor será que la eche
de galan caballero y de este modo consigo dos cosas. La primera, librar el *pellejo*, la segunda, ponerme bien con Fernanda.
Un momento despues de hacer estas reflesiones se puso delante de la condesa y poniendo una rodilla en tierra esclamó, con
aire de teatro, perdon divina amiga; aqui teneis á vuestros pies
un hombre que no quiere tener voluntad propia y cuyo ser todo
se entrega á vuestro deseo. Yo daré una satisfacion al señor
Harris. El señor baron vendrá muy oportunamente para ofrecerle
mis disculpas asegurándole que en mis palabras no á habido el
menor deseo de ofenderle, en fin bella condesa que no vea ya
correr esas lágrimas que cada una de ellas cae sobre mi corazon: perdone V. bella Fernanda al mas arrepentido de los hombres. La condesa mas tranquila al oir las disculpas de San Neron,
le dijo con voz dulce y simpática. Está Vd. perdonado conde y
creame que no le guardo rencor. Rodrigo entró muy luego con el
baron del Lago. Este en un momento arregló el negocio y se
ofreció á llevar al siguiente dia á San Neron á casa de Jorje. Le
dijo tambien como en forma de consejo que era preciso que tuviera mucho miramiento con sus chanzas, pues Jorje era jóven muy
formal y al mismo tiempo incapaz de dejarse faltar en sociedad con
esas bromas pesadas que tanto mortifican al que es el objeto de
ellas. El hecho pasado entre Harris y el conde fué muy del caso

para que cada uno entrase en sus deberes y que la tertulia de Fernanda se despejase de los dos celosos que tan fastidiosamente se mostraban ofendidos con la amistad que la condesa dispensaba al americano. En el siguiente dia todo quedó arreglado con Jorje. Recordarémos que falta el último juego que debe decidir del premio. Jugaron y Jorje lo ganó y tambien el bolsillo, que esa misma noche se preparó todo para principiarlo en el dia siguiente:

Eligió la condesa, seda verde con hilo de oro para macisar el tejido. A juzgar por lo que hay hecho debe quedar muy bonito. Jorje ofreció á Fernanda confiarle sus penas y cuando entró á las siete de la noche ella le recordó su promesa. Éste le dijo, sino hubiera comprendido que vuestra amistad por mí, es la que os hace pedirme el relato de mis penas, no me podria resolver á renovar las heridas de mi corazen: pero nada puedo negar á la mas perfecta amiga. Muy breve será mi confidencia, pues que toda ella no encierra sino un *hecho:* un solo *episodio* es la desgracia de mi vida. Empezaré por decirle á Vd., amiga mia, que soy hijo de un inglés y de una española; mi padre dejó su pais á los veinticinco años, vino con un negocio á Madrid que le diera el mejor resultado. Allí conoció á una bella mujer que le hizo olvidar que habia otra cosa en el mundo que no fuera ella: esta jóven era descendiente de personas tituladas, y su familia pertenecia á la alta *nobleza.*

Sin embargo de estar casi en la indigencia la familia de mi madre, se opuso á que se casase con un hombre que aunque tenia fortuna no era noble. La jóven ofreció desposarse contra la voluntad de sus padres, y lo realizó porque amaba con pasion, y se resolvió á marchar á América, donde negocios importantes llamaban á mi padre. El matrimonio tuvo lugar y mi madre marchó con mi padre para Buenos Aires. Mi padre trataba de hacer feliz á su esposa y creo que lo era, pues que su marido le adivinara hasta sus deseos: pero como en la vida nada dura, la felicidad de mis padres pasó tan pronto como un *meteoro* pues que tuvo mi padre el disgusto de perder á su esposa al dar á luz á su tercer hija. El dolorido esposo se consagró con alma y corazon á la educacion de su pequeña familia, compuesta de dos niñas y un varon. Mi padre amaba á sus hijos con estremo pues es la misma bondad. Quiso la casualidad que comprase una casa en la calle de San Juan, en frente de la de un capitan de dragones, llamado don Miguel Montiel, viudo tambien de una bella española y que habia casado como él á disgusto de sus padres.

El capitan tenia una preciosa niña: esta simpatia entre su situacion y el estar las niñas juntas en un mismo colegio las ligó de tal modo á las dos familias, que cuando yo concluí mi educacion y regresé á Buenos Aires, encontré que tanto mis hermanitas como la linda hija del capitan no formaban sino una misma familia. Yo

muy luego fuí recibido en casa de nuestro vecino como un hijo, y
María me trataba como un hermano. He tenido siempre un carácter tímido, y la educacion que recibí en Inglaterra me hizo aun
mas desconfiado, pues lo que á todos les parece bueno y regular á
mi me parece reprensible, y siempre temo hacer una ofensa á la
señorita que trato y cuanto mas amo, mas respeto me inspira la
persona amada. Esa ha sido la causa de todas mis penas, la falta
de valor para decirle á una niña angelical, María yo te amo. He
dicho á Vd. mi buena amiga, que fuí recibido en la intimidad de
la familia del capitan que se componia solamente de tres personas,
El padre, una tia soltera de alguna edad y de la hija llamada María, ó mas bien ángel, porque aquel rostro angelical no tiene igual.
Perdon, mi amada amiga, pero Vd. ha querido saberlo todo.

Hable Vd., Jorje, que yo la escuho con el mayor interes.

Bien, condesita, yo empezé á visitar á María: la amaba con
toda mi alma, pero ese mismo amor anudaba mi lengua, y el temor
de sufrir un rechazo, hacia que encerrase en mi corazon un manantial de amor inagotable: diré tambien que María no se prestaba
para animar mi pasion ó mas bien para que yo me resolviera á decirle que ella era el objeto de mi amor. Cuantas veces al contemplar aquella angelical belleza le decia. Ah! María, que feliz debe
ser el hombre que tu ames! á lo que ella me contestaba· soy muy
jóven para pensar en amores, déjame Jorje, disfrutar de mi feliz
indiferencia. Como María era casi una niña, yo esperaba, y la esperanza alentaba mi amor, por otra parte, en casa del capitan no
visitaban jóvenes y esto me hacia vivir tranquilo. Esperaba un
momento favorable y que mi pequeña fortuna adelantara para con
ella poder ofrecer á María mi corazon y mi mano. Todas las noches nos veiamos. Yo estaba siempre al lado de mi amiga, si ella
se levantaba al piano yo la llevaba, yo daba vuelta cada hoja del
romance ó ária que cantaba, si jugabamos á la loteria, siempre me
sentaba al lado de ella; en fin, la esperanza estaba siempre en mi
corazon, y yo me habia hecho á mi mismo el juramento de no tener jamás otra esposa que María, pero el dia menos pensado todo
desaparece para mí y quedó en un segundo reducido al ser mas
desgraciado.

D. Miguel, tenia un amigo coronel que estaba en el ejército de
la patria, llamado Leoncio de C...Siempre se hablaba de este caballero como de un hombre estraordinario por su valor y por su
patriotismo. Una sobrina del coronel era íntima amiga de María,
y á fuerza de ponderar al señor Leoncio creo que María se previno
favorablemente por él: á mas es preciso hacer justicia, el coronel
es un bello hombre y el mas cumplido caballero. El dia menos
pensado don Miguel recibe una carta que le anuncia que su amigo
tiene licencia por tres meses y que vendrá á pasarlos á Buenos

Aires por serle preciso hacer algunos arreglos de familia, pues que siendo tutor de su sobrina debe entregarle su herencia, porque Luisa Belmor se desposaba muy pronto con su primo el doctor Eduardo Mendez. La alegria del capiran y de toda la familia no tiene igual, y el coronel es esperado con el mayor deseo. Jamás pensé que el señor Leoncio fuese para mí un rival, me parecia que en primer lugar, que seria hombre de edad, en segundo, que la vida del campamento le habria robado el buen porte que se necesita en la sociedad de las damas Mi pobre corazon estaba tranquilo y ni aun sospechaba todo lo que la presencia del coronel iba hacerle padecer.

Todos hablaban de Leoncio de C...y yo tambien empecé á tener una especie de entusiasmo, por el amigo de la familia á que yo miraba como mia: llegó el coronel, y su presencia fué para mí como un rayo que cae sobre la pobre tortolita, que su soplo solo la convierte en *ceniza*. En el mismo dia de su arribo á Buenos Aires, fué presentado á María el coronel: la primera mirada que él y Maria cambiaron fué mi sentencia de *muerte*. El coronel tenia treinta y dos años, una figura sobremanera distinguida, sus lindísimos ojos negros, eran muy capaces de conquistar el corazon de la mujer mas difícil: todo en él llamaba la atencion y mucho mas si se le reconocia por uno de los patriotas mas afamados y demas nombradia del ejército libertador. Tenia ganada todas las medallas de las acciones en que se encontrara, por último le diré á Vd , condesa, que Leoncio era un rival *formidable*, porque no tenia faltas sino ventajas que ofrecer á la jóven á quien él dedicase su amor. Compare Vd. pues mi posicion y la de él. Yo pobre jóven de 25 años, tímido, modesto y mas que todo desconfiado no pude luchar, y cuando conocí que María amaba, caí postrado y sin *fuerzas*. La primera noche que pasamos juntos con el recien llegado, Maria no tuvo atenciones sino para él, en un segundo comprendí lo que muy luego sucedió y los celos se apoderaron de mi pobre corazon. He tenido el infierno entero dentro de mi pecho hasta que á fuerza de sufrir, una fiebre terrible se apoderó de mí, el delirio fué casi una *locura*, tal era la desesperacion y fuerza con que me daba. Llamaba á gritos á María, la llamaba ingrata, culpaba á un intruso que habia venido á robarme el amor de la mujer amada. El carácter de mi enfermedad no dejó duda á mi familia del golpe terrible con que habia sido herido, estuve 60 dias entre la vida y la muerte, y en fin, mi juventud me hizo salvar y los cuidados de mi amado padre y hermanitas.

Una vez restablecido de mi enfermedad no nombré mas á María, pero por mi hermana Fani, supe que nada habia que esperar, pues María estaba enteramente enamorada del coronel, y que su padre favorecia esta inclinacion. Convencido de que mi desgracia era completa me eché en los brazos del mas bueno de los padres y le rogué me mandara otra vez á Inglaterra, cerca de mi tio don Henrique Harris. El buen anciano condescendió con mis deseos y mi viaje fué arreglado en ocho dias. Todo lo he abandonado por una ingrata, padre, familia, patria y todo lo que el hombre tiene de mas grande y querido, los recuerdos de su infancia: ando errante, sin hogar, sin domicilio, y llevando la vida mas triste que puede tener el hombre: he ganado dinero, no se que hacer de él: el mundo me recibe con consideracion, yo no las atiendo: las mujeres me muestran en sus ojos que desean que las ame, yo hago el que no las comprendo, y á los 27 años, soy un hombre sin ilusiones, sin porvenir y siempre acariciando una sola idea. Condesa, la desgracia hace al hombre malo y egoista; yo no hago otra cosa que leer los diarios de Buenos Aires, para recorrer con avidez los nombres de los muertos y heridos del ejército de operaciones, cuando sé que han dado una batalla todo mi cuerpo tiembla y creo encontrar entre los muertos el nombre de Leoncio de C...Muchas veces me avergüenzo de mi miseria y la maldigo, pero ni la bondad de mi corazon, ni la honradez de mi carácter, ni la delicadeza de mi condicion, nada pueden evitar que yo aborrezca á Leoncio y que desee una y mil veces su muerte.

Esta es mi historia, noble amiga, nada he ocultado á la hermana bondadosa que me tiende su mano y quiere consolar á un desgraciado que se gasta á fuerza de sufrir. Nada he ocultado; hasta mis miserias estan referidas; temo que mi noble amiga, me retire su cariño y como un acusado espero mi sentencia. No contestó Fernanda, al contrario, ahora estimo mas á mi hermano, y le prometo ser para él la mas perfecta amiga. Hoy no le haré á Vd. ninguna reflexion, Vd. no está en situacion de oir la voz de la amistad. Espero que mas adelante tomaremos otra vez esta conversacion, por hoy es suficiente. Vamos Jorje, dijo la condesa tendiéndole la mano, serénese Vd. pues me parece que siento jente. Bien mi buena amiga, asi lo haré. Gracias, mil veces, sois un noble corazon, diré mas, sois un ángel descendido del cielo para consolar á un desgraciado que padece, á quien esta tierra donde hay tanta gente dichosa.

CAPITULO 18.

El criado anunció á don Gaspar de Larra, á Diego Vera, á don Rodrigo de Mendoza, y otros señores que deseaban presentar sus respetos á la señora condesa.

Fernanda estaba triste y todo en ella revelaba una grande preocupacion. Jorje no estaba en mejor estado. La condesa no era aficionada á las cartas y para disimular lo que pasaba en ella, propuso una partida al redesino. Todos fueron sorprendidos de esto, y vieron muy claro que Fernanda lo que deseaba era no hablar y tomar un pretesto para dispensarse de las atenciones que toda dueña de casa tiene que tener con sus visitas. Quiso que se jugase fuerte; como estaba contrariada, deseaba algo que sirviese de pretesto á su mal estar: así fué que muy pronto perdió una fuerte cantidad. La tertulia duró hasta que la condesa dijo, estoy fatigada, entonces todos se despidieron diciéndole "hasta mañana, que le daremos á Vd. desquite, linda condesita. Jorje fué el último que se retiró y al despedirse le dió á Fernanda un beso en la frente. El lo diera muy fraternalmente, pero ella lo recibió muy de otro modo.

Pobre Fernanda! su corazon late con tal violencia que parece se le sale del pecho: su cabeza arde mas que la lava que derrama el Vesubio, y todo su cuerpo tiembla. Pobre condesa! ama y no tiene esperanza de ser amada. Cuando Jorje se despidió, Fernanda quedó con fiebre: habia tenido que luchar terriblemente con los celos que le inspiraba la conferencia del americano. El amor que éste profesaba á otra la desesperaba: agregaré el beso de despedida, ese fatal beso. Ah! esclamaba la pobre condesa, que has hecho Jorje, me has querido recompensar y me has perdido. Tus labios han inoculado mi sangre, el reposo entero de mi vida lo he perdido con este osculo funesto, veneno es el que tus labios han puesto sobre mi frente. Sí, ese veneno me quema, me abrasa; tu piedad me ha dado la muerte, es una limosna la que Jorje me ha hecho; él conoce que yo le amo tanto como él ama á esa ingrata mujer. Dios mio! como puede haber quien no adore á Jorje. Yo que desearia pasar mi vida siendo su esclava. Jorje, Jorje! ten piedad de esta infeliz que no puede humillarse hasta decirte ámame.

Sí, Jorje, ámame y yo te daré en pago todo mi afecto, toda mi fortuna, yo adivinaré tus pensamientos, yo te perdonaré que algunas veces pienses en María, todo te ofrezco en cambio de un poco de cariño. Dios mio, yo que no conocia el amor sino de nombre, me encuentro hoy enteramente dominada por ese niño funesto. Dios mio! ten piedad de esta pobre mujer. Vuélveme mi apacible indiferencia, vuélveme la tranquilidad de mi espíritu y del corazon, vuélveme la alegria que yo disfrutaba. ¿Qué se han hecho mis dias felices, y mis risueñas noches? Todo ha desaparecido como un sueño, la lánguida mirada de Jorje, me ha robado todos estos dones con que yo orgullosa me engalanaba. Amar sola, esto es terrible! amar con toda la fuerza que impone una pasion sentida por primera vez, y tener el desencanto de saber que aquel que es el objeto ni se apercibe de ello. Ah! Jorje, Jorje! tu preocupacion, tu amor por una ingrata no te dejaba ver que esta pobre mujer al escuchar el relato que le hacias se ponia mas pálida que un cadáver, y que un sudor frio parecido al que tienen los agonizantes inundada mi frente.

Cuantas veces pensé incarne á los pies de Jorje y pedirle gracia para esta infeliz que no puede escucharos mas. Jorje, tu has sufrido lo mismo que yo sufro; los celos yo los siento tambien como tu los has sentido: nuestra situacion no puede ser mas simpática, has un esfuerzo, olvida á esa mujer: yo tambien soy jóven, el mundo me encuentra hermosa; tengo fortuna, gocemos. El olvido vendrá luego, una pasion se cura con otra, pero temia que esta terrible confesion alejase de mi á este hombre singular, á este fenómeno, en cuyo corazon no hay sino un lugar para el amor. Este jóven de 27 años, cree que solo puede amarse una vez, que lo demas es solo vicio y hasta prostitucion. No sé que hacer; necesito hablar con Adela, mañana quiero verla, y diciendo esto se sentó á su escritorio y escribió á la baronesa el billete siguiente:

"Mi amada Adela, te pido el favor de pasar conmigo algunas horas: ven á verme tan pronto como te sea posible. Depende mi tranquilidad de lo que tengo que decirte. Espero que no faltarás á lo que te pide tu amiga

Fernanda."

P. D. Toma la berlina y vente temprano, no te tomes el trabajo de hacer toilette, yo estaré sola

Fernanda recomendó á su doncella el que este billete fuese entregado al dia siguiente temprano á la señora baronesa del Lago. Era ya tarde y pasó á recojerse. Fácil es creer que no le fué posible consiliar el sueño hasta muy tarde, pues las emociones recibidas la preocupaban: pero al fin cansada de luchar consigo misma un sueño inquieto, vino ha ofrecer á aquella simpática criatura algunas horas de reposo.

CAPITULO 19.

Dejemos descansar á la condesa, y pasemos á Jorje que inquieto tambien con el relato de sus penas se sentia muy ajitado, pues que acababa de conocer que el solo recuerdo de María todo su amor habia vuelto á despertarse, pero mas fuerte, mas impetuoso: se paseaba por su cuarto y decia. Jamás María dejará de ser la señora de mi alma, está visto, yo no puedo amar sino una vez. Pobre Fernanda! ella me ama, pero qué puedo yo hacer? he querido contarle todo lo que hay en mi triste historia, para ver si sabiendo la clase de pasion que ocupaba mi corazon, ella puede hacer un esfuerzo sobre sí misma.

Esta bella criatura, tan suave, tan buena, tan simpática, merecia ser amada con todo el entusiasmo de un afecto correspondido. Pero qué puedo hacer, Dios mio? Si sigo mi intimidad con la condesa, ella creerá que tal vez yo puedo olvidar. No sé que hacer, y á su vez dijo Jorje. Mañana consultaré con Adela este tan delicado asunto. Dios mio! esclamó el dolorido jóven, ten piedad de mí, y en tu poderosa omnipotencia, arregla las cosas para que María me ame y sea mia como me lo han pronosticado estas tres mujeres que se jactan de adivinar en el porvenir y quieren penetrar en los destinos humanos. Ocupado de estas tristes reflexiones Jorje, ganó la cama mas por dar descanso al cuerpo que porque tuviera esperanza de dormir, pero despues de luchar largo tiempo con sus pensamientos, quedó dormido y tuvo la suerte de no despertar hasta las nueve de la mañana, hora en que tenia costumbre de tomar un baño y levantarse para almorzar. Hemos visto como Jorje deseaba hablar con la baronesa y dijo á su criada, no almorzaré en casa y pidiendo su tilburí pasó á casa de su prima á la que encontró en traje de mañana, recostada en un sofá con una carta en la mano.

Buenos dias, querida amiga, dijo Jorje á su prima. Buenos dias chico, contestó ésta ¿Qué milagro tú por aquí tan temprano? Sí, Adela, queria consultarte sobre algo que me preocupa. La baronesa contestó. Fernanda me escribe muy afligida, pidiéndome que pase á verla que tiene que comunicarme algo que la preocupa tambien Debes ir, prima mia. Pobre Fernanda! tan buena! como siento ser yo inocentemente la causa de esa preocupacion, porque no dudo que ella es el resultado de mi confidencia de anoche. He deseado que la condesa sepa que amo á otra mujer y que el amor que conservo por ella es de tal naturaleza que cierra mis ojos al mérito de todas las demas. ¿Qué he de hacer? No puedo dar lugar en mi corazon á otro cariño: tal vez mi corazon es mas pequeño, será uno de los muchos defectos que yo tengo. Ha esto he venido Adela, trata tú de disuadir á la condesa: dile que yo soy un loco, dile todo lo que quieras: has por Dios que esa angelical criatura coloque su amor en un hombre que lo merezca. Si mi corazon fuese mio, yo mismo iria á hecharme á los pies de tu preciosa amiga. Pero el recuerdo de este amor es mas fuerte que mi voluntad, y desde que conozco que la condesa me ama, me encuentro cerca de ella mas triste, porque la quiero tanto que desearia darle toda la felicidad que ella merece por su bondad.

No hay duda Jorje, dijo la baronesa, tanto tú, como mi pobre amiga, son muy desgraciados. Pasemos al comedor, primo
mio y despues de almorzar te enseñaré la carta de Fernanda y
pensarémos en lo que hemos de hacer. Ah! Jorje, que mal haces en
serle tan consecuente á esa María que no piensa en tí, y que estoy
cierta solo se ocupa de su querido coronel. Déjate de conservar
esa pasion romántica y trata de amar á la condesa que es un ángel de bondad y hermosura. Sabes primo mio, que á los veinte y
siete años querer renunciar al amor, porque una niña de 17 años
se le ocurrió no corresponder á tu pasion, ó mas bien dicho no
adivinar que ella era el objeto. Póngamos que María realice su
matrimonio tambien le estarás guardando ese amor ó locura que
ocupa tu cabeza? Nó Adela, si María se casase, mañana yo sabria que ya nada tenia que esperar y entonces entraria á trabajar
por olvidarla, pero mientras ella esté libre, jamás me ligaré á otra,
ni de palabra, porque yo soy muy honrado para engañar á una
mujer y mucho menos á la condesa, por quien tengo el mas sincero afecto. No puedo entenderte Jorje, pasemos á almorzar. El baron hizo como siempre bromas á Jorje y empezó tambien á darle
consejos diciéndole que una pasion se cura con otra.

Jorje siempre les contestaba, piensen Vds. lo que quieran,
pero yo no cambiaré jamás. Concluido el almuerzo, Adela enseñó
á su primo la carta de Fernanda, éste despues de leerla, dijo, no
hay duda, es de mí que la condesa piensa hablarte.

Te pido amiga mia, que si es como yo lo pienso, le hagas
presente á Fernanda que tengo propósito de no amar á otra mujer mientras María esté soltera. Nada quiero emprender, no quiero
aventurar ni una mirada. Yo Adela soy muy supersticioso y le
he dado mucha importancia á lo que en mi oróscopo han leido las
tres adivinas. Sabes Adela, que podias aconsejar á la condesa, que
consultase á la célebre Murza: ya hemos visto que hasta el emperador Napoleon consultó á esa mujer singular que sabe leer en el
libro del destino. Tienes razon Jorje, puede que eso la cure tal
vez; pero yo olvido que la pobre Fernanda me espera. Quieres
prima que te deje allá. Nó, primo, tengo mi berlina. Desearé saber el resultado de tu cpnferencia. Vuelve á comer y lo sabrás.
Adios, hasta luego.

Dichas estas palabras, Adela subió á su carruage y dijo al
cochero: á casa de la condesa de la Estrella. Cuando la baronesa
llegó se sorprendió de ver á Fernanda, pues en su rostro se encontraron muy claras las huellas del mas profundo pesar. Cuando
vió á su amiga, los ojos de la condesa se llenaron de lágrimas, y
le dijo. Soy muy desgraciada. ¿Qué hay? por Dios! Qué puede
hacerte aflijir de ese modo? Lo que hay es que amo con toda mi
alma á tu primo y que éste no me amará jamás. Anoche, con el

acento mas apasionado me ha hablado de su amor por esa María, en unos términos que no me deja duda que siente por ella una de esas pasiones que deciden de la vida del hombre: yo he sentido morirme mil veces al oir las palabras llenas de afecto que tu primo usaba para pintar su malogrado cariño. Por un momento pensé que á fuerza de amor podria hacer que Jorje olvidara, pero fué esto una vana ilusion que ha desaparecido como un sueño. Ah! Dios mio! para qué he conocido á tu primo? A veces pienso que solo de un modo podria Jorje ocuparse un poco de mi. Habla, Fernanda; creo que si María se casara con el coronel, él haria un esfuerzo sobre si mismo y la cosa cambiaria muy á mi favor. Creo como tú, pues Jorje me ha dicho hoy, que él no tomará ni de palabra, ni de hechos ningun compromiso mientras María esté soltera. A mas tiene la cabeza llena de las profecias que le han hecho las adivinas y jitanas, sobre todas hay una muy afamada que es la que hizo á Napoleon serias profecias que se cumplieron. Tres de esas mugeres que tienen el poder de leer en el libro del destino, le han pronosticado que el coronel Leoncio de C...moriria en una batalla: y Jorje noche y dia acaricia esta idea. Hoy él me ha dicho, que sin poderlo remediar, daba mucho valor á todas esas profecias.

Sabes Adela, que me viene la idea de hacerle una visita á la célebre Murza. Yo te lo apruebo, y si quieres te acompaño. Ponte una basquiña y un velo, y vamos luego. La condesa en un segundo estuvo vestida, pero tuvo cuidado de ponerse un velo muy tupido sobre la cara.

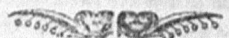

CAPITULO 20.

Son las doce del dia, las dos amigas suben al carruaje y una de ellas dijo al cochero: á la calle de las Huertas número 80. Poco tardaron en llegar á una casa de modesta apariencia, donde salió á ver que se ofrecia una niña como de trece años. Preguntaron si la señora Murza estaba y podia recibir á dos señoras que deseeban hablarla. La niña contestó que las damas podian pasar adelante. La primera pieza donde fueron recibidas era una sala como de diez varas, las paredes estaban tapizadas de un papel rojo con anchas guardas doradas: al rededor de la pared habia varios armarios con libros, en el medio de la sala estaba una gran mesa redonda, donde habia infinidad de cosas y hasta naipes: en cada estremo de la mesa habia dos telescopios montados sobre un pié de bronce dorado, algunos frascos y diferentes cajas cerradas se ofrecian tambien á la vista. Sobre esta mesa, aunque era de dia, tenia tres lámparas encendidas cubiertas con cartuchos verdes que daban á esta pieza un aspecto triste y siniestro.

La puerta de entrada se cerró herméticamente, despues de la entrada de las dos señoras. La adivina, dijo, poniéndose de pié, á las desconocidas, pues lo eran para ella ¿qué me quieren Vds.? ha-cercaos, continuó Murza, y no temais. Fernanda fué la que tomó la palabra y dijo. Vos sois la célebre Murza? yo vengo á consultar-ros. Me han asegurado que conoceis el pasado y leeis el porvenir! Si, contestó la profeta, es cierto. Pero es preciso para que yo hable, que empeceis por quitaros el velo. ¿Para qué? Para poder leer en vuestra cara, el pasado y el porvenir. Despues de algunos momentos de reflexion, la condesa se quitó el velo, la adivina que-dó sorprendida de tanta belleza y despues de contemplarla un ra-to, le pidió un anillo que Fernanda llevaba siempre en el dedo tercero de la mano izquierda. Despues tomándole las manos, em-pezó á fijarse en las venas de ella y á frotarle nuevamente. Pare-ce que quisiera ponerse en relacion con ese fluido que todos tene-mos y que en unos es mas dispuesto al magnetismo que en otros. Destapó uno de los frascos que estaban sobre la mesa y abriendo una de las cajas que estaban alli, tomó una copita de oro, la llenó de agua y le agregó unas gotas del licor que contenia el frasco, des-pues de presentarlo á la condesa le dijo, beberlo si teneis fé. La pobre Fernanda estaba muy asustada, algo estraño pasaba en su corazon. Despues de apurada la copa la entregó á la profeta: ésta la colocó en la misma caja de donde la tomó. En seguida tomó un naipe y le hizo contar 21 cartas, despues las barajó tres veces y le dijo, escojed tres cartas y ponedlas debajo de cada uno de es-tos libros. La condesa obedeció. Despues abrió un gran libro y empezó á consultar algo que parecian signos; y mirando muy aten-tamente á Fernanda le dijo.

Vos fuisteis casada: tu marido te amó mas como á una hija que como á una esposa, te hizo feliz en cuanto puede serlo la so-ciedad de un anciano y de una jóven: ese hombre murió deján do-te inmensos caudales. Dejemos el pasado, contestó la condesa: te pido me digas, cual es en este momento el mas anhelado de mis deseos? Con tono *profético* y levantando las manos á la altura de la cabeza de la jóven centestó la adivina. Tu deseo mas vehe-mente y que te preocupa noche y dia es el unirte con un jóven que no te ama porque tiene por otra una fuerte pasion; de valde le ofreces tu mano, él la rehusa, porque el afecto que te profesa es el de un hermano. Ese matrimonio tan deseado por tí, no se realizará jamás. Esplicame por qué, contestó la condesa con voz desfallecida. Yo no esplico mis palabras: dejo al tiempo el cuidado de realizar lo que pronostico. Y es eso todo lo que tienes que decirme? Algunas palabras mas. Tú concluirás tu vida en un convento: allí irás á ofrecer á Dios el amor que desdeñó un hombre, y Dios bueno y misericordioso lo recibirá sin hacerte un reproche de que le ofrezcas á él, lo que otro desdeñó.

Fernanda, sintió un sudor frio que inundaba su frente y con una voz casi espirante esclamó. Dios mio, soy muy desgraciada. Adela viéndola tan aflijida le dijo, basta, partamos. No contestó la condesa. Todo lo he de saber: veamos los naipes. La adivina levantó el libro y tomó la primera carta elejida por Fernanda entre las 21. Representaba una bellísima jóven pidiendo el velo á la abadesa del convento de las Descalzas de la Encarnacion. La segunda carta representaba una novicia que toma el velo. La tercera carta era la profecion de una monja que ha cumplido el año de noviciado.

Cuando la pobre Fernanda concluyó de ver estos naipes funestos, la profeta dijo con tono muy grave. Señora, la profecia está concluida, yo no puedo alhagar engañando: revelo á los que me consultan lo que leo en el libro del destino. Cuanto debo pagar por estas bellas cosas que me has pronosticado? Lo que gusteis, señora: la ciencia no tiene precio y yo jamás se lo pongo, y quedo tan contenta cuando se me hace una demostracion, como cuando salen maldiciendo mis profecias. Bien, dijo Fernanda, guardad ese anillo. La adivina hizo con el anillo la señal de la cruz y lo colocó en una caja donde habia alhajas de todas clases. Al abrir la caja, Adela conoció dentro de ella y entre otras muchas prendas el reloj de Jorje, y tomándolo dijo, yo conozco este reloj. Puede ser, dijo con calma la adivina: me lo dejó un americano, pero ese estaba satisfecho de lo que yo le pronosticara y entonces no hizo mucho dándomelo: pero esta señora es mas que generosa, es muy amable en darme su anillo despues de lo que yo he tenido segun mi ciencia que profetizarle. ¿Y podemos saber que fué lo que le descubristes del porvenir al americano? Nó, mis señoras, solo sabiendo que es muerto el consultado, pueden revelarse los pronósticos. Bien: Adela, dijo Fernanda, marchemos; y diciendo adios á la adivina, tomaron el coche y regresaron á casa de la condesa. No hay idea de la alteracion del rostro de Fernanda; en una hora habia sufrido un cambio terrible. Sus ojos estaban hundidos, y la tristeza mas grande se leia en él.

Cuando se bajaron del coche, las primeras palabras de Fernanda fueron estas; no hay duda, estoy sentenciada á morir en el cláustro, y de veras que otra cosa puedo hacer? Desde que Jorje no puede amarme y que yo no puedo amar á otro hombre, nada hay y mas acertado que pueda hacer, que dejar el mundo: desde hoy empezaré á familiarizarme con esa idea: y juro á mi Dios que si por una casualidad se realiza, que se cumplan las profecias que Jorje dice le han hecho, y él se casa con María yo entraré de monja en el convento de las descalzas de la Encarnacion. Todo dependerá de lo que á tu primo le suceda Desde este dia no haré otra cosa que esperar los sucesos y te prometo Adela, encerrar mi pena en el fondo de mi corazon. Por Dios, amiga, que nada sepa Jorje, voy á hacerle creer que tus razones me han convencido y tu me haces el favor de hacerle comprender que estoy tranquila. Si hablas con él hoy, dile á este respeto cuanto juzgues conveniente; te pido que esta noche vayamos al teatro: quiero disimular mi mal estar y desde hoy nadie sino tú sabrá conocer el estado de mi corazon.

Quiero engañar al mundo y Jorje mismo será engañado. Y diciendo esto, se despidieron las dos amigas, diciéndose hasta luego. Cuando Adela salia, entraba don Rodrigo de Mendoza: la condesa lo recibió con afabilidad y le pidió que tuviera la bondad de ser su caballero para llevarla esa noche al teatro. El jóven estaba enajenado de placer al saber que seria el que iba á tener el honor de acompañar á la hermosa viuda. Fernanda se despidió de él diciéndole, hasta luego á las nueve. Con el mayor placer condesita. Cuando Fernanda quedó sola, esclamó. Está resuelto: el sacrificio está consumado, no hay alternativa para mí: o me caso con Jorje, ó entro en el claustro como me lo ha pronosticado la adivina. Cuando una resolucion está tomada decididamente, queda uno casi tranquilo. Esto le pasó á la condesa. Es preciso, se dijo ella misma, que yo vista esta noche, como una mujer que esta muy contenta Llamó á su doncella y le pidió un traje de gró lila, con dos encajes negros, y lazos del mismo color. La bata era escotada, adornada con solapa y lazos de cinta iguales al color del vestido: tocado de encaje negro con flores lilas y espigas de oro, zarcillos y cruz de brillantes, brazaletes iguales completaban esta toilette, en que la condesa estaba muy hermosa. Para disimular su palidez se puso un poco de colorete, con esta precaucion la palidez desapareció y nadie podia conocer que á los 23 años, con una gran fortuna y una hermosura sin igual podia verse tan desgraciada que se encontrase como único recurso a sus penas el concluir la vida en un claustro. Aqui estaba Fernanda de estas reflexiones, cuando Rodrigo entró por ella, le hizo mil cumplimientos sobre su belleza y cuanto puede haber de cortés y amable, apuró nuestro caballero para mostrar á la condesa que

estaba loco de contento de poder ser esa noche su compañero.
Fernanda le dió las gracias y pidió el coche. Salieron, y muy
pronto estuvieron en el teatro donde se representaba por primera
vez una comedia de Calderon, titulada "Juana, ó la mujer fir-
me."

El teatro estaba lleno. Cuando Fernanda entró, todos los an-
teojos se dirijieron á ella y un murmullo de admiracion se sintió
en rededor. Dios mio, decia entre sí la triste jóven. Todos me
consideran feliz, y sin embargo soy muy desgraciada. Asi es el
mundo, engaño y mentira. Concluido el primer acto, todos los
concurrentes empezaron sus visitas de costumbre. El palco de la
condesa estaba lleno. Momentos despues llegó la baronesa del
Lago con Jorje. Las dos amigas se saludaron afectuosamente y
Jorje saludó á la condesa con amabilidad y respeto. Le preguntó que opinaba del mérito de la pieza y la conversacion fué, como
sucede siempre sobre cosas indiferentes. Jorje le hizo un muy
sincero cumplimiento sobre su belleza y estuvo mas galan que otras
veces; sin duda un poco mas tranquilo. Despues que ha conversa-
do con su prima y esta le ha mostrado que Fernanda quiere y
desea no ver en él sino un hermano. Entre algunas cosas que con-
verso Jorje con la condesa le recordara que le debia un bolsillo.
A lo que ella contestó, que muy pronto cumpliria con lo que debia. Parece que la pobre condesa fingió muy bien esa noche, pues
que hasta la baronesa le creyera mas tranquila y razonable. Despues de concluida la comedia, el baron, hombre de buen humor,
pidió á Fernanda que les diera de cenar, lo que ella concedió con
el mayor deseo, y como estaba acordado pasaron á casa de esta,
donde encontraron como satisfacer su apetito.

Hubo bromas, y hasta Jorje que siempre era tan apático se
mostro agradable y de buen humor. La misma Fernanda olvidó
sus penas. No es estraño, Jorje estaba tan atento con ella y esta
laya de engaño le era grato, pues que por un momento la alhaga-
ba. Por otra parte ella decia, esperemos. Esperar es vivir. A
las dos se retiraron las visitas muy contentas y diciéndose, hasta
mañana Cuando Fernanda quedó sola no podia esplicarse á sí
misma lo que por ella pasaba y mas de una vez se alegró de la determinacion que tomara de asistir esa noche al teatro.

Mas adelante podremos ver como Fernanda empieza á tratar
de conocer otra laya de vida y como sin confiarse ni con la misma
Adela, trata de hacer conocimiento con la abadesa del convento
de las descalzas de la Encarnacion. Ella ha tomado su resolucion
El dia que Jorje por una de esas casualidades que son hijas de la
Providencia ilegue á entenderse con María ó se realice lo que las
adas le han pronosticado, la condesa tomará el velo, no hay que
dudarlo, pues que jamas podrá quedar en el mundo despues de

saber que Jorje es esposo de otra. Pero será bueno no dar tanta importancia á las charlas de las adivinas y esperar con tranquilidad los resultados. El tiempo nos lo mostrará muy luego: esperémos. Adela y Jorje se felicitaban de ver á la condesa mas contenta, y es preciso confesar que fuéron engañados perfectamente. La condesa se metió en cama pero no le fué posible conciliar el sueño, porque su pensamiento le representaba á cada momento la visita que al siguiente dia debia de hacer á la abadesa del convento de la Encarnacion.

CAPITULO 21.

La condesa se levantó contra su costumbre á las ocho; y á las nueve sola y á pié, entraba al convento de las descalzas de la Encarnacion. Preguntó por la madre abadesa y dando á la tornera una tarjeta, pasó á esperar en el locutorio como es de costumbre. La abadesa del convento de las descalzas de la Encarnacion, era una dama de talento y buena educacion: pertenecia a la nobleza, y puede decirse que en muy pocas mujeres podia encontrarse la inteligencia y capacidad que en esta dama se encontrara. La madre María Teresa de Jesus, este era el nombre de convento de la abadesa, habia sido sobremanera bella y todavía se encontraban en ella los restos de una espléndida hermosura. Sus ojos negros muy vivos, demostraban que habia sabido sentir el efecto de fuertes pasiones. En la primera mirada cambiada con Fernanda, la simpatia se opera entre estas dos mujeres.

La abadesa podia tener cuarenta años á lo menos, pues todo mostraba en ella restos de juventud. Tenia una tez muy blanca y algo pálida. Como tenia ojos y cabello negro resaltaba mas esa palidez que tanto la favorecia. Estaba vestida con una túnica carmelita, toca blanca y manto de lana negra, como la manga era ancha no podia ocultar una parte del brazo, y se le podia ver que era como hecho á torno: la mano era lindísima y fué una de las cosas que mas llamó la atencion de la condesa. Luego que entró al locutorio la abadesa, Fernanda se puso de pié y saludó respetuosamente á la superiora. Esta devolvió con amabilidad y cortesia el saludo á la jóven y le dijo, desde este momento, sea el que fuere el objeto de vuestra visita me felicito de él, pues me proporciona el gusto de hacer conocimiento con tan bella dama. Gracias, señora, contestó Fernanda, yo tambien me alegro y mucho, de encontrar en la superiora de este convento una dama que todo me revela en ella la mejor educacion y la mas cumplida inteligencia. Concluidas estas palabras, la abadesa invitó á la condesa á tomar asiento, y ella aproximó una silla cerca de la reja y esperó que la condesa espusiese el objeto de sus visitas. Fernanda empezó su conferencia en estos términos.

Madre abadesa, quiero haceros una confianza, ¿os sentis dispuesta á oirme? Con el mayor gusto, señora condesa, pues siento hácia vos una completa simpatia, y desde nuestra primera mirada, me he encontrado cautivada por vuestra hermosura. Gracias, mil gracias madre, pues que esas simpáticas palabras dan valor á mi pobre corazon. Bien, hija mia, podeis desahogar en mi seno todo dolor, toda pena: segura que si no me es posible remediarla, sabré sentir y compartir con ella. Bien corta es mi relacion, y la condesa, dijo como Jorje, mi historia no encierra sino un hecho, un episodio es la referencia de toda mi vida. Fernanda empezó de este modo su narracion.

Me casé de 16 años, con el anciano conde de la Estrella, mi tutor: este hombre estimable me amó como á una hija, y su objeto al unirse conmigo no fué otro que el de dejarme su inmensa fortuna. Viví con él poco tiempo, pues que siendo ya muy anciano la muerte me lo llevó muy pronto. Lloré á este amigo, pues lo amaba como á un padre. Guardé mi luto con rigor y solo dos años despues de viudedad me presenté á la córte. Mi fortuna y mi juventud me atrajeron una inmensidad de adoradores, y todos los elegantes de Madrid solicitaban serme presentados. El primer tiempo mi vanidad estaba alhagada por esa atmosfera seductora de la lisonja, y mas bien me aturdí que gocé con *ella*. De todos los hombres que se me presentaban ninguno podia tocar ni lijeramente mi corazon, y eso me hacia fria y egoista. El verdadero amor no deja lugar á cálculos, pero como yo no amaba, podia calcular sobre las calidades de mis pretendientes. Muy luego la envidia y la crítica cayó sobre mí, pobre jóven sin mundo y sin una mano que me guiara. Aquellos que deseaban ser amados y que no lo conseguian, me llamaron coqueta y muy pronto todo Madrid repetia que yo solo deseaba tener esclavos que me tiraran el carro: en fin, madre abadèsa, fuí el objeto de críticas picantes, pero que á decir verdad, poco me impresionaban. Era yo feliz en cuanto puede serse, gozaba en los bailes, en los teatros, en los paseos, mi vida se gastaba en una completa indiferencia, pero como Dios nos ha dado el corazon para *amar*, yo siempre esperaba que algun dia encontraria algun ser que simpatizando conmigo me hiciera conocer que *amor es todo*, y sin amor no hay nada sino la soledad y el *aislamiento*: pero quiso mi desgracia que el solo hombre que ha hecho latir mi corazon no puede casarse conmigo, porque ama á otra mujer, y para que mi desgracia sea completa, la pasion que ese hombre siente por otra es de tal naturaleza, que le cierra los ojos sobre el mérito de todas las mujeres.

Pero, contestó la abadesa. ¿él tal vez ignora que es el objeto de vuestro amor? No, madre, lo sabe y para curarme de mi loco cariño, me ha contado sin omitir una palabra todo lo que contiene su pasion, y la resolucion, diré mas, el juramento que ha hecho de no ser esposo de otra que de aquella por quien suspira noche y dia. Yo todo lo he ensayado, me he convertido para con él en una hermana, le he escuchado los afectos que tiene por otra: no hay clase de mortificacion que no me haya impuesto para ver si despues de la confidencia venia el amor, pues que yo me decia, una pasion puede curarse con otra, pero en vano: él ama cada dia mas á la ingrata que lo tiraniza, y yo no puedo sobreponerme á una pasion que ha decidido del reposo de toda mi vida. Aquí entra lo mas serio de mi conferencia.

Prosigue hija mia, contestó la abadesa. El jóven de que os hablo, confió á una amiga mia que habia ido á casa de la célebre Murza y que tanto ésta como otras le habian pronosticado que se uniria con la mujer que ama, pero para que eso se realizara habia de pasar algun tiempo y muchos hechos notables Tratando de conocer tambien mi destino me fuí con la baronesa del Lago á consultar esa mujer que sabe leer en el pasado y el porvenir, y hechando sobre mi cara un espeso velo, me dirigí á su casa. Estando allí le dije, vengo á consularos. Entonces Fernanda refirio á la abadesa todo lo ocurrido en casa de la adivina y hasta lo que conrenian los tres naipes escojidos por ella. La superiora quetó muy pensativa, y despues de algunos momentos de reflexion le dijo. Señora condesa, la religion cristiana dice que pecamos creyendo en *agüeros* y usando de *hechiceria ó cosas supersticiosas* Lo sé, señora, pero es á mi pesar que me preocupa esa terrible profecia. Creo hija mia, que no debe Vd. dar crédito á tales errores, y el mejor consejo que puedo daros es que los olvideis.

Bien, madre, trataré de hacer lo que me aconsejeis; y añidió: tengo el mayor deseo de ser vuestra amiga y si me lo permitis vendré tres veces cada semana á pasar una hora en vuestra amena sociedad. Con el mayor gusto. Ya le he dicho á Vd. que desde que la he visto siento hácia Vd el afecto de una madre. Quiero hacer á Vd. una pregunta. Podrá haber algun inconveniente en que yo lea reglas de este convento? Sí, hija mia, eso solo es concedido á la novicia que pide el hábito. Y vos no pudierais por amistad hácia mí, decirme si esta regla es muy rigorosa?. Eso sí, pues que su mismo título lo revela. En toda estacion es preciso andar descalza y solo las enfermas ó ya muy ancianas, pueden llevar una especie de calzado que se llama alpargatas. A las doce de la noche, hay un rezo que dura mas de una hora, y á las cinco de la madrugada se repite el mismo rezo que dura otra hora. Tenemos muchos ayunos, muchas abstinencias; en fin, condesa, nuestra regla no es para una señora tan delicada y regalona como lo sois vos. Me permitireis señora abadesa que os haga presente que vos misma debeis haber sido tambien regalona, y que á pesar de eso, la vida monástica os sienta perfectamente á juzgar de la belleza que presenta vuestro rostro? Gracias, hija mia, por ese cumplido, pero á los cuarenta años toda hermosura ha desaparecido. Creo que sois injusta con vos misma, pues el observador mas severo no podrá dejar de confesar que en vuestro rostro se conoce en un segundo la belleza que aun no ha desaparecido ni con el *ayuno*, ni con la *abstinencia*.

En esta conversacion estaban, cuando sonó una campana y la abadesa dijo, nos llaman á refectorio. Madre, contestó Fernanda, siento tenerme que retirar tan pronto, pues deseaba pediros permiso para ofreceros algun dinero para bienestar de las monjas pobres y las necesidades del convento. Bien, señora condesa, nuestra regla es de humildad y pobreza, y no puedo dejar de aceptar á nombre de la santa comunidad que represento. Fernanda entregó á la abadesa un cofrecito que contenia una fuerte suma y le dijo. Madre abadesa, hareis vos misma la reparticion, contando siempre conmigo para cualquier caso de los que el convento tenga necesidad. El señor os pague, señora condesa, tanta bondad; Mañana mismo toda la comunidad se pondrá en oracion por su bienechora. Dios nuestro señor ha de tranquilizar vuestro espíritu, haciendo que la tranquilidad vuelva á vuestro corazon. Orad, bella condesa, todo lo que se pide con FE nos lo concede el padre comun; ese padre bueno y misericordioso. Adios hija mia, dijo la abadesa. La condesa contestó, hasta el jueves, madre mia. Fernanda salió muy consolada de las monjas. Es sabido que toda impresion nueva, tiene siempre su atractivo, esto le pasó á la condesa. Una vez de regreso en su casa, trató de serenar su espíritu y de seguir su plan de reserva, y mas adelante veremos que lo consiguió admirablemente.

Dejemos á Fernanda descansar en su gabinete y pasemos á la madre sor María Teresa de Jesus, la abadesa del convento de las descalzas de la Encarnacion. Esta estaba encantada de la felicidad que se le entraba por la puerta. Primero, una gran fortuna, segundo, un ángel de bondad y de inteligencia. Hemos visto, que sor María Teresa fué una perfecta *diplomática* en la conferencia que tuvo con la condesa y que se guardó bien de mostrarle interés de que tomase el velo. Muy al contrario, trató como hemos visto,

20

de disuadirla y hasta le encargara la conciencia por dar crédito á las hechiceras. La abadesa tenia demasiado talento para aventurar en las primeras visitas sus planes. Mas adelante veremos como esta hábil muger maneja las cosas y empieza á hacer que Fernanda tome gusto y la mayor aficion por el convento. La condesa será alhagada y mimada por la comunidad, pero no adelantemos los sucesos, y esperemos que ellos se muestren muy luego.

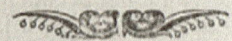

CAPITULO 22.

La condesa siguió recibiendo á Jorje: éste era mas atento con ella cada dia, pues que empezaba á creer que ésta se habia vencido y habia ganado un gran triunfo consigo misma. Adela y el baron y todos los tertulianos empezaron á creer que Fernauda tenia un capricho improvisado por Rodrigo. La tertulia sigue siempre muy animada y todos lo pasaban bien. El bolsillo se concluyó y Jorje fué favorecido con él. La condesa le pidió que lo usara de diario, á lo que Jorje condescendió; resultando de esto que la pobre Fernanda tenia el placer de ver en manos del americano aquella prenda que ella habia tenido entre sus dedos y que al regalarla habia besado muchas veces. Cuando todos creyeron en la curacion de la condesa era cuando ella amaba mas. Cuantas veces bajo las apariencias de una ceniza fria se encuentra un fuego que puede incendiar una ciudad. Asi es que en la vida todo es engaño y nada hay de cierto sino la *eternidad.* Hemos dicho que la abadesa se despidió, diciéndola, hasta el jueves.

Son las ocho del dia indicado en que la condesa debe ir al convento. Salió sola como lo hizo en la anterior visita y se dirigió al convento de las descalzas de la Encarnacion. Esta vez Fernanda, es introducidaá un especie de gabinete, donde recibe la abadesa solo al obispo, al provisor y demas personas de alto respeto. La condesa de la Estrella empezaba á ser contada como bienhechora del convento. Al saludarse ésta y la abadesa, una simpática sonrisa se mostró en los lábios de cada una, seguida del mas cariñoso saludo. Gracias, hija mia, dijo la superiora, por haber cumplido con lo ofrecido: desde ayer no pienso sino en que hoy debia ver á mi nueva amiga. Madre mia, sois muy bondadosa. Hija mia, tomad asiento, y di-

ciendo esto le presentó un sillon. En esta pobre celdilla no son recibidas sino las personas que hacen bien al convento ó los prelados, y como la bella condesita está ya proclamada como protectora
de la comunidad, he conseguido licencia de los superiores para
poderla recibir aquí. Gracias madre, por tanta amabilidad, yo
sabré merecerla. La abadesa rogó á Fernanda para que tomára
una jícara de chocolate, y ella condescendió con gusto. Ya está
nuestra jóven sentada como de casa, se ha quitado la mantilla y
toma con buena disposicion el sencillo desayuno. Puedo preguntar á mi nueva amiga como lo ha pasado desde el martes? Bien,
mucho mejor: me siento mas tranquila, y si no lo estoy, consigo
aparecerlo, que siempre esto es un gran triunfo. La conversacion
fué entablada sobre cosas indiferentes, pero la abadesa con abili-
dad trató de hacer hablar á Fernanda de Jorje.

Todos sabemos que nada alhaga mas que conversar de la
persona que amamos y desde que la condesa empezase á mirar á
sor Maria Teresa como una confidenta, ya la amistad quedaba
vínculada entre estas dos mugeres. Fernanda confesó á su nueva
amiga, que Jorje la empezaba á tratar con mas confianza, pues
que tanto él, como todas las personas de su intimidad creyeron
que su curacion empezaba á hacerse radical. Ah! madre mia, que
resolucion se necesita para finjir tanto: tener la sonrisa en los labios y el dolor mas agudo en el corazon. Cada dia estoy mas enamorada de Jorje y cada dia tambien me digo á mi misma, cuando
enteramente pierda la esperanza de poder conseguir un poco de
cariño en el corazon de Jorje, iré al convento y le diré á mi buena
amiga, que voy á pedirle el velo y entro de novicia. Hija mia,
contestó la superiora, hay resoluciones que deben meditarse mucho: la vida del cláustro es una muerte completa, no hay goces sino los que nos da la tranquilidad de la conciencia. Por otra parte, nuestra regla es sobremanera austera. Cuando podré esperar
que mi buena amiga me haga saber, por que siendo tan bella y
de una familia tan distinguida se hizo monja. Hija mia, empiezo
á tener por Vd. tanto cariño que no puedo negarle nada y en prueba de ello voy á satisfacer su curiosidad.

Soy hija del marqués de Linera, mi padre tenia fortuna, y solo
tres hijos, mi hermano el vizconde Alberto de Linera, otra hermana
mayor que está en París, pues casó con el conde de San Sebastian.
Mi madre era muy imperiosa y dominaba completamente á mi padre: jamás cedia en sus resoluciones: de ahí nace toda mi desgracia. Visitaba en mi casa un jóven á quien yo amaba locamente,
fué mi única pasion aquel hombre estimable: pidió mi mano y mi
madre declaró que jamás consentiria, porque ella no queria hacer á
un militar marido de su hija: mi novio era capitan. Ni mis ruegos,
ni mis lágrimas fueron bastantes á conmover el corazon de mi ma-

dre, ésta declaró que jamas el capitan Guzman Cabrera seria mi esposo. Me eché en los brazos de mi padre, pero éste me confesó que no podia luchar con la tirania de su cara esposa y qué por consiguiente nada podia hacer por mí. Yo tomé esta pasion de un modo tal que alteró mi salud, pero mi madre ó no se apercibia de mi mal estar ó lo que es lo mismo no queria apercibirse. En la época á que me refiero, estalló la guerra con la Francia y á mi amante le tocó marchar con su rejimiento. ¡Qué desesperacion la mia! creí morirme de dolor. Guzman me pidió una entrevista, para decirme adios. Vd. no puede figurarse lo que me costó poder realizar esta entrevista.

Mi buena nodriza se apiadó de mí y me facilitó una llave de una puerta escusada que daba al jardin que mi madre guardaba. Quedó pues arreglado que despues de media noche, Guzman entraria por ella y que mi nodriza me vendria á prevenir para que yo descendiese sin hacer ruido. Cuando todos estuvieron recojidos, me puse un ligero peinador y me senté á esperar en la mayor ajitacion. Cuando sonó la última campanada de las doce, le dije á Francisca: querida nodriza, puedes bajar, y cuando él esté dentro ven á avisarme. El cuarto de hora que esperé me pareció un siglo, tal era la agitacion en que estaba. Hacia mucho tiempo que no hablaba con mi amante, pues solo por cartas nos entendiamos; asi es que mi corazon parecia que se me queria salir del pecho. Cuando Francisca vino á decirme vamos, creí que me faltaran las fuerzes, y mas de una vez me decia aquella buena mujer: valor señorita, el capitan espera en el jardin. Cuando llegué, Guzman me hechó los brazos, me cubrió de besos y los mayores estremos fueron prodigados á la vez. Ah! esclamaba el pobre Guzman: tener que dejarte, mi amada Teresa, esto es terrible, júrame que jamás tendrás otro esposo que yo; júrame resistir si tu madre quiere aprovechar de mi ausencia para hacerte esposa de otro; júrame por Dios que siempre me *amarás*. Sí, Guzman, te juro por la pureza de nuestro amor que si no soy tu esposa iré á serlo de Jesu-Cristo. Sí, amado mio, ó seré tuya, ó iré á encerrarme en un convento. Despues de esta y otras protestas de amor, Guzman me dió su retrato que estaba en un medallon de oro y colgado de una cadena de oro tambien y me hizo prometerle que siempre lo llevaria al cuello: á mas cambiamos los anillos, como lo hacen los que se desposan y poniéndonos de rodillas nos dimos las manos diciendo, pueda ese cielo tan puro y tan reluciente de *estrellas* ser testigo que ante Dios quedamos unidos. Teresa tu eres mi esposa, yo contesté: Guzman yo te recibo como á tal, y me considero ligada contigo por toda la *eternidad*.

Mi nodriza que nos escuchaba, se acercó y nos dijo. Dios los bendiga como yo los bendigo, amados hijos mios. Los primeros albores del dia empezaron á mostrarse cuando Francisca nos hizo presente que debiamos pensar en retirarnos. Cuando tuve que luchar cara á cara con mi dolor fué en ese terrible momento; no puede Vd. imaginar, condesa, cuanto sufrí, pensé morirme. En fin, mi buena nodriza me tuvo que arrancar de los brazos de mi esposo, pues que desde ese momento lo miré á Guzman como á tal. Mucho me costó llegar á mi cuarto, tal era la postracion que sentia: en fin, favorecida por Francisca me puse en cama, de donde no pude levantarme en muchos dias, pues tenia fiebre y hasta delirio. Fué preciso llamar al médico, este declaró que mi enfermedad era muy grave, pero al 21 dia la fiebre empezó á ceder y poco á poco entré en convalecencia. Mi madre no podia dudar de que esta fiebre era el resultado de la partida del capitan, y sin hacerme un reproche empezó á tratarme con mas bondad. Mi nodriza dice que en el delirio, nombraba á mi esposo á cada momento y que mi madre empezaba á temer que nos hubieramos casado en secreto. Cuando recobré mi salud recordé el cuidado en que estaria Guzman de no recibir cartas mias y al hacerle saber á mi buena Francisca mi pesar, me dijo: todo lo he previsto, aquí tienes las cartas de tu esposo; yo he tenido cuidado de escribirle que estabas mala. Gracias, madre mia, esclamé dándole un fuerte abrazo. Las cartas de Guzman no podian ser mas estremosas; cuanto puede haber de tierno y cariñoso contenian aquellas tiernas misivas.

Pasamos mas de seis meses escribiéndonos con la mayor puntualidad, cuando de repente dejo de recibir cartas: cada vez que Francisca salia por ellas y regresaba sin nada, me sentia morir, en fin, de la duda pasé á la realidad, nada sabia: en los diarios no se referia ninguna accion, el ejército aun no habia tenido ningun encuentro, ¿qué podia haberle sucedido á mi pobre Guzman? Ah! condesa, lo que yo he sufrido no puede compararse con nada. Puedo asegurar que he agotado la copa de la amargura. Me confié á mi hermano, y éste fué tocado por mi desesperacion; escribió á los gefes de Guzman, pidiendo noticias de él. Pasado cerca de dos meses, mi hermano recibió una carta donde le comunicaban el suceso mas terrible que puede Vd. imajinar. Guzman frecuentaba mucho un parage notable por su elevacion, llamado el Cerro del Pico: sus compañeros dicen, que como Guzman estaba enamorado iba siempre á la caida del sol, á pensar allí en su amada. Una de las muchas veces que hizo su paseo favorito, resultó que no lo vieron volver mas. El gefe de Guzman mandó á reconocer el sitio donde iba siempre el capitan, y solo encontraron un pedazo de la capa agarrado en una especie de pico que formaba la roca ó dientes de la montaña.

Todo hace pensar que le faltó la cabeza ó que algun accidente impensado lo hizo precipitar en el precipicio. Pasaron los meses y los años y nunca pude saber de mi esposo querido, y empecé á creer que su muerte era indudáble. Ya Vd. sabe que habia jurado no tener otro esposo que Guzman, por consiguiente empecé á mirar el cláustro como el único remedio á mi desgraciada pasion, y á los dos años de la presunta muerte de mi esposo, dije á mi madre que iba á pedir el velo en el convento de las descalzas de la Encarnacion. Mi madre se quiso oponer, pero yo con la mayor enerjia le dije, que habia podido privarme de unirme á un hombre bueno y estimable, pero que ni ella, ni nadie podia impedirme de ser esposa de Jesu-Cristo. Fué pues preciso, que de buena ó mala voluntad me diera su consentimiento y dos años despues de la desgracia de Guzman, tomé el velo de novicia en este convento: al año siguiente profesé y hoy precisamente hacen veinte años que entré y que fui recibida como una verdadera hermana por esta santa comunidad.

Hoy puedo decir que soy feliz porque todo dolor tiene su término y el tiempo y mis esfuerzos gastaron aquel pesar profundo, dejándome solo un melancólico recuerdo. Ya sabeis hija mia mi triste historia, despues de veinte años, es la primera vez que las heridas de mi corazon se renuevan. Hay ciertas cuerdas en el corazon humano, condesa, que si se pulsan resuenan con *dolor*. Siento, madre mia, contestó Fernanda, haber renovado vuestras penas, pero el relato de ellas me ha dado fé y esperanza: y cada vez mas empiezo á creer que este convento será el recurso que yo encuentre para adormecer mis dolores.

Tanto la madre Teresa, como Fernanda empezaban á tomarse una muy síncera afeccion y la mas tierna amistad, se siguió muy luego entre estas dos bellas mujeres, una en la primavera de la vida y otra en el otoño. La condesa pasó tres horas con la superiora. y ésta antes que su jóven amiga se retirára le dijo, que la comunidad queria conocer á su bienechora y que en el coro, esperaba en cuerpo el gusto de saludarla. La condesa fué muy sensible á esta muestra de distincion, y pasó con el mayor gusto á cumplir con lo que la madre Teresa le pidiera. Atravesaron unos muy largos cláustros: el mas profundo silencio reinaba en aquella santa morada, parecia que aquella casa estaba en medio del desierto, tal era el silencio sepulcral que reinaba en ella. Una vez llegada al coro, la abadesa le indicó á Fernanda que debia besar la mano á cada una de las monjas, lo que la condesa hizo sin dificultad. Las madres principales, es decir, aquellas que han sido preladas, abrazaron á la jóven y le regalaron rosarios y escapularios: le dijeron que en sus oraciones pedian á Dios porque le diera tranquilidad de espíritu y fortaleza para soportar las contradicciones y penas que tiene que sufrir todo viviente, le dieron las gracias por el socorro que por mano de la santa prelada habia recibido la comunidad. La condesa estaba encantada, y al despedirse salió haciendo el voto solemne, que sino se casaba con, Jorje tomaria el velo en aquel convento donde reinaba la mas perfecta tranquilidad, y en donde todas las que alli estaban parecian tan felices.

Concluida la despedida, Fernanda abrazó á la madre abadesa y se despidió. Cuando llegó á su casa, su corazon estaba desahogado, su mirada tranquila y la mas perfecta calma reinaba en su alma. Muchas veces recordaba la triste historia de sor Teresa de Jesus. Pobre amiga decia. Ella á sido mil veces mas desgraciada que yo, pues que ha perdido al hombre qne tanto amaba, pero despues de hecha esta reflexion esclamó. ¿Pero cuál será mas desgraciada? la que jamás pudo oir de los labios del hombre que quiere, aquella dulce palabra que contiene un mundo de ilusiones, aquella palabra yo te *amo*. Creo que sufriria todo lo que sor Teresa ha sufrido por oir que Jorje me llamara su esposa. Pero á donde me lleva mi locura? Quiero y debo concentrar en el fondo de mi alma esta funesta pasion, sigamos pues el engaño. Jorje, la baronesa, Rodrigo y todos quiero que crean que un cambio saludable se ha apoderado en mí, sigamos la máxima de Talleyrand, que dice que la palabra fué dada al hombre para disfrazar sus pensamientos.

CAPITULO 23.

Dejemos á la condesa de la Estrella engañar á todos, haciendoles creer que no piensa en Jorje, y que ese capricho ha pasado, y volvamos á Buenos Aires donde hemos dejado á Maria de Montiel, muy contenta por el momento, pues ha recibido una carta llena de amor de su amante el general Leoncio de C...pues que recibió este grado por la bravura y valentia con que se portára en la accion de Junin. Recordarémos que María felicitára á su amante por la jornada del seis de agosto, y que toda la familia está muy contenta de ver que Leoncio ha salido sin un araño de la pelea.

Volvamos á hacer relacion con los hechos que hemos dejado en descanso durante nuestras refencias de Madrid, y recordarémos que Luisa habia ya cumplido su tiempo de embarazo, y que tuvo la felicidad de dar á luz un hermoso niño á quien llamó Leoncio como su tio. Ya comprenderémos que María fué la madrina y que don Miguel representó por poder á Leoncio. Luisa está radiante de felicidad: su corazon está lleno de gozo y la dicha de ser madre es saboreada con entusiasmo. Eduardo tambien está contentísimo y le repite á cada momento que la quiere mas. El ajuar bordado por Luisa, lució el dia del bautismo, era una cosa admirable.

La pobre María decia; Dios me conceda á mi tambien el placer de poder estrenar mi vestido y mi velo La obra de María estaba tambien concluida, pero no queria sacar el vestido del bastidor, para cada dia poner en él alguna nueva flor, pues decia, hasta el dia que regrese Leoncio he de añadir á mi obra un punto mas, una hoja, una cifra. Nuestra pobre María empieza á estar cada dia mas triste: el peso de la ausencia la agovia y ya muchas veces le falta el valor. Las cartas del ejército son rarísimas: no es de estrañarse, pues que éste sigue en marcha. Han pasado mas de dos meses, sin que una carta del pobre ausente, viniese á mitigar su dolor. El dia que María estaba mas aflijida recibió la carta siguiente.

De Leoncio á María,

Campamento general en Huamangilla.

Noviembre 28 de 1824.

Ni les lieux, ni la distance,
ni le temps pour sa longueur
auront jamais la puissance,
de t'effacer de mon cœur.

"Mi amada María: cuanto tiempo he pasado sin tener el placer de recibir una carta tuya! Pobre amiga mia, tú tambien debes de estar contando los dias y los meses que pasan sin leer las palabras llenas de amor que te repite tu Leoncio. Siempre con el mismo interés, pero tú comprenderás, ángel mio, que el ejército en marcha cada dia cambia de rumbo y que las ocasiones de escribir son rarísimas. En fin, sale el correo que debe llevar ésta, y aprovecho con gusto el escribirte. Quiero, amada María, prevenirte que la guerra se concluye al primer encuentro que tengan los dos ejércitos. No lo dudes, alma mia, una accion mas y todo será concluido; la desmoralizacion del ejército enemigo es completa, cada dia se nos pasan diez y veinte soldados. Empiezo á pensar, María querida, que antes de concluirse el año, todo será concluido; tengo la mas completa esperanza que el año 25 está destinado para ver á la patria argentina libre y triunfante de todo poder estrangero, y que entonces podrémos envainar los aceros y volar á los brazos de nuestras familias.

Sí, María, dos ó tres meses mas y nuestras penas concluirán;

muy pronto serémos unidos, y yo tendré la dicha de llamarte mi esposa: ten fé y esperanza, amiga mia, en que el dia en que se han de realizar nuestras ilusiones no está lejos: esperémos con fortaleza, esperémos con la certeza que infunde siempre una felicidad tantas veces soñada en que Dios coronará nuestros votos. Sí, mi bien amada, la fortuna debe sonreir ante tu angelical belleza, no creo que hábremos tocado la felicidad tan de cerca para que ella nos vuelva la espalda.

Pero debo concluir ésta, diciéndote, María, que te amo como no es fácil esplicarlo, te amo como tu angelical pureza lo merece. Quisiera tener dotes bastantes para merecerte, quisiera ser dueño y señor del universo para poner á tus pies todo lo que pudiera desear. Ah! Maria, mi amor es tan grande como el poder de *Dios*: no sé lo que te escribo, porque mi pobre cabeza arde con solo escribir tu divino nombre. Adios, mujer incomparable, créeme que será tuyo Leoncio, hasta mas allá de la vida.

Leoncio."

Cuando el general concluyó la carta la puso en la balija y dijo: pobre Maria, ella tendrá un momento de placer cuando reciba esta mensajera de mis afectos y de mis pensamientos: y hablando consigo mismo dijo: cuando pienso en la posibilidad de que muy pronto debe concluir la guerra, siento como un vértigo. Ah! María, si tu supieras de que laya es el amor que te profeso. Hombre alguno puede haber amado como yo te amo, niña encantadora. Aqui estaba de sus reflexiones el pobre enamorado, cuando llegó Suarez y le dijo. Vengo de estar con el general, parece que desea que muy pronto tengamos un encuentro con el enemigo: tengo entendido que se trata de hacer una revista en el ejército y que en seguida se dará la acción, pues aunque el ejército enemigo no quiera dárnosla se le obligará á ello. Dejo en este momento en la tienda del general Sucre á muchos de nuestros principales jefes y todos convienen que nos faltan pastos y aguadas: ni nuestros hombres, ni nuestros caballos resistirán ocho dias mas el malestar que empieza á sentirse por la falta de agua, y con este calor del diablo que se desea tomarla á cada momento.

Ayer estuve dos horas con el general; hemos pasado en revista el personal de nuestro ejército, y aunque el enemigo tiene mas número de hombres que el nuestro, poco importa: nuestros valientes están casi acostumbrados á pelear uno contra tres. Recordemos la última jornada del 6 de agosto. No hay duda, nuestro ejército tiene muy bonitos y bizarros escuadrones y regimientos como el de húsares de Junin, como el de granaderos de Colombia, como el 1.° de línea del Perú y demas que tiene el orgullo de formar parte del ejército de la patria. El general en gefe con-

21

vino conmigo, que es necesario hacer retroceder al ejército español, pues precisamente en donde está el ejército se encuentra la aguada. Creo pues, que de un momento á otro darémos la accion. Estando en esta conversacion los dos amigos, llegó un ayudante del general Sucre, diciendo, que á las tres de la tarde se reunia el consejo. Leoncio y Suarez hicieron una comida ligera y se dirijieron á la hora indicada á la tienda del general.

Allí cada uno de los gefes dió su parecer, y despues de tres horas de conversacion todo quedó arreglado, y se fijó dia para dar la accion. El general encargó á cada gefe el rol que debia desempeñar. Leoncio de C..debia mandar en gefe toda la caballería. El general Córdoba la infantería, gefes, oficiales y soldados esperan con impaciencia el combate, y todo les hace creer que el triunfo no se hará esperar.

Concluido el consejo, cada gefe se retira y el general Sucre queda solo. Desde la separacion del general Bolivar, Sucre es el general en gefe, y es la primer batalla que va á darse bajo su direccion y responsabilidad: esto lo preocupa, pero no el peligro, porque el general Sucre, era hombre sobremanera *valiente*, como lo habia mostrado muchas veces, pero cuando de un suceso de armas puede resultar el triunfo de una causa ó la ruina de ella, es negocio delicado y que debe pensarse seriamente. Dejemos pues al general dar órdenes de todas clases á sus ayudantes y hacer que nada falte al cumplimiento de ellas, y pasemos á la tienda del general Leoncio de C...que está sentado con la mano en la mejilla en actitud de un hombre que una meditacion grave lo preocupa. Leoncio sabia bien que el gefe que manda toda la caballería tiene su vida muy espuesta, y no por falta de valor, pues que todos sabemos que lo tiene, sino porque piensa en María, está triste y pensativo, de pronto se sienta en la mesa que le sirve de escritorio.

Quiero escribir á María, dijo, que sepa ella si yo muero que mi último pensamiento fué para ella. Leoncio queria mucho á un jóven Francisco, que desde niño estaba siempre á su lado y se le ocurrió el pensamiento de encargarle aquella carta. Despues que escribió, puso en la cartera la carta y dijo: oportunamente la entregaré.

CAPITULO 24.

Es la víspera de la batalla de Ayacucho. Son las once de la noche del dia 8 de diciembre de 1824. La mas bella luna iluminaba con sus pálidos rayos una inmensa llanura. El silencio era solo interrumpido en aquella hora de reposo, por la presencia de legiones numerosas que participaban de la ajitacion que se siente en un ejército la víspera de la batalla. El tiempo estaba sereno, el cielo esmaltado de estrellas, cuyo brillo deslumbraba y hacia resaltar mas los pálidos rayos de la luna, y mostraba en lontananza el ejército acampado. Todos aquellos miles de hombres jugaban al dia siguiente su vida, y los mas de ellos habianse dormido fatigados por el cansancio, el hambre y la sed. Uno de ellos que no dormia esclamó. Dentro de veinte y cuatro horas muchos de nosotros habrémos dejado de existir. Tal vez yo mismo, mañana seré contado entre los cadáveres. Pobre María! que duro golpe seria para tí el saber que aquel hombre que tanto te amaba, no es mas que un cuerpo mutilado á quien cuesta reconocer entre los muertos.

Pero no son estos momentos oportunos para ocuparme de recuerdos dolorosos que pueden perturbar mi inteligencia. Al concluir estas palabras, el general Leoncio de C...llamó á su primer ayudante y le pidió el anteojo de noche. Despues de mirar con él largo rato le dijo. Bien se lo he dicho al general, la aguada está detras del enemigo, y si mañana no damos la batalla nuestro ejército y nuestras caballadas mueren de sed. Despues, dando una mirada al cielo, dijo, esta luna tan bella mas bien debia ser mensajera de paz: sus pálidos rayos tan suaves parece que quisieran templar el sangriento combate que nos espera mañana. Cuantos de nosotros á esta hora estarémos en la eternidad. La batalla debe ser sangrienta: el deseo del triunfo alienta á los dos ejércitos: no hay que dudarlo, mañana si ganamos podemos decir que nuestra grande obra está concluida, todo me hace creer que esta jornada sobrepasará á las otras que han antecedido: mañana debe concluir el poder del ejército español.

Momentos despues de estas reflexiones, Leoncio llamó al primer ayudante y le dijo, que todas las órdenes del general Sucre estén dadas, que nada falte, pues que mañana temprano darémos la accion. Vds. pueden retirarse y dormir unas horas: si llego á necesitar algo llamaré á Francisco. A la vista del enemigo no habia otro interés que el de la victoria, y llegado el momento, gefes, oficiales y soldados desprecian el peligro. El general Leoncio permanecia de pié, en una mano tenia el anteojo, y con la otra se apoyaba en el puño de su espada. A una distancia del general estaba de observacion un jóven que apenas tendria 20 años. Todo en él mostraba que su puesto era importante; en su colocacion, en su porte, en la atencion que daba al mas pequeño ruido, mostraba y podia juzgarse que aquel jóven poseia la confianza de su gefe y que habia sido colocado allí por ser capaz de desempeñar con inteligencia la comision importante que se habia puesto á su cargo.

Cada media hora sacaba del bolsillo un pito de plata y daba dos silbidos que eran contestados: recibia partes verbales que en el momento comunicaba al general. El jóven de que se habla, era muy querido del general y no hay que estrañar que con amable solicitud le dijera. Francisco, trata de descansar un poco: yo llamaré cuando precise. Es Vd. mi general, contestó el jóven, el que debe descansar, pues mañana le esperan muchas horas de fatigas. Ya sabes Francisco, que la víspera de una batalla nunca tengo sueño y hoy mucho menos. Teme Vd. mi general que perdamos la batalla? Nó, muy al contrario; jamas he tenido mas fé en el triunfo. Pero me parece Vd triste y que una seria preocupacion lo ocupa á Vd. despues de algun tiempo. Has dado, hijo mio, en el punto dolorido de mi corazon. Estoy triste y preocupado porque pienso en la mujer que amo y á la que tal vez no volveré á ver si mañana me toca una bala.

Esta idea es la que oscurece mi frente. Sabes Francisco, que quiero pedirte un servicio? Hable Vd. mi general. Mira, si yo muero mañana, te pido que esta carta sea entregada á su título: es para mi prometida esposa, á la que le llevarás mi último adios y mi último suspiro. Le dirás que su imágen querida no se ha separado ni un momento de mi corazon, y sacando el retrato de María lo besó con pasion. Quedas pues comprometido, hijo mio, á entregar á mi amada esta carta y este retrato que hallarás en el bolsillo de mi casaca. Sí, mi general, lo ofrezco, y Vd. sabe que puede contar con mi fidelidad. Bien, Francisco, pasa á mi tienda y trata de dormir un rato, yo te despertaré cuando empiece á amanecer. Francisco obedeció á su gefe y dentro de pocos minutos quedó dormido.

Leoncio empezó á pasearse: unas veces pensaba en la batalla y otras en su amada; sacó el retrato de ésta varias veces y despues de contemplarla con cariño y tristeza esclamó. Que sepa Maria si yo muero que este retrato ha sido siempre mi compañero y que lo he besado hasta el momento de dejar de existir. Pero creo que hago mal en entretener ideas tan tristes: puede que las balas me respeten como en otras ocasiones, y que Maria y yo podamos ser felices como lo deseamos. Pero los primeros albores del dia empezaron á mostrarse. En diciembre, entre trópicos amanece tan temprano......Leoncio se dirigió á su tienda y despues de recostarse un rato vestido, despertó á Francisco y le dijo. Pasa á hacer que se pongan de pié los ayudantes: que suene el clarin para que indique á los gefes que deben ir ocupando sus puesto en la línea de batalla: que todas las órdenes se ejecuten, que nada falte, que cada uno siga la consigna que ha recibido: una vez todos en sus puestos, lleven Vds. el aviso al general en gefe; ordenanza, mi caballo y mi lanza: á la voz de á caballo, Leoncio es cercado por su estado mayor, y como es el gefe de toda la caballería, empieza ya á no tener punto fijo: unas veces corre por un lado, otras cambia de rumbo; el ejército ya está colocado; el general manda alargar la línea para engañar al enemigo que es mas fuerte en número. Una vez todo listo, rómpese el fuego de la artillería, pónense en movimiento las columas de infantería, llevando el ataque á la bayoneta donde el general Córdova hace prodigios de valor: se repiten las cargas de caballería bajo la direccion del valiente general Leoncio de C...y en una hora de mortífero fuego y en el que el sable y lanza descargan golpes terribles, llevando el pánico al ejército del rey que huye despavorido, dando por resultado el mas completo triunfo al ejército de la patria.

La batalla es ganada, el estruendo del cañon es reemplazado por las bandas de música que anuncian que la victoria es completa. En todo el ejército se repiten gritos y vivas, y de boca en boca se dice que el enemigo está completamente vencido. El nombre del valiente general Leoncio de C...es repetido por todos los gefes y soldados, pues que á su valiente lanza y bizarro denuedo se debe la accion. Todos los gefes por igual han peleado lindamente, y esta vez no puede decirse, cual es el que mas merece elogios: basta saberse que tanto los gefes como los subalternos y soldados se han cubierto de gloria, porque los españoles tenian doble fuerza, como lo muestra el haber alargado la línea de batalla el ejército de la patria.

Pasados los primeros momentos de alegría y de entusiasmo, el general Sucre dió órden para que salieran comisiones á buscar los gefes y oficiales que se sospechaban herido ó muertos. Se temia mucho por el valiente general Leoncio de C...pues se le habia visto matar el caballo. Los temores del general en gefe se realizaron, pues que Leoncio de C...en una terrible carga de caballería habia recibido un balazo en la pierna derecha. Cuando salieron las comisiones ya el jóven Francisco traia al geneal en una camilla hecha de lanzas. Al momento el cirujano mayor reconoció el herido y tuvo que declarar que no se podia salvar la pierna y que la amputacion era inevitable. Suarez, traspasado de dolor no se separa de Leoncio: siendo el calor terrible, el cirujano indica que no es posible perder un momento, pero que es preciso llevar al enfermo al pueblo de Huamanguilla, que dista solo dos leguas de donde fué la accion, y se arregla que el herido sea conducido en un catre á pié.

Era sorprendente lo que se disputaban los soldados por cargar el catre que conducia al general. El sentimiento es grande, y puede decirse sin exajerar que es lo solo que mitiga el entusiasmo del ejército, pues que ya hemos dicho antes, que Leoncio era adorado de todos, tanto de sus compañeros como hasta del último soldado. Suarez y el jóven Francisco, no se separaron del lado del herido. Llegan pues al pueblo de Huamarguilla, y el general herido es alojado en la mejor casa que se encuentra, y en el siguiente dia debe cortársele la pierna.

A las once de la mañana, la amputacion estaba concluida, pero el cirujano dijo, que si no sobrevenia la cangrena, el enfermo salvaria, pero que en el mes de diciembre era muy espuesto que de un momento á otro la cangrena pudiera mostrarse. Se le puso en una pieza grande y fresca: á cada momento se rociaba el cuarto con cloruro, y la cama del enfermo recibia tambien á cada momento fuertes riegos de vinagre. Todas las precauciones fueron tomadas: por un momento todos conservan la esperanza de que el enfermo salve. Leoncio sufrió con la mayor enerjia la operacion, y si algunas muestras dió de debilidad, era solamente cuando pensaba en María. Al siguiente dia el enfermo tenia mucha fiebre y el cirujano empezó á temer un mal resultado. Leoncio se apercibió muy luego de la aflixion de su amigo el comandante Suarez, y de la desesperacion de Francisco, y llamando á estos dos amigos queridos les dijo.

Yo quiero hacer un esfuerzo, quiero decirle adios á mi amada María, antes de morir. Déjate de ideas tristes, querido Leoncio: tu estado no tiene nada de alarmante y el escribir te haria mal. Nó, amigo mio, yo conozco que mi fin se acerca: todo me muestra ya que la cangrena no se ha hecho esperar, que lo dice la cara tan macilenta del doctor que entra. El médico como era natural, le dijo que nada habia que temer, pero lo que habia de cierto es que el pobre general tenia muy pocos momentos de vida. El enfermo renovó su pedido y declaró que iba á hacer un esfuerzo para escribir á su amada. No fué posible negarle este consuelo, y haciendo lo posible por darle una postura cómoda se le alcanzó todo lo preciso para escribir, y Leoncio escribió con mano trémula la carta siguiente:

"Mi amada Maria:

Cuando recibas esta carta, ya habrá dejado de existir este hombre que tanto te ha amado: solo con la muerte podrá cesar este corazon de latir por tí, mujer angelical. Dios ha determinado que nuestros sueños de felicidad se evaporasen y que nuestra tan deseada dicha no se haya realizado. El pobre mortal tiene siempre que conformarse con la voluntad de Dios, y yo cuento con tu resignacion en este supremo momento.

Sí, María, tu eres una jóven religiosa y buena cristiana que deberá conformarse con lo que dispone aquel que es el solo dueño de los destinos humanos. Nuestro amor muere como nació: con toda su pureza: él era digno de los ángeles,no era de este mundo donde todo es mentira, perfidia y crímen. Yo muero tranquilo, porque no dudo de tu afecto, porque tengo el placer de saber que soy amado, y que mi muerte te hará derramar lágrimas amargas. Sí, María, llora por este amigo que tanto te ha amado, consérvale siempre un grato recuerdo. Si él hubiera vivido, te hubiera hecho tan feliz como mereces serlo: pero no me ha cabido tanta dicha. ¿Quién era yo para haberla merecido?

Te pido encarecidamente que despues de pasado tu primer dolor trates de tranquilizarte. No aflijas mucho á tu pobre padre, mi amado Miguel; á ese hombre bueno y generoso á quien estrecho contigo junto á mi corazon: á ese buen amigo que no temió hacerme dueño de la dicha de su hija y me la dió para que fuese mia. Algunas veces hablen de mí, con ese amado amigo y con mi querida y buena Luisa. Cuida María del pequeño Leoncio Mendez, y ámalo en recuerdo mio. Pero me faltan las fuerzas y quiero despedirme de todos los que amo; quiero tenerlos á todos reunidos en un estrecho y cariñoso abrazo. María! María! mi esposa amada, vírgen de pureza: adios. Ama mi memoria, pero te consagres una eterna viudez. A los diez y siete años no puedo, ni debo pedirte ese sacrificio. Adios mi amada María. Cuando mi *corazon* deje de *latir* por tí, cuando mis *labios* dejen de pronunciar tu *nombre*, cuando mis ojos no distingan las facciones de tu *retrato*, que tengo en mis *manos*, entonces será que este hombre que tanto te ama habrá dejado de *existir*. Pero no puedo mas, me faltan las fuerzas. Adios María: tuyo

Leoncio."

En Huamanguilla á 22 de diciembre de 1824.

Despues que Leoncio escribió esta carta, le pidió á Suarez le pusiera el sobre y la colocára en la cartera, y dirigiéndose á Francisco se la entregó, diciéndole. Tú se la llevarás, y cuando haya muerto, recoje de mis manos yertas este retrato y se lo entregarás en mi nombre. Lo haré mi general. Leoncio pidió á Suarez, que escribiera lo que iba á decirle. Suarez tomó el papel y escribió estas palabras, que con voz muy débil le dictó el general:

"A mi amada María y á mi querida Luisa:

Hijas mias; el jóven Francisco será el conductor de esta: él y mi querido amigo Suarez, habrán recibido ya mis últimos suspiros. Vds. son deudoras en mi nombre de tanto cariño como debo á estos dos amigos, y les pido que si alguna vez pueden, se lo demuestren en mi nombre. Francisco es un pobre huerfano, que no tenia mas padre que yo; les pido á Vds. dos, le den en mi nombre seis mil pesos, para que pueda poner algun negocio; esto es muy poca cosa para recompensar el cariño de este jóven, pero le demostrará que en mi cama y que á la hora de la *muerte* he pensado en él.

Pido tambien á las dos, que mis medallas y decoraciones ganadas en el campo del honor, sean entregadas con mi lanza y mi espada á mi valiente amigo el coronel don Isidoro Suarez; le dejo tambien mi reloj y la cajita de afeitarme que recibí de manos de María, pidiéndole la conserve como un *recuerdo*. A María le pido que el retrato de ella lo coloque en el mismo medallon en que está el mio, y que lo conserve siempre como una viuda puede conservar el retrato de su esposo. Nadie tendrá derecho á hacerle un reproche. Nuestra union fué tan pura, como el amor que la madre de Dios tenia por su hijo.

Creo que Vds. dos se encontrarán consoladas en poder hacer algo en memoria de su pobre amigo. A tí, Luisa, te encargo á María; á tí María, te recomiendo á Luisa, y á las dos les pido abracen á mi pobre viejo Miguel, una y mil veces en mi nombre. Pero siento que el frio de la muerte se apodera de mí, y me apresuro á darles mi ultimo adios. Adios, amadas de mi corazon.

Firmado por Leoncio
Suarez."

Cuando el general concluyó el dictado de la carta que hemos leido, ya la muerte estaba en momento de apoderarse de su presa. Pobre Leoncio, tan jóven y tan lleno de esperanzas, todo desaparece ante la *eternidad*. ¿Quién nos hubiera dicho que aquel hombre lleno de vida y que acariciaba veinte y cuatro horas antes, tantas ilusiones iba á ser muy pronto una *nada*: esa *nada* á que queda reducido tanto el grande como el pequeño, tanto el rico como el pobre. En el *sepulcro* todo *desaparece*, y el *gusano*, roedor se apodera muy pronto del cuerpo del que está en el ataud: no respeta condiciones, allí se humillan los orgullos todos, y solo puede contemplarse la nada de que fuimos formados. El estado del general se fué agrabando, y muy luego el cirujano dijo á Suarez. No llegará á mañana.

Un rayo que hubiera caido á los pies del vencedor de Junin, no hubiera producido mas impresion que lo que estas palabras dichas con *frialdad* por el hombre de las *ciencias* hicieron en aquel amigo bueno y leal. ¡Pobre Leoncio! pobre mi hermano! y por primera vez los ojos de Suarez se llenaron de lágrimas. Francisco lloraba como un niño y todos los gefes y oficiales estaban sobremanera aflijidos. El general Sucre, estaba inconsolable y mas de una vez esclamó. El mas valiente gefe del ejército nos cuesta la batalla; pero el hombre no puede oponerse á los destinos de la Providencia, y el dia 13 de diciembre de 1824 dejó de existir uno de los gefes de mas nombradia del ejército de la patria, que la tierra le sea leve, si puede serlo en *tierra estraña.*

No es posible pintar la aflixion de Suarez y de Francisco: parece increible que la amistad sea tan grande y que pueda unir tan estrechamente. El coronel Suarez, trató de que su amigo fuese enterrado con toda la pompa que su rango y sus servicios merecian. Sus restos fueron depositados interinamente en la parroquia de Huamanguilla. Pasados los primeros dias de dolor, Suarez trató de pedir licencia al general Suevre, para que Francisco fuese á Buenos Aires á desempeñar su triste pero sagrada mision. Consiguió del general que le diera una licencia temporal, y el 20 de diciembre de 1824, Francisco se despidió llorando del coronel Suarez y de alli pasó á dar un eterno adios á los restos de su amado protector. Dejemos á Francisco y demos una ojeada á Buenos Aires.

CAPITULO 25.

María estaba muy aflijida porque hacia tiempo que no recibia carta de su amante, cuando llegó á sus manos la que Leoncio le escribió el 28 de noviembre, doce dias antes de la accion. Pobre María! cuando ella reciba la citada carta Leoncio habrá dejado de existir. Dificil es pintar con propiedad los sucesos que se nos acercan, pues que no hay pluma que pueda trazar con espresion el dolor terrible con que van ha ser heridas la familia de Leoncio y la de don Miguel Montiel. Hemos visto como María recibió la carta de Leoncio, casi al mismo tiempo que la noticia de su muerte. El gobierno recibió el parte oficial del triunfo completo del ejército de la patria. Eran siempre anunciados por repiques generales de campanas y de cohetes las noticias buenas del ejército, y una vez dada esta señal toda la poblacion se ponia en movimiento.

Don Miguel fué el primero que salió á tomar con exactitud lo que habia de cierto, pues que como antiguo veterano tenia entrada en el fuerte y en la inspeccion general. El gobernador en esa época, era el general don Juan Gregorio Las-heras, pariente y amigo del capitan don Miguel Montiel. Como era natural, quiso éste hablar con el gobernador. En la antesala del fuerte, se dijo que el gobernador y los ministros estaban leyendo el parte. El entusiasmo no podia ser mayor: cada vez habia mas algazara: las músicas y los vivas se repitieron por todas partes, y se hablaba del triunfo sin dar detalles. Cuando don Miguel entró al salon donde estaba el gobernador, lo saludó con cariño y confianza, diciéndole, venga un abrazo y un viva á nuestros valientes del ejército. ¿Qué nos trae el parte?

El triunfo completo, contestó el gobernador. Con este hecho de armas, queda concluida la guerra, pues el ejército español está enteramente destruido: es el mas espléndido triunfo que hemos tenido. Solo sí, nos cuesta el mas valiente gefe del ejército. Cuando don Miguel oyó estas palabras, toda la sangre se le concentró en el corazon y un sudor frio bañó su frente. No se animaba á preguntar el nombre del valiente sacrificado en las aras de la patria. El gobernador que vió el cambio operado en el rostro de su amigo, le dijo, valor querido Miguel, siéntate y conversaremos. Aqui tienes una carta del coronel Suares. Ella te impondrá del triste suceso que lamenta todo el ejército. Don Miguel conoció luego el golpe mortal con que iba á ser herida la pobre María, y con el acento de la mas grande desesperacion esclamó. Pobre hija mia! que va á ser de mi amada María.

El gobernador puso en manos de su pariente la triste misiva escrita por Suarez y le dijo: creo, amigo mio, que debes regresar á tu casa, no sea que tu hija sea sorprendida con la lectura del boletin. Dios les dé á Vds. fortaleza para soportar el amargo dolor que les envia: al escuchar estas palabras, don Miguel saludó al gobernador y se marchó. Las piernas le temblaban y casi no podia caminar. Pobre padre! sufria por él y por su hija. Al llegar á su casa encontró á don Eduardo Mendez, que inquieto venia á ver si habia carta del general. Desde que le miró la cara á su amigo esclamó. Mi tio ó está herido ó muerto. Sí, hijo mio, contestó el dolorido anciano, herido gravemente. Al concluir estas palabras, María estaba ya delante de su padre y las pudo oir perfectamente, y dando un grito tan agudo como el que pueda dar la víctima que es herida de muerte esclamó; nada me oculte Vd., papá, quiero saberlo todo, y este dolor que siento me dice á no quedarme duda, que mi amado Leoncio es muerto; y diciendo estas palabras, María lloraba y se desesperaba como una persona que se siente herida en lo mas íntimo del corazon.

Muy difícil seria pintar aquel dolor profundo, aquella terrible desesperacion: es preciso confesar que no se *muere de dolor*, pues que si asi fuese, aquella pobre niña no existiria. Don Miguel creyó que era mejor confirmar á su hija la noticia de la muerte del general, desde que ella misma se la daba; y pasados los momentos primeros de aflixion le habló en estos términos. Querida María, nuestro Leoncio ha muerto lleno de gloria: el general Sucre lo habia nombrado gefe de toda la caballeria: este nombramiento era muy honroso, pero muy espuesto. En la accion de Junin el general Necohea, que fué el que mandó las caballerias, recibió siete heridas: la accion de Ayacucho, á Leoncio le costó la vida, pues recibió una metralla en la pierna derecha, de donde fué preciso amputarla, y con el calor tan fuerte sobievino la cangrena. María, Leoncio ha muerto pronunciando tu nombre, y momentos antes de espirar te escribe una carta que recibirás cuando tu dolor te lo permita.

María lloraba como una Magdalena, y solo Dios podia sostener aquella pobre criatura tan llena de *aflixion*. En su desesperacion esclamó. Adios mis sueños de felicidad, todo desaparece como el humo; Dios mio, para que me has hecho gozar unos dias de felicidad? ¡para que mi pesar sea mas terrible! Ah! guerra, guerra maldita! esclamaba, qué cara me cuestas. Leoncio, Leoncio mio! yo quiero verte, quiero despedirme de tí, amigo querido, y sacando el retrato de su amante lo bañaba de lágrimas amargas. Mendez, habia pasado á prevenir á Luisa, la que haciendo un esfuerzo sobre sí misma, vino á llorar con su amada amiga. Dificil es tener palabras que puedan esplicar el pesar tan grande y la profunda desesperacion de las dos jóvenes cuando se abrazaron.

Los espectadores estaban tan aflijidos que no se encontraban palabras con que poder consolar á aquellas dos desgraciadas amigas, que una lloraba á su prometido esposo, y la otra á un padre, á un tio querido.

Pasados algunos minutos, María cayó en una especie de postracion, y fué preciso llamar al médico. Cuando el doctor la vió, ordenó una bebida calmante y que la metieran en cama. En el siguiente dia amaneció con mas fiebre y el delirio no se hizo esperar. La gravedad de la jóven crecia por momentos. Fué preciso sangrarla y emplear remedios fuertes que no daban ningun resultado. En fin, el médico declaró que el estado de la enferma era tan *grave* que precisaba una ó mas consultas con otros compañeros. El aflijido padre, en el momento condescendió y tuvo lugar la primera consulta en la que declararon los médicos, que no podian responder de la enferma hasta los veinte y un dias, que era cuando la enfermedad haria crisis, ya salvándola, ya dando un resultado fatal. La aflixion de don Miguel no puede pintarse: no se separa un momento de la cabecera de su amada hija y exclamaba llorando. Dios mio! estoy destinado á sobrevivir á las personas amadas; yo que soy un viejo que de nada sirvo, he de tener que ver morir á este ángel. Ten piedad, señor de este desgraciado padre y concédeme la vida de mi hija. Don Miguel velaba noche y dia; mas que ser animado, parecia una aparicion que sale del *sepulcro*. Tenia los ojos hundidos, el cabello parado, la nariz afilada y toda su fisonomia era la de un hombre que ha dejado de ser criatura de este *mundo*.

Llegó el dia veinte, y María parecia acercarse á cada momento un paso hácia la eternidad. Son las once de la noche, el cuarto está solo y alumbrado por una lámpara opaca que apenas deja distinguir los objetos. Luisa y don Miguel no se separaron de la cabecera de la cama de María; ésta tiene la respiracion muy fuerte, y una inquietud terrible se muestra en ella: pocos momentos despues hay un cambio total y sobreviene una postracion que mas bien puede tomarse á la enferma por un cadáver. Un sudor frio le baña la frente, sus manos están heladas, no vé, no oye....ni á su padre conoce. ¡Qué cuadro, Dios mio! El aflijido padre está incado y con sus manos parece que quiere calentar las de aquella que no es mas que un cadáver. Son las doce de la noche del dia veinte y uno; entra el médico, pulsa la enferma: la observa con la mayor atencion: saca un frasco de espíritu, echa en una esponjita unas gotas y empieza á pasarle por las sienes: despues la hace respirar aquel espíritu: toma otra bebida que habia recetado y con el mayor trabajo consigue que la enferma pase tres cucharadas: el médico no se separa de la cama: la enferma empieza á sentir algo que se parece á *chucho*: el doctor pide ropa y botellas de agua caliente.

Si conseguimos despertar la transpiracion, la crisis se muestra favorablemente. Pasado aquella especie de chucho, vino un calor muy fuerte que trajo una copiosa transpiracion. El padre sigue los ojos del médico y cada señal de esperanza que él mostraba en su mirada era para el pobre capitan una laya de emocion parecida á la del dolor mismo, pero sentida muy de otro modo. La enferma pasó cinco horas en un profundo sueño que podia tomarse por el de la muerte, pero Dios habia dispuesto que María salvara y su resurreccion fué cosa prodigiosa. Solo la fuerza de la juventud pudo luchar con tan grande enfermedad. Cuando María despertó pidió que beber. Ya el médico tenia una copa preparada, con una bebida calmante. Despues de tomar aquella copa abrió los ojos y dijo: estoy mejor querido papá. Eran las primeras palabras que la jóven hablaba desde que cayó á la cama: asi fué que el pobre padre no sabia lo que por él pasaba: la transicion era fuerte: de creer á su hija ya en la tumba haberla casi salvado, pues el médico habia dicho que á los veinte y un dia ó moriria la enferma ó salvaria.

Momentos despues el doctor, confesó que la enferma podia salvar, sino operaba alguna novedad imprevista: que él empezaba á tener fé en la mejoria, pero que era preciso tener el mayor cuidado en que ninguna emocion fuerte pudiese hechar á perder lo que se habia ganado tan milagrosamente. El médico confesó que el olvido total en que estaba la enferma durante la fiebre era una cosa muy favorable y que á la *ausencia del dolor* se debia toda la mejoria: que era pues de necesidad llevar adelante este olvido hasta que María estuviera en convalecencia. Muchos dias pasaron para que la enferma fuese recobrando sus ideas: la memoria habia desaparecido *completamente* y á este *fenómeno* se debe, no hay que dudarlo el que María haya salvado.

CAPITULO 26.

Han pasado ya dos meses de la muerte de Leoncio: Francisco ha entregado al capitan las cartas del general. Don Miguel ha llorado largo con el jóven, y le ha hecho comprender la necesidad que hay de evitar á su hija emociones fuertes. Francisco vive con Luisa, que lo trata como á un hermano. Luisa se prepara á cumplir con lo que su tio le pide, de dar una cantidad á su protejido para que trabaje. Todos los dias Eduardo y Luisa estan en casa de don Miguel. María está en convalecencia y el primer dia que dejó la cama pidió el retrato de Leoncio, y parece que con la vista de aquella imágen amada le vino la memoria y dando un profundo suspiro esclamó: yo no sueño, yo no estoy con el delirio, y sin embargo creo que tengo las *dos cosas*, Dios mio! muestrame de una vez la *realidad*. ¿He perdido á Leoncio? todos se quedaron callados. María derramando un diluvio de lágrimas esclamó: Nadie me contesta? No hay duda, mis temores son fundados: yo estoy sola y Leoncio ha muerto. El mismo silencio: y la pobre jóven empezó á conocer que su desgracia era irreparable. El dolor de María era menos fuerte, porque la fuerza de su dolencia se lo habia mitigado. Cuando un pesar es sentido de un modo muy terrible se calma mas pronto. María siente, llora y se aflije, pero su dolor es menos impetuoso, sin dejar de ser muy profundo.

Cuando la jóven estuvo capaz de andar por sus piés y un poco mas fuerte, sacó su velo y su vestido de boda del bastidor y lo puso en una bandeja, y despues, tomando una tijera se cortó su hermosa cabellera y la puso tambien en la bandeja, añadió las alhajas que Leoncio le dió como regalo de boda y se las mandó á las monjas de regalo, para que adornaran á Nuestra Señora de la Misericordia.

Cuando don Miguel y Luisa vieron á la jóven despojada de sus cabellos quedaron sorprendidos, pero no le dijeron una palabra: tal era el deseo que tenian de no contrariarla. María se diri-

gió á don Miguel y le dijo: papá hagame Vd. el favor de llevar al
torno de San Juan esta bandeja y esta carta. Lo haré, hija mia,
como lo deseas: y tomando la carta, fué con el corazon traspasado
á cumplir con el pedido de aquella afligida niña. Cuando don
Miguel estuvo de vuelta, María lo abrazó y le dijo, has cumplido
mi deseo, gracias papá. La jóven pasó todo el dia muy preocupada, parece que algo la ocupa á que ella no puede ser superior y
de pronto dijo: está resuelta, hoy he de leer la carta de Leoncio,
y dirigiéndose á su padre le dijo:

Papá, quiero leer la carta de mi malogrado amante, dámela.
Ni los ruegos de don Miguel, ni las lágrimas de Luisa pudieron
hacer que María dejase para mas adelante la lectura de la carta.
Quiso irse á su cuarto, pero ni don Miguel, ni Luisa lo consintie-
ron, pues temian fuese á tener alguna novedad.

María empezó la lectura de la carta de su amante, y tuvo mas
energia de lo que se esperaba y aunque lloró mucho, su dolor era
templado. Despues leyó tambien la carta dirigida á Luisa y á
ella, y dando un profundo suspiro dijo: todo lo que mi amado
Leoncio me pide será cumplido. Empezaré por poner el retrato
mio en el mismo medallon, y el verlo me recordará que él ha sido
su compañero hasta dejar de existir. Toda la familia vistió luto
y María lo llevará como la viuda del general Leoncio de C...Han
pasado ya seis meses de la muerte de Leoncio, María empieza á
reponerse, unas chapitas de color principian á sonrojar sus mejillas: los ojos azules parecen mas lindos con la languidez de su mirada: hasta el cabello corto y rizado parece que la embellece mas;
el traje de luto hace resaltar de un modo admirable la blancura de
su tez: podia tomarse á aquella jóven como la vírgen de pureza y
belleza, tal era la modestia de su suave mirada. Cada dia, Luisa
y María son mas amigas: el pequeño Leoncio distrae mucho á la
jóven, pues lo ama con estremo. María ha regalado una cantidad
á su ahijado que sus padres no pueden dejar de aceptar, tal es el
empeño y buena voluntad con que lo ha dado: en fin, el tiempo
empieza á gastar un poco aquel dolor terrible, Maria siente siempre, pero como jóven virtuosa y cristiana, tiene que conformarse
con la voluntad de Dios.

Dejemos pues á nuestra jóven sentir, pues nada es mas justo,
y esperemos á que el tiempo, este regulador de los destinos humanos, ponga alguna tregua á sus pesares, y pasemos á Madrid, donde hemos dejado á Jorje, á Fernanda y á la abadesa del convento
de las descalzas de la Encarnacion, pues es justo que nuestros lectores quieran saber si ha llegado á noticia de Jorje la muerte del
general Leoncio de C.....

CAPITULO 27.

Estamos en el mes de Marzo de 1825.

Jorje está siempre en Madrid: hace pocos momentos que nues-tro jóven deja su lecho, cuando entra el criado con un paquete de cartas, y dice con tono alegre. Mi señorito, cartas de Buenos Ai-res. Esta palabra hacia siempre latir el corazon de Jorje, pues que no puede esplicarse el placer que se siente á la distancia cuan-do se tiene cartas de su familia, y noticias de la tierra querida y de los amigos.

Jorje leyó con avidez las cartas de su padre. Don Jorje nada le decia relativo á la muerte de Leoncio, se puso á leer la carta de Fani, ésta con mucho miramiento le dice, el general Leoncio de C...ha recibido un balazo en la pierna derecha y queda en el ejér-cito gravemente herido: añade, las dos familias han recibido esta noticia: la carta de Fani se le cayó de las manos y una especie de vértigo pasó por sus ojos: el corazon dejó de latir y aquel hombre quedó en una postracion terrible. El criado Antonio que entró en este momento, se asustó de tal modo que salió gritando que fue-sen por un médico.

Efectivamente, Jorje estaba muy enfermo, y cuando llegó el doctor, dijo que el estado de postracion en que se encontraba el enfermo le mostraba que habia recibido alguna noticia que lo im-presionara. El criado refirió que el señorito habia recibido cartas de su familia y que tal vez en ellas viniese algo que motivara el estado en que su amo se encontrara. El médico preguntó si aquel caballero tenia familia pues que el estado en que se hallaba podia pasar pronto, pero que tambien podia hacerse grave. El criado contestó que mandaria en el momento á avisar al señor baron del Lago, pariente y amigo del enfermo. Mientras llegó el baron ya el jóven habia sido sangrado y esto habia producido un efecto sa-ludable, pues el enfermo habia vuelto de aquella postracion. Las noticias que alhagan no hacen mucho mal; asi es que Jorje, reco-bró muy luego la salud, pero no la tranquilidad. Es terrible, de-cia el jóven, no poder saber nada de Buenos Aires, hasta mas de dos meses. Jorje se reprochaba siempre el deseo que tenia de que Leoncio muriese en un combate como se lo habia pronostica-do la adivina, pero no podia remediarlo aquel *innoble deseo*, estaba siempre en su pensamiento, como el único medio de reunirse con la mujer amada. Jorje se decia á sí mismo, María es una niña y á los 17 años no se deja de amar cuando se ha conocido el amor, aunque no haya sido sino por tres meses. Por otra parte, él con-

taba con la ventaja que antes no tenia, y creia que una vez puesto en contacto con María, la fuerza de su pasion la venceria.

Hemos visto que el criado fué por el baron, muy pronto circuló la noticia de que el americano estaba malo, de resultas de
una noticia recibida en las cartas llegadas de Buenos Aires. Todos pensaron que seria el casamiento de María. Cuando Jorje
conversó con el baron del Lago le dijo lo cierto, éste se lo repitió
á su mujer, Adela se lo comunicó á Fernanda, y la condesa recibió un golpe mortal. Está visto, se decia la pobre Fernanda, ya
mi sentencia está dada, iré á reunirme con sor Maria Teresa de
Jesus, qué otra cosa puedo hacer? Fernanda mandó á saber de la
salud de Jorje: éste cuando estuvo mejor vino á ver á la condesa
y no le ocultó lo que habia producido su enfermedad. Jorje era
egoista y al conversar con la condesa no se acordaba que cada palabra de él, era un agudo puñal que le desgarraba el corazon.
Fernanda continuaba sus visitas al convento y la abadesa era su
confidenta.

Como la condesa era inmensamente rica, se propuso embellecer el convento. Con permiso de los prelados hizo poner en obra
un grande y hermoso jardin. Un huerto donde habia árboles de
las mas ricas frutas, todo lo que podia ser útil y agradable se puso
en uso: la capilla fué retocada y arreglada, como podia serlo un
oratorio real. El órgano fué cambiado por uno mas espléndido.
Nada omite la condesa, que sea en beneficio de aquel convento
que muy pronto será su asilo. Esta laya de ocupacion la distrae un
poco de su tristeza habitual, y mas que todo cuando una resolucion está tomada, suele conseguirse tranquilizar el espíritu.

Dejemos á Fernanda y demos una vuelta á Jorje que cuenta
los dias que deben correr para recibir cartas de Buenos Aires; en
fin, llega el momento y el cartero trae cartas de la familia de Harris. Jorje las toma con mano trémula, su padre nada le dice, pasa
á leer la de Fani, esta empieza su carta con estas palabras:

"Jorje; María está viuda: el general Leoncio de C...dejó de
existir el dia 13 de diciembre de 1824, en mi anterior no quise decirte la noticia, de temor que te hiciese mal, por eso te puse solo
que estaba gravemente enfermo. Hermano mio, empiezo á pensar
que tal vez puedes ser feliz con María, pues ésta aunque siente y
ha sentido al general, no es posible que una jóven que solo tiene
17 años pueda consagrarse á una eterna viudez. Creo que ha llegado el momento de que regreses al seno de tu familia: una vez
en Buenos Aires, nadie puede impedirte que visites á María. Por
otra parte, la familia del capitan y la nuestra está otra vez tan
unida que puede decirse, somos mirados como verdaderos parientes. Los dos viejos no se separan, y creo que don Miguel, mira y
considera á papá mas que antes.

"El capitan está ya viejo y teme morirse y dejar á su hija sola en el mundo, sin embargo que á María no le pueden faltar pretendientes, porque es tan bella y tan buena: á mas, el general le deja toda su fortuna, y como ella es hija única, su herencia no será tan corta. *Animo*, hermano mio, puede que dias mas felices te esperen, al menos te son debidos despues de tanto padecer. Parece que las profecias de tus adivinas se empiezan á realizar. Dios permite se muestren ellas con toda la magnitud que fueron hechas. Con María te recordamos algunas veces, le conté la pasion que tiene por tí la bella condesa de la Estrella: me parece que algo parecido á celos se mostró en el modo con que me dijo, Jorje hace mal de desairar tanta belleza y tanta fortuna.

"Ayer despues de hablar muchas cosas indiferentes me dijo, ¿y el viaje de Jorje á Italia cuándo se realiza? No sé María, le contesté, pero empiezo á tener esperanza que Jorje venga pronto. Cuando dije estas palabras, María se puso pálida y mudó de conversacion. Ah! Jorje! no sé por que tengo tanta esperanza y creo que al fin, Dios se ha de apiadar de tí, y que esta María tan amada, será la recompensa de tantas lágrimas vertidas por tí y por nosotros." La carta de Fani concluia instando á su hermano re · gresase lo mas pronto posible á Buenos Aires.

Cuando Jorje concluyó de leer la carta de su hermana, su fisonomia estaba radiante de felicicidad, tanto que Rodrigo que entró en este momento le dijo, qué tiene Vd., amigo, que está tan bello hoy? No hay duda, Vd. saborea algo que le alhaga. Sí, amigo mio, regreso á Buenos Aires, pues mi famila me llama con urgencia. ¿Y qué noticias tiene Vd. de aquel pobre herido? Las noticias que tengo son de que el 13 diciembre dejó de existir. Pobre general! pero es preciso conformarse con lo que Dios dispone: Rodrigo quedó sorprendido de esta noticia y muy contento de poder verse libre de un rival como Jorje. El pobre pensaba que tal vez Fernanda lo amara si Jorje se marchaba. ¡Pobre especie humana! de la desgracia de uno sacan ventajas otros. Cuando Mendoza dejó á su amigo pasó á casa de Fernanda y con la mayor indiferencia contó todo lo que acababa de conversar con Jorje: Fernanda al oir las palabras de Rodrigo, perdió el conocimiento y estuvo mas de tres horas desmayada.

Pobre condesa! un rayo caido sobre su cabeza no le habria hecho mas impresion. Aquella pobre mujer estaba traspasada. Muy luego circuló la noticia de la indisposicion de la pobre condesa , y Adela, baronesa del Lago no tardó en ir á acompañar á su desgraciada amiga. No es posible esplicar el estado en que Adela encontró á Fernanda. Ella casi esperaba lo que le sucede, pero sin embargo se decia. Esperemos; esperar es vivir. Pasada la primera aflixion la condesa confesó á su amiga sus visitas al convento de las descalzas de la Encarnacion y la resolucien en que está de pedir el velo, tan luego como Jorje salga de Madrid para Buenos Aires. Me parece que haces mal, amiga mia, de tomar una resolucion tan fuerte. Todavía puede que Jorje no se case con María, porque tal vez ella quiera guardar á Leoncio un eterno cariño.

Nó, Adela, María amará ahora á Jorje y lo amará como yo lo amo; hoy Jorje es el hombre mas interesante del mundo y la viuda no lo ha de desdeñar, yo te lo aseguro. Por otra parte, el año de noviciado me dará tiempo si fuese preciso esperar. Por hoy todos mis recursos estan en la oracion y en la vida que me espera en el convento. Pensando que esto me sucederia he previsto ya algunas cosas. Por mi órden, el convento está haciendo mejoras notables: el jardin y el huerto, se han embellecido de un modo admirable; la capilla está como si fuese un oratorio real: yo he querido utilizar mis riquezas en favor del convento que será en adelante mi morada. La madre abadesa de las descalzas de la Encarnacion, es una gran dama, hija del marqués de Linera, que tomó el velo porque como yo tenia que olvidar una pasion desgraciada. Hace veinte años que es monja, y me asegura que hoy es muy feliz.

Sor Teresa de Jesus, que asi se llama, es una mujer todavía muy hermosa y todo interesa en ella. Se ha hecho enteramente mia, y ella enjugará mi llanto, y el tiempo que todo lo puede conseguirá lo demas: todos mis asuntos quedarán arreglados. Tu marido será mi albacea, y espero de él y de ti me permitan dejar á Cárlos y á Luisito una parte de mi fortuna. Por Dios, Fernanda, no hablemos mas de esto. Al contrario, Adela, es preciso gastar el dolor á fuerza de sentirlo. ¿Quién puede oponerse á los decretos de la Providencia? Dios dispone, y el deber del cristiano es sufrir con humildad y paciencia los dolores que el Señor le envia. Todo dolor tiene su recompensa si se sabe llevar con resignacion.

Vaya Fernanda, veo que el trato con esas santas monjas te ha dado una fuerza moral que yo no esperaba encontrar en tí, y te felicito: cuando una resolucion está tomada, amiga mia, viene la conformidad y es temeridad combatirla; asi pues, no solo te digo que Dios te ilumine en tan delicada situacion.—Dime Adela, has hablado con Jorje? Sí, amiga mia, está resuelto á partir dentro de ocho dias. Sabes que quiero pedirte un favor? Habla, Fernanda. Trata de que tu primito deje su retrato y dámelo: es el solo deseo que tengo en este momento: al menos creo que no es un imposible. Cuenta con él pobre amiga. Pues bien, márchate, pues siendo cerca de hora de comer, Jorje estará en tu casa. Pídele el retrato. Lo haré, querida, y diciéndose adios, se despidieron las dos amigas.

Cuando la baronesa llegó á su casa encontró allí á su primo: despues de saludarlo le dijo: Quiero; Jorje, pedirte un favor. Habla, prima mia, tu sabes que mi mayor deseo es serte agradable. Quiero que me dejes tu retrato. Qué coincidencia Adela, precisamente entre algunas alhajas que te traia para recuerdo de nuestra amistad te traigo tambien mi retrato, y abriendo una preciosa caja de filigrana, sacó un medallon que contenia su retrato de un lado, y de otro una cifra de pelo de Jorje.

Gracias, primo mio, por haber adivinado mi deseo, pero estas joyas no las puedo recibir, son de mucho valor. Adela, tu marido me ha dado permiso para ofrecértelas: soy soltero y rico, y no perjudico á nadie dándotelas, por otra parte ellas me recordarán á tu memoria. Yo tambien he pedido á tu marido tu retrato y el de él en un cuadro, y el de Cárlos y Luisito en otro. Quiero que mi buen padre y mis hermanitos conozcan á los que han sido en Madrid mi providencia, y que tanto ellos como yo recordemos siempre con gusto á la mas cercana parienta de nuestra buena madre.

Venga esa mano chico, eres un guapo muchacho, y ya estoy triste de pensar el vacio tan grande que dejará en esta casa tu falta. Jorje, espero que me escribas con la mayor puntualidad, y y que nada omitas. Háblame de María. Tu sabes que desde aquí hago votos por tu felicidad. Sí, primo, Dios te la conceda; al menos te son debidos dias felices despues de tanto sufrir. Sí, Adela, la carta de mi hermana, me tranquiliza y yo tambien empiezo á tener alguna esperanza. María es tan jóven; su pasion por Leoncio fué como un meteoro, y una vez despertado en su corazon un sentimiento amoroso, amará, por que para amarnos dió el criador el corazon. Yo ahora tengo 29 años, y mas mundo: tendré la energia necesaria, y no dejaré de pintar mi pasion á María de un modo que la conmueva, nada he de precipitar, porque las cosas que son prematuras fracasan. Estando aqui de esta conversacion el criado dijo, la señora baronesa está servida, y Jorje pasó con su prima al comedor.

CAPITULO 28.

Despues de comer Jorje, dijo á su prima: quieres que pasemos á casa de la condesa? Añadió: desearia ofrecerle algun recuerdo y te aseguro que no sé que pueda presentarle á esta preciosa amiga, que sea de su gusto. Quiero ser franca, Jorje, al indicarte el regalo que puedes ofrecer á Fernanda, he visto un cuadro de Nuestra Señora de los Dolores, original de Rafael, la cosa mas *bella* que puede verse, yo no le compré para mi por la suma tan fuerte que me pidieron, creo que tu estás en situacion de hacer ese gasto si quieres quedar bien. Sí, prima mia, vamos ahora mismo á tomarlo; y diciendo esto salieron para realizar la compra. Jorje pagó sin trepidar la suma fabulosa que el dueño del cuadro le pidió, y poniéndolo en la berlina lo trajeron á casa de la baronesa. Esta tomó un azafate de plata y puso el cuadro, adornándolo con bellas y aromáticas flores, y una vez arreglado con gusto tapó la bandeja con un paño muy rico.

Mira primo, ya está listo esto, pronto un billete para que el criado lleve tu obsequio antes que se realice nuestra visita. Jorje pasó al escritorio del baron y escribió á la condesa estas pocas palabras.

"Mi preciosa amiga:

Dentro de tres dias parto para Buenos Aires y al dejar á Madrid, quiero pediros el favor de aceptar ese cuadro como un recuerdo de nuestra amistad. Nada puedo deciros en esta carta que yo no os lo haya repetido ya, pero cuando se estima de veras una amiga es siempre grato renovar las protestas de amistad y estimacion: yo me permito decir á Vd., bella Fernanda, que en todas partes recordaré con agradecimiento las muestras de amistad que Vd. me ha concedido y que las agradeceré siempre de un modo especial.

Adios mi buena amiga, en Buenos Aires, como aquí y como en todas partes será de Vd. su leal amigo y S. S.

Q. B. S. P.
Jorje Harris."

Concluido el billete siguiente, Jorje lo entregó al criado y este fué á cumplir su comision. Fernanda estaba recostada en un sofá entregada á sus tristes reflexiones, cuando el criado entregó la bandeja y el billete: no es posible pintar la sorpresa de la condesa al ver el obsequio de Jorje. Gracias Dios mio, dijo con acento conmovido, al fin no me olvida del todo, y esta fina atencion me da un mundo de felicidad. Yo recibo este cuadro con agradecimiento, y desde hoy rogaré en él á la madre de Dios porque haga feliz á este noble corazon, porque no hay duda, Jorje es un ángel.

Fernanda muy conmovida se sentó al escritorio y le contestó á Jorje estas pocas palabras.

"Querido Jorje:

Gracias porque habeis pensado en dejar un recuerdo de amistad á esta amiga que tanto os estima. Yo lo conservaré siempre y en cualquier lugar que *habite*: en *adelante* él será mi inseparable compañero. Desde hoy rogaré á la madre del criador que él representa, porque seais feliz, y creo que mis votos serán escuchados, tal es la fuerza y el fervor con que serán dirijídos.

Adios Jorje, quiera Dios que al pisar en Buenos Aires vuestra patria, todo os sea próspero y que la fortuna os sonria. Adios otra vez, y este adios entre los dos será hasta la eternidad. Vuestra afecta y consecuente amiga

Fernanda."

Concluido el billete siguiente, lo hizo entregar la condesa al criado y pasó á ver despacio el cuadro enviado por Jorje, que era de un mérito sobresaliente. Esa misma noche quedó colocado en la cabecera de la cama y se repitió otra vez estas palabras. Siempre serás mi compañero, y esta santa imágen que representa á la madre de Dios, será mi consuelo y me dará fortaleza para resistir con enerjia las penas con que el Señor quiere regalarme; delante de esta santa imágen pediré á Dios por la felicidad de Jorje. Sea él dichoso y todos mis sufrimientos serán sobrellevados con resignacion.

No hay duda, la condesa Fernanda de la Estrella, era una alma buena, un corazon noble, era un ángel descendido del cielo, para volver mas tarde á tomar su vuelo entre los bienaventurados, entre los querubines y ángeles que forman la córte celestial. Mas adelante podremos ver todas las virtudes de esta estrella escapada del cielo á la tierra. Pero no adelantemos los sucesos, que ellos deben mostrarse muy luego.

Son las nueve de la noche y Adela entra en casa de Fernanda seguida del baron y de Jorje. Algo se inmutó la jóven cuando Jorje le dió la mano, pero muy pronto se repuso de su turbacion, y con la mayor amabilidad le dió las gracias por el precioso presente que le habia enviado, y tomando una luz le dijo: ven Adela, y Vd. tambien amigo mio, quiero mostrarte donde he colocado el cuadro. La condesa alumbró y el cuadro estaba ya puesto en la cabecera de la cama. Entonces tomándole la mano á Jorje le dijo con un acento tan suave y simpático que llegaba al corazon: desde hoy cada noche y cada mañana pediré á esta madre de aflijidos, consuele vuestro dolor y os conceda toda la felicidad que mereceis, amigo mio. Mi ruego será oido, no lo dudo, porque será hecho con fé: solo una cosa os pido en recompensa.

Amiga mia, hable Vd. y será obedecida.—Que cuando Vd.

sea feliz me lo haga saber, para tener el gusto de ver que mis ruegos han sido escuchados por el padre comun. Gracias mujer angelical, esclamó Jorje; despues de Maria, á nadie amaré mas,
porque esa resignacion, esa generosidad, esa bondad, encanta: y
me impone un agradecimiento, una amistad, una admiracion, que
hace dudar si ella es la realidad ó una *ilusion*. El porte de esos
sentimientos, muestra bien la alma generosa que teneis, y revela
la bondad de ese corazon que late en vuestro pecho. El destino ha
querido, Fernanda, que nos encontremos tarde en nuestro camino,
porque yo ya no era dueño de otro sentimiento que el de la amistad; os he ofrecido aquel de que podia disponer, y de veras que
mi estimacion por Vd , mi bella amiga, será hasta la *eternidad*.

La condesa muy conmovida, le tendió la mano y enjugó
una lágrima que no habia podido contener, tal era la fuerza
de la emocion sentida. Pasada esta, Fernanda dijo: Jorje,
desearia ofrecer á Vd. alguna cosa que guardase Vd. siempre como un recuerdo de nuestra *amistad*. ¿Qué te parece
Adela? ¿qué podré ofrecer á tu primo? que él escoja lo que mas
le agrade de tanta monada linda que hay en este cuarto. Adelo
dijo á su pariente, ya que nuestra amiga lo permite, toma Jorje la
que quieras de lo que aqui veas y guárdalo en memoria de Fernanda. Jorje echó la vista sobre una lindísima miniatura, donde
la condesa estaba *bellísima*, y tomándola le dijo: si me permitis la
colocaré con la que Adela debe darme, quiero que mi padre y mis
hermanas conozcan los dos ángeles que tanto me han consolado:
Fernanda no trepidó en conceder á Jorje lo que solicitara y con el
mayor placer le dijo.

Sí, amigo mio, guardad ese retrato y cuando alguna vez lo
llegueis á mirar, recordad que el original, todo lo ha *sacrificado*
por vos. Pero no quiero ni debo daros cuenta de estas palabras,
dejo al *tiempo* el cuidado de *esplicarlas*. Vamos al salon. La condesa habia dicho mas de lo que deseaba, pues ella queria que
Jorje ignorara el tamaño de su sacrificio. Es bueno y generoso
se decia, y sentirá que una mujer de 23 años se encierre en un
convento porque él no ha podido amarla. El verdadero cariño no
debe ser egoista; debe mostrarse haciendo lo posible por evitar
siempre un pesar á aquel que se ama.

Una vez en el salon la condesa tuvo que aparecer tranquila,
y disimular á todos el estado de su corazon. Así es la vida, muchas veces se tiene en los labios la sonrisa, y el dolor mas agudo
lacera el *corazon*. Todos le preguntaban á Jorje el motivo de su
regreso tan pronto á Buenos Aires, y el repetia: asuntos de familia. Jorje queria con mucha estimacion á Fernanda, le habia tomado un grande afecto, le profesaba una clase de amistad cuya
pureza envidiarian hasta los ángeles. Quereis, dijo á la condesa

distraeros un rato haciendo una partida de aljedrez. Fernanda contestó: con mucho gusto.

Jugaron dos juegos, uno ganó Jorje y otro Fernanda: ésta dijo á su amigo: siempre que jugueis aljedrez, pensad en mí, Jorje. Lo haré con mucho gusto, contestó Harris. Fernanda dirigiéndose á Jorje le dijo. Hoy será la última vez que juegue aljedrez: renuncio para siempre á este juego, pues no podria jamas olvidar que fué con vos con quien hice la última partida; y desde aquel momento pensó mandar hacer una urna de cristal, y colocar en un tablero redondo las piezas alrededor y guardar de ese modo aquellas piezas que Jorje habia tocado tantas veces. ¡Oh recuerdos! recuerdos queridos, cuantas ilusiones dejais *al corazon* que no sabe *olvidar.* Napoleon dice en su obra titulada Memorias del ejército grande. *Cuando loo recuerdos* son *grandes y gratos* al *corazon* no es *mengua vivir* de *ellos.* Si un hombre tan grande como Napoleon santificaba los recuerdos, cómo no lo hará una pobre jóven que apenas tiene *uno* que le haya sido grato en su vida? Pero sigamos á la condesa que esa noche no se ocupa sino de Jorje. Este por su parte está conmovido y siente mucho la despedida que dentro de 24 horas tiene que hacer de Adela y de Fernanda. Estas dos bellas mujeres son muy capaces de hacerse amar con esa clase de amor platónico que es menos *fuerte,* pero mas *duradero* que no tiene alternativas, y que hace de los que son el objeto una especie de religion ó de *culto* que nada puede alterar.

Llegó la hora de despedida y Jorje hizo creer á Fernanda que el dia siguiente vendria á darle el último adios, pues que no pensaba embarcarse hasta las tres: la condesa le creyó de buena fé, y de ese modo la despedida fué menos triste que lo hubiera sido si ella hubiera pensado que era la postrera. Jorje tuvo mucho que sufrir para que su pobre amiga no conociera la tristeza que se pintaba en su rostro: pero en fin, se separó besándole la mano, cosa que acostumbraba hacer muchas veces, y que por consiguiente nada mostraba de notable en su despedida, ¡pobre condesa! este engaño le evitó un momento terrible, pues lo es siempre aquel en que se dice adios á una persona querida.

Jorje salió de allí muy impresionado, y cuando llegó á casa de su prima no pudo contener las lágrimas. Adela y el baron no estaban en mejor estado, pues lo querian mucho al jóven: hasta los niños Cárlos y Luisito estaban llorosos. Nada impresiona mas que la despedida de un amigo querido, y mucho mas si ella tiene el carácter de eterna. Jorje pasó dos horas con su familia, pues que como á tal mira á sus primos, y al despedirse les dijo, hasta mañana que almorzaré con Vds.: no me manden al colegio á los niños, pues quiero tenerlos conmigo, hasta el momento de embarcarme.

Adela le tendió la mano con cariño á su primo, y le dijo con un acento muy tierno; gracias Jorje. Pero era tarde y cada uno se despidió, diciéndose hasta mañana. Una vez que Jorje estuvo en su casa, no podia darse cuenta de la tristeza que sentia; no podia ser de otro modo, habia pasado tanto tiempo en una vida tan íntima con aquellas buenas personas, que su corazon agradecido no podia olvidar tanto cariño como se le habia prodigado. Pensaba tambien en Fernanda, á quien tan de veras estimaba, y dijo. No puedo dejar de ponerle algunas líneas escusándome de no despedirme como se lo ofreciera anoche, y sentándose en el escritorio escribió el billete siguiente.

"Mi amada amiga:

Cuando reciba Vd. esta carta ya estaré en marcha: no he tenido valor para despedirme de Vd. y de mi amada Adela. A las dos las abrazo con el mayor cariño: jamas podré olvidar el afecto que sin merecerlo me han profesado, algunas veces conversen de este amigo ausente que se hará un placer en darles sus noticias, y de hacerles saber, ya sea la felicidad que disfrute, ya las penas que padezca. Adios mi amada amiga, adios. Suyo de corazon.

Jorje."

Cerró el billete y dijo: mañana se lo recomendaré al baron ¡Pobre amiga! Eran mas de las tres cuando Jorje se metió en cama: durmió poco: se levantó á las ocho. A las once estaba en casa de su prima, para almorzar con ella segun estaba convenido. Todos estan tristes, y hasta los niños tienen los ojos llenos de lágrimas. Cuando llegó el momento de partir, Jorje no tuvo valor para despedirse de su prima, porque ésta cada vez que lo miraba se le llenaban los ojos de lágrimas. Jorje llamó al baron y le dijo: me salgo sin que Adela me vea, yo no puedo despedirme, de ella, te espero Luis con los niños en el parador de las diligencias. Bien, amigo mio, me parece mejor evitarle á mi pobre mujer esta penosa despedida. Cuando la baronesa se distrajo un momento, ya su primo habia tomado el coche y esperaba en el parador. Muy luego Adela comprendió lo que pasaba y esclamó llorando; ¡pobre primo mio! dile Luis que no me olvide. Bien querida, así lo haré, pero trata de serenarte, mira como haces llorar á tus pobres hijitos. Efectivamente, los dos niños lloraban. El baron los tranquilizó y les dijo, si Vds. lloran no los puedo llevar, pues es cosa muy fea ir llorando por la calle y las gentes pensarán que yó los he castigado. Con esta reflexion se serenaron los niños y siguieron á sus padres. Llegaron al aparador de diligencias, pero allí al darse el abrazo de despedida se renovaron las lágrimas; en fin, se dieron el adios postrero. Jorje pidió á su primo entregase á Fernanda su cartita de despedida y le instó mucho para que reuniese esa noche á las dos amigas, pues que de este modo cada una consolaria á la otra.

Asi lo hizo el baron, llegó á casa de la condesa y la tomó en el coche, y tuvo cuidado de no decirle que tenia para ella una carta, hasta que las dos amigas estuvieron reunidas. En el camino el baron dijo á Fernanda, que su primo habia querido evitar tanto á ella como á su mujer el momento terrible de la despedida, y que les pedia le disculpasen por esta falta de valor.

Cuando llegó la condesa se abrazó con Adela y lloraron juntas; el llanto consuela siempre y tanto una como otra se sintieron menos oprimido el corazon aunque no menos triste. El baron las dejó solas y dijo: las mujeres tienen mas franqueza para charlar cuando los hombres no estan presentes, y fingiendo que queria distraer la tristeza de los niños, salió al jardin donde efectivamente condujo á Cárlos y á Luisito que aun estan afectados de la partida de su amiguito como los dos le llamaban.

Dejemos pues un momento al baron con los chicos, y pasemos al gabinete de la baronesa donde estan las dos amigas. Fernanda fué la primera que rompió el silencio y dijo á su amiga Pobre Jorje, nó ha querido despedirse y nos ha evitado un penoso momento: no hay duda, ya no lo veremos mas. Y diciendo. estas palabras se puso á llorar amargamente. Trata de tener valor, dijo Adela á su amiga: tal vez las cosas cambien, pues nada hay de cierto en esta vida, sino la *eternidad.*

Querida Adela, yo no trato de hacerme la mas pequeña ilusion: Jorje llegará á Buenos Aires y se hará amar de María, porque ella no podrá dejar de sentir amor por un hombre que reune como tu primo tanto atractivo: el Jorje de hoy, no es el mismo de antes, y por muy fiel que una mujer sea, no puede estar guardando los recuerdos á una sombra: á mas, María solo trató al general tres meses, y su pasion por él puede ser mas bien la necesidad de amar que todos tenemos, que no una fuerte inclinacion. Por otra parte, ninguna mujer puede ser indiferente á tanta constancia, á tantos sacrificios cómo María sabe que Jorje ha hecho por ella. Sí, amiga mia, mi desencanto es completo, y mañana mismo pido el velo de novicia en el convento de las descalzas de la Encarnacion.

Por Dios amiga mia, no te precipites y reflexiona. Querida: mi resolucion está tomada, quiero que alguna vez sepa Jorje que al siguiente dia de su partida yo era ya pretendienta. Nada puedo decirte á la vista de una resolucion tan determinada: Dios quie-

24

ra que ella te haga feliz, y que la vida del cláustro te conceda la paz del alma. Lo espero, Adela, todo dolor tiene su recompensa, y como yo sufro con resignacion, el padre comun se apiadará de mí y me concederá como á tantas otras la calma que han ido á buscar en el seno del *Señor*. La condesa era una alma predestinada, que Dios habia criado para el *cielo* y tal vez mas adelante veremos como Fernanda gana con su entrada en el convento, pues que asegura su tranquilidad. La vida social tiene tantos azares. Las personas que por muchos años han sido felices suelen morir muy desgraciadas, por que se han acostumbrado á los goces, y cualquiera contradiccion les parecen penas, y si hay penas reáles no les es posible soportarlas.

Una monja que vive tranquila en su retiro, no tendrá *goces*, pero no tendrá *penas*, y segun algunos *moralistas*, la *ausencia* del *dolor* puede *llamarse goces*. Lo que hay de cierto es, que nuestra bella condesa pide el velo al siguiente dia, y que ni los ruegos de su amiga, ni sus veinte y tres años, ni su espléndida hermosura, ni su inmensa fortuna, pueden detenerla ante una resolucion tomada irrevocablemente. Fernanda pasó el dia en casa de la baronesa, y no regresó á su casa hasta las once de la noche. Cuando llegó, vistió una lijera bata de muselina de la india, y se sentó en un sillon mirando el cuadro de la dolorosa imágen de la madre de Dios, y dando un profundo suspiró dijo, quiero de rodillas pedirle me conceda valor en todo lo que desde mañana voy á emprender, y sacando el billete de Jorje que aun estaba cerrado esclamó: Conozcamos el contenido de esta carta. Despues de leerla, repitió, ¡pobre Jorje! él me concede su amistad, me da lo único de que puede disponer, es preciso aceptarla y hacer que este loco amor desaparezca: la amistad tambien tiene sus encantos y cuando es leal, puede considerarse como un *tesoro:* he leido en muchas novelas que el amor dura *poco*, y que de la pasion mas impetuosa despues de algunos años, no queda de ella sino la *amistad*.

Pues bien, sintamos esa tranquila amistad á que desciende segun los que saben juzgar el *corazon humano* todo amor, y demos mas bien gracias á Dios si nos evita esas *defecsiones* que tienen que sentir todos los que han *amado*. Si en la soledad de la vida del claustro yo consigo *olvidar*, todos mis votos estarán satisfechos, y mi sacrificio no habrá sido *estéril*. Por otra parte, yo no tengo familia, soy sola en el mundo, si en el convento consigo formarmela habré conseguido remediar mi aislamiento. Valer, pues pobre Fernanda: mañana á las ocho estará pidiendo el velo. La condesa oró largo rato y despues se metió en cama, durmió mejor de lo que hubiera podido esperarse de las emociones del dia. Lo que hay de cierto es, que á las siete estaba arreglándose para realizar

5 las ocho su visita. Ya hemos dicho que Fernanda iba al convento, sola y á pié.

Llegó, pues como siempre, primero al torno, pero la tornera
tocó con el toque que tiene la prelada y ésta se presentó á saber
que se ofrecia: cuando conoció á la condesa le abrió la puerta de
entrada, que solo se abre para los prelados y la condujo á la salita de recibo. Buenos dias, mi bella amiga, dijo la superiora besando á la jóven en la frente: buenos dias madre mia, contestó
Fernanda, echándose en los brazos de la abadesa. ¿Qué hay, hija
mia, que veo tus ojos llenos de lágrimas? Nada de nuevo contestó
la condesa, mis lágrimas son producidas de la fuerte emocion que
esperimento, pues vengo á pediros el velo de novicia. La abadesa
quedó sobremanera sorprendida, y echándole otra vez los brazos
le dijo.

En fin, mis deseos se han cumplido, pero tu sabes hija mia,
que es el primer momento en que te los muestro, y que con enerjia
he combatido tu resolucion, pero que una vez tomada por tí de un
modo decidido, y despues de serias reflexiones, no puedo oponer-
me mas, y mi deber es recibirte en esta santa comunidad y hacer
en debida forma tu peticion: y diciendo estas palabras la abadesa,
tocó un toque que indicaba que la comunidad era llamada á la
sala capitular.

Me ausento por media hora, hija mia, voy pues á poner en
conocimiento de la comunidad lo que ocurre y me permitiré en-
viaros el desayuno. Bien, madre mia. Quedó Fernanda sola por
algunos momentos, pero su imaginacion no estaba tranquila, pues
le presentaba muy seriamente el momento solemne que debia llegar muy pronto. Apenas concluyó el frugal detayuno, vino la
abadesa y tomó de la mano á la pretendienta, conduciéndola á la
sala capitular donde estaba reunida la comunidad, y dijo estas palabras. La viuda condesa de la Estrella, de edad de 23 años, con
la mayor salud y la mayor voluntad de servir á Dios Nuestro Señor, pide á esta santa comunidad el velo de novicia. Deseando ser
recibida en ella sin inconveniente, y asegurando bajo juramento
que es libre y espontáneamente que toma el velo, pues que siendo
viuda y enteramente independiente, nadie puede forzar su voluna
tad, y que es su vocacion la que la conduce á pretender ser espos-
de Jesucristo. Concluida estas palabras toda la comunidad echó
su voto en una urna, y al revisar las cédulas la abadesa, dirigiéndose á la condesa le dijo estas palabras:

La votacion es canónica y no hay una sola cédula negra. La
señora condesa queda apuntada en el libro de pretendientas. No
podrá tomar el velo hasta transcurridos seis meses desde la fecha.
Aquí teneis nuestras reglas, podeis en este tiempo de pretension
estudiarlas y empezar á seguirlas para que una vez entrada en el

convento no os parezcan tan austeras: ahora quedais ya reconocida
como nuestra hermana, y en prueba de eso dareis á cada una de
nuestras hermanas un abrazo fraternal. La condesa obedeció y
cambió un abrazo con cada una de las monjas que eran cuarenta.
Las legas no asisten á consejo, y aunque sigan las reglas, no dis-
frutan del fuero monástico, pues ellas cocinan y hacen servicios de
los mas humildes. Concluida la ceremonia, Fernanda y la abadesa pasaron al salon de recibo y allí se abrazaron del modo mas
cariñoso. Aquellas dos mujeres que dentro de seis meses iban á
vivir juntas. Entre las novicias, vió Fernanda una jóven muy bella que le llamó la atencion y le preguntó á sor Teresa, quién era,
y si podia decirle por qué habia tomado el velo. La abadesa contestó. Aquí nada se sabe nunca del motivo que una novicia tiene
para pedir el velo, pero con el tiempo se revelan los secretos pues
se hacen intimidades y luego viene la *confidencia*. Esa novicia se
llama sor Margarita, es hija del marqués de Lucena, que está ar-
ruinado y no pudiendo darle dote á su hija y queriendo conser-
varle el resto de fortuna al hijo mayor la han hecho tomar el velo.
Al principio lloraba y estaba muy triste, pero ahora está muy
contenta y profesa dentro de ocho dias, yo la quiero mucho y casi siempre me busca para que conversemos y hagamos labor juntas: la enseño á hacer flores, pues es una necesidad que las monjas
sepan hacérlas, y no seria malo, amiga mia que tomaras maestra,
pues hay floreras que enseñan primorosamente. Lo haré madre
mia y desde mañana empezaré á aprender. En seis meses podré
adelantar mucho y una vez en el convento ya seré maestra.

Fernanda y la abadesa conversaron mucho sobre la regla que
debia seguir una pretendienta, y los deberes que contraia desde
que se pedia el velo. Fernanda á todo se conforma. Tenia que llevar una especie de túnica de alepin negro, una toca blanca y manto tambien de alepin negro, calzado de tafilete negro, y una especie
de cinta de cuero que cae desde la cintura sobre la falda. Una vez
arreglado todo lo que era preciso que Fernanda supiera: la abadesa
le dijo: espero hija mia, verte el jueves vestida de pretendienta. Sí,
madre mia, el jueves estrenaré mi, vestido de *boda* pues de hoy en
adelante soy la prometida esposa de Jesucristo. La condesa mostró
en todo una entereza que encantaba, y no hay duda que en todo se
muestra ya la mano omnipotente del creador, que quiere recompensar aquella jóven angelical que sabe sufrir con humildad y paciencia los dolores que padece. La despedida de la superiora y de la
condesa fué muy tierna y las dos se dijeron, hasta el jueves. Cuando Fernanda salió del convento, estaba casi contenta, y un rayo de
gracia celestial iluminaba su frente, pues que su mirada era suave y todo en ella mostraba la mayor tranquilidad.

Eran las doce cuando Fernanda entró en su casa, llamó á su

doncella de confianza y le dijo que le comprara dos piezas de ale--
pin negro, le hizo tambien todos los encargos necesarios para
realizar su transformacion el dia jueves: mandó llamar una
florera muy afamada y le ofreció una fuerte cantidad si en seis
meses le hacia maestra en el arte de imitar la naturaleza. Con la
voluntad y el dinero todo se consigue, y no hay duda la condesa
aprenderá, pues á mas de ser inteligente, el trabajo se presta, pues
es muy entretenido. Como la condesa podia gastar, compró todo lo
que habia en ese ramo de mas lindo y escojido, asi es que nada
tiene de raro que las flores salgan muy bellas. Las monjas como
son pobres, hacen casi siempre las flores de retacitos que les dan
de limosna y no siempre pueden usar los colores que las flores necesitan.

Como Fernanda compró una inmensidad de cajas con utensilios para hacer flores, pudo regalar algunas á la madre abadesa
y á sor Margarita. La condesa seguia haciendo grandes limosnas
al convento, parece que ella se hubiera propuesto embellecer
aquella santa morada que dentro de seis meses seria la suya. De
acuerdo con la abadesa se hacen mejoras en el convento: nada se
omite, la condesa paga todo. El dia jueves se acerca y todo está
listo para que la condesa vista su traje de pretendienta. La doncella está tan sorprendida con los preparativos que ha visto hacer á
su ama, que empieza á temer la realidad. La víspera del dia indicado para presentarse Fernanda á la abadesa vestida con su túnica
de lana, llegó; y podemos decir sin mentir, que fué sorprendente
el valor que tuvo aquella preciosa mujer para cambiar sus galas
por aquella túnica de lana, y su rico velo ó mantilla de encaje por
la toca de bramante blanco.

La condesa estaba lindísima con aquel disfraz, pues que por
tal podrian tomarlo los que no sabian la resolucion que habia tomado. Cuando la condesa estuvo vestida, llamó á la doncella que
se quedó como una persona que cree estar soñando: aquella pobre
mujer se puso á llorar amargamente, pues adoraba á su ama. La
condesa le dijo, no llores Mariana; este traje me dará mas tranquilidad que me han dado las galas á que desde hoy renuncio; pues
debes saber, hija mia, que desde el martes soy pretendienta, y he
pedido el velo de novicia en el convento de las descalzas de la Encarnacion.

No puedo creer tal cosa, ama mia. Dios santo, y la señora
condesa tendrá que andar descalza? Ciertamente, pues que es re-
quisito de la regla. Qué será de mí, cuando la señora entre en el
convento! Te daré un dote para que emprendas algun negocio y
mi proteccion la tendrás siempre, pero no me aflijas Mariana, dijo
la condesa, quiero salir serena de casa, pues no quiero que mi superiora crea que estoy triste, porque me impresiona el nuevo traje,

y diciendo esto Fernanda salió para el convento, las personas co-
nocidas que la encontraron no la saludaron, pues que no podian
creer aquella transformacion.

Cuando la superiora sor María Teresa vió á Fernanda, se le
escapó una esclamacion de aplauso y le dijo: estas todavía mas bella, hija mia, tanta hermosura debia ser solo para Dios.

Madre mia, contestó la jóven, en este convento no debe sorprender la hermosura, pues que empezando por mi superiora, puede decirse que parece que se han cumplacido en reunir caras lindas, y sino, mire Vd. esta que entra. Era sor Margarita que traia
un ramo de lindísimas flores para ofrecerlas á Fernanda. Al verse
las dos jóvenes se abrazaron, y dirigiéndose la novicia á la abadesa
le dijo: cuando la hermana Fernanda tome el velo, tendrá nuestra
madre otra hija mas que la quiera, pero yo le ruego que nos re-
parta por igual su cariño, pues me seria muy sensible que me quisiera menos. Nó, hija mia, contestó la superiora, Fernanda es jóven como tú y las dos se amarán mucho: aqui hay pocos celos, yo
reparto por igual mi cariño. La superiora quiso que la condesa
fuese presentada á la comunidad con su vestido de pretendienta,
lo que fué realizado momentos despues. Toda la comunidad encontró á la jóven, bellísima, y cada una repetia, es digna esposa de
Jesucristo.

CAPITULO 29.

En ese mismo dia fué la pretendienta presentada á los prelados; y ésta ofreció tanto al obispo, como al vicario apostólico, su
casa y todo lo que ella valia, añadiendo, deseo cambiar mi sociedad, y desde hoy en adelante recibo solo ilustrados eclesiásticos.
Pido á mis prelados el favor de ponerme en relacion con ellos y á
mas, creo que debo encargar al ilustrísimo obispo, el cuidado de
darme un director que tranquilice mi espíritu y dirija mi conciencia. El obispo contestó que él tendria un placer en serlo de la señora condesa si ella se lo concedia. La jóven contestó que acepta-
ba con el mayor placer. La pretendienta tenia ya conquistada
tanto á la abadesa como á la comunidad y á los santos prelados.

Al siguiente dia, la condesa recibió en su casa al obispo, al
vicario apostólico, al provisor y al capellan del convento de descalzas de la Encarnacion. El obispo Velazquez, era hombre muy

ilustrado, de mundo y de gran talento. Desde que conoció á la condesa, se propuso hacer de ella una dama digna de ser esposa de Jesucristo; en los conventos hay muchas ocasiones de que una monja muestre su talento y capacidad, pues estan siempre las abadesas en relacion con los hombres mas *eminentes* de la iglesia.

El señor obispo Velazquez, hizo presente á la condesa que debia tomar un profesor de latin, y á mas, le ofreció recomendarle al abate don Juan de Dios Ruiz, para que desempeñase ese encargo, y si la condesa queria tomar lecciones diarias adelantaria mucho. El Sr obispo empieza á tomar mucho ascendiente sobre nuestra jóven. La novedad influye mucho para mejorar las dolencias morales, y todo lo que pasa en Fernanda despues de la partida de Jorje ha servido á mitigar su dolor. A la quinta visita que el prelado hizo á la condesa, ésta le manifestó el deseo que tenia de hacer construir en su celda una especie de oratorio privado donde deseaba colorcar un cuadro de Nuestra Señora de Dolores que queria mucho.

El obispo que estaba dispuesto á no negar nada á la condesa, y la comunidad tambien, no tuvieron inconveniente en que la celda que habia de ocupar Fernanda fuese mas cómoda y mejor que las demas: con pretesto del oratorio se le dió doble estencion y en poco tiempo todo quedó muy bien arreglado. En el departamento de Fernanda, se le permitió tener una pequeña salita para recibir á los prelados y eclesiásticos que quisieran visitarla; esta infraccion de la regla podia hacerse segun consejo tenido; en recompensa de la inmensa fortuna que la condesa legaba al convento el dia que tomara el hábito. Lo que hay de cierto es, que todas las monjas estan contentas y que ninguna tiene celos de las preferenciasque se hacen con la bella condesa. Es tan raro que las ricas entren en un convento, casi siempre se hacen monjas las jóvenes que sus padres no pueden dotar, pues que ya sabemos que en España como en Francia y toda la Europa no se casa ninguna mujer que no tenga *dote*. Pero dejemos á la condesa que toma sus lecciones de latin y de hacer flores, y demos una mirada á ese mundo de salones.

Con nada puede compararse la sorpresa que sintieron los tertulianos y amigos de la condesa de la Estrella, cuando supieron que ésta habia pedido el velo y estaba ya vestida con la túnica de lana y la toca. La casa de la bella viudita quedó desierta, y ella no tuvo que despedir sus tertulianos, porque ellos se tomaron el trabajo de darse la despedida. Queda pues la condesa rodeada de sacerdotes muy ilustrados que cada uno de ellos se hace un placer en contribuir con sus consejos á que se ilustre mas pronto aquella mujer tan despejada como inteligente. El señor obispo Velazquez, decia, jamas he visto una criatura mas buena y mas angelical: aquella pureza virginal, se muestra en todas las acciones de la jóven y su corazon es tan puro y tan bello como su divino rostro. El obispo, hablando con el nuncio le decia, señor, esta es una *perla* que Dios nos manda, es preciso engarzarla de un modo que realce toda su belleza. Qué perfecta abadesa haremos de ella. Sí, contestaba el nuncio, será digna de reemplazar á la distinguida, sor María Teresa. El obispo estaba encantado con la joya que habia encontrado, pues todo nos muestra la estimacion y entusiasmo que tiene por la bella condesa.

Pero queridos lectores, no hay que hacer comentarios de este afecto. El es, como llaman las gentes de la iglesia; amor en Jesucristo. *Honi soit qui mal y pensé.*(*) Todos los dias á las dos ó tres de la tarde el ilustrísimo señor Velazco, entraba al palacio de la condesa de la Estrella. Las mas veces tomaba parte en sus lecciones de latin. Fernanda adelantaba de un modo notable, pues que á mas de tener la voluntad de aprender tenia el estímulo; y son dos cosas que tienen gran fuerza. La condesa empezaba á estar contenta con su vocacion, y su pasion por Jorje toma un carácter tranquilo y triste que no dejaba de tener encantos. Mas adelante veremos como el señor se apiadó de la resignacion con que aquella virtuosa jóven soportaba sus penas y le mandó una felicidad pura y tranquila que podian envidiar hasta los ángeles. Los seis meses del noviciado de Fernanda se cumplen dentro de quince dias. Ella no descansa: todo lo tiene ya arreglado: el baron del Lago es su albacea: la condesa ha repartido inmensas sumas á los pobres; deja muchas pensiones á diferentes personas y muy en particular á sus criados.

La doncella Mariana, quedó propietaria de una casa y á mas con una pension que le asegura una vida cómoda, aquella alma buena no olvida á nadie: todo lo regala, y se despoja de sus joyas y riquezas sin el menor pesar, pues se repite estas palabras. De qué me ha servido ser *bella, rica* y *jóven?* De *nada.* Pues bien, lo que no sirve *embaraza,* demos hestas riquezas, y si siendo pobre consigo ser feliz, todos mis votos serán cumplidos. Una parte muy principal del condado del conde de la Estrella pasó á poder de los síndicos del convento de las descalzas de la Encarnacion, y la viuda Fernanda, condesa de la Estrella fué recibida de novicia en el convento de la Encarnacion y como bienechora del convento, con derecho á todas las consideraciones que merece todo el bien que su bondadoso corazon dispensa á la santa comunidad de que formará muy luego parte.

Ya estamos en la víspera de la entrada de la condesa al con-

(*)   Maldito sea el que mal piensa.

vento: la celda está ya arreglada con toda la austeridad que la regla exige: pero el oratorio y el saloncito son de una elegancia perfecta. El cuadro de Nuestra Señora de los Dolores está colocado de un modo que hace resaltar su belleza en aquel santuario dedicado á la *oracion*. Todo es de un gusto esquisito y digno del culto á que está destinado. Es el dia de la entrada de la condesa al convento: es como ya sabemos de regla que las monjas estén muy compuestas, y todas se arreglan el dia de entrada lo mejor que pueden. La condesa en este dia ostentaba toda su riqueza y toda su belleza. Son las once de la mañana cuando toda la comitiva de coches se dirijen muy despacio al convento de la Encarnacion donde la comunidad espera con impaciencia la novicia. Cuando ésta bajó del coche, toda la concurrencia quedó sorprendida al contemplar tanta hermosura. No hay palabras que puedan ser capaces de pintar la impresion que ofrecia al corazon y á los sentidos aquella divina mujer en la flor de su edad, tan linda y tan llena de mérito, que todo lo abandonaba por ir á encerrarse entre los altos muros de un convento. No hay duda, Dios ha tocado aquel corazon, pues en la jóven se nota una alegria síncera, pues sus ojos estan animados y todo su porte muestra que no es un *sacrificio* el que hace. Todo Madrid estaba en la iglesia y en el pórtico del convento, cuando la jóven bajó del coche seguida de la baronesa del Lago, que era la madrina, se sintió un murmullo general de entusiasmo: hombres y mujeres esclamaban, es un ángel: esa hermosura no es de este *mundo*. Las personas devotas repetian, esa belleza no la merecia ningun mortal, porque estaba destinada á ser esposa de Jesucristo.

La porteria estaba abierta, y la comunidad formada, tenia en las manos velas de cera encendidas. La abadesa presidia la comunidad. La jóven condesa fué tomada de la mano por el ilustrísimo Sr. Obispo Velazquez, y es de regla que la novicia ó pretendienta dé tres golpes á la puerta, á lo que la abadesa pregunta. ¿Quién es? la que ha dado los golpes contesta. Yó, Fernanda, condesa de la Estrella. La abadesa contesta. ¿Qué buscais? La gracia de *Dios* y el permiso de esta comunidad para entrar en esta santa casa y renunciar al mundo con sus pompas y vanidades. La abadesa contesta: adelante hermana y cambiareis esas galas por el humilde sayal que vestimos las que componemos esta santa comunidad. Y diciendo estas palabras, recibe á la novicia y se cierra la puerta. Despues de ser abrazada por cada una de las monjas, la maestra de ceremonias la desnuda y le corta el cabello, y la jóven viste el hábito de novicia que es todo blanco.

Pasan con la nueva hermana al coro, allí la ponen en el ataud, la tapan con el paño de difuntos y le cantan el de *profundis*, en señal de que está muerta para el mundo. Concluida esta ceremo-

25

nia, la novicia se tapa con un manto de lana blanco, y se presenta á la reja donde saluda á la madrina y á sus parientes y amigos: la misa cantada da principio, y sigue un elocuente sermon dicho por el ilustrísimo señor obispo Velazquez, donde hace un muy sentido elogio de la novicia; muestra al mundo el poder de la gracia de Dios, presenta aquel ejemplo notable y que tanto llama la atencion, pues que una jóven bella, rica y tan favorecida de la fortuna, todo lo deja por hacerse esposa de Jesucristo.

El orador arranca lágrimas de los ojos de todos los concurrentes, y puede decirse que el dia de la entrada en el convento, de la la hermosa condesa de la Estrella no se ha de olvidar jamas en Madrid: tal es el efecto que produjo en todas las clases de la sociedad; los diarios, los salones y toda la aristocracia, se ocupó por muchos dias de este monjio.

Queda pues muerta para el mundo la linda condesa de la Estrella; pero en el convento de las descalzas de la Encarnacion, encontramos una jóven novicia llamada Fernanda de la Encarnacion. Dejemos pues á sor Fernanda en su nueva morada, y demos una vuelta por el Nuevo Mundo; póngamos el anteojo en una de las repúblicas del Plata, y detengámonos en la bella Buenos Aires.

CAPITULO 30.

Jorje llegó á Buenos Aires, dos meses ó poco menos despues de su salida de España: su familia lo esperaba con el mayor interés, pues ya hemos visto que Jorje era amado de su padre y hermanas con idolatria. Difícil es pintar la felicidad de la familia Harris, al recibir nuevamente en su seno aquel hijo y hermano querido. La alegria del pobre padre no puede esplicarse: al abrazar á su hijo le decia: ya puedo morir tranquilo, pues que mi amado Jorje me cerrará los ojos Jorje estaba tan conmovido con las caricias del anciano que no sabia lo que pasaba en su corazon. Pasados los primeros abrazos de familia, es de creerse que Fani hablaria á su hermano de María y que éste estaria ya meditando lo que debia hacer. Al segundo dia de la llegada del jóven, estuvo don Miguel á verlo, y puede decirse que el abrazo que el capitan cambió con él fué tan tierno como podria ser el de un padre. Don Miguel queria mucho á Jorje, y la pasion de éste por su hija habia aumentado su cariño. Muchas veces habia dicho hablando del pobre enamorado, que Leoncio ame á María es natural, pues que ella le corresponde; pero que Jorje conserve siempre su pasion por una niña que no ha correspondiddo la suya, es un doble mérito: y tanto María como yo, repetia el capitan, debemos serle muy agradecidos.

El capitan era hombre de muy despejada inteligencia, y comprendió muy luego que el regreso de Jorje, no tenia otro objeto que el ofrecer á María su mano. Como padre amoroso, miraba para en adelante y comprendia que Jorje, despues del general Leoncio de C...era el marido que mas le convenia á su hija, y desde luego se dijo, yó apoyaré con toda mi influencia el amor de Jorje, porque María es demasiado jóven para conservar una eterna viudez. A los muertos se les debe sentir y llorar, pero no se puede estar amando á una sombra. Cuando don Miguel estuvo de regreso en su casa le habló á María con entusiasmo de Jorje: le dijo, está de una belleza que encauta. El Jorje de hoy, no es el Jorje de antes; tiene mas maneras de córte y todo su porte es el del mas elegante y cumplido caballero. María contestó. No es de estrañar, que nuestro amigo haya ganado con su permanencia en Europa, y mucho mas con el trato de las damas tan distinguidas como las que ha frecuentado en Madrid.

A propósito, dijo don Miguel, Jorje ha traido el retrato de dos bellas madrileñas, que una es parienta cercana de su finada madre. María sintió una pequeña contradiccion cuando su padre le refirió las palabras que hemos leido. Cosa estraña, ni ella misma pudiera darse cuenta de este capricho, pues tener celos de un hembre que no se ama es una ridiculez ¿será tal vez amor propio? Puede ser, porque toda mujer hermosa tiene vanidad y desea ser siempre el objeto de las atenciones esclusivas. Pero dejemos estas reflexiones y pasemos á dar una ojeada á nuestro recien llegado, que está recibiendo sus visitas y que ha recibido tambien la que don Miguel le ha hecho á nombre de su hija. Jorje desea ver á María, pero quiere hacerse dueño de sí mismo y tener toda la sangre fria necesaria para soportar la vista de aquella mujer á quien ama con toda su alma, pero como ahora no es él jóven de 25 años, quiere ensayar cerca de esa misma mujer una cierta indiferencia que estará siempre en posicion de recojer, sino le sale bien.

Han pasado ya ocho dias y Jorje hace prevenir á María de su visita: ésta contesta que lo recibirá con gusto. Son las tres de la tarde, hora en que nuestro elegante se presenta en casa del capitan. Es recibido por don Miguel: momentos despues María sale al salon muy conmovida, saluda á Jorje y le tiende la mano. Sin poderlo remediar un temblor terrible se apodera de todo su cuerpo: las piernas le faltan y tiene que sentarse en su sillon. Su padre que la observa le dice. ¿María qué tienes? Nada, papá, contestó la jóven, haciendo un esfuerzo sobre sí misma; y sacando un frasco de sales que llevaba siempre en su bolsillo. dijo:

No puedo recibir emociones fuertes desde que estuve mala. Jorje estaba tan impresionado que no sabia que pensar. La vista de María lo fascinaba, y sus ojos estaban deslumbrados, como pudiera estarlo si contemplaran el astro *luminoso* que Dios creó para dar vejetacion á la *naturaleza*.

Pasados los primeros momentos de embarazo para los dos, María volvió á darle la mano con cariño, y añadió. De veras, Jorje, que estoy contenta de volverte á ver: pobre tu padre, qué feliz debe ser en este momento. Sí, María, lo es, y su dicha aumenta la mia: es preciso salir del lado de su familia y de las personas queridas para poder valorar lo que se sufre. El aislamiento del que está huerfano, no puede ser esplicado sino por el que lo siente. No hablemos de eso Jorje, dijo María, pues que cada palabra que recuerda tu ausencia es un reproche que yo siento, y sin embargo soy enteramente inocente del mal que otros han sufrido. Espero amiga mia, que ya que Dios ha consentido que nos reunamos, debemos de tratar de alejar de nosotros ideas perturbadoras. Creo lo mismo, contestó don Miguel, y me parece que harias bien Jorje, en contarnos algo de tus viajes, para distraernos un rato. Bien, añadió María, dinos cual de los paises que has visitado ha llamado mas tu atencion. Dificil es, amiga mia, contestar á tu pregunta, pero la satisfaré aunque imperfectamente, porque no tengo capacidad bastante para ser un juez exacto. La Inglaterra, es una de las partes de Europa que no puede ponderarse nunca como ella *vale*: empezando porque es una de las monarquías *constitucionales* que mas merece ser mencionada: las libertades del pueblo inglés encantan. Despues, como pais *industrial*, no tiene igual: todo lo que sale de aquellas fabricas es sólido y bueno: tiene toda clase de ventajas, y en el comercio, el hombre que quiere trabajar se hace rico.

Esto es la parte útil y lucrativa. En cuanto á las bellezas que ese Lónúres contiene, no es fácil definir aquella *Babilonia*, todo es de un *mérito sobresaliente*; pero seré franco. á primera vista es triste. presenta un aspecto á que no se acostumbra pronto el estrangero, pero despues de pasar algunos dias, la cosa cambia enteramente. ¿Crees Jorje, que es mas bella la Inglaterra que la Francia? Creo María, la Francia alhaga mas la imaginacion, y muchos dicen que no hay sino un *París en el mundo*, y yo creo que es cierto. El estrangero que llega á París, se encuentra estaciado y hasta muchos meses despues de estar allí. no puede volver de su sorpresa. No hay duda, es el pais que Dios ha creado para *gozar*, pero allí todo es lijero, ó nada se le da carácter serio, y tanto los *hombres* como las *mujeres* no se aflijen dos dias seguidos por

ninguna cosa. Las francesas son bonitas, coquetas y muy espirituales: pocas son las que aman con pasion. casi siempre calculan
para formar una *intimidad*, pero hay exenciones: algunas llevan la
exaltacion hasta tirarse al *Sena*. Pienso que para un hombre que
quiera y pueda gozar, Paris debe ser el verdadero Paraiso. Allí
tiene la vista mucho en que recrearse, y el estranjero puede admirar sus teatros, sus paseos, sus templos, sus bellos monumentos: á
mí todo me llamaba la atencion: no puedo dejar de dar la preferencia y contemplar con sentida *admiracion* la columna de la
plaza de Vendòme, hecha construir por el emperador Napoleon,
con los cañones tomados por él y sus valientes á la Austria. Es
preciso confesar que es un gefe de obra.

Con el mayor interés he visto el trabajo de aquel espléndido
monumento; mis ojos contaron con avidez hasta el último esca-
lon. que me condujo á donde en otro tiempo estuvo colocada la
estatua del grande emperador Napoleon, y que despues de su caida fué puesta la *Flor de lys*: hay en París infinidad de cosas que
sorprenden al viajero: en fin. María, las bellezas de aquella gran
ciudad no pueden ser bien ponderadas.

¿Dime Jorje, como es que siendo París una octaba maravilla,
te establecistes en España?

Voy á satisfacer tu pregunta. Yo me encontraba en Madrid
mas contento, por varias razones: la primera, porque es un clima
bellísimo y muy parecido al nuestro: segundo, porque es un gran
placer el oir hablar español, despues de pasar tanto tiempo oyendo idiomas estranjeros; por otra parte, en Madrid se encuentran
muchos atractivos, y todo americano no puede dejar de darle la
preferencia. Son las mismas costumbres, y como casi todo indiano
tiene sangre española, de ahí resulta una especie de *cariño* y *simpatia* que tu deberás comprender.

El carácter de los españoles, no puede ser mas estimable, casi todos son leales y sinceros, y hasta entre la gente del pueblo se
encuentran gracias y chistes que encantan. Son muchos los hombres de talento que cuenta la literatura española, y si te los nom-
brára, no haria sino respetir lo que todos sabemos, porque toda
persona culta conoce los hombres célebres que hacen nombradia
en las letras y ciencias de la culta España. Las mujeres son bellísimas, sus ojos negros picantes, son capaces de conmover el corazon
mas duro, casi todas son graciosas y espirituales; tienen sinceridad en sus afectos, y aman con pasion. Se vé en las mujeres españolas, tanto en las de alta clase, como en las de humilde nacimiento, rasgos sublimes. Unas han llevado sus tiernas demostra-
ciones hasta la *idealidad*, pues son apasionadas hasta la abnegacion, y se encuentran muchas bizarras hasta el *heroismo*.

La prueba de esto que te digo, querida María, es que á una

gran dama española, le debemos el descubrimiento de este meteoro en que vivimos. Sin la cooperacion de la *noble* y *bella* reina Isabel la Católica, no habria Cristóbal Colon descubierto el Nuevo Mundo. Esa inteligente española, fué la única que no desconoció el buen juicio del que llamaban loco: y que tuvo el coraje de protejer al ilustre marino: pues vendió sus joyas, para comprar una flota que condujera á América al hombre, cuyo nombre se ha hecho inmortal, al ilustre *Cristóbal Colon.*

Veo Jorje, que tienes razon en haberte encontrado tan bien en España, por otra parte tenias alli parientes y habias casi encontrado una familia, segun he visto en tus cartas, porque Fani nos leia algunos párrafos de ellas. Sí, María en Madrid he encontrado dos amigas, dos ángeles de bondad, dos nobles corazones que han endulzado mis penas Jamás podré olvidar á esas dos nobles españolas, una de ellas es mi prima, la baronesa del Lago, y la otra la condesa de la Estrella. Creo, dijo don Miguel, que son esas hermosas cuyos retratos vimos ayer en tu casa. Sí capitan, los he traido en recuerdo de nuestra fina amistad. ¿La baronesa es la madre de los dos niños? Cierto tambien, esos dos amiguitos me han dado muy buenos ratos todavia me entristezco cuando pienso en lo que lloraron el dia que nos separamos. Pobres chicos, ¿y mi buen Luis? es un amigo perfecto. Creo que llamas Luis al baron del Lago, dijo don Miguel. Sí, amigo mio, al marido de mi prima, Adela.

Sabes Jorje, dijo María, que desearia ver los retratos de tus amigos de Madrid? Nada mas fácil: puede Vd. capitan mandar por ellos, y en menos de tres minutos tu curiosidad quedará satisfecha. Don Miguel prefirió bajar él mismo por los retratos y los dos jóvenes quedaron solos. Jorje aprovechó este momento para decirle á María, podrá mi buena amiga decirme si alguna vez ha recordado á este amigo ausente? María contestó poniéndose muy sonrojada. Creo Jorje, que no debes dudarlo: nuestra amistad fué siempre tan sincera, y á mas la union de nuestras dos familias es tan íntima que todo nos es comun. Asi es que todo lo que te sucedia en Madrid lo sabiamos, hasta tus *conquistas.* Celebro María, que no fuese para tí un misterio mi vida de Europa, pues que debes estar al corriente de que tu amigo no ha podido amar sino á una mujer, y que por ingrata que ella fuese, no quiso ni pudo olvidarla. Lo sé, Jorje, le dijo María muy conmovida, y le tendió la mano que Jorje se apresuró á llevar á sus labios con un sentimiento apasionado.

Este interesante coloquio fué interrumpido por el capitan que entró trayendo los retratos. Nuestros lectores podrán juzgar que el Jorje de ahora no es el mismo de antes, y que no ha temido besar la mano que la bella María le presentara. Cuando los retratos estuvieron sobre la mesa, tanto María como Jorje, parece que habian olvidado que se habian hecho traer para verlos y es de creer que si don Miguel no toma uno de ellos, habrian quedado allí mucho tiempo inapercibidos.

El primero que tomó el capitan fué el de la baronesa, prima de Jorje que era una hermosa dama, y su fisonomia tenia mucho interes. María la ponderó mucho y tambien al baron que era muy bello hombre. Momentos despues tomó otra caja, que contenia la miniatura de Fernanda: pero no es posible pintar la sorpresa de María; al contemplar aquella belleza, se puso pálida y con una voz bastante alterada le dijo á Jorje. Este retrato es muy semejante al original? Sí. María, perfectamente parecido; pero el artista no ha podido imitar la dulzura y suavidad de la condesa, que es un ángel de bondad. La jóven no se cansaba de mirar aquella perfeccion, y sin poderse contener esclamó. ¿Cómo has podido no amar tanta hermosura? Jorje al escuchar estas palabras, sin hacer atencion al capitan, contestó á María.

Porque amaba á otra, y porque me habia prometido á mí mismo, no pertenecer á ninguna mujer por bella que fuese, y estoy dispuesto á cumplir mi juramento: y tomando las manos de María le dijo: yo te amo, amiga mia, con el mismo amor que el dia que salí de Buenos Aires, y creo que tu no puedes dejar de corresponder á este cariño sentido de un modo tan esclusivo. Habla, divina María, que el mas bueno de los padres sea testigo de lo que puede y debe esperar el mas apasionado de los hombres. María estaba conmovida, y algo que no era ni amistad ni compasion sentia ella en su corazon, el silencio de la jóven podia tomarse favorablemente y Jorje continuó: habla María. dime si puedo esperar que algun dia mi cariño sea correspondido.

María poniéndose de pié le contestó estas sentidas palabras. Sí, Jorje, yo te prometo corresponder á tu cariño y pagártelo amándote como tu lo mereces, quiero recompensarte todo lo que has sufrido, pero antes de todo voy á pedirte un favor, quiero que me jures por lo mas sagrado, por la vida de tu padre, que jamas se pronunciará entre nosotros una palabra que pueda recordar lo pasado: sin tener culpa te he hecho padecer á tí y á los tuyos, pero á la verdad que yo no era adivina del amor que tu encerrabas en el fondo de tu corazon. Si tú, me lo hubieras manifestado, tal vez, sí, tal vez yo te hubiera amado; pero no recordemos eso, el pasado pertenece á la *tumba*. Quiero pues que me ofrezcas aquí, delante de mi buen padre, que primero te dejarás cortar la lengua antes de dirigirme jamas una palabra, un reproche, del tiempo que pasó antes del compromiso que tomo hoy contigo de ser tu esposa dentro de un año.

Sí, María, lo juro por este amor que te tengo por tí, amada

de mi alma, y por la vida de mi anciano padre, jamas una palabra ni un pensamiento mio te recordará el tiempo de mis penas y de mis sufrimientos. María abrazando á su padre con el mayor cariño le dijo: me perdona Vd. papá, que me haya comprometido con Jorje sin pedirlo á Vd. permiso? Sí, hija mia, no solo te perdono, sino que no sé lo que por mi pasa, pues estoy loco de contento, ¡pobre mi vecino, qué dia tan feliz será para él aquel en que pueda llamarte su hija! Y yo padre mio, dijo Jorje abrazando á don Miguel con toda su alma. Yo desde hoy no miro en Vd. sino á un padre que amaré tanto como al mio; pues que desde mi infancia lo amo y respeto.

No es fácil pintar la alegria de Jorje: sus ojos estan radiantes de felicidad, y todo muestra en él la dicha que disfruta. En fin, Dios se apiadó de aquel hombre tan leal y consecuente que no habia tenido lugar en su corazon sino para amar á una sola mujer. Tal vez nuestros lectores pensarán que María ha condescendido demasiado pronto con los deseos de Jorje, pero deberán reflexionar que el ataque fué muy positivo, y que ella tenia que aceptar ó hacerle una negativa, pues que Jorje ha comprendido que en el amor no puede haber término medio, pues ha dicho, antes que es preciso saber pronto el lugar que una mujer quiere y puede darnos en su corazon.

Por otra parte, María miraba como un acto de conciencia indemnizar á Jorje de todo lo que por ella habia sufrido: puede que la vista del retrato de la bella condesa de la Estrella, haya contribuido á despertar su pasion, ó que la presencia del jóven tan lleno de mérito la haya impresionado. Nada podemos decir, sino que á María se le pueden aplicar las siguientes palabras de un célebre poeta español, que dice asi:

No has visto jugar á un niño
Con alguna chuchería
Y que acaba su manía
Llegándola á despreciar?
Mas si alguno solicita
Quitársela, llora y grita:
Pues lo mismo es el amor.
Le dan celos, vuelve á amar
Y es el empeño mayor.

La moralidad de estos versos se la aplicaremos á María, que sin duda al conocer la belleza de la condesa ha temido que Jorge si ella le hace una negativa, fuese á consolarse con el amor que le ofrece la linda española.

Don Miguel convidó á Jorje á comer y este pasó con María largas horas.

CAPITULO 31.

A las nueve de la noche cuando entró Don Jorje con sus niñas, al momento leyó en los ojos de su hijo la mas completa felicidad: y apretándole la mano le dijo: querido Jorje, leo en tu cara que María te ama. ¿Dime hijo mio, el corazon de un padre puede engañarse? Nó, mi querido papá; Vd. ha leido la felicidad que desborda en mi alma y de que no soy dueño de ocultar. La noche se pasó de un modo muy agradable, se jugaron algunos juegos de sociedad, Jorje refirió algo de sus viajes, y cuando dieron las doce, ninguno tenia deseo de retirarse.

Don Jorje al despedirse, besó en la frente cariñosamente á María y le dijo: gracias, hija mia; en la mirada de mi pobre Jorje todo lo he adivinado; y despidiéndose de don Miguel, todos se dijeron, hasta mañana.

María y Jorje, siguieron viéndose todas las noches, y muchas veces comia Maria en casa de sus vecinos, y estos con ella: las dos familias estaban tan unidas que eran como una sola. Pronto se dejó sentir el compromiso que habia entre María y Jorje, y todos decian que el matrimonio no se haria esperar mucho. Luisa empezó á ser un poco seria con María, y sucedió con la familia del general lo que antes le pasara á la de Harris, que sin poder darse cuenta á si misma, hubo alejamiento y frialdad. Luisa creyó que el amor de Leoncio debia ser eterno en el corazon de María: pero eso es demasiado pedir á una niña de 17 años: una pasion se cura casi siempre tomando otra.

Por otra parte, han pasado ya dos años y María ya ha concluido su luto, pues lo llevó con todo rigor. Nuestra jóven tiene 19 años, y su inteligencia es perfecta, asi es que María reune dos cosas que no suelen encontrarse juntas, belleza y talento. Jorje está mas apasionado que nunca, y María tambien siente por él un amor síncero y profundo. Nada tiene de estraño que en el alma tierna y ardorosa de ésta se deje sentir el amor. Cada dia, Jorje y María pasaban las horas juntos: muchas veces nuestra jóven se hacia repróches, diciéndose. ¿Cómo es que yo pude desconocer el amor de un hombre tan apasionado como Jorje? No hay duda, una niña de diez y seis años nada comprende, y todo lo mira por un solo ojo. Don Miguel gozaba en contemplar á aquella pareja que no se cansa de estar junta, que no se sacia de repetir palabras llenas de amor y de fuego y cuya felicidad envidiarian hasta los ángeles. Como Jorje estaba todo el dia en casa de don Miguel, sucedia muy

26

frecuentemente que le llevaban cartas de diferentes partes, y los diarios que siempre las acompañaban.

Una de las mañanas que éste estaba con María entró don Jorje y le dijo: aquí tienes cartas de tus amigos de España. Y le entregó un paquete que contenia tambien impresos. Jorje pidió permiso y abrió sus cartas. María para entretenerse tomó un diario: al recorrer el Monitor publicado en Madrid, encontró en él un artículo dando detalles de la entrada al convento de la bella y rica condesa de la Estrella. El articulista ponderaba la hermosura de aquella jóven, que á los 23 años se habia encerrado por todo su vida en un convento, porque un hombre habia sido demasiada *imbecil* para no amar á una mujer tan digna de ser amada: María se turbó al leer estos renglones, y dejando maquinalmente el diario: miró á Jorje, que estaba pálido y que sin poderlo remediar se le escapó decir estas palabras. ¡Pobre Fernanda! Sí, contestó María, pobre condesa, tan jóven y tan bella! Cómo, contestó Jorje: tú tambien sabes el sacrificio consumado por esa angelical mujer? Sí, Jorje; acabo de leerlo en el Monitor de Madrid.

Jorje quedó por algunos momentos tan afligido que daba lástima verlo, pero María con el acento mas dulce y apasionado le dijo: tu eres enteramente inocente á la resolucion de la condesa. Sí, amiga mia: y tanto mi prima como yo hemos hecho todo lo posible por curar á Fernanda de su fatal pasion. Entonces le contó sus confidencias á la condesa, y como él le habia referido hasta las profecias de las hadas ó adivinas, añadió Jorje: Fernanda merecia ser amada con pasion y con un amor digno de ella: yo solo pude ofrecerle de lo que disponia, de la amistad: pero ella sin dejar de aceptarla, no pudo vencer en su corazou un sentimiento demasiado apasionado que la ha conducido á tomar el velo de novicia en el convento de las descalzas de la Encarnacion: pero á juzgar por lo que me escribe mi prima, la condesa está contenta y nadie puede decir que ella ha hecho un sacrificio.

Adela me dice: la mirada de Fernanda es tranquila, sus ojos estan alegres, y todo muestra en ella que un rayo de *gracia* ha caido sobre su *cabeza*: tal vez Dios Nuestro Señor elijiria esta alma para llevarla á su seno, pues mas bella y digna esposa de Jesucristo no puede encontrarse; añado mi prima: Fernanda, piensa escribirte antes de profesar para tranquilizarte, mostrándote que en el retiro del claustro ha encontrado la verdadera felicidad.

La carta de la baronesa contenia muchas mas seguridades, que tranquilizaran un poco al pobre Jorje. El dia se pasó algo diferente de los demas, pues Jorje tenia tan buen corazon, que no podia conformarse con ser él indirectamente la causa de la resolucion de la condesa.

María, aunque un poco celosa no quiso mostrar su inquietud

y dijo: yo debo mostrarme mas atenta hoy para con el pobre Jorje: y efectivamente fué como nunca de amorosa y tierna para con
su afligido amigo. Por otra parte ella estaba orgullosa del amor de
Jorje, desde que una belleza como lo era la condesa, le hiciera
tan grandes sacrificios. Desde ese dia, la pasion de María fué mas
fuerte y la de Jorje mas templada. Asi es el mundo. ¡Oh *mortales* qué incomprensibles son tus deseos, el corazon es un ambicio-
so que no se satisface con nada! Jorje es hoy amado con pasion
por la mujer por quien tanto ha sufrido y sin embargo al recibir
la noticia del sacrificio de Fernanda, empieza á sentir por ella, no
lástima ni compasion, sino un sentimiento del que él mismo no
puede darse cuenta. Mas adelante nuestros lectores podrán juzgar
con conocimiento de causa.

Desde el dia en que Jorge recibió la carta en que su prima
le diera cuenta de la resolucion tomada por la condesa, una tristeza terrible se apoderó del corazon de este, que ni al lado de
María podia vencerla, y muchas veces suspiraba y repetia con
acento dolorido: es triste tener que reprocharse el pesar que una
persona sufre aun cuando se está bien inocente de ello. Pobre
condesa, tan jóven y tan bella irse á encerrar por toda la vida en
un convento. Jamás podré consolarme de este sacrificio. ¿Para
qué iria yo á Madrid? Sin mi fatal conocimiento, Fernanda sería
feliz. Yo soy su verdugo. Ah! Dios mio! esclamaba aquel noble
jóven: está visto, la felicidad no es para mí; ahora que María me
ama y que todo empezaba á sonreirme, se me atraviesa este pesar.
María trataba ee tranquilizar á su amante haciéndole presente que
su prima la baronesa le decia en su carta que la condesa estaba
contenta y que no era un sacrificio el que habia hecho, pues que
su mirada está tranquila y todo en ella mostraba que un rayo de
gracia habia descendido sobre su cabeza. Así será, amiga mia,
contestaba Jorge, pero yo no estaré contento mientras una carta
de la pobre novicia no me lo asegure, pues que un hombre de corazon no puede conformarse nunca con haber hecho aunque apesar suyo la desgracia de un ángel como lo es esa bellísima mujer.
Que *coincidencia!* Al oir estas palabras María sintió en su corazon un dolor agudo, lo mismo que sufrió Fernanda cuando Jorge
le confiara su pasion por María. Oh! triste miseria inherente á la
especie humana! Ya nuestra jóven empieza á sentir el tormento
de los celos; el corazon se le oprime, y una especie de vértigo
pasa por sus ojos. Jorge está tan preocupado que no repara en lo
que sufre María, y le sucede tambien esta vez lo que le pasó cuando relataba su pasion á la condesa, que no se apercibió que un sudor frio bañaba la frente de aquella pobre jóven, que poco le faltó
para morir de dolor.

Don Miguel que entró en este momento, conoció en el semblante de su hija que algo había, y le preguntó. ¿Qué tienes María? Esta al sentirse interpelada por su padre, le dijo con los ojos llenos de lágrimas. Papá, Jorje está triste, y ni mis caricias, ni mis reflexiones bastan á consolarlo de que la condesa de la Estrella haya tomado el velo de novicia en el convento de la Encarnacion. Creo María, que eso te muestra una calidad mas en Jorje, pues que ni tu amor puede mitigar el dolor que su noble corazon siente por una desgracia de que él es causa aunque inocentemente. Dice Vd. bien, padre mio, contestó el jóven y le tendió la mano: Vd. juzga á los demas por su propio corazon. Bien, papá, dijo María, justo es sentir; pero ya han pasado cerca de dos meses que Jorje recibió la noticia, y cada dia está mas triste y preocupado, y á mas yo creo que el sacrificio de la condesa ha despertado en su corazon un sentimiento de que él mismo no puede darse cuenta, y seré franca papá: empiezo á temer que ama á la condesa: Jorje al escuchar estas palabras se puso tan encendido y tan turbado que hasta don Miguel conoció que aquella turbacion tal vez no era inocente.

Pasaron algunos segundos sin que diese nuestro jóven disculpa ninguna, y despues de este pequeño retardo, tomado espresamente para serenarse, contestó estas palabras. Estraño María, que sabiendo que sufro, me hagas un ataque tan infundado como brusco: el deber de la mujer amada es disculpar siempre á la persona querida que está en *falta*: este medio es mucho mas seguro para obtener buen resultado, y esta vez desconozco en tí, amiga mia, aquella criatura tan buena y cariñosa que debia tener el coraje de perdonar á su amado si este fuese culpable: por otra parte, si tu pudieras darme quejas despues de todo lo que por tí he sufrido, serias bien injusta, María. Yo tengo buen corazon, y al saber el sacrificio que ha hecho la condesa, me he sentido afligido profundamente: yo no sé que nombre debo darle á lo que por mí pasa, pero cualquiera que pudiera dársele para clasificarlo, será siempre ajeno de reproche, pues que en nada podrá alterar el amor que siento por ti, bella amiga mia.

Creo lo mismo, contestó don Miguel: y si algo puede disculpar tus palabras, hija mia, es el cariño que ellas revelan. Sí, padre mio, contestó María llorando, pues que no le fué posible contener las lágrimas que á pesar suyo se mostraron en sus bellos ojos en abundancia. Esas palabras que siento haber dicho me las han arrancado los elojios apasionados que Jorje hizo de la condesa sin recordar que yo estaba presente.

Bien está, María; dijo don Miguel, las riñas de los enamorados son como las tormentas de verano, que pasan pronto y dejan el cielo mas bello. Trata de serenarte; pasa á tu tocador y ponte un sombrero, y salgamos á dar un paseo en carruaje: creo que Jorje nos acompañará. Con mucho gusto, contestó éste. Cuando María se presentó, estaba tan bella, su mirada era tan triste y tan interesante que Jorje con el mayor afecto le besó la mano y la dijo. María, tu eres siempre la dueña de mi amor.

Estas palabras como por encanto volvieron la sonrisa á nuestra pobre celosa. ¡Oh celos! de tu inmenso poder nadie se escapa; ni la niña *inocente*, ni la jóven *bella*, ni la mujer *sazonada*, y muchas veces ni la fria *vejez* nos pone al abrigo de tu terrible poder. El paseo produjo sobre los dos amantes un bien notable: María olvidó sus temores celosos, y Jorje tambien olvidó el pesar que le causara el saber que Fernanda por él se habia encerrado en el claustro. Nuestros lectores no deben creer que Jorje amase á la condesa, esto no es verosímil, pero hay almas tan buenas que no pueden conformarse con el dolor que otros padecen y mucho mas si ellos se creen el autor de la pena producida. Mas adelante veremos como Jorje sin dejar de amar á María, pensaba á pesar suyo en la condesa. Esto es escusable, pues Fernanda fué para con él un ángel de bondad. María y su amante siguen viéndose siempre, y cada uno ama al otro con idolatria: sin embargo, María parece siente la pasion con mas impetuosidad. ¿Será que los celos dan mas fuerza á las pasiones? Creo que sí, pues que se dice de algunas personas que han vuelto á amar porque se les han hecho sentir.

Jorje recibió varias cartas de la baronesa su prima, y en todas le asegura que Fernanda está contentísima; que empieza á hacerse notable en el convento, por su talento; que los prelados la quieren y admiran, pues ha demostrado en diez meses que es novicia, una intelijencia que encanta y que ya se aproxima la profesion de ésta, pues faltan solo dos meses para cumplir el año: dice la baronesa. "Nuestra querida condesa está á la moda, pues en Madrid no se habla de ella sino como una mujer superior á las demas en todo. El nuncio apostólico dijo, que sor Fernanda de la Encarnacion seria muy pronto abadesa, pues que su talento y virtudes la elevarian á un puesto eminente apesar de su juventud. En fin, Jorje, concluye diciendo Adela, parece que Dios se ha compadecido de todos, pues tu eres feliz: María tambien: y la condesa nos dice que lo es. Esto nos muestra que el padre comun, recompensa los dolores cuando son sufridos con resignacion."

La carta contenia otras muchas cosas de familia, que no siendo de grande interés suprimimos.

Jorje empezó á mostrarse muy contento y parece que habia olvidado el recuerdo doloroso que meses anteriores lo preocupaba. El plazo del año fijado por María se acercaba, y María esperaba que su amante se apresurase á recordarle su promesa, pero no fué asi: Jorje no dijo ni á don Miguel, ni á la novia una palabra; cosa que empezó á poner muy triste á la pobre jóven, que empezó á perder su alegria y á mostrarse pensativa. Un dia que su padre la sorprendió con los ojos llenos de lágrimas y que ella no tuvo tiempo para ocultarlas, fué preciso esplicarse y confesar al capitan: que estaba afligida, por ver que Jorje no habia pensado en que habia pasado ya un mes mas del año fijado por ella para desposarse, y que esto le mostraba que no deseaba realizar su matrimonio, pues que no se retarda lo que se desea.

Don Miguel, tuvo que convenir con su hija, en que no estaba galan Jorje en no reclamar lo ofrecido. Fué pues, convenido entre los dos, que ni María ni don Miguel indicarian á Jorje una palabra. Cuando entre dos personas que se quieren entra la desconfianza no hay felicidad, y una intimidad pierde todo su encanto. Maria, ya no se tomaba el trabajo de disimular su tristeza: todos se la conocian menos su amante. Era particular la preocupacion de este, y parece que su imaginacion no se ocupaba sino de un objeto, y hemos dicho la verdad. Jorje se habia impuesto la privacion de realizar su felicidad hasta que la condesa profesara, y en la carta que le escribe á su prima le dice: "no me casaré hasta que Fernanda profese, y quiero hacerle este sacrificio: no este; le desearia hacer, sino el de mi vida, que se la sacrificaria con gusto, pues solo de ese modo quedaria tranquila mi conciencia.

"Sí, Adela, yo ya no puedo ser completamente feliz, pues hasta en los brazos de mi esposa me perseguiria la sombra de la condesa, tan jóven y bella, sacrificada en un claustro por mí: yo soy su verdugo, y bien á mi pesar he causado la desgracia del ser mas angelical. Visita á esa noble amiga en mi nombre, revélale mis tormentos, y pídele que me perdone: dile que de rodillas lo solicito. En fin, prima mia, tu eres mi mediadora y abogada: sin recibir el perdon de Fernanda no puedo realizar mi matrimonio." Por este párrafo de carta escrito por Jorje á su prima puede juzgarse del estado de su espiritu.

Asi es la vida, jamas hay felicidad completa. Por eso dijo un célebre poeta español, Que la *desgracia* del *hombre, consiste en haber nacido*. Creo que nuestros lectores no pensarán que Jorje ama menos á María: ya hemos dicho otra vez. *Honi soit qui mal y pense*. Pero si somos justos, confesaremos que este hombre era el corazon mas bien puesto, y que la idea de que fuese aunque inocentemente la causa del sacrificio que la condesa habia hecho, lo afligia mortalmente. Por otra parte, á fuerza de pensar en la condesa, su cabeza estaba exaltada, y puede tomarse por amor lo que ciertamente no lo es, porque Jorje ama á María con toda su alma. Pero todo eso no deja de hacer que la pobre María sufra y que crea que su amante quiere vengarse del tiempo en que ella lo hacia sufrir con las preferencias que tuvo por el general.

No hay duda, esclamaba la jóven, yo estoy pagando lo que hice: dicen que en esta vida todo se paga, pues á mi me toca hoy el turno.

Aquí estaba María, cuando entró Jorje, y le presentó un lindísimo ramo de flores: y al dárselo le dijo. Esas violetas son tímidas y modestas como tú: y besando á la jóven cariñosamente le dijo. Sabes María, que mis hermanas me han dicho que estás triste y que algo grave te preocupa. ¿Qué hay amiga mia? sé sincera con tu mejor amigo. Dime: ¿te has arrepentido de hacerme feliz? Nó, Jorje, contestó la jóven muy conmovida, no es por mí que estoy triste, sino porque creo que tú me amas menos, y que hoy sientes no haberte casado con la condesa. ¿Y puedes creer eso, amada mia? Como nó, Jorje; en ver que han pasado dos meses mas del tiempo que yo habia fijado para nuestro matrimonio y tú no me lo has recordado. Esto, Jorje, no solo es indiferencia, sino desprecio ó desaire, como quiera llamarse.

Y diciendo estas palabras, María lloraba sin poderse contener. Jorje al ver á su amada tan afligida: le tomó la mano y del modo mas apasionado le dijo: voy á confesarte mis faltas si tal pueden llamarse; pero tu padre llega, que sea él mi juez, confio en la honradez de su noble proceder, voy pues á esplicarme: María, Vds. saben lo que me afligió el que la condesa tomase el velo al dia siguiente de mi salida de Madrid. Don Miguel, Vd. que me ha hecho antes justicia me la hará hoy tambien:

Yo soy de un carácter triste, ya porque sea natural en mí, ya porque se haya desarrollado con las penas que he sufrido. Amando á María, como nadie es capaz de haber amado, no he podido ser superior á lo que mi corazon sintió cuando me figuraba á la bella condesa metida en un convento por toda la eternidad, mi imaginacion acalorada me presentaba las cosas tal vez mas tristes que lo que ellas eran, porque al fin, yo no podia ser responsable de lo que Fernanda hacia, y mucho menos sin que mi voluntad tuviese parte. Bien, amigos mios; sin dejar de amar con toda mi alma á María, me pareció poco noble el realizar nuestro matrimonio antes de la profesion de la condesa, por eso fué que no te recordára que el tiempo fijado estaba vencido. Esta es toda mi falta si la hay, amiga mia, y de la que de rodillas te pido quieras perdonarme si soy criminal. De vos, padre mio, espero vuestro fallo, y no tengo miedo de él y lo aguardo tranquilo.

La respuesta del capitan fué decirle á Jorje: abraza á tu esposa; hubo lágrimas, pero no amargas: porque el padre como la hija, tuvieron que confesar que aquel jóven puritano era un hombre singular y que puede decirse de él, lo que dijo Enrique IV. hablando de Moliere. *Il n'aura jamais son pareil.* No habrá otro que se le parezca. Ciertamente: Jorje, no tendrá jamas ninguno que se le parezca. La reconciliacion es siempre grata, y nunca parece mas bello el sol que cuando han habido dias lluviosos y nublados.

Pasados los primeros momentos que siguieron á las palabras que hemos repetido, María le dijo á Jorje: eres el corazon mas noble, tú no tienes defectos sino calidades, cada dia te hacen mas digno de mí amor. Guarda, amigo mio, todas las consideraciones que juzgues nesarias á esa angelical mujer, que yo seré la primera que te las apruebe. Ahora sí que reconozco á María: y diciendo estas palabras, Jorje le hizo mil caricias á su amada. Aquí estaban de esta escena cuando llego don Jorje con las niñas: y María fuera de sí, abrazó al buen anciano diciéndole: ya soy feliz, padre mio, pues estoy persuadida que Jorje no ama sino á mí, pasemos al comedor, pues la sopa está en la mesa, y allí festejaremos toda la

dicha que siento en este momento.

La mesa fué alegre: se brindó por los futuros esposos, y la dicha sonrie completamente á la amable pareja. Era tiempo pues, que cada uno de los dos ha sufrido ya bastante. Jorje y María pasaron las horas sin sentirlas, y cuando se despidieron á las doce fué que se apercibieron que era mas de media noche. Los dos ancianos padres estan contentísimos, y cada uno desea llegue pronto el dia de los desposorios, y á juzgar por lo que vemos llegará muy luego, pues Jorje espera carta de Madrid de un momento á otro. Las dos familias se dijeron, hasta mañana, y cada uno se separó mucho mas contento de lo que llegara, porque tenia la seguridad que hace sentir una leal y franca confesion, en que resalta la mas completa sinceridad.

CAPITULO 32.

Dejemos á María, á Jorje, y á don Miguel y la familia Harris, y volvamos á Madrid; donde encontraremos todo dispuesto para la profesion de la condesa de la Estrella, hoy sor Fernanda de la Encarnacion. Ya ésta ha hecho su testamento como es de costumbre, y el dia ha llegado en que debe cambiar el hábito blanco de novicia por el negro de monja profesa; nuestra jóven está alegre, y sin mentir puede decirse que no es un *sacrificio* el que hace: pues está enteramente contenta. Fernanda habia nacido para el cielo, y hasta llamarse Estrella, parece que coincide con el lugar que en él que ocupan estas.

Llegó pues, el momento de la ceremonia; el dia antes puede la novicia escribir á sus amigos y despedirse de ellos. Mas adelante veremos la carta que Fernanda escribe á Jorje; pero sigamos á la novicia que profesa, que aparece en la porteria rodeada de la comunidad y vestida ya con el hábito negro. Ha pronunciado sus votos de vivir y morir en aquel claustro: su voz no se altera ni un momento: ha tenido una energia y firmeza que encanta, y todos empezaron á creer que es una perfecta vocacion la que la condesa ha tenido. Dios todo lo puede, y Fernanda en sus oraciones le ha pedido le conceda esa vocacion, pues ella tiene el deséo de ser una buena esposa de Jesucristo.

Cuando llegó el momento de despedirse del mundo, mostró tanto valor que los concurrentes estabán sorprendidos: en fin, llégó el decir adios á la baronesa del Lago: Fernanda sacó del bolsillo dos cosas, una cajita que contenia el retrato de Jorje, y una carta. Al poner las dos cosas en manos de la baronesa le dijo. Este retrato ya no puedo ni debo tenerlo; las facciones del que él representa no se *borran jamás de mi memoria*, y siempre mi primera oracion será porque nada triste oscurezca sus ojos, y porque sea tan feliz como merece serlo. Aquí tienes esta carta, escuso decirte para quien es, el sobre te lo muestra. Escríbele, amiga mia: que antes de perdonarle tengo mas bien que estarle *agradecida*: pues que sin su conocimiento yo no habria pensado entrar en el convento. ¿Y á tí mi buena amiga que te diré? Que no me olvides, y que siempre que una carta de Buenos Aires te traiga noticias de nuestro amigo, me las hagas saber.

La baronesa lloraba, y lo que la condesa viera correr el llanto de su amiga le dijo: no llores Adela, porque yo soy feliz y estoy contenta. Era *sola* y en este convento he encontrado *familia*. Era *huerfana* y aquí he encontrado una *madre*. No tenia *hermanas* y aqui tengo *muchas*. En fin, amiga, perdí un esposo y aquí encuentro uno que no merezco, pues es la misma *bondad*: pero yo trataré de merecerlo y con mi perseverancia lo conseguiré: y diciendo estas palabras las dos amigas se abrazaron, y la reja se cerró para la jóven y bella condesa por una eternidad, pues que sor Fernanda de la Encarnacion no pertenece ya al *mundo*. La baronesa se retiró muy afligida, y cuando llegó á su casa se puso á escribir á Jorje la carta siguiente.

"De Madrid.

Mi querido primo:

Ayer tuvo lugar la profesion de nuestra querida condesa: todo Madrid está asombrado del porte que ha tenido Fernanda en su profesion. ¡Qué valor! ¡qué entereza! nadie puede decir al verla, que su vocacion no es de corazon. La alegría mas grande se pintaba en su rostro, y cuando me vió llorar me dijo, no derrames lágrimas, pues el verlas correr es lo único que hoy me afiije. Yo, en este convento reparo la *orfandad* en que me encontraba en el *siglo*: aquí ya tengo el amparo que deseaba, pues he encontrado el mejor de los esposos. La gracia de Dios me hará feliz, y si algo puede entristecerme es, el que todavía alguno pueda creer que mi vocacion no es de todo *corazon*.

Creo, querido Jorje, que debes estar tranquilo, y que ni un dia mas despues de leer esta, debes retardar tu felicidad. Haz pues feliz á Maria, siéndolo tú tambien. Despues de tantas penas, justo es que dias mas dichosos les estén reservados. Vuelvo á repetirte, primo mio, que no seas ingenioso en mortificarte, pues que la condesa ha conssguido encontrar la felicidad en el claustro. No creas tampoco que en el convento faltan goces ni *ambiciones*: nó, Jorje: Fernanda será muy pronto abadesa. Los hombres mas eminentes de la iglesia se ocupan de ella, y el círculo eclesiástico tiene su alhago. Hay tambien en los conventos una pequeña córte, donde no faltan *reinas*. Sor Fernanda de la Encarnacion se ha procurado los mejores libros de autores célebres que han ilustrado su espíritu. Ha hecho progresos en el latin, y me consta que los obispos la ensalzan y ponderan como la mujer mas notable del siglo presente.

La condesa tiene recien veinte y cinco años, y parece que en el próximo capítulo será abadesa. Los empleos elevados dan altura, y las que llegan á conseguirlos en los conventos, son en ellos unos pequeños soberanos. Creo Jorje, que felizmente tu felicidad en este momento no cuesta lágrimas á nadie, y que la tranquilidad debe volver á tu corazon.

Adios, mi querido primo; Luis, y tus amiguitos te abrazan, yo te pido no olvides á tu prima y amiga.

Adela, baronesa del Lago."

Despues de leer esta carta, Jorje quedó tranquilo: y tomando la que sor Fernanda de la Encarnacion le escribe dijo: veamos que es lo que me escribe esta mujer singular.

"Sr. don Jorje Harris,
Madrid, mayo 29 de 1827.
Mi querido amigo:
Desde el retiro en que hace un año habito, es decir, desde el convento de las descalzas de la Encarnacion le escribo á Vd. esta: al hacerlo me propongo dos objetos; el primero decirle á Vd. que yo nada tengo que perdonarle, pues que no me ha hecho Vd. ningun mal, muy al contrario: de habernos conocido es que ha resultado que yo haya tomado el velo en esta santa casa, que me ha

proporcionado una felicidad que no he podido hallar en el siglo. Sí, Jorje: soy feliz y Vd. debe creerme, porque en este momento no le haria á Vd. una mentira. Dios nuestro señor ha oido mis ruegos y su bondad divina me cerca dándome á la vez todo lo que me faltaba; Madre, esposo y familia. Creo pues, que si el porvenir. me sonrie tanto como el presente, mi dicha no puede ser mayorPuede Vd., hombre generoso, estar tranpuilo, y creer que á mi per. fecta dicha solo falta el saber que es Vd. feliz. Escríbame dándome parte de su casamiento, para que yo pueda en mis oraciones dar gracias con fervoroso ruego al padre comun que nos hace dichosos á todos.

El segundo objeto de ésta, es despedirme de Vd. dándole un eterno adios, porque despues de la profesion toda monja muere para el siglo. Adela que me visita cada semana, me hará saber todo lo que tenga relacion con mi amigo. Vd. puede estar seguro, que todos los dias mi primera oracion será pedir por él, á la madre de Dios. Pero debo concluir esta y poner esa palabra triste que se llama *adios*. Sí, Jorje, este adios será por una *eternidad:* soy siempre su leal y verdadera amiga.

sor Fernanda de la Encarnacion."

Despues que Jorje leyó esta carta, se encontró libre del peso enorme que oprimia su corazon y dijo. Gracias, Dios mio, ¡pobre condesa! ella me hace justicia, pues sabe que mi amistad y estimacion para tan angelical criatura fué siempre perfecta. Hoy si que puedo decir que soy feliz, pues que como dice la pobre *reclusa*, nuestra felicidad no cuesta lágrimas á nadie: y diciendo esto guardó en su bolsillo las cartas y pasó á casa de María. Cuando ésta vió entrar á su amante conoció en su rostro que estaba muy contento y le dijo: dime pronto, ¿qué buena noticia me traes? Jorje le entregó las cartas y pasó al escritorio del capitan. Padre mio, le dijo al verlo, pronto, pronto; que se prepare todo lo que es necesasario para nuestro matrimonio. Quiero ser esposo de María, dentro de ocho dias.

Bien, hijo mio; yo te ofrezco que el lúnes serás esposo de la mujer que tanto has amado, creo que Dios nos concederá á todos esta dicha tan deseada: paso á ponerme de acuerdo en todo con mi vecino, y con las niñas, pues las mujeres todo lo saben hacer bien y pronto.

Al salir don Miguel, abrazó á María que está radiante de felicidad. En fin, parece que nada se opone ya á la dicha de esta interesante jóven. Don Miguel entró á casa de don Jorje y lo abrazó diciéndole: mi amigo, Jorje quiere quedar desposado el lunes, y yo vengo á ponerme de acuerdo con Vd. para que todo quede listo segun sus deseos. Querido vecino, Vd. colma mi felicidad

con esa noticia, y haré cuanto esté á mi alcance para que los deseos de mi hijo queden cumplidos. Pasemos á ver á mis hijas y
creo que muy pronto todo estará arreglado. Y diciendo esto los
dos ancianos se dirigieron á hablar con Fani y Enriqueta.

CAPITULO 33.

Ya hemos dicho que Jorje era rico, pues en sus viages habia
ganado mucho dinero. No es de estrañar que deseasc poner á su
esposa una hermosa casa. Nuestro enamorado se habia ya preparado comprando no muy lejos de casa de su padre, una que podia
llamarse espléndida, tanto por su hermosura, como por su como-
didad. Fué, pues acordado con don Miguel y don Jorje, que las
dos familias vivirian juntas y que María no se separaria de su padre, y de su buena tia la señora Marcela.

Jorje, habia recibido ya todos los regalos de boda que habia
encargado: y puede decirse sin ponderar, que todo lo que contenia
la *corbeille*, (El *ajuar*) de la novia, era de un gusto admirable. Brillantes, perlas, esmeraldas, y toda clase de piedras preciosas se
encontraban en las joyas que servian de regalo de boda. Vestidos,
chales, encajes, mantillas y demas adornos fueron enviados á María con profusion. La casa fué puesta con lujo y elegancia: nada
falta sino que los novios reciban la bendicion. En fin, llegó el dia
tan deseado, el dia en que María debe unir su destino á Jorje por
toda la vida. María es muy feliz, pero algo mitiga su alegría. El
recuerdo del malogrado Leoncio, turba en aquel momento su alegría y le hace sentir como un *remordimiento*. La víspera de casarse reune todas las cartas del coronel en una caja y el retrato: y
despues de besarlo con cariño lo cierra todo con llave, y pasa á su
gabinete y lo depositó en una gabeta de su escritorio que tenia un
secreto, y al depositarlo allí, esclama. ¡Perdon, Leoncio! Perdon
para esta mujer que sin dejar de amar tu memoria no ha sido bastante fiel para resistir el amor que otro ha sabido inspirarle. Asi
es, el corazon humano fué criado para amar, y no puede estarse sin
tener un objeto que lo ocupe. Tú, Leoncio, despertastes en el mio
esa necesidad de amar que todos tenemos, y yo no he podido vivir sin amar despues de haber conocido ese sentimiento que da
animacion hasta á las plantas. Perdon, otra vez, mi malogrado
Leoncio: tú me dices en tu carta de despedida, que no me exijes
que me consagre á una eterna viudez. Maria al hacer estas refle-

xiones lloraba, y el recuerdo de Leoncio ocupó por muchas horas el corazon de aquella mujer que al dia siguiente iba á casarse por su gusto con otro, y de quien ella estaba enamorada. ¿Quién podrá esplicar debidamente el corazon del hombre y de la mujer?

No hay duda, es un verdadero *arcano*: María está justificada, pues no puede siempre amarse á una sombra; porque si se exigiese ese imposible seria pedir mas de lo que puede hacerse. Dejemos pues á María sentir y recordar en la víspera de su casamiento la memoria de su desgraciado amante y aprobamos el sacrificio que quiere hacer á su memoria, casándose vestida de negro como si fuese viuda; y puede decirse que lo era, pues que como á tal llevó dos años de luto.

Cuando María aun conservaba los ojos llenos de lágrimas, se le presentó Jorje y quedó sorprendido de ver la alteracion del rostro de su amada. ¿Qué tienes María? esclamó lleno de inquietud. ¿Nada, Jorje. ¿Cómo nada, y tus ojos están llenos de lágrimas? Seré franca con mi mejor amigo: tú sabes Jorje que te desposas con la viuda del general Leoncio de C...Esta viuda tenia que hacer ciertos arreglos de conciencia, y al recojer las cartas y el retrato de Leoncio me he sentido impresionada: y para concluir pronto esta triste conversacion te diré, que tú debes saber que una viuda no puede ir al altar con vestido blanco y corona de azahares. Quiero pues, prevenirte que me desposaré en la iglesia y con mi vestido negro:que despues de la ceremonia cambiaré por el que tú quieras. Espero, amigo mio, que te someterás á lo que tengo dispuesto, y puedes creer que tu condescendencia tendrá mas adelante su recompensa.

Jorje quedó muy conmovido al escuchar las palabras de su amada, y los celos olvidados ya, volvieron á hacer latir el corazon del amante. Bien, María, contestó el futuro esposo, que sea hoy la última vez que yo recuerde que tu has amado á otro. Esta idea despedaza mi corazon y te confesaré que tengo celos hasta de aquel que despues de muerto es tan feliz que me roba el cariño de la que mañana será mi esposa. Por Dios, Jorje, ten piedad de esta infeliz que hoy tiene su conciencia alarmada, y que se hace mas de un reproche. Leoncio fue mi primer amor, y tú debes disculparme, si hoy por última vez recuerdo su triste fin. Desde mañana toda mi vida te pertenece, y despues que yo sea tu esposa puedes pedirme cuenta hasta del último de mis pensamientos. Pero mi padre viene, y te ruego no turbemos su alegría, recordándole á su mejor amigo.

Don Miguel, como siempre, con tono festivo dijo á María: sabes, hija mia, que hemos echado suertes para ver á quien de los dos padres le tocaba ser el padrino, y le ha cabido ese gusto á mi vecino don Jorje. Asi es que de acuerdo con él hemos convenido que mi hermana Marcela será la madrina y de este modo ella me representa y todo queda arreglado. Bien, padre mio, lo que Vd. haga está bien hecho y aprobado por nosotros. Don Miguel siguió hablando de los arreglos del dia siguiente y fué convenido que á las cinco de la mañana, se desposarian con el mayor silencio en la parroquia de san Miguel. María estaba impresionada, algo de que ella misma no podia darse cuenta pasaba en su corazon; podia decirse que sentia una cosa parecida al *remordimiento*, la imágen de Leoncio estaba fija en su imaginacion ajitada: Jorje estaba mas apasionado que nunca: los recuerdos de su amada á la memoria del desgraciado general habian despertado sus celos y ya es sabido que el amor se aumenta cuando hay algo que nos hace estar celosos de el objeto que amamos.

Jorje se paseaba con mucha ajitacion y repetia: mañana á estas horas María será mi esposa, y ella y yo olvidaremos que hay otra cosa en el mundo que no sea nuestro amor. Ella dice muy bien, el pasado pertenece á la *tumba*. A las doce de la noche, Jorje y María se despidieron diciéndose como siempre: hasta mañana. María pasó á su dormitorio y oró largo rato: le pidió á Dios tranquilizase su conciencia y que la hiciera superior á aquella idea perturbadora que se habia apoderado de su espíritu. Despues de concluida su oracion, se recostó vestida en un sofá, y un sueño dulce y tranquilo hizo que recobrara sus fuerzas.

Eran las cuatro, cuando la señora Marcela despertó á su sobrina: ésta pasó á su tocador á ocuparse de su toilette. Se puso, como estaba convenido, un traje negro, que como era de terciopelo le sentaba perfectamente: una rica mantilla de encaje le servia de corona y de velo. Todo su adorno consistia en una cruz de brillantes al cuello, pendiente de una cinta negra. Pero en aquel traje aquella divina mujer estaba bellísima, y Jorje cuando la vió quedó sorprendido y no pudo dejar de decirle: estas divina, hermosa prometida mia: ansio porque llegue el momento feliz en que pueda llamarte mi esposa. Don Miguel que entró al concluir Jorje estas palabras, le dijo. Marchemos, hijos mios; tu padre y hermanitas esperan ya en el salon. Las dos familias tomaron los coches, y en pocos momentos llegaron á la iglesia donde el sacerdote esperaba á los novios.

La ceremonia duró pocos momentos, y antes de veinte minutos María y Jorje estaban unidos por una eternidad. No es posible pintar la felicidad de aquel novio dichoso: para poder dar una idea de ella, sería, preciso una pluma mas hábil que las que traza estas palabras. Toda la comitiva se dirigió á la casa que estaba preparada, y allí libres del respeto que impone la iglesia y el ministro de Dios que bendijo la bella pareja, cada cual se entregó á la mas completa alegria. Empezaremos por Jorje y María, que

estan llenos del mas sentido placer, y pasaremos á los dos
ancianos que vierten lágrimas de gozo: á las hermanas de
Jorje y la señora Marcela. No mas penas; no mas lágrimas. Al
fin Dios se ha compadecido de los que tanto han sufrido. La comida de boda fué muy alegre: á la noche se reunieron algunos
amigos y parientes, pero á las doce todos se retiraron, cumplimen-
tando á los novios, deseándoles muchos años de felicidad.

Cuando las visitas se marcharon, María desapareció por un
momento, y cuando se presentó la traia su padre de la mano, vestida con un traje de muselina blanca muy transparente, que la hacia parecer mas bien una vírgen que una mujer. La belleza de
aquella jóven era sorprendente, con aquel simple vestido de clarir,
estaba mas hermosa que lo hubiera estado cargada de encajes y
de joyas. Don Miguel siguió con ella hasta el cuarto donde estaba el lecho nupcial. Jorje la siguió como deslumbrado, pues estaba fascinado con la belleza de la jóven: creia soñar y algo parecido al *vértigo* pasó por su cabeza y esclamó: ¡bien merezco, Dios
mio, ser feliz! pero ¿quién soy yo para ser dueño de este
ángel? Don Miguel muy conmovido pasó la mano de su hija á la
de Jorje y le dijo: hijo mio, ámala como yo la amo, y hazla dichosa como ella lo merece, pues es una criatura celestial que Dios ha
enviado del cielo en doble mision sobre la tierra: Jorje fuera de sí
y con el acento mas apasionado contestó, sí, padre mio, lo será tan
feliz como merece serlo. Mi vida entera la consagraré para ado-
rarla, ya he mostrado que en mi corazon no hay lugar sino para
amar á María, y si algun padre puede estar tranquilo del porvenir
de su hija es Vd, mi querido papá.

Don Miguel bendijo los desposados, y cerrándoles la puerta los
dejó entregarse á su suprema felicidad...... Justo es que Jorje y
María, disfruten de su luna de miel, no los interrumpamos. Pero habiendo ya dado cuenta de todos los personajes que componen
la novela, creo mis queridos lectores, que podemos ya dejar descansar la pluma. Concluiremos pues, diciendo, que María y Jorje
fueron muy felices, y que don Miguel y don Jorje Haris, tuvieron
el gusto de vivir largos años en compañía de sus amados hijos. Estos padres dichosos, tuvieron el placer de acariciar sus nietos, y
cuando los buenos ancianos pagaron el tributo á la tumba, fueron
satisfechos sus deseos, pues sus hijos queridos les cerraron los
ojos. María y Jorje, viajaron despues por toda la Europa, Jorje
pidió á María, se establecieran en Madrid, donde vivieron con la
baronesa del Lago y su esposo, como si fuese una misma familia.
Cuando llegó Jorje á España, la condesa de la Estrella, hoy sor
Fernanda de la Encarnacion estaba de abadesa, rodeada de toda
la córte eclesiástica: los obispos y prelados la consideraban la mujer mas ilustrada del siglo. Sor Fernanda, era completamente fe-

liz: habia conseguido conservar solo un recuerdo triste y amistoso de Jorje. La ambicion del *saber* se habia despertado en aquella bella mujer, y el cultivo del espíritu y la lectura de autores notables, eran suficientes á ocupar su espíritu. A mas, las oraciones y deberes que impone la vida monástica. Cuando llegó Jorje á Madrid, recibió un mensaje muy atento de la abadesa de las descalzas de la Encarnacion.

Jorje le mandó pedir licencia para verla, pero la madre abadesa contestó que su director espiritual se oponia á que la visitara. Jorje, casi se alegró de esto, pues no queria que María fuese á mirar mal esa visita por inocente que fuese.

Parece que todos son felices, y que en el matrimonio de María y Jorje no hubo jamas una nube que oscureciera sus ojos. Así es la vida: el hombre propone y Dios dispone. El único desgraciado fué aquel que parecia debia haber sido el mas feliz, el valiente general Leoncio de C... pero si alguna vez la muerte es menos triste, es cuando se muere cubierto de gloria y dando la independencia á tres repúblicas. ¡Gloria inmortal á los valientes que han derramado su sangre por la independencia de su pais. Que su memoria sea siempre estimada por todo buen patriota, y que los que lean estas líneas, den un bravo muy alto á los hombres que han contribuido al triunfo de la independencia americana.

He concluido mi romance, y pido á mis lectores sean indulgentes con mi primer ensayo. Conozco que no le faltan defectos, y que no faltará quien me los muestre. Si tal sucede, no se dará por ofendida la persona que lo escribe: y desde ahora se prepara á escuchar la crítica sin resentimiento: pues una censura verdadera ilustra al autor. Queda pues concluido el romance histórico.

Maria de Montiel.

FIN.